www.b-books.co.kr

www.b-books.co.kr

vol. 1

비열정인

금설 장편 소설

DAHYANG ROMANCE STORY

c
o
n
t
e
n
t
s

프롤로그

쿵! 격한 마찰음과 함께 여자의 새하얀 등이 객실의 벽에 부딪쳤다. 흥분을 감추지 못해 그녀를 잡아먹을 듯 달려드는 남자의 육중한 무게에 밀린 것이다. 벽에 쓸린 피부가 제법 아팠을 법도 하건만 여자와 남자 모두 그것을 전혀 개의치 않았다. 훨씬 더 바쁜 일이 있었으니까.

오로지 욕망에 눈이 멀어 버린 두 사람은 서로의 입술과 몸을 탐하는 데만 집중하느라 정신이 없었다. 눅진한 공기가 온통 두 사람을 감싸 안았다. 짙고도 색정적인 키스는 마치, 서로를 입 안에 삼켜 세포 하나까지 녹여 버릴 듯 깊고도 열정적이었다. 붉게 부풀어 오른 입술과 입술이 살짝 떨어진 틈을 타 미처 내쉬지 못했던 짙은 숨소리가 한 번에 새어 나왔다.

"푸하. 하아……."

그 격한 숨소리가 어쩐지 태건을 애타게 만들었다. 잠시라도 멈추었다간 그녀의 마음이 바뀌어 당장에라도 도망갈 것 같았다. 그럴수록 그는 더욱 빠르고 조급하게 움직였다. 제 앞에 온 기회를 절대 놓치지 않겠다는 듯, 오늘 밤 그녀를 절대 놓지 않겠다는 듯.

미끄러지듯 움직이는 손길엔 그녀를 정복하리라 다짐한 그의 강한 의지가 담겨 있었다. 붉은 드레스로 감싸인 등을 훑어 올라가는 남자의 커다란 손. 부드럽게 쓰다듬으며 올라온 그의 손이 후크를 잡아 내리자, 새하얀 여자의 피부가 서서히 모습을 드러내었다. 이윽고 완전한 나신이 드러났을 때, 시선 앞에 놓인 육욕적인 여체를 내려다보는 태건의 검은 눈동자가 어둠 속에서 날카롭게 번뜩였다. 그의 입술을 가르고 감탄사 섞인 욕설이 터져 나왔다.

"하아……. 젠장."

숨이 멎을 만큼 아름다운 자태는 그를 미치게 만들기에 부족함이 없었다. 희다 못해 투명하기까지 한 살결은 겨울에 소복이 쌓인 눈을 닮았다. 그가 남긴 쇄골 아래의 키스 마크는 새하얀 눈 더미 속에서 붉게 피어난 꽃잎 같았다. 어떠한 망설임조차 없이, 부끄러운 깊은 곳까지 빠짐없이 들여다보는 눈빛에 그녀의 몸이 절로 움츠러들었다. 강렬한 남자의 시선을 감당하지 못해 기다란 속눈썹이 가늘게 떨려 오자, 그게 태건을 더욱 애간장 타게 만들었다.

입이 바짝 마른다. 더는 타들어 가는 듯한 이 갈증을 견딜 수가 없다. 갈증을 해소해 줄 무언가가 필요했고 그는 그게 무엇인지 누구보다 잘 알았다. 예고 없이 뻗은 손이 부드러운 살덩이를 한 움큼 손에 쥐었다. 약한 통증을 느낀 그녀의 입술이 살짝 벌어지고, 그 속을 채운 붉은 혀가 탄성과도 같은 신음을 내뱉었다.

"아……. 제발 천천히."

봉긋한 살덩이를 한 입에 집어삼켜 버리고 싶은 것을 겨우 참아 냈다. 욕심대로라면 이대로 그녀에게 침범해, 따뜻한 품속을 단번에 가득 채워 버리고 싶었다. 하지만 다소 힘겨워 보이는 여자의 애원이, 날아가 버릴 것 같은 이성을 가까스로 되찾게끔 만들었다.

붉게 상기되어 예쁘게 물들어 버린 장밋빛 뺨.

통통하게 부어올라 먹음직스럽게 벌어진 입술.

숨기려야 숨길 수 없는 육감적인 몸매.

촉촉하게 젖어 들어 반질반질 윤이 나고, 달콤한 향기가 나는 피부까지.

그 모든 것이 깊은 곳에 숨어 있던 남자의 욕망을 한없이 끌어올렸다. 이미 훨씬 전부터 단단해진 무수한 근육 덩어리들이 어서 그녀를 취하라 아우성치고 있었다. 태건은 머릿속이 아찔해지는 묘한 감각을 느꼈다.

'내가 어쩌다가 이런…….'

원나잇 또는 하룻밤. 그와는 매우 동떨어진, 여지껏 살면서 단 한 번도 떠올려 본 적 없는 단어였다. 그랬던 그가, 평생 상상조차 하지 못했던 일을 벌이고 있는 중이었다. 드디어 미쳐 버린 건가 하는 의구심마저 들었다.

그에게 접근해 오던 여자는 항상 많았다. 하지만 그런 유혹에 넘어
간 뒤의 결과가 어떨지 너무나도 잘 알고 있는 그였기에……. 어떠한
상황에서도 제대로 이성을 유지했었다. 하지만 오늘만큼은 평소와 달
랐다. 아니, 이 여자가 달랐다.

문득 그의 뇌리에, 오늘 그녀를 처음 봤을 때의 기억이 떠오르기
시작했다.

1

나쁜 욕망

초여름의 장맛비가 유난히도 서글프게 내렸다. 양이 많지는 않아도, 부지런히 세상을 적시는 빗줄기는 한여름의 열대야를 시원하게 식혀 주었다. 추적추적 내리는 빗속을 헤치며 미끄러지듯 젖은 도로를 달리던 고급 세단이 붉은색 신호를 받아 교차로에 잠시 정차했다.

어둡게 선팅이 된 자동차 안에는 두 남자가 타고 있었다. 새카만 밤의 암전 사이로 반짝, 은색으로 빛나는 안경을 끼고 앉아 운전 중인 수행비서. 그리고 세단만큼이나 부티가 흐르는 슈트를 전신에 감싼 수려한 외모의 남자.

뒷좌석에 기댄 채 전화 통화에 집중하던 남자가 답답한 듯 창문을 한 뼘 열었다. 빗물이 약간씩 튕겨 들어왔지만 딱히 개의치 않는 모습이었다. 이어, 그의 꾹 다물렸던 입술이 벌어지고 굵직한 중저음의 목소리가 새어 나왔다.

"바빴어요. 워낙 스케줄이 빡빡해서요."

그의 말에, 휴대폰을 타고 넘어온 낭창한 중년 여자의 음성이 차량 안에 울려 퍼졌다.

— 언제 돌아올 예정이니? 뭣하면 내가 거기로 갈까?

"저 일하러 왔습니다, 어머니. 서른셋이나 먹은 아들 뭘 그리 걱정하세요?"

— 태건아. 평소 같으면 걱정하지 않았을 거야. 알잖니.

"괜찮아요. 평소랑 전혀 다를 것 없으니까."

— 하지만 얼마 전의 그 일 때문에…….

"누구보다 저를 잘 아시잖아요. 뭐든 잘해 내는 거."

잠시 대화가 끊어졌다. 그 짧은 순간 송화기 부분을 막은 뒷좌석의 남자, 태건이 낮은 한숨을 내쉰 뒤 다시 휴대폰을 귀에 가져다 댔다. 그의 말에도 불구하고 여전히 걱정이 그득하게 담긴 음성이 귓가에 흘러들어 온다.

— 밥은? 끼니 거르지 않고 잘 챙겨 먹고 있지?

"하……. 어머니. 제발요. 오늘 출장 첫날이라고요."

— 하긴. 내가 김 비서한테 따로 부탁은 해 놨단다. 다른 건 몰라도 호텔에서 지내는 동안 네 끼니는 신경 써서 내오도록 신신당부해 놨으니……. 챙겨 주는 대로 잘 먹기만 해. 알았지?

"잘 알겠으니까, 차 여사님. 걱정 그만하시고 내일 통화해요. 저 곧 호텔 도착합니다."

태건은 전화를 끊자마자 거대한 몸을 뒷좌석에 깊숙이 기댔다. 걱정하는 어머니를 다독여 주는 것도 하루 이틀이지, 이쯤 되니 통화할 때마다 피로가 몰려왔다. 그의 어머니는 최근 교통사고를 당했었던 아들에 대한 걱정이 이만저만이 아니었다. 물론 이해는 하지만 아들 나이 서른셋이면 어련히 알아서 잘할 텐데 말이다.

"후……. 벌써부터 무척 피곤하군."

태건은 조금 열린 차창을 통해 온통 비에 젖은 바깥 풍경을 멍하니 쳐다보았다. 그리고 30분 전의 상황을 머릿속에 떠올렸다.

그는 저녁 식사 자리에서, 적당한 핑계를 대며 거래처 사람들이 건네는 술을 거절했다. 사실, 나름의 속내가 있었던 것이다. 첫날부터 그들이 따라 주는 술을 족족 받아 마셨다간 만취가 될 것이 뻔했다. 오랫동안 공들여 온 프로젝트인 만큼 작은 실수 하나 없이, 제 욕심만큼 제대로 해내야 했다. 그런 육중한 책임감을 어깨에 짊어지고 있는 입장이라 무엇 하나 쉽게 여길 수 없었다.

'첫날부터 인사불성이 되어 그들의 손아귀에서 놀아날 수는 없지.'

가끔, 아니 아주 여러 번 겪었다. 앞으로 함께 힘 모아 잘해 보자는 취지의 저녁 식사가 골치 아픈 접대와 각종 리베이트, 청탁 등에 물들어 변질되는 과정을. 이젠 이골이 나 버릴 지경이라 제법 임기응변이 늘었다. 예전처럼 아무것도 모르던 애송이가 아니란 소리다. 그 증거로 저녁 식사 자리에서 여유롭게 분위기를 이끌었고 그가 결코 만만한 상대가 아니란 사실을 그들의 뇌리에 깊이 박는 것에 성공했다.

'술은 적당히 기분 좋을 정도로 즐기는 게 가장 좋지.'

태건은 오늘 밤 자축의 위스키 한 잔을 스스로에게 선물하기로 마음먹었다. 누군가가 권해서 억지로 받아 마시는 술이 아닌, 제 자신이 원해서 즐기는 다디단 술 한 잔 말이다.

어느새 차창 밖으로 그들의 목적지인 킹스 호텔의 우람한 자태가 서서히 드러났다.

적어도 1년에 서너 번은 방문하는 이곳 제주 킹스 호텔은, 그의 조부가 호텔 체인 사업을 시작하면서 처음으로 완공한 건물이었다. 경제가 불황이라는 소식에 맞지 않게 나날이 승승장구하는 곳이었다. 태건은 킹스 호텔 라운지에 위치한 바를 좋아했다. 세계적으로도 구하기 힘든 귀한 위스키와 와인을 맛볼 수 있는 국내 유일의 장소였기 때문이었다.

"장맛비, 언제 그치지?"

무슨 비가 이렇게도 많이 내리는 건지. 창밖을 멍하니 쳐다보며 생각에 잠겼던 태건의 미간이 절로 찌푸려졌다. 습도 높은 축축한 날씨가 마음에 들지 않는다는 듯 약간 짜증이 섞인 목소리로 운전석에 앉은 비서에게 물었다.

"일기 예보에서는 내일 늦은 새벽까지 내릴 것이라고 했습니다만, 워낙 믿을 수가 없어서요."

"하긴. 한국의 일기 예보는 적중률이 좀 떨어지는 편이지."

짧은 대화 뒤에 다시 흐르는 정적. 세상을 때리는 빗소리가 듣기 좋게 귓가에 감겨들기 시작하던 어느 순간. 전혀 예상치 못한 돌발 상황이 발생했다.

끼이익! 후드득!

앞서가던 차량이 급정지하는 바람에 뒤따라가던 그들의 차량 또한 다급하게 미끄러졌다. 미세한 차이를 두고 겨우 사고를 면했다. 앞 차량과의 안전거리는 단 1미터도 되지 않았다.

이 순간 이마에 흐르는 땀방울을 닦아 내는 것은 운전석에 앉은 비서뿐만이 아니었다. 태건의 가로로 길게 늘어진 눈매 속 새카만 눈동자가 이리저리 굴러갔다. 잠겨 버린 남자의 음성이 긴장감에 딱딱하게 굳은 목구멍을 타고 묵직하게 새어 나온다.

"…뭐야, 사고라도 났어? 혹시 또…….."

"아니요! 아닙니다, 부사장님. 사고는 아니고……. 차도에 누가 뛰어든 것 같습니다."

유난히도 떨리는 손으로 이마에 내려온 머리카락을 쓸어 올린다. 사고가 아니라는 비서의 말에 겨우 안정을 되찾은 태건이 고개를 돌려 차창 밖을 비스듬히 응시했다. 조금 열린 차창 틈새로 앞 차량의 운전자가 거칠게 욕지거리를 내뱉는 고함 소리가 새어 들어왔다. 어찌나 목소리가 큰지 쏟아지는 빗소리 속에서도 선명하게 들릴 지경이었다.

"이봐! 이 여자가 지금 죽으려고 작정했나! 앞도 안 보고 다녀? 차 안 보여? 사고 날 뻔했잖아!"

태건은 창문을 조금 더 내려 저 멀리 떨어져 있는 횡단보도 쪽을 주시했다. 온통 비에 젖은 긴 머리의 여자가 말없이 고개를 꾸벅 숙이는 모습이 보였다. 젖은 머리에 가려져 얼굴은 보이지 않는다. 그녀는 사과의 뜻이 담긴 묵례를 하고는 조용히 횡단보도를 걸어 제 갈 길을 재촉했다.

"무슨 저런 여자가 다 있어? 저거 완전 미친년 아냐! 캬악! 퉤!"

치밀어 오르는 분노를 참을 수 없었던 건지 앞차 운전자는 여자가 사라진 방향으로 거칠게 가래침을 내뱉었다.

"에잇, 재수가 없으려니까……."

태건은 인도를 따라 멀리 사라지는 여자의 뒷모습을 응시했다. 이상한 여자였다. 보통 제주도는 가벼운 마음으로 즐기기 위해 찾아오는 여행지가 아니었던가. 하지만 조금 전의 여자는 전혀 기뻐 보이지도, 가벼워 보이지도, 행복해 보이지도 않았다. 마치 어떤 특별한 사연이 있는 사람처럼.

태건은 처음 예상보다 조금 더 늦게 호텔에 도착했다. 출장 첫날이라 협력 업체들과의 미팅부터 시작해서 한창 개발 중인 리조트 부지 시찰, 저녁 식사 초대까지. 이른 오전에 공항에 도착했음에도 늦은 시간인 지금까지 눈코 뜰 새 없이 바빴다. 그나마 쉴 수 있는 시간이 이제야 돌아온 것이다.

"내일 오전 10시경부터 자재 창고 방문 스케줄이 있을 예정입니다. 이후 이번 프로젝트에 참여한 직원들과의 점심 식사, 오후에는 회의 일정이 잡혀 있습니다."

김 비서는 차에서 내려 엘리베이터로 이동하는 그 순간까지 입을 다물지 않았다. 그는 태건에게 있어 가족과도 같은 존재였다. 자그마치 20년 이상을 함께해 온 유일하게 믿을 수 있는 사람이었다. 어린 시절부터 항상 태건의 옆에 그림자처럼 따라붙어 다녔으니 말이다. 그에게 내일 하루 동안의 일정을 전해 들은 태건이 한쪽 입꼬리를 들어 올리며 미약한 웃음을 지었다.

"그나마 다행이군. 아침잠은 푹 잘 수 있겠어. 역시 우리 김 비서."

장난스러운 말에, 쓰고 있던 안경테를 검지로 밀어 올린 김 비서의 눈빛이 일순 돌변했다. 업무 시간 종료로 무장 해제가 되는 순간이었다. 그는 어느새 하나뿐인 절친의 모습으로 돌아와 있었다.

"무리하지 않는 선에서 매일 오전 시간은 여유롭게 빼놨어. 아침에 늦잠 자는 거 무척 좋아하잖아. 운동도 빠짐없이 해야 할 거고."

"역시 나를 아는 사람은 너뿐이라니까. 그리고 아까 어머니한테 들었는데, 정말로 호텔 식당에 내 식사만 따로 주문 넣어 놨어?"

"그럼. 누구 명령인데. 사모님 말씀 안 따랐다가 뒷감당 어떻게 하라고. 그러니까 식사는 매번 깨끗하게 비우도록 해. 나 잘리는 거 보기 싫으면."

비서란 이름으로 그의 곁에 있지만, 동창이자 가장 가까운 친구였다. 그렇기에 이렇게나 그를 편하게 대할 수 있는 것이다.

킹스 호텔 소유주의 손자인 태건은 방문 시 따로 체크인을 할 필요가 없었다. 아마 그들이 도착하는 층에 직접 방을 안내할 지배인이 기다리고 있을 것이며, 안내를 받아 최고급 스위트룸에 머물면 되는 것이었다. 조용히 엘리베이터의 숫자가 올라가는 것을 보고 있던 그때, 1층 로비에 멈춰 선 엘리베이터의 문이 스르륵 열렸다.

"……."

문이 열리는 순간, 숨 막히는 정적이 흘렀다. 어디서 많이 본 듯한 특이한 행색을 한 여자가 멍하니 초점 없는 시선으로 서 있었다. 두 남자 모두 할 말을 잃은 채 엘리베이터에 조용히 올라타는 여자를 응시했다. 저절로 눈길이 갈 수밖에 없었다. 꼭 물에 빠진 생쥐 같았으니까.

톡톡. 물이 떨어지는 소리와 함께 그녀의 발 주변에 작은 물웅덩이가 금세 만들어졌다. 검은 머리카락은 축축하게 뭉친 채 헝클어져 있었고, 물기에 번진 화장 탓에 눈 아래엔 판다처럼 거뭇한 자국이 남아 있었다. 그녀가 입고 있는 검은 원피스는 흠뻑 젖은 채 전신에 착 달라붙어, 예쁘게 잘빠진 몸의 라인을 적나라하게 드러내고 있었다. 말 한마디 하지 않아도 통하는 두 남자가 오로지 시선만으로 대화를 주고받기 시작했다.

'설마…… 아까 그 여자?'

'맞는 것 같은데? 횡단보도 그 여자.'

태건의 시선이 묘하게 이질적인 분위기를 풍기는 여자에게로 옮겨갔다. 머리카락이 커튼처럼 걷힌 여자의 뒷덜미 아래로 삐져나온 잔

머리에 맺힌 빗방울이 뚝뚝 떨어져 내린다. 그뿐만 아니라 그녀의 몸에 착 감긴 검은색 원피스 자락 아래로도 빗물이 떨어져 내려 승강기 바닥을 적셔 갔다.

어쩌다가 저리 비를 흠뻑 맞아 버렸을까. 호기심 어린 태건의 시선이 쉬지 않고 그녀의 곳곳을 훑었다.

두상이 예쁘다.

시리도록 새하얀 목덜미가 부러질 듯 가늘다.

어딘가 굉장히…… 신비로운 분위기를 풍기는 여자다.

의외였다. 그녀가 무척 멀쩡해 보인다는 것 이외에도 가까이서 보니 절로 호감이 가는 스타일이란 사실이 말이다. 아니 정확하게 말하자면, 온통 비를 맞아 이루 말할 수 없는 놀라운 행색임에도 불구하고, 눈에 띄게 대단한 미인임에 틀림이 없었다.

'후……. 승강기에 탈 때 잠깐 얼굴을 본 것뿐인데.'

우습게도 그 잠깐의 찰나의 순간, 늘어져 내린 머리카락 사이로 보인 앳된 얼굴이 머릿속에 박혀 버렸다. 그런 생각들을 하는 동안 그의 미간에 좁게 그늘이 드리워졌다. 여자는 엘리베이터의 층수가 새겨진 버튼들을 한 번 휙 훑어보고도 손대지 않았다. 딱히 누를 필요가 없다는 뜻이다.

'같은 층인가?'

그가 향하는 곳은 가장 전망이 좋은 오션스위트룸으로만 이루어진 19층. 객실 중에서 가장 위이자 라운지의 아래층이다.

이 호텔의 오션 뷰는 세계적으로 유명했다. 그런 이유로 1박을 묵는 데도 대단한 비용이 든다. 문득 의문이 들었다. 제주도에서 가장 비싼 방에 묵는 여자가 도대체 어떤 일이 있었기에 이런 모습으로 거리를 방황하고 있었을까. 평소 타인에게 큰 관심을 두지 않는 그에게서 끝없는 호기심이 치솟아 올랐다.

그새 미끄러지듯 19층으로 올라간 엘리베이터의 문이 스르륵 열렸다. 문이 열리자마자 그녀가 바쁜 걸음으로 승강기를 빠져나갔다. 이어, 승강기 앞에서 대기 중이던 호텔 지배인이 두 남자를 향해 허리를 90도로 숙여 인사했다.

"어서 오십시오. 기다리고 있었습니다."

"반갑습니다."

하지만 태건의 시선은 온통 멀어지는 그녀의 뒷모습에만 쏠려 있었다. 호리호리한 뒤태에 집중하느라 지배인의 인사도 받는 둥 마는 둥 하며 고개만 대충 끄덕였다.

"안내하겠습니다. 이쪽으로 오십시오."

태건은 지배인의 안내를 받으며 그녀가 사라진 복도의 반대편으로 유유히 걸어갔다. 승강기와 가까운 곳은 출입하는 사람들의 소음 탓에 불편할 수도 있어 그것을 배려한 호텔 측의 조치였다. 지배인은 가장 크고도 가장 안쪽에 있는 룸으로 그들을 안내했다. 태건과 김 비서는 마주 보는 위치의 방을 각각 배정받았다.

"그럼, 편히 쉬십시오. 불편한 사항은 호출해 주시면 즉시 조치하겠습니다."

"수고하셨습니다."

가볍게 인사를 나눈 뒤 객실의 문이 닫히고 나서야, 온전한 그만의 시간이 돌아왔다. 태건은 걸치고 있던 슈트 재킷을 벗어 갈색 가죽 소파에 대충 걸쳤다.

"후……."

혼자가 되고 나서야 몸의 긴장이 풀리고 전신의 근육이 이완되는 것을 느꼈다. 그는 소파 깊숙이 쓰러지듯 몸을 맡긴 채 등받이에 머리를 기댔다. 그러고는 한참이나 조용히, 화려하게 장식된 천장을 멍하니 쳐다보았다. 초점이 흐려진 눈을 깜빡이던 그의 머릿속은 온통 아까 봤던 여자에 대한 궁금증으로 가득 찼다.

'눈망울이…… 크고 새카만 색이었어. 마치 상처받아 겁에 질린 초식동물처럼.'

정말 잠깐이었다. 그 짧은 순간 스쳐 지나가듯 아래로 내리깐 여자의 눈동자를 목격한 것뿐이었는데. 그 검고 슬퍼 보이는 눈동자가 뭐라고 머릿속에 콱 박혀 버렸을까. 정말 희한한 일이었다. 일면식도 없던 여자에 대한 과도한 관심이라니 평소의 그답지 않았다.

"…미친놈."

적막 한가운데서 그의 낮은 목소리가 울렸다. 스스로에게 욕지거리를 내뱉더니, 소파에서 벌떡 일어나 욕실 방향으로 걸음을 옮겼다. 아무래도 정신을 차리려면, 벌거벗은 채 찬물이라도 뒤집어써야 할 것 같다. 작정한 듯 넥타이를 거칠게 풀어 헤치고 반듯하게 몸을 감쌌던 드레스 셔츠를 벗겨 냈다. 그가 지나간 자리에 아무렇게나 벗어 던진 옷가지들이 하나둘 쌓여 갔다.

"푸하!"

물이 가득 들어찬 욕조 안에서 눈을 감은 채 머리끝까지 잠수하던 리원의 얼굴이 수면 위로 솟아올랐다. 리원은 참았던 숨을 한꺼번에 들이쉬며, 손으로 얼굴 전체를 한 번 쓸어내렸다. 그러곤 욕조 가장자리에 머리를 기댄 채 조용히, 한참 동안 그렇게 시간을 보냈다.

욕실에 가득 찬 새하얀 수증기 사이로 허공에 멍하니 시선을 두고 있는 그녀의 말간 얼굴이 드러났다. 꽤 오랜 시간 물에 몸을 담갔는지, 그녀의 흰 피부가 살짝 익어 붉은 기가 올라오고 있었다.

땀인지 물기인지 모를 무언가가 주르륵, 관자놀이에서부터 얼굴선을 타고 내려온다. 그제야 퍼뜩 정신을 차린 리원은 욕조의 물을 두 손으로 둥글게 퍼 올렸다. 푸웁! 하는 소리와 함께 여러 번 얼굴을 때리듯 물을 쳐올려 세수를 하던 어느 순간.

"으흐흑……."

얼굴을 가린 가느다란 손가락의 틈새로 그만 울음소리가 터져 나왔다. 떠올리고 싶지 않았던 기억이, 기어이 머릿속을 헤집어 버린 이유였다.

— 미안하다. 리원아.

생각하고 싶지 않았다. 하지만 종일 반복되던 남자의 목소리가 또다시 리원의 귓가에 생생하게 재생됐다. 마치 그날의 일을 다시 겪는 것처럼.

　― 너를 사랑했었고 아직도 그 마음엔 변함이 없어. 진심이야. 단지 한 가지 분명한 건, 넌 강한 여자니까 괜찮을 거란 사실이야.

　…아니, 그건 오해야. 난 당신이 생각하는 것만큼 그리 강하지 않아. 겉으로만 그런 척할 뿐……. 왜 그걸 아직도 몰라?

　그랬었다. 차마 입 밖으로 새어 나오지 못한 말들이 한순간 그녀의 목구멍으로 삼켜졌었다. 5년 동안이나 연인이란 이름으로 옆을 지켰던 남자는, 마지막까지도 강리원이란 여자를 제대로 파악하지 못하고 있었다. 그렇기 때문에 이렇게나 잔인할 수 있었겠지. 남자의 저주스럽고 원망스러운 음성이 뇌리에 콱 박혀 잊히지 않는다. 조금 잊을 만하면 불시에 튀어나와 어제의 일처럼 선명하게 그녀를 괴롭혔다.

　― 하지만 리원아. 너와 달리 그 여자는 괜찮지 않을 것 같아서……. 도저히 내버려 둘 수가 없어.

　오랫동안 사랑을 속삭였던 그 입술에서 다른 여자를 배려하는 말들이 서슴없이 튀어나왔다. 고통스러웠다. 유일하게 사랑했고, 처음으로 자신의 모든 것을 바쳤던 사람으로부터의 잔인한 이별 통보는.

　― 그러니까. 우리 헤어지자.

　리원의 오래된 연인은 전화로 이별을 통보했다. 두 사람의 전화 통화는 채 5분도 되지 않았다. 5분. 5년의 추억을 정리하기에는 너무나도 짧은 시간이었다. 하지만 쿨한 척, 너라는 남자 따위 신경 쓰지 않는다는 듯, 평소 그녀의 스타일대로 가면을 쓴 채 이별을 받아들였다.

이미 마음이 떠난 남자에게 매달리는 초라한 모습은 보이고 싶지 않았다. 비록 마음은 찢어발겨져 피가 철철 흐르고 있을지라도.

— 역시 대단하구나. 너란 여자는.

전화를 끊기 전 마지막 비수가 되어 꽂힌 그의 말이 떠올랐다. 정말 바보 같았다. 5년이란 긴 세월 동안 저 또한 그 남자를 제대로 모르고 있었다는 것을 이별하고 나서야……. 이제야 뒤늦게 깨달았다.

그래. 사실 그는 처음부터 그런 사람이었을지도 모른다. 단지 저를 만나는 동안 잠시 좋은 사람인 척했을 뿐. 사랑이 식어 버린 뒤에는 본래 그의 모습으로 돌아간 것이다. 그것을 시간이 조금 지난 지금에서야 확신할 수 있었다.

'강리원. 넌 도대체 뭘 위해 노력하며 살았던 거야?'

이별 후 스스로에게 내뱉은 질문이었다. 회사에 몸담은 채 눈코 뜰 새 없이 일만 하고 돈을 벌어 집안의 빚을 갚았다. 이제야 좀 주위를 둘러볼 여유가 생겨, 감히 사랑하는 사람과의 행복한 미래를 꿈꿨다. 하지만 돌아온 것은 가장 최악의 형태로 다가온 이별이 전부였다.

그길로 리원은 회사에 처음으로 휴가를 신청하고 충동적인 여행을 계획했다. 결혼 자금을 모으던 통장을 모조리 털어 여행 자금으로 펑펑 쓸 작정이었다. 나름대로 나쁘지 않다고 생각했다. 처음으로 저 자신만을 위해 큰돈을 써 보는 거니까.

그 과정에서 우습게도 1년 전 여권이 만료되었다는 사실을 깨달았다. 여권 없이 떠날 수 있는 여행지라고는 오로지 제주밖에 떠오르지 않았다. 대신 퍼스트 클래스로 비행기표를 끊고, 제주에서 가장 비싼 호텔의 스위트룸을 예약했다. 백화점에 들러 머리부터 발끝까지 명품으로 휘감으며 치장을 했다. 그럼에도 잠깐 동안 기분이 나아졌을 뿐, 텅 빈 가슴 안의 응어리는 사라지지 않았다. 오히려 스스로를 더욱 비참하게 만들 뿐이었다.

"으흐흑. 끄윽⋯⋯. 으흐흑⋯⋯."

목 놓아 우는 여자의 울음소리가 점점 깊어져만 간다. 울음을 뱉어 내면 낼수록 제 안의 깊은 어딘가에서 알 수 없는 분노가 치밀어 올랐다. 그녀는 비뚤어져 가고 있었다. 어디로든 자신을 내던지고 싶은 나쁜 욕망이 자꾸만 이성을 갉아먹었다.

번쩍 고개를 쳐든 리원은 욕조를 박차고 객실로 나가 두툼한 샤워가운을 몸에 걸쳤다. 타월로 대충 얼굴의 물기를 닦은 뒤, 바쁜 손길로 진하게 화장을 하기 시작했다. 처음으로 발라 보는 새빨간 립스틱. 짙고 야한 눈 화장. 마치 얼굴에 가면을 씌우듯 강렬하고도 화려한 메이크업으로 스스로를 치장했다.

장장 20여 분을 공들인 화장이 끝나자 붙박이장으로 다가가 문을 활짝 열어젖혔다. 충동적으로 구매했던 레드와인 색상의 미니드레스가 시선을 사로잡았다. 앞과 뒤가 깊게 파이고, 끊어질 듯 말 듯 얇은 끈이 어깨를 장식한, 아슬아슬한 길이의 야하고도 우아한 드레스였다. 평소 심플하고도 단정한 스타일을 선호하는 그녀의 취향과는 한참이나 동떨어진 디자인이었다.

"⋯완벽해. 오늘 밤에 잘 어울려."

그녀의 말처럼 일탈을 즐기기에는 최고로 적합한 의상이었다. 리원은 아랫입술을 꽉 깨물었다. 마치 무언가 대단한 마음을 먹기라도 한 것처럼.

"무조건……. 처음 나에게 말을 거는 남자야."

처음이자 마지막 일탈이야. 딱 오늘 밤만 전혀 다른 사람이 되어 보는 거야.

이 호텔 안의 직원을 제외하고 저에게 말을 거는 첫 남자. 유부남이나 노신사만 아니라면 누구든지 괜찮았다. 리원은 스스로의 일탈 상대를 그렇게 정하기로 마음먹었다. 꽤 위험한 발상이긴 했지만 오늘 밤 제 가슴 안에 뚫린 커다란 구멍을 메워 줄 수만 있다면 상관없었다. 분명 실연의 상처 탓에 제대로 돌아 버린 것이 틀림없었다.

□ ◆ □

"동호야. 김동호."

간헐적으로 문을 두드리는 소리에 심기가 매우 불편해진 김 비서가 미간을 잔뜩 찌푸린 채 문 틈새로 고개를 내밀었다.

"무슨 일이십니까? 사장님."

"업무 시간도 끝났는데 웬 존댓말이야? 우리 한잔하자."

"개인사로 무척 바쁩니다만."

"친구로서 부탁한다. 딱 한 시간만."

"…혼자 마시든지 알아서 하십시오."

쾅! 냉정하게 태건의 요청을 거절한 김 비서가 거칠게 문을 닫아 버렸다. 김 비서는 업무 외 시간에는 항상 삐딱선을 탔다. 그의 비서로 있는 시간만큼은 말도 곧잘 듣고 가끔 웃어 주기까지 하면서, 희한하게 업무 모드가 종료되는 순간부터는 칼같이 냉정해졌다.

'절친이란 놈이 냉정하긴.'

그런 김 비서의 스타일을 평생 겪어 온 태건은 잔뜩 인상을 구기며 홀로 조용히 복도를 걸었다. 한 번 아니면 절대 아닌 친구의 성정을 잘 알아서였다.

"아무래도 오늘은 혼자 즐겨야겠군."

뭐. 가끔은 그런 것도 나쁘지 않지.

한 층을 더 올라가 도착한 라운지 바는 금요일인 만큼 제법 사람들로 북적였다. 손님들 대부분이 여행이나 비즈니스를 위해 제주를 찾은 사람들처럼 보였다. 그처럼 혼자인 사람은 찾아볼 수 없었다.

'적당한 쓸쓸함을 안주 삼아 마시기엔 글렌피딕 40년산이 최고겠지.'

그는 이전에 키핑해 놓았던 위스키 중 하나를 떠올리며 유유히 카펫을 가로질러 걸었다. 그리고 다음 순간.

"……."

말문이 턱 막혀 버렸다. 예상치 못했던 인물이 그의 시선을 단숨에 사로잡아 버린 탓이었다. 그의 검은 눈동자가 뜻하지 않게 제 앞에 나타난 여자의 뒤태를 훑어 내렸다.

깊게 등이 파인 드레스 밖으로 드러난 날카로운 척추 라인.

적당히 틀어 올린 풍성하고 새카만 머리카락.

그 아래 목덜미 뒤로 새침하게 흘러내린 잔머리들.

눈처럼 흰 피부를 반만 감싼 부드러운 소재의 레드와인 드레스와, 그에 걸맞도록 입술에 짙게 발린 붉은 립스틱까지.

모든 것이 묘하게 잘 어울려 도저히 눈을 뗄 수 없게 만들었다. 불과 한 시간쯤 전까지 그의 머릿속을 온통 점령했던 여자가, 무척이나 매혹적인 모습으로 홀로 바에 앉아 있었다.

"하……."

그의 입술을 가르고 헛웃음이 새어 나왔다. 이건 기회인 걸까. 아니면 감히 운명의 한 순간이라 치부해도 괜찮은 걸까. 이 정도면 대단한 인연이 아닌가. 폭우가 쏟아지는 횡단보도에서 봤던 여자가 같은 호텔의 같은 층인 데다, 이토록 짧은 시간 안에 자꾸만 마주치게 되니 말이다.

이쯤 되니 태건은 더욱 궁금해졌다. 이 특별한 여자의 정체가, 아니 그녀의 모든 것에 대하여.

□ ◆ □

"혼자 오셨습니까? 옆에 앉아도 될까요?"

대리석 바에 홀로 앉아 독한 술을 들이켜던 리원의 몸짓이 일순 멈추었다. 낮게 깔린 멋들어진 남자의 목소리. 묘한 기대감에 가슴이 울렁거린다. 리원은 자신의 모든 감정을 속에 꾹 눌러 담은 채, 바로 옆바 체어에 앉는 남자를 조심스레 훔쳐보았다.

그런데……. 도대체 뭘까. 묘하게 익숙한 데다 편안하기까지 한 분위기는.

'이 남자……. 분명 어디선가 본 적 있는 것 같은데.'

이 정도로 섹시한 외모라면 분명 기억을 해야 정상일 텐데. 어디서 그를 봤는지 기억하려 애써 봤지만 도저히 떠오르지 않는다. 그사이 남자는 자연스레 바텐더를 불러 사적인 인사치레를 주고받았다.

"오늘은 키핑해 뒀던 글렌피딕 40년산으로."

"아아. 오늘 같은 날씨에 어울리죠. 탁월한 선택이십니다. 준비해 드릴 테니 잠시만 기다려 주십시오."

천만 원을 호가하는 값비싼 위스키의 이름이 남자의 입에서 흘러나온다. 분명 보통 인물이 아님에는 틀림없었다. 조용히 그것을 지켜보던 리원은 남자의 옆모습을 위아래로 천천히 훑어 내렸다. 확실히, 멋진 남자였다.

새카만 눈동자와 찰랑이는 머리카락.

날렵한 턱선 위로 다부지게 다문 도톰한 입술과 남자답게 잘생긴 콧날.

커다란 덩치임에도 비율이 좋은 기럭지까지, 한눈에 봐도 시선을 끄는 매력이 있었다.

저도 모르게 그를 노골적으로 빤히 쳐다보고 있었다는 사실을 뒤늦게 깨달았다. 그녀의 뜨거운 시선을 의식한 남자와 정확하게 눈이 마주쳐 버린 것이다. 당황한 리원은 황급히 고개를 돌리며 아무렇게나 삐져나온 머리카락을 귀 뒤로 쓸어 넘겼다.

"미안해요. 그쪽을 어디선가…… 본 것 같은데 도무지 기억이 안 나서요."

가만히 바라보는 남자의 눈빛에, 어쩐지 머리카락을 매만지는 손등이 불에 덴 것처럼 화끈거렸다.

"너무 흔한 접근 방식 아닙니까?"

"아니요. 오해세요. 정말로 어디서 잠깐이라도 뵌 분 같은데……."

리원은 길게 늘어진 눈꼬리를 치켜올리며 그와 시선을 마주했다. 바의 조명이 전체적으로 어둑해서 그런 걸까. 마주 보며 호선을 그리는 남자의 입술과 눈매가 미친 듯이 매력적으로 다가온다. 이윽고 도톰한 그의 입술이 벌어지며 짧은 단어가 내뱉어졌다.

"엘리베이터."

"네?"

"아까 엘리베이터에서 마주쳤다고요."

"아아……."

그렇구나. 그러고 보니 아까 온통 비에 젖은 채 승강기에 올라탔을 때 두 명의 남자를 마주쳤던 게 기억났다. 몰골이 말이 아니었을 텐데. 당시의 상황을 떠올리던 그녀의 얼굴이 약간 뜨거워졌다. 말도 안 되게 초라한 행색을 보였다는 사실이 창피해져서였다. 하지만 그런 것 따위 전혀 신경 쓰지 않는다는 듯 남자에게서 다음 질문이 이어졌다.

"일행은 없습니까? 설마 혼자?"

"맞아요. 혼자예요."

"그렇군요. 제주에는 무슨 일로?"

"여행이죠. 그쪽은요?"

"난 비즈니스차 들렀습니다. 가끔 이 호텔에 묵어요."

대화를 주고받는 사이, 기다란 대리석 바 위에 그가 주문한 술과 얼음, 잔들이 차례대로 깔끔하게 세팅되었다. 그가 넓은 잔에 각 얼음을 여러 개 담아 흔들며 독한 위스키를 희석시켰다.

"비즈니스라……. 그렇군요. 어떤 일인지는 잘 모르겠지만. 추진하시는 비즈니스는 잘되고 계신가요?"

"그럼요. 오늘이 출장 첫날이긴 하지만, 앞으로 무리 없이 잘 진행될 것 같습니다. 지금 마시려는 이 술은 스스로를 위한 축하주고요."

"축하주를 혼자서 마시면 안 되죠."

리원은 과감해졌다. 처음의 목적대로 오늘 그녀에게 말을 건 첫 남자가 그였으니까. 그녀는 제 앞에 놓인 잔을 들어 그에게 건배를 제안했다.

"건배할까요? 당신의 성공적인 비즈니스를 위해."

다행히 남자는 그것을 거부하지 않았다. 오히려 웃음까지 살짝 머금은 채 잔을 내밀어 적극적으로 부딪쳐 왔다. 굵직한 저음의 멋진 목소리가 귓가에 착 감겨들었다.

"건배."

□ ◆ □

시간이 흘렀다. 서로의 이름과 나이, 무슨 일을 하는지도 물어보지 않았지만 두 사람은 꽤나 잘 통했다. 마치 서로에 대해 더는 알면 안 되는 것처럼, 그들의 대화는 각종 가십거리들로 자연스럽게 채워졌다. 그럼에도 전혀 지루하지 않은 것을 보니 성격이나 관심사가 매우 잘 맞는 것 같았다.

"괜찮습니까? 볼이 빨개졌어요."

턱을 괸 채 멍하니, 바텐더 뒤에 키핑된 여러 종류의 위스키병을 쳐다보던 리원이 그를 향해 고개를 돌렸다. 벌써 두 시간째. 바에 나란히 앉아 주거니 받거니 술잔을 나누던 남자가 걱정이 그득하게 담긴 표정으로 저를 쳐다보고 있었다.

정말 희한한 일이었다. 이 남자는 어째서 얼굴색 하나 변하지 않은 채일까. 아무리 술이 세다고 해도 이 정도로 튼튼한 간을 가진 사람은 여태껏 본 적이 없었다. 만취가 되어서 그런 걸까. 리원은 머릿속에 떠오르는 말들을 곧이곧대로 내뱉었다.

"당신은……. 어째서 얼굴색 하나 변함없이 멀쩡한 거죠? 나만 술을 마셨나."

그녀의 질문이 꽤 재미있다는 듯 그가 피식, 한쪽 입꼬리를 올려 웃었다. 술에 취하긴 했나 보다. 그 살짝 짓는 미소마저도 미치도록 멋지게 느껴지는 것을 보니. 남자는 농담조로 리원의 질문에 대답했다.

"당신보다 술이 센 편인가 보죠."

"…저는 아무래도 취한 것 같아요."

"내가 봐도 그래 보입니다. 더는 마시면 안 되겠어요."

"하지만……. 이대로는 뭔가 부족해요. 흥분되거든요. 당신과 나누는 대화. 더 하고 싶어요."

제대로 미친 거지. 어딘가 묘하게 자극적으로 들릴 법한 말들을 아무렇지도 않게 내뱉고 있는 것을 보니.

그녀는 딱히 남자를 유혹하는 기술을 알고 있지 않다. 하지만 오늘의 강리원은 평소와 사뭇 달랐다. 만취 상태였고, 함께 술을 마시고 있는 남자는 눈부시도록 섹시했다. 그래선지 스스로도 몰랐던 유혹적인 말투와 행동이 마치 몸에 밴 사람처럼 무척이나 자연스럽게 나온다. 미묘하게 풀려 버린 눈매로 여우 같은 눈웃음을 짓자, 남자는 그것을 딱히 큰 거부감 없이 받아 주었다.

"사실은 나도 백번 그러고 싶은 마음이지만. 당신, 지금보다 더 취해선 안 될 것 같아요."

가만히 남자의 표정을 들여다보니 그는 이 상황을 꽤 재미있어하는 것 같다. 자꾸만 지어지는 미소를 보니 리원을 제법 귀엽다고 생각하는 것 같기도 했다. 대화가 끊어지는 것이 아쉬워서 리원은 꼬리에 꼬리를 물듯 질문을 이어 갔다.

"어째서요? 왜 더 취하면 안 되는 거죠?"

"그거야……. 여러 가지 이유겠죠. 내일을 위해서도 있지만 당신 같은 여자가 취하면 그것만큼 위험한 일도 없으니까."

"…나를 걱정해 주는 건가요?"

일순, 남자의 미간에 옅은 주름이 지어졌다. 걱정해 주는 거냐는 그녀의 질문에 잠시 생각에 잠긴 듯했다. 그는 리원의 질문에 대답하지 않은 채 바 체어에서 일어났다. 겉옷을 챙기고 그녀를 부축해 주기 위해 매너 있게 손을 내밀었다.

"그만 일어납시다. 방이 어딥니까? 데려다줄게요."

목적의 반을 이룬 건가. 어찌 됐든 저에게 처음 말을 건 남자를 어느 정도 유혹하는 데 성공한 것 같으니 말이다.

잠시 제 앞에 선 남자를 멍하니 바라본다. 이 남자를 알게 된 지 이제 겨우 두 시간째지만, 하룻밤의 일탈 상대라기엔 너무나도 차고 넘칠 만큼 완벽했다. 적당한 유머, 몸에 밴 매너, 누구도 인정할 수밖에 없을 정도로 완벽한 외모. 이 호텔 안의 모든 남자들을 비교해 세워 놓아도 그중에서 단연 돋보일 것이라 믿어 의심치 않았다.

리원은 제 앞에 선 낯선 남자의 시선을 마주 보며 그가 내민 손을 망설임 없이 잡았다.

□ ◆ □

땅. 승강기의 문이 열리는 소리에 잠시 감겨 있던 리원의 두 눈이 스르르 뜨였다. 그녀는 태건에게 반쯤 안기다시피 한 채 부축을 받고 있었다. 몸을 거의 가누지 못하는 상태였다.

"같은 층인 건 알겠는데. 몇 호실입니까?"

엘리베이터에서 내린 그가 복도를 둘러보며 물었다. 친절하고 이성적이다. 정말로 그녀를 방까지 데려다주기만 할 작정인 것 같았다.

'하지만……. 그래선 안 돼.'

처음부터 그를 유혹하기로 마음먹었으니까. 리원은 더디게 고개를 들었다. 그러고는 부축하느라 제 몸에 팔을 감고 있는 그를 빤히 올려다보았다.

"잠시……. 잠시만요."

그녀의 말이 떨어지자 그가 시선을 아래로 내렸다. 새카만 눈동자를 느릿하게 깜빡이며 남자와 눈을 마주친다.

폭풍 전야와도 같은 정적이 흘렀다. 묘하고도 야릇한 공기가 맴도는 것을 두 사람 모두가 느끼고 있었다. 오로지 서로만을 바라보는 남녀의 눈동자에, 미처 숨기지 못한 녹진한 욕정이 가득 흘러넘쳤다. 짜릿한 전류가 등줄기를 관통하는 감각. 짧은 순간 통해 버린 남녀의 눈동자는 굳이 말로 하지 않아도 서로를 미치게 원한다는 감정을 뿜어내고 있었다.

리원은 용기를 냈다. 손을 뻗어 그의 볼을 감쌌다. 그리고 뒤꿈치를 살짝 들어 남자의 도톰한 입술에 가볍게 키스했다. 먼저 와 달라는 그녀의 도발이었다. 그의 미간이 잔뜩 찌푸려졌다. 결코 싫은 표정은 아니었다.

"이건 무슨 의미입니까?"

단지, 그녀가 왜 이러는 건지 진심으로 궁금해하는 것 같았다. 리원은 서로가 원하는 대답을 과감하게 내뱉었다.

"우리. 같이 있을래요?"

"위험한 발언 같은데. 설마 날 유혹하는 겁니까?"

"네. 맞아요. 유혹하는 거예요. 혼자 있기 싫어……. 오늘 밤 당신의 체온이 필요해요."

"…내가 거절한다면?"

떠보는 걸까? 분명 그의 시선에서 저를 원하는 듯한 강렬한 욕망을 느꼈다. 그럼에도 그는, 혹시 모를 거절의 말로 그녀를 시험에 들게 하고 있었다. 리원이 엷은 눈웃음을 지으며 입을 열었다.

"당신이 거절한다면……. 새로운 다른 누군가를 찾아 나설지도 모르죠. 아직 밤은 끝나지 않았으니까."

"그 말은……. 상대가 누구든 상관없다는 소립니까?"

"아마도요."

"나라서 유혹하고 싶었던 게 아니란 거군."

"사실……. 그래요. 맞아요. 처음부터…… 누구든 상관없었어요."

남자의 얼굴이 묘하게 일그러진다. 누구든 상관없었다는 말이 꽤나 거슬렸나 보다.

"난 착각했습니다. 내가 호감을 표현해서 당신이 유혹하는 거라고 생각했어요."

"그래서…… 싫어요?"

"싫다기보다는…… 솔직히 자존심 상합니다. 누구든 상관없었다는 말이. 하지만……."

잠시 입을 꾹 다문 그가 새카만 눈동자를 조금 더 아래로 내렸다.

이 남자. 지금 그녀의 붉은 입술을 노골적으로 훑고 있었다. 그것도 아주 야릇한 눈빛으로.

"이 순간만큼은 당신을 다른 사람에게 넘겨주고 싶지 않습니다."

그에게서 결정적인 말이 떨어진 다음 순간. 뜨거운 숨이 훅, 그녀를 덮쳐 왔다. 거칠게 리원의 입술을 덮은 것은 말랑하고도 달콤한 남자의 입술이었다. 마치 그녀를 점령이라도 하려는 것처럼, 촉촉한 입술을 가르고 뜨거운 혀가 거침없이 밀려 들어왔다. 세포 하나하나를 깨우듯 고른 치열을 훑고 입 안의 미세한 점막까지 어루만지며 끊임없이 온 신경을 자극했다.

"하읍……!"

그가 고개의 각도를 비트는 틈을 타, 리원은 살짝 벌어진 틈새로 숨을 들이쉬었다. 그러나 곧 그것을 내쉴 틈조차 없이 그의 입술과 혀가 퍼즐 조각처럼 딱 맞게 맞춰 들어왔다. 더, 더, 깊숙이. 어른들의 어떤 은밀한 행위를 하는 것처럼 그의 타액과 붉은 혀가 깊이 찔러 들어온다.

"헉……. 헉……."

누구의 것인지도 모를 거친 숨소리가 쉴 새 없이 터져 나왔다. 여자의 입술을 떠난 남자의 입술이, 상기된 여린 뺨을 지나 귓불을 꽉 깨물었다. 미약한 통증에 묘한 흥분을 느낀 그녀에게서 탄성과도 같은 한숨이 터졌다.

"하앗."

"당신이 먼저 유혹한 겁니다."

귓가에 입 맞추며 내뱉은 남자의 말들이, 세상 그 어떤 디저트보다 달콤하게 느껴졌다. 달면서도 조금은 위험하게 느껴지는 치명적인 속삭임이었다.

"뒤늦게 후회해도 소용없어요. 밤새도록 당신을 절대 놔주지 않을 거니까."

"안 해요. 후회 같은 거."

"…각오했다면 내 방으로."

그리고 그들의 뜨거운 밤은 이제부터 시작이었다.

□ ◆ □

리원은 정신을 차리려 무던히도 애를 썼다. 저를 거칠게 탐하는 남자의 열기에 그만 혼절해 버릴 것만 같았다. 이 이상 저 자신을 내어 준다면 타다 남은 재가 되어 세상에서 완전히 사라질 것만 같은 묘한 기분을 느꼈다. 비틀어져 있던 턱선 위 남자의 붉은 입술이 열리며 묵직한 저음이 속삭이듯 새어 나왔다.

"벌려요, 입."

긴장한 나머지 저도 모르게 입을 꾹 다물었던 것이다. 리원은 조였던 턱의 힘을 서서히 풀고 입술을 열었다. 그녀의 아랫입술을 살짝 깨물며 빨아들이던 그가 입을 벌리는 순간 훅, 강렬하게 밀려들어 온다. 너무나도 격정적이고, 관능적이며, 야한, 그야말로 어른의 키스였다.

"흐읍……."

두 사람의 농밀하고도 거친 움직임에 꺼져 있던 객실 입구의 노란 센서 등이 탁, 켜졌다. 눈을 아래로 살짝 내리깐 남자의 속눈썹이 붓처럼 가늘고 길다. 그는 눈을 완전히 감지 않은 채였다. 살짝 뜬 날카로운 두 눈으로 리원의 얼굴 하나하나, 쇄골과 가슴 라인 하나하나 전부 눈여겨보고 있었다. 그 시선을 느끼던 리원의 머릿속에 일순 번개처럼 여러 가지 걱정들이 스쳐 지나가기 시작했다.

'정말 이대로 괜찮은 걸까?'

이름과 나이는 물론 사소한 무엇 하나 알지 못하는 남자와 이런 짓을 해도 뒤탈이 없을까. 과연 이게 옳은 선택일까.

갑자기 술이 확 깨는 느낌이 들었다. 어떻게 보면 참 우스운 고민이었다. 이미 작정하고 벌인 일이였지 않은가. 게다가 먼저 유혹한 건 저 자신이었고. 하지만 송충이는 솔잎을 먹어야 한다는 말이 있듯이, 전혀 알지 못하는 세계에 대한 거부감이 격하게 밀려왔다.

모르는 이와 하룻밤의 일탈을 벌이는 것은 처음이었다. 그렇기에 막상 눈앞에 현실이 닥쳐오자, 막연한 두려움이 밀려오는 것은 어쩌면 당연한 일인지도 몰랐다. 그런 생각들을 하는 동안 가만히 그 모습을 지켜보던 태건이 그녀의 턱을 들어 올렸다.

"…집중해요. 나한테만."

다른 생각에 빠진 것을 이렇게나 쉽게 들켜 버린다. 마치 그는 그녀의 심리 상태를 모두 꿰뚫어 보고 있는 것 같았다. 두 사람 사이에 흐르던 뜨거운 열기가 서서히 식어 가고 있었다.

"혹시 후회하고 있습니까?"

정답이었다. 사실은 약간 후회하고 있었다. 이렇게 쉽게 생각하고 나를 내던지는 게 아니었는데⋯⋯. 스스로를 아주 잘 알면서도 무리수를 던진 게 잘못이었다. 그의 물음에 차마 대답하지 못한 리원이 시선을 아래로 떨어트렸다. 표정이 딱딱하게 굳어 버린 남자가 재차 물었다.

"마음이 바뀐 겁니까?"

그제야 리원은 조금 솔직해졌다. 오늘 밤이 지나면 다시는 볼 일 없는 상대였으니까. 그래서 그에게만큼은 자신의 약한 모습을 보여 줄 수 있었다.

"사실⋯⋯. 믿지 못하겠지만 저 처음이에요."

"⋯⋯."

남자의 두 눈이 커다래지고 인상이 구겨졌다. 처음이란 말이 그렇게나 놀랄 일인가? 잠시 생각에 잠겼던 리원은 그가 놀란 이유를 뒤늦게 깨달았다. 섹스가 처음이라는 말로 오해한 것이다. 하긴. 처음이란 말만 던졌으니 오해할 법도 하지.

"저기, 그게⋯⋯. 원나잇이 처음이란 말이었어요."

"그런 이야기라면. 나 역시 처음입니다."

"이제야 정신이 제대로 돌아온 것 같아요⋯⋯. 사실 처음이라서. 겪어 보지 못한 세계라서 조금 두려워요."

그가 검은 눈동자를 굴리며 그녀의 얼굴을 빤히 훑었다. 이상한 일이었다. 처음이라는 말을 솔직하게 내뱉고 나자, 거짓말처럼 얼굴이 빨개지며 뜨겁게 달아올랐다. 남자 경험이 없는 것은 아니다. 하지만

이 남자와는 처음이지 않은가. 모르는 남자와 키스를 하고, 몸을 섞으려 했다는 사실에 뒤늦게 부끄러움이 밀려왔다. 그가 리원의 반응을 지켜보더니 피식, 헛웃음을 터트렸다.

"…이제 와서 부끄러워하는 겁니까?"

매우 신선한 반응을 본다는 듯, 리원이 피하려 해도 자꾸만 그의 눈동자가 그녀의 고갯짓을 따라 이리저리 움직였다. 조금은 장난처럼 그가 끈질기게 이어 물었다.

"그래서, 이대로 멈출까요? 원하지 않는 사람과 섹스하는 취미는 없어서."

머리가 어떻게 됐나 보다. 막연한 두려움에 집중하지 못하고 망설였지만, 그와 나누는 스킨십 자체가 싫은 것은 아니었다.

결국 리원은 고개를 들어 그의 눈을 똑바로 마주했다. 가까이서 쳐다본 남자의 강렬한 눈빛에 자꾸만 가슴이 울렁거렸다. 저 눈빛이 싫지 않다. 이 순간 오로지 저만을 원한다 말하고 있으니까. 그가 만져 주는 거칠고도 다정한 손길 또한 싫지 않다. 마치 사랑하는 연인을 다루듯 섬세했으니까.

그리고 그의 입술은……. 솔직히 정신이 혼미해질 정도로 달콤하다. 그래서 그런 걸까. 끝까지 해 보고 싶다는 생각이 드는 건. 리원은 저도 모르게 고개를 내저으며 말했다.

"아니요."

그의 눈이 휘둥그레졌다. 의외의 선택에 또 한 번 놀라게 만든 것이다.

아마도 그는……. 리원이 이쯤에서 관계를 거부할 거라고 예상했던 것 같다. 처음인 주제에 센 척하며 들이댔다고. 그런 말까지 했으니 더는 속일 것도 없다는 생각이 들었다. 리원은 솔직해진 김에 제 모든 감정을 그에게 털어놓기 시작했다.

"처음부터 당신을 원했어요."

"…처음부터?"

"그래요. 나에게 말을 걸어 주었을 때부터 당신의 커다란 손과 입술만 보였어요. 그 손으로 날 만져 준다면 어떤 기분일까. 저 입술로 내게 입 맞춘다면 얼마나 달콤할까 하는 그런……."

"당신은 솔직하지 못하군. 그 중요한 이야길 이제야 털어놓다니."

"맞아요. 난 원래 그래요. 상처받기 싫어서 내 진심을 숨기는 데 익숙하거든요."

그가 손을 뻗어, 리원의 상기된 뺨을 부드럽게 쓸어내린다. 이어, 기다란 그녀의 머리카락 끝에 가볍게 입 맞추었다. 그 과정에서조차 욕망에 타오르는 눈빛으로, 리원을 잡아먹을 듯 바라보는 것을 잊지 않았다.

"그럼 실험해 봅시다."

"뭘요?"

"서로에 대한 호감 정도로……. 얼마나 뜨거워질 수 있는지. 얼마나 서로에게 절정을 느끼게 해 줄 수 있는지."

"두려워요."

"뭐가 두렵습니까?"

"내가 내 자신이 아닌 것처럼 정신을 잃어버리면…… 그땐 어떻게 해야 하죠?"

"괜찮아요. 만약 당신이 정말로 정신을 잃게 돼도 내가 받쳐 주고 있을 테니까."

싱긋, 입꼬리를 올리며 미소 지은 그가 리원의 볼을 다정히 감쌌다. 그러고는 가볍게 쪽, 입을 맞추었다.

"그러니까 기절할 만큼 나에게 몸을 맡겨 봐요. 작은 감각 하나조차 집중해서 제대로 느껴 봐요."

다시 맞닿은 입술은 결코 가볍지 않았다. 열정적으로 키스를 퍼붓는 그의 무게에 밀려, 리원은 벽으로 미끄러졌다.

쿵! 하는 소리와 함께 그녀의 등이 벽에 부딪혔지만 그런 것 따위 신경 쓸 겨를이 없었다. 실로 숨이 막혀 왔다. 짐승처럼 성난 남자에게 날로 먹히는 감각. 거대하게 넘쳐흐르는 남자의 욕망 앞에서 숨을 쉬기 위해 입을 벌렸지만, 그 틈새로 자꾸만 뜨겁게 밀고 들어올 뿐이었다. 공기가 부족해 머리가 어지러울 지경이다.

"하아……."

겨우 숨을 돌렸다 싶은 그때, 등 가운데의 지퍼가 아래로 내려가는 것이 느껴졌다. 피부를 감싸고 있던 원피스가 헐거워졌다. 희디흰 살결이 드러난 순간, 급작스럽게 뻗어 온 큼직한 남자의 손이 부드러운 살덩이를 손에 쥐었다. 짜릿하게 전해져 오는 미약한 통증에 저절로 입이 벌어졌다.

"아……. 제발 천천히."

낙인을 찍듯 쇄골에 키스 마크를 남기던 그가 번쩍, 리원을 들어 올려 침대로 향했다. 혹여 움직이는 동안 옷이 벗겨져 버릴까 봐, 리 원은 애써 옷깃을 부여잡은 채 버텼다. 살며시 그녀를 침대에 눕힌 그 가 옷깃을 잡은 그녀의 손끝에 입을 맞추며 부드럽게 떼어 냈다.

사락. 사락. 피부를 감싸고 있던 천 조각들이 하나둘 벗겨져 침대 아래로 떨어지는 소리가 들렸다. 못 견디게 야릇하고 창피했다. 그와 눈을 마주칠 수가 없었다. 리원은 두 팔로 최대한 가릴 수 있는 만큼 중요한 부분들을 가렸다. 그리고 그는 어둠 속에서 까맣게 빛나는 눈 동자로 한동안 그녀의 전신을 바라보았다.

"전부 보여 줘요. 이 순간 날 얼마나 원하는지."

그의 말에 담긴 뜻을 단번에 알아들었다. 머뭇거리던 리원은 결심 했다는 듯, 몸을 가렸던 두 팔을 천천히 아래로 내렸다. 그의 시선 앞 에 꾸밈없이 온전한 그녀 자체의 모습이 드러났다. 하얀 침대 시트만 큼이나 새하얀 피부 위에는 울긋불긋 꽃이 핀 것처럼 그가 남긴 자국 들이 붉게 피어 있었다.

"예뻐요. 정말로."

쪽. 맨피부에 뜨거운 남자의 입술이 닿았다 떨어졌다. 한 번. 또 한 번.

"아……."

온몸에 입술 자국을 남기는 그 단순한 행위가 뭐라고. 무척이나 소 중하게 다뤄 주는 느낌이 들어 저도 모르게 낮은 탄식과도 같은 신음 을 흘렸다. 어두운 달빛 아래에서, 그녀의 위를 차지하고 앉은 남자가 입고 있던 셔츠를 벗어 던졌다. 희미한 실루엣만 보아도 알 수 있었다. 남자의 몸이지만 얼마나 단단하고 아름다운지.

꿈틀거리는 어깨선이 아래로 내려온다고 느낀 순간. 그는 쉴 새 없이 그녀를 어루만지고 곳곳에 빈틈없이 입을 맞추었다. 미끄러지듯 움직이며 깊고도 은밀한 곳까지 쓰다듬는 섬세한 손길. 예민한 곳을 찾아가며 간질거리게 스쳐 가는 입술. 피부의 잔털이 모두 곤두설 정도로 뜨겁게 내뱉는 한숨. 그 모든 것이 미칠 만큼 자극적으로 다가와 그녀를 정신없게 만들었다.

"흐윽!"

그의 모든 것이 너무나도 다정해서 이상하게 눈물이 났다. 생각하고 싶지 않은데……. 그와 완벽하게 하나로 이어지는 순간 이미 옛 남자가 된 이의 얼굴이 떠올라 저도 모르게 눈물이 터져 버렸다. 한번 터진 눈물은 걷잡을 수 없이 줄줄 새어 나와 온 얼굴을 적셨다. 그녀의 위에서 뜨거운 몸짓에 집중하던 그가 하던 행위를 멈추고 걱정스레 내려다보았다. 마치 죄인이라도 된 것처럼.

"…아파요?"

"아니에요. 그런 게 아니라……."

리원은 두 팔을 뻗었다. 이 사랑스러운 남자가 오해하며 죄책감을 갖는 게 싫었다.

당신이 아니었다면 난 지금쯤 혼자 어떻게 됐을지도 몰라. 오늘 이 순간뿐일지 몰라도. 당신과 내가 그저 잠시 스쳐 가는 인연일지 몰라도. 나를 잠깐이나마 사랑해 줘서 고마워요. 리원은 그의 목에 두 팔을 감아 자신의 가슴께로 끌어당겼다.

"더 강하게 날 안아 줘요. 아무것도 생각나지 않게……. 머릿속이 새하얗게 되도록."

남자가 거친 숨을 크게 몰아쉬었다. 자극적인 그녀의 말에, 그는 잠시 멈추었던 몸을 더욱 강하게 움직이기 시작했다. 끝으로, 점점 더 끝으로 치달았다. 아마 이 견딜 수 없는 감각의 끝까지 가 버린다면 정신을 잃어버릴지도 모른다. 하지만 두 사람은 결코 멈출 수 없었다. 뜨거운 열기로 타오르는 두 사람은, 긴 밤이 지나고 여명이 밝아 오는 새벽녘까지 쉽게 잠들지 못했다.

□ ◆ □

리원은 젖은 머리를 타월로 털어 내며 욕실을 벗어났다. 폭신한 샤워 가운을 챙겨 입으며 자연스럽게 TV 리모컨을 손에 쥔다.

틱. 틱. 뭔가 마음에 들지 않는 것처럼 거칠게 버튼을 누르며 자꾸만 채널을 변경하는 손길. 그녀가 채널을 정신없이 바꾸는 것은 딱히 시청할 만한 프로그램이 없어서가 아니었다. 아무리 지우려 해도 지워지지 않는 지난밤의 기억이 자꾸만 떠오르려 했기 때문이었다. 초점을 잃은 채 멍하니 상념에 잠겨 있는 그녀의 붉은 입술 사이로 나지막한 음성이 새어 나왔다.

"괜찮겠지. 어차피 하룻밤의 불장난에 불과했으니까."

그녀는 대략 30여 분 전. 낯선 남자와 나란히 함께 누워 잠든 침실에서 눈을 떴다. 눈을 뜨자마자 보인 것은 꿈인가 싶을 정도로 조각같이 단정한 얼굴. 남자의 고른 숨소리를 듣자마자 깜짝 놀라 도망치듯 그의 객실을 빠져나왔던 것이다. 분명 서로 합의하에 가진 관계였는데. 심지어는 너무 좋아서 밤새 그의 품 안에서 절정에 몸을 떨었는데. 어째서 죄라도 지은 것처럼 그 자리에서 도망친 건지 스스로도 알 수가 없었다.

"이래서……. 일탈이란 것도 아무나 하는 게 아니구나. 도대체가 감당이 안 되어서."

남들이 보기에는 강하고 대담해 보이는 그녀였지만, 남녀 관계에 있어서는 순진하기 짝이 없었다.

하지만 그래도 좋았다. 평생 누구에게도 말 못 할 비밀이 생긴 것이다. 그 사실이 묘하게 마음에 들었다. 평소 답답하기 그지없었던 저 자신이 이렇게나 과감해질 수도 있구나. 스스로조차 몰랐던 숨겨진 모습을 깨닫게 된 계기도 무척 마음에 들었다.

'어차피 두 번 다시는 안 볼 사이야. 그도 그걸 알고 있고.'

그러니까. 더는 신경 쓰지 말자. 도망치듯 몰래 빠져나와 버려서 미안하다는 생각도 하지 말고. 다시 한번 마음을 굳게 먹은 그녀는 소파에 털썩 주저앉아 뉴스 채널을 틀었다.

아침부터 날씨가 심상치 않다. 급히 호텔과 비행기티켓을 예약하면서도 혹시나 모를 일을 대비하여, 분명 일기 예보를 꼼꼼히 확인했었는데. 창밖으로는 이미 거센 비바람이 몰아치고 있었다. 역시나 대부분의 종편 뉴스 채널들에서는 현재 기상 상황에 대한 특집 뉴스를 진행 중이었다. 리원은 리모컨을 테이블에 내려놓고 뉴스 속보에 집중했다.

— 예년보다 일찍 시작된 장맛비에 많이 놀라셨을 텐데요. 장맛비에 의한 피해를 복구할 겨를도 없이 태풍이 북상 중이라는 걱정스러운 소식입니다. 기상 캐스터를 연결하여 자세한 소식 들어 보겠습니다.

난데없이 '태풍'이 온다는 소식에 깜짝 놀란 그녀의 두 눈이 휘둥그레 뜨였다. 분명 며칠 전까지만 해도 우리나라에 전혀 영향을 주지 않을 거라는 소식을 접하곤 제주행을 결정한 거였다. 한데 이 무슨 난데없이 태풍 소식이란 말인가. 당황함을 금치 못하고 있을 때, 화면 가득 먹구름이 낀 위성영상을 띄운 기상 캐스터가 일기 예보를 전하기 시작했다.

— …북태평양 고기압의 발달로 태풍이 예상 경로를 틀어 북상 중입니다. 빠르게 북상 중인 제5호 태풍 '포샤'는 오늘 우리나라를 관통하여 자정쯤 절정에 다다를 것으로 보입니다……. 가급적 외출을 삼가시고 철저하게 대비하셔야겠습니다.

자정이 절정이라면, 제주에는 조금 더 빠르게 도착할 것이다. 현재 바깥에서 부는 강풍의 강도라면 비행기가 뜨는 데 충분히 문제가 있을 것 같은 예감이 들었다.

아니나 다를까. 기상 캐스터의 일기 예보가 끝나자마자, 앵커는 비행기와 선박이 지연되거나 결항됐다는 소식을 알렸다.

"아……. 정말 미쳐. 오늘 꼭 돌아가야 하는데."

리원은 심각하게 미간을 찌푸린 채 휴대폰을 들었다. 상황이 정확하게 어떻게 돌아가는 건지 공항에 전화를 해 보기 위해서였다. 그녀의 서울행 비행기티켓의 출발 시각은 13시 10분. 당연하게도 지금 돌아가지 못한다면 어떻게 해야 할지 방법을 찾아야 했다.

□ ◆ □

"하아……. 정말 미치겠네."

리원은 냉수를 벌컥 들이켜며 발치에 놓인 캐리어를 노려보았다. 오전 11시 체크아웃 이후부터 쭉 이곳에 앉아 시간을 때우는 중이었다.

벌써 세 잔째. 자릿값으로 시킨 커피 따위 눈에 들어오지도 않는다. 하도 물배를 채웠더니 점심을 먹지 않았는데도 배가 불러 터져 나갈 것 같다.

'공항에라도 가야 하는데……. 여기 계속 있을 수는 없으니까.'

새카맣게 타들어 가는 속을 누가 알까. 카페는 영업시간이 종료되면 문을 닫을 것이고, 토요일이라 호텔은 물론 근처 모텔까지 빈 객실이 없었으며, 콜택시는 불러도 오지 않았다. 리원은 꼼짝없이 호텔 로비를 서성거리며 밤을 새우게 생겼다.

최대한 머리를 굴렸다. 태풍이 지나가고 잠잠해지면, 새벽에라도 택시를 불러 공항에 가야 하는 걸까. 공항에는 그나마 저와 같은 입장의 사람들이 수두룩할 테니까. 뭔가 방법이 있겠지.

"짜증 나는 기상청. 어떻게 그걸 못 맞춰! 태풍에 영향을 받지 않을 거라 해 놓고는……."

홀로 투덜거려 봤자 답은 없었다. 틱틱. 지인들과 대화를 주고받는 단체 채팅방은 온통 태풍에 관한 이슈로 들썩였다. 유일하게 마음을 터놓을 수 있는 절친인 미영에게만 제주도에 왔다는 사실을 알렸던 터라, 현재 리원의 상황은 가족들조차 알지 못했다.

[강리원. 그래서 지금 호텔에 발 묶여 있는 거야?]

[응. 미치겠다. 여기서 밤샘해야 될 듯.]

[빈방 없다며?]

[로비에서. 어떻게든 되겠지.]

[어젯밤 바에서 만난 남자한테 재워 달라고 말이라도 던져 봐. 혹시 알아? 진짜로 재워 줄지.]

[미친……. 농담 좀 그만하지?]

미영의 메시지가 농담이란 것을 알았다. 하지만 리원은 순간 정말로 그래 볼까? 하고 생각해 버린 스스로에게 자괴감을 느꼈다.

'내가 미치긴 미쳤구나. 어떻게 원나잇을 한 남자에게…….'

리원은 아랫입술을 꽉 깨물며 고개를 흔들었다. 염치없는 것도 정도가 있지. 그 정도로 얼굴에 철판을 깔 용기는 없었다. 결코 자존심이 용납하지 않았다. 그녀는 다시 한번 통화 내역의 콜 번호를 눌렀다. 몇 시간이라도 기다릴 테니, 되는대로 택시를 보내 달라 요청하기 위해서였다.

□ ◆ □

차창 밖으로 불어 대는 강풍만큼이나 태건의 속도 어지럽기 그지 없었다. 그는 업무 시간을 제외하곤, 종일 틈만 나면 상념에 잠겼다. 어젯밤의 일에 대해, 그리고 오늘 아침에 느꼈던 허탈감에 대해 깊이 생각해 보는 중이었다.

'연락처를 물어볼 걸 그랬어.'

보통 때의 그 같지 않았다. 이해할 수 없는 일이 벌어지고 있는 것이다.

'이름이라도 물어볼 걸 그랬나⋯⋯. 아니, 오늘 라운지 바에 가면 또 만날 수 있을지도.'

거기까지. 태건은 그저 하룻밤 마음이 맞아 즐긴 상대에 대해 너무 깊이 파고들고 있다는 것을 깨닫고는 생각하는 것을 멈춰 버렸다.

"후우⋯⋯."

젠장. 잊자. 정말 잊자. 그저 단 하룻밤의 불장난에 불과했으니. 솔직히 마음만 먹으면 그녀의 정체를 알아내는 건 어렵지 않겠지. 하지만 의미 없는 짓이다. 딱 거기까지인 관계라는 것을 잘 알고 있었으니까.

홀로 심각하게 분위기를 잡고 있던 탓일까. 평소와 달리 깊은 고민에 빠져 있는 것을 본 김 비서가 넌지시 물었다.

"무슨 고민 있으십니까?"

"아니. 해결되지 못할 문제야. 그래서 한숨만 쉬는 거고."

궁금증은 풀리지 않았지만 김 비서는 더 묻지 않았다. 깊이 캐 봤자 좋을 것도 없을뿐더러, 태건이 저렇게까지 말한다면 정말 해결해 줄 수 없는 일일 테니까.

태풍 속에서도 유유히 도로를 달리던 차는 어느새 킹스 호텔 로비에 도착해 있었다. 급작스러운 태풍 소식에 마지막 스케줄이 취소되었지만, 김 비서는 따로 정리할 일이 있었다. 그는 급한 대로 태건을 호텔에 내려 주곤 곧바로 사라졌다.

'초저녁부터 술이나 한잔해야 하는 건가.'

복잡해진 머릿속을 정리할 만한 다른 특별한 방법이 떠오르지 않는다. 이럴 땐 그저 술에 취하는 게 최고였다. 자신의 표정이 마네킹처럼 딱딱하게 굳었다는 사실도 모른 채 호텔 로비를 가로지르던 순간, 믿을 수 없는 일이 벌어졌다.

분명 다시는 마주치지 못할 거라고 생각했었던…… 그녀가 마법처럼 눈앞에 나타났다. 어젯밤과 달리 화장기가 거의 없는 얼굴이었지만 그는 알아볼 수 있었다. 분명 그녀였다.

"하……."

입술을 가르고 탄식이 터져 나온다. 긴 머리카락을 휘날리며, 한 손으론 캐리어를 끌고, 다른 한 손에 쥔 휴대폰 화면을 쳐다보며 이쪽으로 걸어오고 있었다.

하지만 그녀는 그를 알아보지 못했다. 사라락. 스쳐 지나가는 여자의 머리카락에서 어제와 같은 샴푸 냄새가 풍겼다. 향기를 맡은 그의 미간이 잔뜩 일그러졌다. 태건은 그녀가 완전히 스쳐 지나가기 전에,

크고 강인한 손을 뻗어 여자의 가녀린 팔뚝을 턱 부여잡았다.

"……."

깜짝 놀란 그녀의 크고 새카만 눈동자가 그를 향했다. 그녀 또한 생각지도 못하게 그를 마주치는 바람에 제법 놀란 눈치였다. 할 말을 잃은 채 멍하니 쳐다보는 눈동자를 향하여, 태건은 도전적으로 말을 걸었다.

"…아침에 왜 그냥 갔습니까?"

그의 기세에 눌린 그녀가 얼떨떨한 모습으로 횡설수설했다.

"그거야……. 우린 어제 충동적으로……. 미안해요. 내가 예의가 없었나……. 메모 정도는 남기고 올 걸 그랬나요? 하지만 그렇다고 우리가 작별 인사까지 나누고 헤어질 상황은 아니었던 것 같은데……."

태건의 시선이 그녀의 손에 쥐어져 있는 캐리어로 옮겨졌다.

"어디 갑니까?"

"아……. 오늘 서울로 돌아가려고요. 비행기티켓을 끊어 놨었거든요."

"이 날씨에? 바깥에 택시는커녕 개미 새끼 하나 볼 수 없어요. 아마 항공편도 모두 결항됐을 겁니다."

사람이 궁지에 몰리면 지푸라기라도 잡는 심정이 된다는 말이 사실이긴 한가 보다. 리원은 잠시 입을 꾹 다문 채 곤란한 표정으로 그를 올려다보다가,

"맞아요. 그냥 사실대로 말씀드릴게요. 그런 이유로 저……. 이런

말 정말 염치없고 이상하게 들리실지 모르겠지만."

두 눈에 애원을 가득 담고 말을 이었다.

"하룻밤만 더 재워 주실래요?"

2

잠들지 못하는 밤

엘리베이터 문이 열리는 소리가 들리자, 리원은 퍼뜩 고개를 들었다. 승강기 상단의 숫자판엔 19라는 숫자가 버젓이 찍혀 있었다. 정적이 감도는 승강기 안에서 그녀의 옆에 서 있던 남자가 먼저 걸음을 옮겼다. 문이 닫힐세라 얼른 그의 뒤를 따르던 그 순간, 생각지도 못한 상황이 발생했다.

"아앗!"

앞으로 고꾸라질 뻔한 리원이 승강기에 몸을 기댄 채 제 발치를 내려다보았다.

"아아. 어쩜 좋아……."

새로 산 구두의 굽이 승강기의 문 틈새에 끼어 있는 것을 발견했다. 식은땀이 흘렀다. 발을 들어도 보고 이리저리 비틀어도 보았지만,

어찌나 세게 박혔는지 끼인 부위가 도저히 빠져나올 생각을 하지 않는다. 수 초간 홀로 그렇게 낑낑대고 있으니, 잠시 상황을 지켜보던 그가 미간을 찌푸리며 물었다.

"왜 그래요? 발에 문제가 있습니까?"

"구두 굽이 엘리베이터 틈새에……."

"끼었습니까?"

"네……."

그가 리원의 앞으로 다가와 한쪽 무릎을 접고 바닥에 꿇어앉았다. 그녀의 발목에 태건의 뜨겁고 커다란 손이 닿았다. 피부와 피부가 닿은 부위가 불에 덴 듯 묘하게 달아오른다. 잠시 끼인 부분을 이리저리 심각하게 훑어보던 그가 리원에게 말했다.

"승강기 문이 닫히지 않게 잡고 있어 봐요. 그리고 구두는 잠시 벗는 게 좋겠습니다."

그녀는 척, 척, 그가 시키는 대로 했다. 승강기 문 단면을 손바닥으로 눌러 닫히지 않게 하고, 구두에 욱여넣었던 발을 슬며시 빼냈다. 리원이 구두를 벗자마자 그가 그것을 힘껏 빼내기 시작했다. 그 아슬아슬한 장면을 지켜보는 리원의 두 눈이 점차 커져 갔다. 조금씩 빠져나오는 구두를 지켜보며 기뻐하려던 그때.

"아앗……!"

탁, 하는 소리와 함께 구두가 틈새에서 빠져나왔지만, 동시에 뒷굽이 몸체에서 분리되며 바닥으로 떨어졌다. 완전히 망가진 것이다.

세상에. 방금 망가진 구두는 무려 마놀로 블라닉의 올해 신상인데!

이 순간만큼은 평소의 시크한 표정을 유지하기가 힘들었다. 곤란한 듯 굽이 떨어져 나가 버린 구두를 가만히 쳐다보던 그가 결국 사과했다.

"미안합니다. 힘 조절에 실패해서 그만."

"…하아아……."

"아끼는 구두인가요?"

"네……. 오늘 처음 신은 구두니까요."

"일단 방으로 가서 상태를 확인해 봅시다."

"네……."

의기소침해진 그녀는 오리처럼 입을 앞으로 비죽 내밀었다. 아까워서 미쳐 버릴 것만 같다. 비록 실연의 상처 탓에 눈이 돌아 버려 충동 구매했던 구두였지만, 정말 마음에 들었었는데……. 설마 버려야 하는 건 아니겠지? 그런 걱정들을 하며 복도 끝의 객실을 향해 가는 그의 뒤를 터덜터덜 따라 걸었다. 그렇게 무심히 복도의 풍경들을 흘려보내며 스쳐 지나가던 중……. 정말 난감한 기억들이 연기처럼 서서히 피어오른다.

익숙한 복도. 익숙한 방향. 그리고 익숙한 남자의 뒷모습.

비틀거리는 그녀를 위해 앞서가던 길을 다시 돌아와 부축해 주던 그의 단단한 팔.

'하아……. 왜 자꾸 어젯밤 기억이 떠오르는 거야…….'

술을 마셔 필름이 대부분 끊겼다고 여겼는데. 어제 겪었던 그대로 그의 뒤를 따르다 보니, 잊었던 기억이 하나둘 떠오르기 시작한 것이다. 한번 떠오르기 시작한 기억들은 거침없이 뇌리 속으로 밀려들어 와 그녀를 당황케 했다. 단단한 품에 기댄 채 그의 방으로 들어서자마 자 나누었던 뜨거운 키스와 또⋯⋯.

거의 망상 수준으로 기억을 되짚어 보던 사이. 어느새 목적지였던 그의 룸 앞에 도착해 있었다. 카드 키로 문을 연 그가 리원에게 먼저 들어가라는 듯 손짓했다.

"들어가요."

우습게도 제가 먼저 재워 달라 해 놓고는 막상 그가 문을 열어 주 자 멀뚱히 쳐다보기만 했다.

'정말 괜찮겠지?'

또 한 번 그와 밤을 지새워도. 잠시 그런 고민을 했지만 그녀에게 별다른 선택지는 없었다.

□ ◆ □

"버려야 될까 봐요."

리원은 우울한 표정으로 망가진 구두를 이리저리 살폈다. 완전히 떨어져 나가 버려 당장에는 고쳐 신지 못할 수준이었다. 소파 맞은편 에 앉아 가만히, 그녀의 하는 행동을 지켜보던 그가 다소 미안한 표정 을 지었다.

"여자들의 가방이나 구두에 대해서는 잘 모르지만. 수선을 맡긴다 면 아마 고칠 수 있을 겁니다."

"못 고쳐도 어쩔 수 없죠. 저를 도와주시려다 그렇게 된 건데. 다행히 제 캐리어에 충동구매한 구두가 두 켤레나 더 있어서 당장엔 문제없어요."

"불행 중 다행이군요. 내가 망가트렸으니 똑같은 걸로 구해 드리겠습니다."

"아니에요. 부담되게 그러실 필요 없어요. 가져가서 수선하면 될 것 같아요."

구두를 쓰레기통에 버릴까 고민했지만 마음이 아파서 차마 그럴 수는 없었다. 어떻게 구매한 고가의 구두인데 망가졌다고 내다 버릴 수는 없지. 캐리어 옆에 구두를 나란히 세워 놓고는, 소파에 앉아 이리저리 방을 둘러본다. 턱을 괸 채 조용히, 그런 리원을 지켜보던 그가 물었다.

"차 한잔할래요?"

"좋죠. 혹시 커피 있나요?"

"기다려 봐요."

종일 물배를 채웠지만, 시간이 지나니 금방 꺼져 버렸다. 잠잘 곳을 찾은 뒤에야 제대로 커피 향을 즐길 마음의 여유가 생겼다. 그는 원두 기계로 금방 내린 커피를 직접 만들어 내왔다. 어제는 두 사람다 만취 상태라 조금은 들떠 있었는데……. 오늘은 너무나도 맨정신이라 방 안의 공기조차 어색하게 느껴졌다.

후루룩, 후루룩. 어색한 분위기 탓에 조용한 방 안엔 차 마시는 소리만 울려 퍼졌다.

"저기…… 좀 늦은 감이 있긴 하지만 진심으로 감사드려요."

그녀가 조심스레 감사의 말을 전하자 고개를 한쪽으로 살짝 기울인 태건이 의아한 듯 되물었다.

"뭘 말입니까?"

"전부 다요. 황당한 부탁일 텐데 오늘 절 재워 주시기도 하고……. 음, 그리고 또……."

말을 꺼내려다 말고 잠시 망설였지만, 그는 차분히 그녀를 바라보며 이어질 말을 기다려 주었다.

"…사실 결과적으로는 조금 우스운 이야기긴 한데요. 그쪽 덕분에 어젯밤 일들이 자꾸 떠오르는 바람에……. 제가 실연당했다는 사실을 계속 잊고 있었지 뭐예요. 어젯밤 당신을 만나기 전까지는 세상이 그렇게나 지옥 같았는데 말예요."

"돌발적으로 들이닥친 태풍 녀석 때문이 아니고?"

"아. 물론 태풍 때문에 걱정하느라 힘들었던 것도 이유 중의 하나긴 했죠. 잠잘 곳은 없지, 시간은 하염없이 흐르고 있지. 너무 막막한 나머지 두통이 밀려올 정도로 골치가 아팠으니까요."

그 나름대로의 조크에 약간의 긴장이 풀어지는 것을 느꼈다. 리원이 조금 편안해졌다는 것을 느낀 그가 능숙하게 질문을 계속했다.

"실연이라……. 지금은 좀 어떻습니까? 아직도 많이 힘들어요?"

"아뇨. 신기하게도 엄청 괜찮아졌어요. 이러다가 막상 혼자가 되면 또다시 아파 올지도 모르겠지만요."

희미하게 웃음 지은 그녀가 시선을 아래로 내렸다. 손에 쥔 찻잔에 담긴 커피에서 하얀 연기가 피어오른다. 멍하니 그것을 쳐다보고 있는데, 어느새 그녀의 곁으로 다가온 커다란 그림자가 드리워졌다. 여러 번 느꼈던 거지만……. 정말 방심한 사이 훅, 치고 들어오는 남자다. 리원이 마음의 준비를 할 새도 없었다.

소파에 앉은 그녀의 앞에 태건이 우두커니 섰다. 그가 팔을 벌려 그녀가 앉은 소파의 등받이에 두 손을 턱 얹었다. 그러곤 상체를 아래로 점점 숙이며 그녀에게 얼굴을 가까이 갖다 댔다. 남자의 넓게 벌린 양팔 안에 갇혀 버린 꼴이 되었다. 코가 닿을 만큼 아슬아슬한 거리에서, 두 사람의 눈동자가 맞닿았다. 당황한 리원이 고개를 옆으로 홱, 돌리며 그의 시선을 피했다.

"으음……. 지금 이건 뭐 하는 거죠?"

"그냥 궁금해서."

"뭐가요?"

"어젯밤 일이 자꾸 떠올랐다는 대목에서 말입니다. 정확하게 어젯밤의 어떤 일이 떠올랐다는 건지?"

"네에?"

"그게 궁금해서 참을 수가 있어야지."

"아아……. 그, 그건."

그녀의 눈이 휘둥그레졌다. 동시에 크고 동그란 눈동자가 마치 구슬이 구르듯 위아래로 정신없이 흔들렸다. 무척이나 당황한 듯한 반응이었다. 애써 참아 내며 지켜보던 그가 결국 작게 웃음을 터트렸다.

"뭐예요? 지금 놀리는 거예요? 재밌어요?"

"괴롭히고 싶게 반응을 하니까, 당신이."

"와아……. 의외로 짓궂은 면이 있으시네요. 장난기도 되게 많으신 것 같고."

"희한해요. 당신 외모에서 풍기는 이미지는 섹시하고 도시적인 느낌인데, 가만히 지켜보다 보면 의외로 귀여운 구석이 있는 것 같습니다."

"세상에……. 제 절친 미영이가 듣는다면 깜짝 놀라서 뒤로 자빠질걸요. 내가 누군가에게 귀엽다는 소릴 다 듣다니!"

장난스럽게 넘기려는데도 자꾸만 분위기가 야릇하게 변해 간다. 그것을 느낀 리원이 결코 이상한 분위기로 흘러가지 않게 하기 위해 최대한 몸부림쳤다. 소질도 없는 개그에 우스갯소리까지 줄줄이 늘어놓았지만, 분위기를 주도하는 사람은 따로 있었다.

"정말로 귀엽습니다. 사랑스럽고, 매력 넘치고."

뜨겁고도 다정한 눈빛으로, 이런 말들을 내뱉는데 어떻게 진지해지지 않을 수 있을까.

"…오늘 밤은 당신 쪽에서 먼저 유혹하는 건가요? 그런 흔해 빠진 멘트로."

"왜? 유혹하면 안 됩니까?"

"이건 좀 생각지 못한 상황이라서……."

"여긴 우리 둘뿐이고, 방해하는 사람도 없는데. 뭐가 문젭니까?"

싱긋, 한쪽 입꼬리를 유하게 위로 올려 미소 지은 그가 고개를 천천히 아래로 내렸다.

"게다가 맨정신에 보는 당신은 예쁘기까지 하고."

조금 더. 조금만 더……. 아래로 더디게 내려온 그의 입술이 결국 빨간 앵두처럼 예쁘게 빛나는 리원의 입술에 촉 닿았다.

…어제도 느꼈지만 이 남자, 키스를 참 잘한다. 힘겨울 만큼 벅차게 밀어붙이지만 어딘가 묘하게 감미롭고 간질거리는 키스를 한다. 아랫입술을 살짝 깨물다가 혀끝으로 장난스럽게 상대의 입술 사이를 가른다. 천천히 밀고 들어온 혀가 어루만지듯 입 안쪽 전체를 짜릿하게 자극했다. 부드러운 그의 입술은 마시멜로처럼 폭신하고, 유연하게 움직이는 혀는 기분 좋게 점막을 쓸어내린다.

어쩜 이렇게 아귀를 딱 맞춘 듯 벌어진 틈새 하나 없이 입을 맞출까. 부드럽게 빨아 당기는 감촉이 너무 좋아서, 심지어는 타액까지 달달한 것 같은 착각이 들었다.

'세상에……. 정신을 차릴 수가 없잖아.'

저도 모르게 그가 선사하는 키스에 빨려들었다가 퍼뜩 정신을 차렸다. 그를 거부하는 것은 아니었다. 하지만 밀고 들어오는 그가 너무나도 강렬해서, 잠깐이라도 숨 돌릴 시간이 필요했다. 리원이 남자의 입술에서 벗어나기 위해 살짝 고개를 비틀었다.

"후우……."

꽉 막혀 있던 숨통이 그제야 조금 터지는 것 같다. 입술이 떨어지자 코 닿을 거리에서 느른하게 쳐다보는 남자의 눈동자가 어찌나 섹시한지.

"싫어요?"

"…아뇨. 좋아요."

"그럼 조금 더."

태건이 그녀의 턱을 들어 올렸다. 서로의 까만 눈동자가 허공에서 다시 마주쳤다. 가슴에서 쿵쾅, 심장이 크게 뛰는 진동이 느껴졌다. 바깥으로 소리가 들리는 게 아닐까 걱정될 정도였다.

그와의 사이에는……. 처음부터 지금까지 출처를 알 수 없는 긴장감 같은 게 존재했다. 함께 있으면 뭔가 불편하게 느껴지면서도 얼굴이 뜨겁게 달아오를 만큼 야릇한 그런 긴장감. 입술이 바짝 마르고, 목구멍이 타들어 가는 듯한 긴장감. 그녀가 저도 모르게 자꾸만 혀를 내밀어 입술을 축이는 이유가 거기에 있었다.

'이러려던 게 아니었는데.'

사귀는 사이도 아닌데……. 애인도 아닌데……. 어디까지 허락해야 하는 걸까. 이런 관계는 처음이라, 어떻게 해야 좋을지 감이 오지 않았다.

오늘 또 한 번의 뜨거운 밤을 보내게 되는 걸까. 그 짧은 찰나에 갖가지 상념에 사로잡혀 버리자, 태건이 인상을 살짝 구기며 말했다.

"머리 굴리지 말아요. 이런 순간조차 당신은 어떻게든 빠져나갈 구멍만 찾는군."

그리고 말이 끝나기가 무섭게 눈꺼풀을 섹시하게 내리깐 남자가 입술을 살짝 벌리며 다가왔다. 또다시, 뜨거운 입맞춤의 순간이 다가온 것이다. 리원의 눈이 저절로 스르륵 감기려던 그 순간. 똑똑. 난데없는 노크 소리에 두 사람의 행동이 일순 멈춰 버렸다.

"……"

밀착된 상태로 있던 두 사람 모두 당황한 듯 눈을 크게 떴다. 혹시 잘못 들었나? 귀를 의심하려던 그때. 똑똑. 또다시 그들의 시간을 방해하는 소리가 들렸다.

리원은 마치 나쁜 짓을 하다 들킨 사람처럼 빛의 속도로 그에게서 멀어졌다. 앉아 있던 소파에서 일어나 빠르게 뒷걸음질 치던 그녀는 쿵 하는 소리와 함께 붙박이장에 등을 부딪쳤다.

"이 시간에……. 누구 올 사람 있었어요?"

그녀의 질문에 눈썹 앞머리를 꿈틀거리던 그가 고개를 갸웃거리며 대답했다.

"딱히. 약속은 없습니다만."

"그럼 문 두드리는 사람의 정체는요?"

"아마도 내 비서……."

그가 말을 채 끝맺기도 전에 이번에는 쾅! 쾅! 문을 부숴 버릴 듯 강하게 쳐 대는 소리가 귓전을 때렸다.

"부사장님? 부사장님!"

안에서 반응이 없자 성격 급한 비서가 출입문 밖에서 남자의 이름을 불러 대기 시작했다.

"문 열어, 최태건."

"하……."

깊은 한숨을 내쉰 그가 손을 들어 앞머리를 쓸어 넘겼다. 잘생긴 이마 위로 흘러내린 머리카락이 날카롭게 찢어진 눈 앞에서 찰랑거린다. 리원과 있을 땐 그리도 다정하게 속삭이던 그가 놀랄 정도로 우렁찬 목소리로 소리쳤다.

"잠깐 기다려, 김 비서!"

그가 한쪽 바지 주머니에 손을 찔러 넣은 채 현관으로 유유히 걸어간다. 김 비서라는 사람에게 문을 열어 주려는 것 같은데. 그것을 본 리원은 반사적으로 등 뒤에 닿아 있던 붙박이장 문을 열었다.

끼이익. 탁.

그리고 그 누구도 저를 볼 수 없게, 장롱 안쪽으로 숨어들어 버렸다.

□ ◆ □

"휴식 시간 방해해서 미안한데⋯⋯. 빨리 작성해서 팩스 보내 줘야 해."

서류 뭉치를 잔뜩 가져온 김 비서는 거침없이 방 안으로 들어와 소파에 털썩 주저앉았다. 그는 귀찮은 물건 치우듯 찻잔을 대수롭지 않게 옆으로 밀었다. 서류를 테이블에 내려놓던 그때, 김 비서의 고개가 더디게 찻잔으로 돌아간다. 맞은편에 앉아 있던 태건은 뒤늦게 김 비서의 시선이 꽂힌 곳을 쳐다보곤 미간을 꿈틀거렸다.

"음? 조금 전에 누가 있었나?"

"⋯왜?"

"왜긴. 찻잔이 두 개잖아."

"아까 다녀간 거니까 신경 끄고. 서류나 빨리 줘. 얼른 사인하고 쉬고 싶으니까."

"아니, 잠깐만, 잠깐만."

김 비서는 쓰고 있는 안경을 검지 끝으로 세심하게 밀어 올렸다. 그의 두꺼운 상체가 아래로 스르륵 기울어지며, 새하얀 색의 찻잔 가까이에 가닿았다. 그는 이리 보고, 저리 보고, 부지런히도 몸을 돌려 찻잔을 아주 자세하게 확인했다.

"이거 여자 립스틱 자국 아니냐?"

변명의 여지도 없이, 아주 선명한 핑크색 입술 자국이 찻잔에 찍혀 있었다. 태건은 시선을 허공으로 돌리며 목을 가다듬었다. 시치미를 떼려는 전형적인 몸짓에 안경 너머로 힐끗, 그를 노려본 김 비서가 묵직한 저음으로 물었다.

"너 어디다 여자 숨겨 놨냐?"

"…숨기긴 뭘 숨겨 놔. 허튼소리 하지 마. 그런 사적인 데 관심 가지지 말고, 서류가 도대체 몇 장이야? 이거 다 사인만 하면 되는 건가?"

"…대부분 결재 서류니까. 어차피 오늘 회의에 안건으로 들어온 사항들이었으니까, 대충 훑어보고 사인만 하면 돼."

"오케이."

여러 장의 갈색 봉투에서 서류를 꺼낸 태건은 시간에 쫓기는 사람처럼 부지런히 일을 하기 시작했다. 그리고 그사이, 팔짱을 낀 채 미심쩍은 표정으로 방 안을 둘러보던 김 비서의 시야에, 욕실 앞의 붙박이장이 들어왔다. 그는 뭔가 거슬리는 게 있는 듯 붙박이장을 한참 관찰했다.

맞은편의 태건은 한동안 들여다보던 서류를 손에 쥔 채 턱을 매만졌다. 김 비서가 대충 넘겨도 된다 일렀건만, 성격상 그게 쉽지 않았다. 일중독자라는 별명답게 저도 모르는 새 손에 쥔 서류의 글자를 하나하나 꼼꼼히 체크하며 읽어 내려가고 있었다. 특별히 지적할 만한 사항이 없다면 바로 통과. 익숙하고도 빠른 손놀림으로 사인을 해 나갔다. 김 비서는 그런 태건의 성격을 잘 알았다. 한번 일에 집중하게 되면 옆에서 무슨 일이 벌어지더라도 신경 쓰지 않는다는 것을.

"커흠."

그는 은빛 안경테 너머로 그런 절친의 모습을 힐끗 곁눈질하고는 조용히 소파에서 일어났다. 역시나. 바로 앞에서 사람이 움직이고 있는데도 불구하고 서류에 온 정신을 집중시킨 태건은 아무런 반응도 없었다.

김 비서는 아까부터 궁금해 죽을 지경이었다. 멀리서도 보이는, 저 붙박이장 문 아래에 삐죽 튀어나와 있는 것의 정체가 무엇인지. 장롱의 문 틈새 아래쪽으로 뭔가 그 자리에 없어야 할 것이 있었다. 멀리서 대충 보기로는 하늘색의 천 조각 같은데……. 그 흔적을 자세히 관찰하기 위해 그곳으로 몇 걸음 옮긴 순간.

"어딜 가? 와서 앉아."

"······."

그의 뒤통수를 향해 날아온 굵직한 남자의 저음에 식은땀이 흐른다. 김 비서는 불만 가득한 표정으로 슬그머니 뒤를 돌아보았다.

'뭐야? 저놈······.'

분명 아직도 눈은 서류에 꽂혀 있는데. 미간에 심각하게 주름을 잡은 채 서류를 들여다보면서도 자신의 행동 양상을 모두 꿰뚫고 있는 것이 아닌가. 낮게 한숨을 내쉰 김 비서가 물었다.

"뭐야? 서류 보느라 정신없는 거 아니었어?"

"일에 집중하고 있는 건 맞는데······. 눈이 안 보이는 건 아니거든."

"···희한하네. 최태건은 일할 땐 주위에 아무것도 안 보이기로 유명하지 않았나?"

"그거야······. 다 보이긴 하는데 신경을 안 썼던 것뿐이고."

그 말을 제대로 해석하자면, 주위에서 무슨 일이 벌어지든 저와는 무관하므로 딱히 신경 쓰지 않았었다는 뜻이다.

"아아······. 그러셔요?"

뭔가 재미있는 놀잇거리를 빼앗긴 어린애처럼, 김 비서의 얼굴이 점점 일그러졌다. 그는 커다란 덩치로 성큼성큼 되돌아와 태건의 명령대로 소파에 털썩 주저앉아 버렸다. 제법 서류의 양이 많았는데 그새 일을 모두 끝냈나 보다. 태건은 마지막 서류의 사인을 마치고 봉투에 종이를 모두 정리해 집어넣은 뒤, 김 비서가 앉아 있는 방향으로 밀어 냈다.

"다 끝냈으니 이제 돌아가 줬으면 하는데."

"가라고? 어디로?"

"어디긴. 네 방으로 가."

얼른 가라며 쫓아내려고 하는 걸 보니 청개구리 심보가 올라온다. 탁자 위에 놓인 서류 뭉치를 조용히 노려보던 김 비서는 태건에게로 시선을 옮겼다.

"어제 못 마셨던 술 지금 한잔할래? 왠지 오늘따라 위스키가 그립네."

"…싫어. 피곤해서 이만 쉬고 싶다."

"왜? 어제는 그렇게 마셔 달라고 매달리더니."

"어제 충분히 마셨어."

"너 이 방 어딘가에 여자 숨겨 놨지?"

"……."

거짓말에 익숙하지 않은 남자. 조용히 침묵을 지키던 태건은 급기야 김 비서의 가슴팍에 서류 봉투를 밀어 넣었다. 이어, 힘을 쓰며 그를 출입문 쪽으로 밀어 내기 시작했다.

"쓸데없는 소리 그만하고 가. 질척거리지 말고."

"어? 이거 왜 이래? 진짜야? 진짜 여자라도 숨긴 거냐고?"

그는 객실 문 앞까지 밀리고 난 뒤에야 단념했다. 양 손바닥을 들어 펴 보인 뒤, 장난스럽게 허리를 90도로 꾸벅 숙여 태건에게 인사했다.

"예, 예. 신은 이만 물러가겠사옵니다. 부디 염원하시는 연애 사업 아주 잘되시기를 빌겠습니다. 참고로 굽이 부러진 구두의 주인은 붙박이장 안에 숨어 계신 것으로 아뢰오."

아차. 그러고 보니 숨기려야 숨길 수 없었겠군.

그제야 태건은 그녀의 캐리어와 구두가 창문 아래의 빈 공간에 버젓이 전시되어 있다는 것을 깨달았다. 처음부터 여자가 숨어 있다는 것을 알아챘으면서 그를 가지고 논 것이다. 태건은 험악하게 인상을 구겼다. 그는 김 비서가 복도로 나가자마자 쾅! 소리가 울릴 만큼 세게 문을 닫아 버렸다.

붙박이장 앞으로 다가간 태건의 한쪽 눈썹이 미세하게 꿈틀거렸다. 뭔가 귀여운 것을 발견하여 흠칫, 동작을 멈춘 것이다. 문 틈새 아래에 하늘색 천 조각 같은 것이 삐져나와 있었다. 자세히 살펴보니 그녀가 입고 있는 기다란 원피스의 치맛자락이었다. 피식, 웃음 지은 그가 붙박이장의 문을 활짝 열어젖혔다.

"……"

처량한 모습으로 안쪽에 쭈그려 앉아 있는 여자가, 문이 열리자 우울한 표정으로 고개를 들었다. 눈썹이 슬프게 아래로 일그러진 것이, 마치 작고 귀여운 초식동물을 보는 것 같은 착각이 들었다.

참 희한하기도 하지. 그녀는 분명 도도한 이미지인데 어째서 그의 눈에는 자꾸 귀엽게 보이는 걸까. 태건은 잠시 그녀를 가만히 바라보다가 고개를 갸웃거리며 물었다.

"왜 숨었어요?"

"왜긴요. 당연히 마주치면 안 될 것 같아서……. 조금 창피하기도 하고요."

어제 만난 낯선 남자의 방에 버젓이 들어와 있는 것을 보면, 과연 어떤 시선으로 저를 볼까. 그게 두려워서 숨어든 것이다. 사실 잘못된 시선이 아닐 수도 있다. 저 스스로조차 이런 상황에 맞닥뜨려 있다는 사실이 믿기지 않았으니까.

"갔습니다. 이젠 나와도 괜찮아요."

"네에……."

나와도 된다는 말이 떨어졌는데도 그녀가 움직이지 않자 그가 직접 손을 내밀었다.

"보내 버렸으니까 경계하지 말고 편히 나오면 돼요."

그럼에도 강아지처럼 슬픈 눈으로 태건을 올려다본다. 영문을 몰라 물끄러미 쳐다보는 그를 향해, 창피해서 양쪽 뺨이 발그레하게 물든 그녀가 말을 더듬었다.

"저, 저기 사실은……. 지금 못 나가요."

"어째서?"

"쥐……."

"쥐?"

"다리에……. 쥐가 났어요."

태건은 웃음이 터져 나오려는 것을 애써 참아 냈다. 어떻게 행동 하나하나, 표정 하나하나 이렇게나 재미있을 수가 있을까. 참 질리지도 않고 웃게 만드는 재주가 있는 여자였다. 그가 웃음을 억지로 삼키며 그녀에게 조금 더 다가갔다. 마치 어린아이를 달래듯, 다정하게 몸을 숙여 그녀를 설득시켰다.

"내가 부축해 줄 테니까 소파에 가서 앉아요. 그렇게 있다가는 근육 뭉친 거 안 풀립니다. 종일 그 안에 있고 싶어요?"

싫다는 듯 고개를 내저은 리원이 결국 그가 내민 손을 잡았다. 태건은 그녀가 제 손을 깍지 끼어 잡자마자 힘껏 잡아당겨 일으켰다. 그녀의 몸이 번쩍 일어나는 동시에 마치 선물처럼 품에 포옥 안겨 온다.

너무 힘을 세게 준 걸까. 쓰러지듯 안겨 오는 것을 보니. 보이는 것처럼 가볍게, 품 안에 안겨 온 여자에게서 샴푸 냄새가 풍겼다. 색색거리는 작은 숨소리가 목덜미를 간질인다. 고개를 조금 숙여 그녀를 바라보자 그녀 또한 그를 올려다보았다.

"……."

또 이런 분위기다. 남녀 사이에 감도는 미묘한 공기. 마치 전기가 통하는 듯한 찌릿한 느낌. 어딘가 간질간질해서 견딜 수 없는, 이질적인 감각을 어떻게든 버텨 내고 있을 때.

꼬르륵. 꼬르르륵. 결코 쉽게 넘기지 못할 소리가 조용한 방 안에 울려 퍼졌다. 서로를 바라보던 두 눈이 점점 커다래지고, 혹시 잘못 들었나 싶어 귀를 더욱 쫑긋 세웠다. 분명 이 소리는 그녀의 배에서 울리고 있었다.

"…혹시 배고파요?"

대답 없는 그녀의 양쪽 볼이 창피함에 붉게 달아오르기 시작했다.

음식을 정말 맛있게 먹는 여자다. 그녀가 식사하는 것을 가만히 지켜보던 태건의 머릿속에 떠오른 생각이다. 특별히 많은 양의 음식을 입 안에 욱여넣거나 감탄사를 내뱉으며 먹는 것은 아니다. 하지만 적당히 채워 넣고 행복한 표정으로 꼭꼭 씹어 먹는 것이, 가만히 보다 보면 없던 식욕도 돌아오게 만들 정도였다.

"그렇게 맛있어요?"

그의 질문에 입을 오물거리던 리원이 고개를 크게 끄덕였다. 그녀는 태건의 노골적인 시선에도 아랑곳하지 않고, 테이블 위의 샐러드에 야무지게 소스를 발라 먹었다. 입 안 가득 찬 야채를 맛깔나게 씹으며 스파게티의 면을 포크에 돌돌 마는 것에 집중했다. 어른들이 음식을 맛있게 먹는 사람을 보고 복스럽다고 하던데. 태건은 오늘에야 그 말을 조금 이해했다.

가만히 그녀의 식사를 지켜보기만 하던 그가 드디어 포크와 나이프를 들었다. 태건은 제 앞에 놓인 새하얀 접시 위의 스테이크를 썰기 시작했다. 딱 한입에 넣어 먹을 수 있는 만큼의 작은 크기로 썰어진 안심스테이크. 그것을 리원에게 밀어 준다.

"이것도 먹어요. 여기 호텔 음식은 재료가 좋아서 맛도 최상급일 겁니다."

동그래진 눈망울로 잘 잘린 스테이크를 보던 그녀가 의아한 듯 태건에게 물었다.

"그런데 그쪽은 왜 아무것도 안 먹어요?"

"난 저녁 식사를 하고 들어왔거든요."

"아아……. 그러셨구나. 그런데 설마 저 다 먹으라고 이 많은 걸 시킨 건 아니시죠?"

리원의 질문에, 그가 무엇이 문제냐는 듯한 표정으로 눈썹 앞머리를 살짝 찌푸렸다.

"…무슨 문제라도 있습니까?"

"문제라면 문제일 수도 있지만……. 그냥 좀 이해가 안 가서요. 전 이렇게 많이 시키시길래 같이 드시려는 줄 알았어요."

"아까 나한테 말해 주었던 메뉴잖습니까. 도대체 뭐가 문제지?"

리원의 머릿속에 30분 전의 상황이 그려졌다. 먹고 싶은 것이 있냐는 그의 물음에, 리원은 룸서비스 메뉴 중 먹고 싶은 음식들을 심각하게 고민하며 죽 나열했다.

'으음……. 으음……. 치킨샐러드도 괜찮을 것 같고……. 해산물스파게티도 당기고……. 안심스테이크? 새우볶음밥? 다 맛있을 것 같은데 어떤 걸 고르지…….'

곁에서 가만히 그녀의 혼잣말을 듣고 있던 그가, 리원이 말한 메뉴 전부를 주문하는 것까지는 말똥거리는 눈으로 지켜봤다. 그렇게나 많이 주문하기에 당연히 함께 먹을 거라고 생각했던 것이다.

하지만 그건 혼자만의 착각이었다. 이 많은 음식을 앞에 두고 열심히 씹고 뜯고 맛보는 사람은 저 혼자였으니까. 세상에 어떤 사람이 여자 혼자 먹는다는데, 뭘 먹을지 갈등하며 나열했던 메뉴 전부를 다 주문해 줄까. 어딘가 상식에서 약간 벗어난 듯한 이 남자가 아니라면 말이다.

"아니……. 전 그 메뉴 중에 하나면 충분하단 의미로 말씀드린 건데……. 정말 제가 내뱉은 그대로 다 시켜 주실 줄은……."

이해가 안 된다는 남자의 표정에 리원은 깨달았다. 이 사람은 보통의 평범한 이들과 매우 다른 생각을 가지고 있다는 것을.

"한 사람 몫으로 이 정도의 양이면 당연히 음식을 남길 텐데. 너무 아깝잖아요."

"…그게 그렇게 큰 문제인가? 먹을 만큼만 먹고 남으면 어쩔 수 없는 거고."

아주 간단한 사고방식이다. 리원은 실랑이하는 것을 그만두기로 했다. 저야 적금까지 깨서 분수에 맞지 않는 사치를 부리며 떠나온 여행이었지만, 눈앞의 이 남자는 돈이 아주 넘쳐 나는 사람 같았으니까. 입고 있는 옷부터 몸에 걸친 모든 것들이 죄다 값비싼 명품이고, 어젯밤 바에서 마셨던 술 또한 천만 원을 호가하는 상품이었다. 게다가 젊은 나이에 비서까지 둘 만큼 사회적 지위가 높다면, 평범함과는 당연히 거리가 멀겠지.

'잠깐. 아까 분명 그 비서라는 사람이 부사장님이라고 불렀었지? 그렇다면…….'

리원의 두뇌가 빠르게 회전하기 시작했다. 그의 나이를 짐작해 봤을 때, 많이 잡아 봐야 서른 중반 정도. 크든 작든 한 기업에서 그 나이에 부사장이라는 직책을 맡는 경우는 대부분 해당 기업 일가의 구성원이지 않나? 거기까지 빠르게 결론을 내린 리원은 직설적으로 그에게 물었다.

"혹시 재벌 3세쯤 되시는 건가요? 아니면 준재벌인가."

급작스럽게 쏘아 버린 그녀의 질문에 그가 잠시 입을 꾹 다물었다. 리원은 어깨를 한 번 으쓱해 보이곤 말을 이었다.

"그냥 궁금해서요. 딱 봐도 평범한 사람은 아닌 것 같기도 하고."

"…딱히 대답하고 싶지 않은 질문입니다만."

"하긴. 재벌 3세를 이렇게 쉽게 만날 수 있을 리가 없지. 드라마도 아니고."

그녀는 대수롭지 않다는 듯 말을 툭 내던지며 하던 식사를 마저 이어 나갔다. 그가 썰어 준 스테이크를 입 안 가득 채우고 맛을 음미하는데, 테이블 위에 팔을 올려 턱을 괸 그가 물었다.

"그걸 물어보는 목적이 뭡니까?"

눈을 동그랗게 뜬 리원이 고개를 갸웃거리며 즉답했다.

"피하려고요."

"…피한다고?"

의외의 대답에 그가 당황하여 되물었다. 돈 많은 남자에게 접근하려는 여자는 수도 없이 봤지만, 피하려는 여자는 난생처음이었다. 그녀의 대답에 오히려 궁금증이 생겨 버린 것은 태건 쪽이었다. 그는 의중을 알 수 없는 표정으로 리원에게 질문했다.

"피한다라……. 워낙 의외의 대답이라 갑자기 궁금해지는데. 이유가 뭡니까?"

"이유요? 그거야 피곤해지니까 그렇죠."

"피곤……?"

"당연하죠. 얼마나 피곤하겠어요? 혹시나 눈이라도 맞아 봐요. 세기의 신데렐라로 사람들의 입에 오르내리는 건 물론이고, 내 사생활도 없어질걸요. 어디를 가든 쫓아다니는 기자에 파파라치에……. 게다가 제일 무서운 건 물 싸대기예요."

새롭게 등장한 단어에 생소함을 느낀 그의 미간이 찌푸려졌다. 그는 정말 처음 들어 본다는 것처럼 그녀가 내뱉은 단어를 다시 한번 읊었다.

"물 싸대기?"

"김치 싸대기와 비슷한 종류인데 정말 몰라요? 되게 화제였었는데."

"김치, 물……. 설마 그건."

"상상하시는 그거 맞아요! 왜 재벌 등장하는 드라마 보면 많이 나오잖아요. 재벌 남자 주인공의 엄마가 '우리 아들에게서 떨어져!' 란 진부한 대사를 내뱉으며 물로 싸대기를 날리는 거요."

"하……. 그런 드라마가 있습니까?"

"막장 드라마 단골 소재인데요? 물론 넘칠 만큼 많은 돈이 든 봉투도 함께 던져 줘야 제대로죠. 하지만 그건 드라마니까 재미있는 거고. 실제 상황이라고 상상하면 전 제 자존심과 그 돈 봉투를 바꿀 만큼 가난하지는 않아서요."

"…그렇군요."

"네. 전 제 인생에 나름 만족하거든요. 스스로 벌어서 먹고살 능력도 있고……. 내 직업이 있으니 딱히 결혼과 남자에 의지해서 살고 싶지도 않아요."

"재미있군요. 당신이란 여자는 좀 달라서 예측할 수가 없어요."

"전 현실적일 뿐이에요."

스스로의 주제도 잘 알고 있고. 대수롭지 않게 자신의 인생관에 대해서 이야기하던 그녀의 머릿속에, 잠시 옛 애인의 모습이 떠올랐다. 아마 결혼에 대한 주제로 대화 중이다 보니 그렇겠지.

'그래도 그 사람하고는 결혼해 보고 싶다 생각했었는데. 사랑하는 남자와 같이 보내는 일상이 무척 행복할 것 같아서…….'

첫사랑이자 첫 남자 친구. 리원은 특출난 미모를 가졌음에도 불구하고 남자를 잘 몰랐다. 그랬던 그녀가 유일하게 빠져들었던 남자였다. 이제는 과거가 되어 버렸지만. 씁쓸한 표정으로 더는 음식에 손을 대지 않자 그가 물었다.

"다 먹은 겁니까?"

"아아……. 네. 이제 배불러서 더는 못 먹어요."

"이제 내일을 위해 일찍 잠자리에 들어야겠군요."

잠을 자자는 그의 말에 리원의 양쪽 어깨가 위아래로 살짝 꿈틀거렸다. 그나마 조금은 분위기가 자연스러워졌던 두 사람 사이에, 또다시 미묘한 정적이 흐르기 시작했다. 물론 잠자리에 들자는 그의 말이 그녀가 걱정하는 야릇한 의미가 아닐 수도 있다. 하지만 어젯밤 그런 일이 있었기에 괜히 의식되는 것은 어쩔 수가 없었다.

심장이 이유 없이 쿵쾅거리며 뛰었다. 참을 수 없는 묘한 분위기를 견딜 수가 없었던 리원은 의자에서 벌떡 일어나 움직였다.

"죄송하지만 먼저 좀 씻을게요."

창가 아래 세워 뒀던 여행 가방에서 각종 세면도구들을 꺼내고, 잠옷 대용으로 갈아입을 티셔츠와 면바지까지 챙겼다. 그의 시선이 느껴졌지만 애써 모른 척하며 유유히 거실을 가로질러 걸음을 옮겼다.

소파가 있는 거실에서 욕실까지의 그 짧은 거리가 어찌나 길게 느껴지는지. 그 순간의 긴장감은 가히 최고조에 이르렀다. 욕실까지 무사히 도착한 그녀는 문에 등을 기댄 채 두근거리는 가슴에 손을 얹었다.

쿵쾅쿵쾅. 좀처럼 조용해질 기미가 보이지 않는 심장을 진정시키기 위해 낮은 숨을 여러 번 들이쉬었다.

'자연스러웠겠지? 왜 이렇게 자꾸 긴장이 되지?'

심장이 입 밖으로 튀어나올 것처럼 뛰어 대는 가운데 최대한 아무렇지도 않게 행동했다. 물론 자연스러웠는지는 알 수 없었지만.

□ ◆ □

맨얼굴에, 젖은 머리카락을 타월로 털며 나타난 리원을 그가 슬그머니 지나쳤다. 태건 또한 취침 전 씻기 위해 욕실을 쓰려는 목적이었다. 욕실로 들어가기 전, 무언가 생각난 듯 뒤를 돌아본 그가 그녀에게 말했다.

"침대에서 자요. 난 소파면 충분하니까."

"네? 제가 어떻게 염치없이……. 재워 주시는 것만으로도 너무 감사한데요. 제가 소파에서 잘게요."

"내 말 들어요. 당신을 소파에 재우면 내가 불편해서 못 잘 것 같으니까."

아마도 마음이 불편할 것 같다는 말이겠지. 리원이 뭐라 말을 하려 했지만 그는 더 이상 듣지 않고 욕실 문을 닫아 버렸다. 멍하니 그가 사라진 욕실 입구를 쳐다보며 서 있던 리원이 단념한 듯 혼잣말을 중얼거렸다.

"휴. 그래, 뭐. 나야 좋지. 폭신하니 잘 자겠어. 어떻게 보면 다행인 것 같기도."

따로 자자는 말을 듣고 나서야 마음의 안정을 되찾았다. 게다가 방 주인이 허락해 준 푹신한 침대까지 대기하고 있었다. 리원은 드라이어로 대충 젖은 머리를 말리고 곧바로 침대에 뛰어들었다.

새하얀 호텔 침구는 푹신하다 못해 몸이 녹아내릴 것처럼 감촉이 좋았다. 침대에 몸을 누이고 나서야 느슨하게 긴장이 풀렸다. 남녀 간의 줄다리기 같은 것을 계속 느끼고 있어서 그런지, 그 긴장감마저 풀리자 피로가 미친 듯이 쏟아졌다. 종일 편히 쉬지 못한 채 카페에서 불편하게 시간을 때웠던 것도 피로도에 한몫했다.

리원은 스스로도 깨닫지 못하는 사이 눈을 스르르 감았다. 깊은 숙면에 빠져드는 데는 얼마 걸리지 않았다.

오늘 밤은 결코 고요하지 않았다. 태건은 아까부터 시작된 거슬리는 소리에 그만 잠을 깨 버렸다. 정신은 들었지만, 다시 잠을 이루기 위해 눈을 감은 채 무던히 노력 중이었다. 하지만 하늘은 그가 다시 깊은 잠에 빠져들도록 놔두지 않았다.

쿠르릉……. 쾅! 콰앙!

하늘이 반쪽 날 것 같은 거대한 천둥이 치기 시작했다. 창문을 때리는 강한 빗소리까지 더해지자 그야말로 스펙터클한 밤이었다.

"까아악!!"

계속되는 천둥소리에 맞춰 어디선가 날카로운 여자의 비명이 울렸다. 잠시 조용해지나 싶더니, 쿠르르르 쾅! 이번에는 번쩍이는 번개까지 동반한 천둥이었다.

"끄아아악!!"

어김없이 천둥소리와 함께 터져 나오는 비명 소리.

이어, 다다다닥! 누군가가 있는 힘껏 뛰어오는 소리가 들리더니, 그의 앞에 바람처럼 포옥 내려앉았다. 달달한 향기가 코를 스치자 태건이 슬며시 감고 있던 눈을 떴다. 그녀가 이불을 뒤집어쓴 채 겁에 질린 눈망울로 그를 쳐다보고 있었다. 태건이 꾹 다물었던 입을 열어 그녀에게 물었다.

"…무슨 일 있습니까?"

"아, 아뇨⋯⋯. 일은 없는데⋯⋯."

불안하게 떨리는 목소리. 리원은 금방이라도 눈물이 터질 것처럼 흔들리는 눈동자로 그를 응시하며 애원했다.

"저기, 이런 부탁 정말 죄송한데요⋯⋯."

"⋯⋯."

"저, 저랑 침대에서 같이 자 주시면 안 될까요?"

누워 있던 소파에서 일어나 앉은 그가, 리원을 향해 상체를 약간 숙였다. 할 말을 잃은 듯 커다란 눈만 끔뻑끔뻑. 겁에 잔뜩 질린 그녀의 얼굴을 말없이 쳐다보는 것이⋯⋯. 뭔가 묘하게 이상한 기분이다.

'혹시 이상한 의도로 오해한 걸까?'

리원은 재빨리 변명 아닌 변명을 해 대기 시작했다.

"저⋯⋯. 아니, 다른 게 아니고 무, 무서워서요⋯⋯. 상상하시는 그, 그런 이상한 의미가 아니라 무서우니까⋯⋯. 같이 있어 주시면 안 될까요?"

"뭐가 무섭습니까? 혹시 천둥이?"

"네⋯⋯. 저 유일하게 무서워하는 게 천둥소리⋯⋯."

그리고 그녀의 말이 채 끝나기도 전에 세상이 반으로 갈라질 것만 같은 소음이 다시 울렸다.

쿠쿵!! 콰르륵 쾅!!

"으아아아아악!!"

남자의 것인지 여자의 것인지 구분하기조차 모호한 굵은 목소리를 내지른 리원이 순식간에 그에게 달려들었다.

"어흐흑……. 어쩜 좋아. 진짜 무섭잖아……."

태건이 당황할 새도 없이 품 안으로 따듯한 체온이 훅, 들어온다. 바들바들 떨리는 작고 가녀린 몸. 코를 찌르는 향기로운 샴푸 냄새. 두려움에 눈이 멀어 잘 알지도 못하는 남자 품에 겁도 없이 안겨 들어오다니. 참 간도 큰 여자다.

"참……. 천둥소리를 이렇게나 무서워하다니."

오래 살고 볼 일이라는 듯, 그에게서 헛웃음이 터져 나왔다. 리원은 그의 말에 한마디 대꾸조차 하지 못했다. 그저 온몸에 잔뜩 힘을 준 채 어떻게든 그의 품에 파고든 상태로 버티고 있을 뿐. 누군가에겐 별것 아닐 수도 있겠지만 리원에겐 절대 아니었다. 마치 그에게서 떨어지면 죽기라도 할 것처럼 위태롭게 매달렸다. 남자의 팔뚝을 잡은 손에 점점 힘이 들어가자, 그에게서 낮은 한숨이 새어 나왔다.

"알았어요. 알았으니까 좀 진정해요."

이게 뭐 하는 짓인지. 어린아이처럼 구는 다 큰 여자라니. 소파 위에 앉은 채 제 품에 안겨 떨어질 기미가 보이지 않는 그녀를 가만히 쳐다본다. 잘게 떨리는 머리가 애처롭기까지 하다. 태건이 손을 올렸다. 그러고는 느릿하게 토닥, 토닥. 떨리는 그녀의 등을 어색하게 두들겨 준다.

"오늘 밤에 제대로 잠자긴 글렀군……."

여러 가지 의미가 함축된 말이었다. 쏟아지는 폭우와 천둥소리가 계속되는 한 제대로 눈을 붙일 수 없을 것이다. 또한……. 달콤한 향기를 풍기는 여자를 애써 무시한 채, 한 침대에서 잠들어야 하는 것도 그에겐 고역일 것이다. 그런 이유로 일부러 침대 대신 소파를 택했건만 다 소용없는 일이 되어 버렸다. 태건이 등을 토닥이던 손을 멈추고 그녀에게 물었다.

"일어날 수 있겠어요? 침대로 갑시다."

"아, 아뇨…… 지금 다리가 풀려 버려서 힘이 안 들어가요. 조금만……"

"후……"

저녁에는 다리에 쥐가 나더니 이번에는 풀려 버린 건가. 복잡해진 머리를 굴릴 새도 없이 그가 소파에서 일어나 번쩍, 리원을 안아 들었다. 몸이 공중에 붕 뜨는 느낌에 깜짝 놀란 그녀가 겁을 잔뜩 먹은 채 몸을 비틀거렸다.

"꺄악! 뭐 하는……"

"가만히 좀 있어요. 움직이지 못한다고 하지 않았습니까."

원래 알지 못하는 여자에게 이렇듯 과한 친절을 베푸는 성정은 아니었다. 하지만 지금 상황이 상황인지라 어쩔 방도가 없었다. 팔뚝에 자석처럼 달라붙어 점점 옥죄어 가는 그녀의 손힘도 문제였고 무엇보다 그는 지금 무척 피곤한 상태였다. 제대로 잠을 이루지 못할 것 같긴 했지만 이왕 이렇게 된 거, 푹신한 침대에 몸을 뉘여 조금이나마 피로를 풀고 싶었다.

어둠 속을 유유히 걸어간 태건은 그녀를 커다란 침대 한쪽에 조심스럽게 눕혔다. 새카만 눈동자가 자신을 빤히 쳐다보는 것이 어둠 속에서도 느껴졌다. 그 시선을 모른 척, 소파 앞에 떨어져 있던 이불을 가져와 그녀의 옆자리에 조금 떨어져 누웠다.

사박사박. 몸을 뒤척일 때마다 침대 시트 소리가 귓가를 간질였다. 어쩐지 그 소리가 자극적으로 들려 절로 입 안이 바짝 말라 오는 감각을 느꼈다. 정확히 어제의 이 시각…… 두 사람은 밤새 잠들지 못한 채 뜨거운 시간을 보내고 있었지. 침대에 나란히 누워서 그런지 너무나도 선명하게 어젯밤의 일이 떠올랐다.

밝은 달빛에 비친 투명하리만치 새하얀 피부.

잠시 숨 돌릴 틈도 없이 서로에게 닿아 있던 입술.

이마에 흐르던 땀방울과 절제하듯 낮게 울리던 신음 소리까지.

'미친놈.'

태건은 스스로를 향하여 속으로 욕지거리를 내뱉었다. 그의 안에서 다시금 어떤 욕망이 고개를 치켜들려 하고 있었다. 그것을 애써 억누르는 것만큼 큰 고통도 없었다. 천둥소리에 겁에 질린 여자를 상대로 무슨 생각을 하는 건지. 태건은 억지로라도 잠을 이루기 위해 눈을 찔끔 감았다.

'미간에 주름이…….'

리원은 눈을 깜빡이며 옆에 누운 남자를 쳐다보다가, 그의 미간 사이에 찍힌 깊은 주름을 발견했다. 이 남자는 어째서 잠을 청하는데 얼굴을 이렇게나 잔뜩 찡그리고 있는 걸까. 리원은 검지를 뻗어 그의 미간 사이 주름을 꾹 누른 뒤, 펴기라도 하려는 듯 천천히 문질렀다. 스르륵 눈을 뜬 그가 제 미간을 문질러 펴는 그녀를 마주 보았다.

"아……. 죄송해요. 인상 쓰고 계시길래."

날카로운 남자의 눈매가 마치 잡아먹기라도 할 것처럼 스산하다. 리원이 그의 시선에 약간의 두려움을 느끼고 있을 때, 그가 그녀의 손목을 콱 잡아 내렸다.

"함부로 건들지 말아요."

"미안해요. 몸에 손대는 거 싫으시죠?"

"……."

태건의 입술이 대답 없이 꾹 닫혔다. 리원은 그에게 잡힌 손을 빼내고는 이불을 머리끝까지 푹 뒤집어썼다. 더는 천둥이 치지 않으면 좋으련만. 속으로 빌며 잠을 청하려했지만 하늘은 그녀를 도와주지 않았다.

반복적으로 귓가를 파고드는 하늘이 분노하는 소리에, 몸이 저절로 꿈쩍꿈쩍 반응했다. 아까처럼 그의 품에 달려들지는 못하겠고, 슬금슬금 몸을 천천히 움직여 그의 체온이 느껴질 정도로만 가까이 다가갔다. 태건의 옷깃을 쥔 손아귀에서 느껴지는 피부의 부피로 보아, 아마도 옆구리에 밀착한 듯했다.

"죄, 죄송해요……. 천둥이 그칠 때까지만. 싫으시겠지만 조금만요."

안겨 드는 것은 정말로 말도 안 되는 이야기겠지만 옆구리에 끼이는 정도는 괜찮지 않을까. 리원은 제멋대로 그렇게 결론 내려 버렸다. 일기 예보에서는 분명, 늦은 새벽쯤에는 영향권에서 벗어난다고 그랬었다. 그렇다면 제주도는 몇 시간은 더 일찍 괜찮아지겠지. 그 시간이 영원히 다가오지 않을 것처럼 날씨 상황이 나빴지만, 리원은 괜찮다며 애써 스스로를 다독였다.

□ ◆ □

쏴아아. 태건은 쏟아지는 물줄기를 맞으며 눈을 감았다. 평평 쏟아지는 온수에 자신을 맡겼다.

'결국 밤새 잠을 한숨도 못 잤군.'

어느 정도 예상했던 일이었지만 조금 충격이었다. 저 자신이 이렇게나 본능에 약한 사람이었다는 사실을 살면서 처음 깨달았던 것이다. 차라리, 그녀가 얼마나 달콤한지 몰랐다면 이렇지는 않았을 것이다. 이전 밤의 불장난만 아니었다면……. 그녀가 얼마나 뜨거운 여자인지, 얼마나 야하고 도발적인지, 그 매력을 전혀 알지 못했을 것이다. 그렇다면 이토록 힘들지도 않았을 텐데.

'난 좀 다른 사람인 줄 알았는데. 이성적이라 생각했던 건 오만이었어.'

스스로를 그렇게 생각했었다. 여자에 관심이 없고, 어떠한 상황에서도 이성적일 수 있다고. 그리 오만하게 스스로를 높이 평가했었다. 그러나 현재 저 자신의 모습을 보라. 여자 보기를 돌 보듯 하던 이전의 모습과는 판이하게 다르다. 날이 샐 때까지 욕망에 사로잡혀 잠을 이루지 못할 정도였으니까.

그것이 그를 당황케 만들었다. 그녀가 객관적으로 재미있고 독특한 여자라는 사실을 떠나, 속궁합이 잘 맞는다는 사실이 저를 괴롭게 만들었다. 밤새 고통에 시달렸다. 그녀의 색색거리는 숨소리에. 움직일 때마다 파고드는 좋은 향기에. 몸을 뜨겁게 데우는 체온에. 그 모든 것에 정신을 차릴 수가 없었다.

어쩌면 기적일지도 몰랐다. 털끝 하나 건드리지 않고 그녀에 대한 욕망을 참아 낸 것은. 한참, 아니 제법 오래, 그렇게 샤워에 전념했던 것 같다. 피부가 부풀어 쭈글쭈글해질 정도가 되어서야, 대충 샤워 가운을 걸치고 타월로 머리를 털어 내며 욕실을 벗어났다. 한데 묘하게 분위기가 낯설다는 느낌을 받았다.

이상하다. 방 안의 아무것도 달라진 게 없는데. 태건은 주위를 둘러보며 천천히 침실을 가로지르다 심상치 않은 소리를 들었다. 띠딕. 귓가에 감겨드는 것은 객실의 기계음이었다.

그러곤 깨달았다. 침대는 비어 있고 곳곳에 널브러져 있던 그녀의 물건들이 전부 깨끗이 사라진 상태라는 것을. 조금 전에 들은 기계음은 아마도 객실의 도어록 소리일 것이다.

"이 여자가 정말⋯⋯."

지금껏 무표정으로 일관하던 태건의 얼굴이 험악하게 일그러졌다. 분명 욕실로 걸음을 옮기기 전 그녀가 침대에서 곤히 잠들어 있는 것을 보았었는데⋯⋯. 그사이에 여자의 흔적은 모두 사라졌고 침대와 객실 전체가 깔끔하게 정리되어 있었다.

태건은 물기를 닦던 타월을 냅다 던졌다. 그러곤 뒤도 돌아보지 않고 거칠게 문을 열어젖힌 뒤, 복도 끝에서부터 승강기가 있는 중앙 홀까지 성큼성큼, 큰 보폭으로 빠르게 걸었다. 그의 시야에 서서히 닫히고 있는 승강기 문이 보였다. 태건은 기다란 팔을 뻗어 닫히기 직전인 엘리베이터 문틈으로 손을 턱, 집어넣었다.

'어딜!'

탕! 갑자기 큰 손이 튀어나와 닫히려던 문을 다시 열어젖히자, 깜짝 놀란 그녀가 고개를 쳐들었다. 튀어나올 듯 휘둥그레 뜬 눈 앞에, 스르륵 열리는 승강기 틈새로, 가로로 날카롭게 찢어진 남자의 눈매가 번뜩였다. 마치 죄인이 된 것 같은 기분을 느낀 리원이 곤란한 얼굴로 제 앞에 나타난 남자를 바라보았다.

뚝, 뚝. 젖은 그의 머리카락 끝에서 채 마르지 못한 물기가 방울져 떨어지고 있었다. 서로를 바라만 보고 있을 뿐, 두 사람 모두 아무런 말도 꺼내지 못했다. 먼저 닫혀 있던 입을 연 것은 남자 쪽이었다.

"눈뜨자마자 도망칩니까? 한 번도 아니고 두 번씩이나?"

"아······. 죄송해요. 저기, 메모를 남겨 두고 왔는데······."

메모라······. 물론 스스로가 좋아서 베푼 호의에 대해 어떤 대가를 바라지는 않는다. 하지만 적어도 그의 입장에선 그녀가 두 번이나 도망치듯 사라져 버리는 상황이 결코 즐겁게 느껴지지는 않았다. 반대로 매우 불쾌한 일임에 틀림이 없었다. 어떻게 보면 가볍기 그지없는 인연이니까. 서로가 불편하게 더 많은 시간을 함께하자는 뜻도 아니었다.

단지, 인사였다. 재워 줘서 고맙다든지, 하다못해 서울로 돌아간다는 인사 정도면 충분했다.

"하지만 우리 사이에, 눈뜨자마자 다정하게 아침 인사를 하는 것도 좀 이상하지 않아요?"

그런 이유로 적당할 때 빠진 거라고. 그녀가 변명했다. 듣고 보니 그녀의 입장에선 딱히 틀린 말도 아니었다. 리원의 말을 듣고 나서야 조금 이해가 된 그가 젖은 머리카락을 뒤로 쓸어 넘겼다.

"좋습니다. 말도 없이 그냥 가는 건 그쪽 자유죠. 하지만……."

이렇게 도망치듯 사라져 버리는 건……. 결코 이틀 동안이나 한 침대를 쓴 남자에 대한 예의는 아니지 않나? 목구멍까지 치고 올라온 말을 겨우 삼켜 버린 그가 눈을 흐리게 뜨며, 생각지도 못했던 짧은 말을 내뱉었다.

"이름."

뜬금없는 그 한마디에 리원의 두 눈이 더욱 크게 뜨였다. 그녀가 고개를 갸웃거리며 되물었다.

"어어……. 네? 뭐라고요?"

그녀의 반응 따위 중요하지 않았다. 왜 하필이면 이름을 꼭 알아야겠다는 생각이 들었는지 스스로도 이해할 수가 없었지만 어쨌든 그는 그 말을 내뱉었다. 어디에 살고 있는지, 연락처라든지 그런 걸 물어야 할 텐데. 이 순간 이상하게도 그녀의 이름 석 자가 알고 싶었다. 그가 못 알아듣겠냐는 표정으로 미간을 잔뜩 찌푸린 채 다시 한번 같은 말을 반복했다.

"이름. 이름이 뭐냐고요."

"…리원. 강리원이요."

"강리원······. 강리원이라."

마치 머릿속에 그 이름을 새기듯 되풀이했다. 도대체 이 남자가 원하는 게 뭘까.

리원은 천천히 그의 모습을 훑어보았다. 급하게 나온 듯했다. 옷조차 제대로 갖춰 입지 못하고 샤워 가운 한 장만 걸친 채였다. 아직 물기가 채 닦이지 않은 머리카락과 몸은 그가 조금 전까지만 해도 욕실에서 몸을 씻고 있었다는 사실을 증명했다. 약간 벌어진 샤워 가운 사이로 보이는 단단하게 부풀어 오른 남자의 근육. 멋지게 갈라져 존재감을 뽐내는 근육을 본 순간. 그게 뭐라고 시선 둘 곳이 없어서 리원은 그만 고개를 휙 돌려 버렸다.

"다 좋은데······. 옷도 제대로 안 입고 뭐 하는 짓이에요?"

"······."

그녀의 반응을 보고 나서야 태건은 스스로의 행색을 알아차렸다. 그녀를 놓칠세라 너무 조급한 마음에 욕실에서 튀어나온 상태 그대로 복도까지 나와 버린 것이다.

"흠. 크흠."

뒤에서 누군가가 헛기침을 하는 소리가 들렸다. 동시에 돌아본 곳에는 나이 지긋한 노신사 한 사람이 두 사람을 살피고 있었다. 사실 그는 좀 전부터 두 사람의 상황을 지켜보며 서 있던 호텔 이용객이었다.

"볼일들은 끝난 겐가?"

"아아. 예. 죄송합니다."

태건이 가로막고 있던 승강기 문 앞에서 멀어지자, 노신사가 안으로 천천히 발걸음을 옮겼다. 삑. 노신사가 버튼을 누르는 순간까지도 두 사람은 서로를 뚫어져라 지그시 응시하고 있을 뿐 말 한마디 하지 못했다. 이윽고 엘리베이터 문이 천천히 닫히기 시작하자,

"난 태건입니다. 최태건."

태건이 조급하게 자신의 이름을 그녀에게 밝혔다. 그게 마지막이었다.

□ ◆ □

승강기의 문이 닫힌 지 한참이나 지났지만, 태건은 서 있던 자리를 떠나지 못했다. 스스로의 이해하지 못할 행동들 때문이었다. 시간이 흐르는 줄도 모르고 상념에 빠져 있던 그는 뒤에서 들려오는 호텔 투숙객들의 수군거림에 퍼뜩 정신을 차렸다.

"헐. 저 남자 좀 봐."

"세상에. 가운만 입은 채 복도까지 나온 거야? 웬일?"

"그러게. 생긴 건 되게 멀쩡하게 생겼는데······. 왜 저래?"

그제야 자신의 상태를 깨달았다. 누가 봐도 충분히 눈살이 찌푸려질 만한 차림새가 아닌가. 머리카락에서 뚝뚝 떨어지는 물방울. 가운의 앞섶이 살짝 벌어져 맨살이 조금 드러난 데다 객실용 슬리퍼를 신은 모습. 게다가 샤워 후 물기조차 제대로 닦지 않은 상태로 샤워 가운만 걸치고 있으니······. 나쁜 쪽으로 오해한다 해도 할 말 없을 것

같은 분위기였다.

그는 두꺼운 가운 앞섶을 살이 보이지 않을 만큼 단단히 여몄다. 그러곤 뒤돌아 애써 사람들의 시선을 피한 채 복도 끝 자신의 객실로 걸음을 옮겼다. 그게 끝인 줄 알았건만. 곤란한 상황은 끝도 없이 이어졌다.

"하……. 젠장. 이런 바보 같은."

다른 누군가에게 한 말이 아니다. 바로 정말 바보 같은 스스로에게 내뱉은 한탄이었다. 입 밖으로 욕지거리가 튀어나올 만큼 멍청한 짓을 한 것이다. 그녀를 쫓아가느라 정신이 없어서, 카드 키를 가지고 나와야 한다는 사실을 잊은 것이다. 객실의 문이 자동으로 잠겨 버려 들어갈 수가 없었다. 잠겨 버린 문을 당장에 열고 들어갈 수 있는 방법이 없었다. 해결 방법이라면 프런트로 연락하거나 지배인을 불러야 하는데.

"하아……."

산 넘어 산이군. 태건은 결국 맞은편 객실의 초인종을 누를 수밖에 없었다. 굳게 닫혀 좀처럼 열리지 않는 문 앞에서, 신경질적으로 벨을 누른 결과.

"……."

인상을 있는 대로 험악하게 구긴 김 비서가 안쪽에서 불쑥 고개를 내밀었다. 쓰고 있는 안경을 밀어 올린 그가 의미심장한 표정을 지으며 태건의 전신을 위아래로 훑었다.

"아침부터 옷도 안 챙겨 입고 뭐 하는 거야?"

하긴. 이런 행색을 하곤 급작스럽게 아침 시간을 방해하니 기분이 좋을 리 없겠지. 김 비서가 미간을 살짝 구기며 태건에게 물었다.

"도대체 어쩌다 그런 꼴이냐고."

"문이 잠겼어."

"뭐?"

"문이 잠겨서 내 방에 못 들어간다고."

더는 복도에 서서 대화할 생각이 없었다. 태건은 마치 제 방 드나들 듯 김 비서를 제치고 그의 객실 안으로 유유히 걸어 들어갔다. 그러고는 아주 자연스럽게, 넓은 룸의 소파에 털썩 다리를 꼬아 앉았다. 현관에 서서 팔짱을 낀 채 그 모습을 어이없게 지켜보던 김 비서가 혀를 끌끌 차며 물었다.

"살다 보니 별일이 다 있네. 너처럼 사리 분별 확실한 놈이 어쩌다가 그런 차림으로……. 도대체 카드 키나 핸드폰도 없이 복도에는 왜 혼자 나간 거야?"

"…있었어. 그럴 만한 사정이."

"그래. 뭐 안 봐도 뻔하지. 여자 문제."

태건의 눈썹이 미세하게 꿈틀거렸다. 보통 사람이라면 그 변화를 눈치채지 못했겠지만, 날카롭게 그것을 캐치한 김 비서가 한쪽 입꼬리를 위로 틀어 올리며 웃었다.

"여자에 너무 관심이 없어서 문제더니……. 그 없던 관심이란 게 생겨도 문제네. 어떤 여잔지 참 대단하긴 대단해? 천하의 최태건을 이토록 정신없게 만들고 말야."

그는 아마도 지금 이 상황을 무척이나 재미있어하는 것 같았다. 말을 마친 김 비서는 미니바로 걸어가 방금 내린 원두커피를 새하얀 잔에 담았다. 그는 시선을 오로지 커피 잔에 둔 채 태건에게 무심히 물었다.

"커피 한잔할래?"

"좋지. 모닝커피."

쪼르륵. 커피가 잔에 담기는 소리가 잔잔하게 울렸다. 코끝을 찌르는 커피 향이 무척이나 향기롭다. 아마도 고가의 원두를 쓴 듯했다. 쟁반에 받쳐 온 커피 잔을 테이블에 내려놓은 김 비서가 그중 하나를 태건에게 밀어 주며 질문을 이었다.

"그래서. 그렇게 정신없이 쫓아가서 연락처라도 받은 거야? 아니면 데이트 신청이라도 한 건가?"

"…아니. 이름을 물어봤어."

"그렇지. 이름. 중요하지. 그리고 또?"

"……"

후루룩. 뜨거운 커피를 조심스레 한 모금씩 마시는 소리.

그렇게 어색한 정적 속에서 커피를 몇 모금이나 마셨지만 돌아와야 할 대답은 들리지 않았다. 의아해진 김 비서가 안경 너머의 태건을 묘한 눈초리로 힐끗 쳐다보았다.

"뭐야. 설마 이름만 물어보고 끝은 아니겠지?"

"이름만 물어봤어."

"푸읍!"

잔 안에 커피를 반쯤 도로 쏟아 낸 김 비서가, 급히 뽑아낸 티슈로 입 주위를 닦아 냈다. 제 친구가 생긴 것과는 다르게 의외로 연애 경험이 많이 없긴 했지만 이 정도는 아니라고 생각했었는데……. 이건 정말 상상 이상이었다.

"꼴을 보아 하니, 샤워 끝내자마자 급하게 떠난 사람 잡으러 간 것 같은데. 그 정도로 놓치기 싫었다면 보통은 연락처를 물어보지 않아?"

"그래. 그게 정상이지?"

태건은 저 자신조차 이해가 되지 않는 다는 듯, 턱을 괸 채 심각하게 미간을 찌푸렸다. 아무리 연애 경험이 없어도 이런 일에 바보같이 굴 정도로 사리분별을 못 하지는 않는다. 하지만 도대체……. 어떤 이유로 오로지 그녀의 이름이 알고 싶다는 생각뿐이었을까.

"그런데 말야. 참 희한하지. 어째서 다른 것도 아닌 이름이 궁금했을까?"

"아니, 뭐. 이름이야 궁금할 수도 있지. 하지만 내 말은 어째서 이름만 알아내고 정작 중요한 것들은 죄다 놓쳤냐고. 놓치기 싫을 정도로 괜찮은 여자였다면……."

"그래. 이대로 보낼 수는 없다는 생각이 들었어. 묘하게 매력 있는 여자였거든."

반쯤 장난으로 대화를 주고받던 김 비서가 돌연 심각한 얼굴로 변했다. 오랫동안 봐 와서 안다. 지금의 상황이 장난이 아니란 것쯤은. 이렇게 시선을 멍하니 허공에 둔 채 나사 하나 빠진 것 같은 표정을 지은 제 친구의 모습을 보는 건 실로 오랜만이었다. 그 어느 때보다 진지하다는 소리다. 김 비서는 앉은 채로 팔짱을 두르며 낮은 한숨을 내쉬었다.

"후⋯⋯. 그렇게 마음에 들었다면 그 여자에 대해 알아내는 건 그리 어렵지 않잖아. 내가 한번 알아볼까?"

이 호텔 투숙객이었다면 더 알아내기 쉬울 거고. 그게 아니라 하더라도 얼마든지 알아내는 방법은 있었다. 돈이라면 뭐든지 가능한 세상이니까. 하지만 손쉬운 방법이 있음에도, 태건은 결코 그리하지 않았다.

"아니. 됐어."

"왜?"

"왠지 그렇게 억지로 캐내서 인연을 만들고 싶지는 않아."

"⋯참. 이해할 수가 없네. 그렇게까지 매력을 느꼈다면 수단과 방법을 가리지 말아야지."

딱히 그런 방법까지 쓸 정도로 마음에 든 건 아니란 소린가? 하지만 아무리 봐도 짓고 있는 얼굴 표정이 꽤나 심각한데 말이지.

'하긴. 겨우 하루 이틀 얼굴 본 걸로 사랑에 빠지지는 않겠지. 지독하게 인상적으로 마음이 끌린 정도라면 모를까.'

김 비서는 속으로 그리 혼잣말을 내뱉으며, 커피 잔에 시선을 고정한 태건을 몰래 주시했다. 아마도 제 친구는 이 알 수 없는 감정에 휘둘리는 게 싫었을 것이다. 그런 이유로 단지 호감 정도에서 그쳤을 때, 스스로의 마음이 더는 진행이 안 되도록 자제하는 중일 테고.

'조금 섭섭한데? 연애에 푹 빠져 안절부절못하는 놈의 모습을 한 번은 보고 싶었는데.'

알 수 없는 희미한 미소를 지은 김 비서가 아쉬운 듯 붉은 입술을 달싹였다.

3
유리 구두

호텔 지배인의 도움을 받아 객실로 돌아온 태건은, 바쁘게 식사를 마치고 옷을 갈아입었다. 식사와 함께 방으로 배달된 새 슈트와 드레스 셔츠는 그가 항상 옷을 맞춰 입는 전속 디자이너의 브랜드였다.

벌써 몇 년째. 그의 취향을 누구보다 잘 아는 디자이너는 이번에도 태건의 마음에 쏙 드는 새 디자인으로 옷을 보내왔다. 그것도 멀리 떨어진 제주도로 시간까지 딱 맞춰서 말이다. 세련된 드레스 셔츠의 소매 단추를 채우던 그의 시선에 전화기 옆에 놓인 메모가 눈에 들어왔다.

'아……. 죄송해요. 저기, 메모를 남겨 두고 왔는데…….'

곤란한 표정으로 저에게 그리 말하던 그녀의 얼굴이 떠올랐다. 목 끝까지 단추를 여민 태건은 침대 테이블로 다가가 메모지를 읽었다.

[무리한 부탁이었는데 재워 주셔서 정말 감사합니다. 복받으실 거예요. 혹시나 앞으로 인연이 되어 기회가 온다면 이 빚은 꼭 갚을게요.]

그는 입을 꾹 다문 채 메모지를 다시 테이블에 던지듯 휙 놓아 버렸다. 소파에 걸쳐 놓은 넥타이를 집어 들고 화장대 거울 앞에 선 순간, 발치에 무언가 걸리적거리는 것이 느껴졌다.

언뜻 아래를 내려다본 그는 일순 모든 행동을 멈추었다. 발에 걸린 것은 검은색의 반짝이는 하이힐이었다. 한쪽 굽이 부러진 마놀로 블라닉 구두 한 켤레가 가지런히 그곳에 놓여 있었다.

"하…….."

도톰한 남자의 입술 사이로 실소가 터져 나왔다. 태건은 한쪽 무릎을 접어 바닥에 꿇어앉고는 뾰족한 여자의 구두 한 짝을 들어 올렸다.

"구두를 흘리고 가?"

여기저기 흔적들을 남겨 놨군. 신데렐라도 아니고 말이야. 미간을 찌푸린 채 턱을 매만지며 구두를 향해 혼잣말을 중얼거리던 그의 입가에 살짝 미소가 지어졌다. 손아귀에 들어온 검은색 구두는 아침 햇살을 받아 평소보다 더욱 반짝반짝 빛이 났다. 눈이 부셔 도저히 쳐다보지 못할 만큼.

"아아……. 없어."

끊임없이 짐을 뒤적이는 손길이 무척이나 바쁘다. 이미 그녀의 집은 포화 상태. 여행을 떠나기 전부터 엉망이었던 집 안은 커다란 캐리어에서 꺼낸 각종 물건들로 인해 더욱 어질러진 상태였다. 흡사 쓰레기장을 연상케 했다. 무엇을 그리 찾는 건지. 그래 봤자 캐리어 안에 물건이 얼마나 들어간다고 장장 30여 분을 찾고 또 찾는 건지 알 수 없었다.

"휴……. 정말로 없네. 놔두고 왔나 봐."

결국 포기한 듯 기운 없이 혼잣말을 중얼거린다. 리원은 낮은 한숨을 내쉬며 털썩, 침대에 등을 기대앉아 버렸다.

그녀가 집에 돌아오자마자 찾은 것은 마놀로 블라닉의 신상 구두였다. 굽 한쪽이 부러진 그 검은색 구두 말이다. 망가지긴 했지만 어떻게든 고쳐서 신어 보려 했는데. 아마도 이른 아침에 급히 호텔을 나올 때, 그 남자의 객실 화장대 아래에 잠깐 두고는 그대로 놔두고 온 듯했다. 접점이 없는 상대니 다시는 만날 일도 없겠지.

"차라리 잘된 거지, 뭐."

반은 진심, 반은 농담. 묘하게 아쉬움이 뒤섞인 말투였다. 솔직히 그 구두를 볼 때마다 그 남자가 생각날 것 같아서, 그게 마음에 걸렸었는데 잘된 일이라 생각하기로 했다.

'하룻밤, 아니 이틀 밤 잠깐 스친 인연일 뿐인데.'

그걸 아는데도 비행기에서 돌아오는 내내 그 남자 생각뿐이었다. 왜 그는 연락처를 물어보지 않았을까. 쫓아오기까지 했으면서. 전혀 관심이 없었다면 그런 행색으로 쫓아와서 이름이라도 물어보질 말든지. 사람 헷갈리게 말이야.

"아, 정말! 몰라. 이젠 모르겠어. 생각해서 뭐 해? 다시 만날 사람도 아닌걸."

머리를 잔뜩 헝클어트린 리원은 몸을 아래로 미끄러트려 침대에 반듯하게 누워 버렸다. 오늘은 행복한 일요일이다. 내일부터는 짧은 휴가가 끝난 관계로 회사에 복귀를 해야 하니, 그동안 쌓인 피로도 풀 겸 하루 종일 잠에 빠져들 생각이었다.

"그래도 집은 좀 치워 놓고……. 쉬어야 하는데……."

침대에 몸을 누이자마자 거짓말처럼 자꾸만 눈이 감긴다. 내 집이라는 편안함 때문일까. 쏟아지는 잠을 이기지 못해 결국 리원은 대낮부터 깊은 잠에 빠져 버렸다.

□ ◆ □

여느 때처럼 험악하게 구겨진 인상이었지만, 오늘은 어째 평소보다 두 배는 더 신경질적으로 보였다. 검은색 자동차의 뒷좌석에 앉은 태건은 골치가 아프다는 듯 이마에 손을 얹었다. 그의 머릿속은 온통 아침부터 울리던 전화벨 소리와 조부의 가라앉은 목소리로 가득했다.

─ 당장 제주 리조트 사업에서 손 떼고 돌아오거라.

머리가 아팠다. 지금까지 혹시나 하고 걱정했던 일이 실제로 일어나지 않기만을 바랄 뿐이었다.

제주 리조트 사업엔 그의 수많은 노력이 담겨 있었다. 장기간 꼼꼼하게 모든 준비를 다 마쳤고, 곧 공사가 끝나면 적어도 1년 안에 오픈할 다 된 밥이나 마찬가지였다. 그런 사업에서 갑자기 손을 떼라니……. 태건은 조부의 명령을 쉽게 용납할 수 없었다. 그럼에도 조부의 성정을 누구보다 잘 알기에, 일단은 공사를 뒤로하고 급히 서울행을 택한 것이다.

한참을 내달리던 세단은 평창동의 어느 큰 주택에 도착했다. 태건의 본가이자, 그의 어머님과 조부가 함께 살고 있는 집이었다.

"서재에서 기다리고 계세요."

넓은 거실로 들어서자마자, 집안일을 봐주는 도우미 아주머니가 그를 서재로 안내했다. 태건은 잠시 거실을 돌아보며 그녀에게 물었다.

"어머님은 어디 계십니까?"

"사모님은 마사지 숍에 가셨어요. 저녁때나 되어야 들어오실 거예요."

"알겠습니다."

한번 외출하면 마사지뿐만 아니라 쇼핑과 모임까지, 하루를 바쁘게 보내는 모친의 스타일을 잘 알았다. 고풍스러운 분위기의 복도를 지나 서재에 다다르자, 이미 마룻바닥을 울리는 발소리만 듣고도 누가 왔는지 알아챈 듯 안쪽에서 들어오라는 음성이 들려왔다.

태건은 진한 갈색의 문을 열고 안으로 들어갔다. 서재는 마치 작은 도서관처럼 멋지게 꾸며져 있었다. 입구에 놓인 짙은 밤색 가죽 소파에 앉은 노인이 책에 시선을 고정한 채 툭 던지듯 말했다.

"왔느냐. 그래. 앉아라."

태건은 조용히 소파로 다가가 최 회장과 마주 보고 앉았다. 그가 반듯하게 앉아 쳐다보는데도 최 회장은 손끝에 침을 살짝 묻힌 채 책장을 넘기는 데 여념이 없었다. 그러면서도 대화할 생각은 있는 건지, 자신의 손자를 향하여 무심한 듯 말을 내뱉었다.

"제주 리조트 건은 공사가 거의 끝났다고 들었다. 수고 많았어."

"지원을 아끼지 않아 주셨기에 가능한 일이었습니다. 감사합니다."

"…그러니 이제 손을 떼."

혹시나 했던 일이 결국 일어났구나. 최 회장이 내뱉은 결정적인 말을 듣고 난 뒤 태건의 머릿속에 떠오른 생각이었다. 마무리만 남은 공사 현장을 남겨 두고 급히 돌아오라는 것은, 그런 이유밖에 없을 것이라 어림짐작하고 있던 터였다. 하지만 정말로 조부가 이렇게 뒤통수를 후려칠 것이라고는 믿고 싶지 않았던 것이다.

태건의 미간이 심각하게 찌푸려졌다. 어두운 얼굴을 한 채 무릎 위에 올린 주먹을 꽉 쥔 태건이 낮고도 굵직한 음성으로 자신의 조부를 불렀다.

"회장님."

"태준이한테 넘기고, 넌 내일부터 당장 한음 리조트 리모델링 건에 착수해."

"회장님! 아니, 할아버지!"

"내 말 못 알아들었느냐? 네 심정을 모르는 건 아니다만, 이번 한

번만 양보해."

"……."

그는 아랫입술을 꽉 깨물었다. 두 눈 뜨고 코 베이는 상황이 이리 연출될 줄이야. 다 된 밥에 숟가락을 얹고 그것을 맛있게 퍼먹는 사람은 그의 이복동생인 최태준 전무가 되는 것이다. 한참 말을 잇지 못한 채 쓴침만 삼키던 그를 향해, 여전히 독서에 집중하고 있는 최 회장이 무심하게 말을 이었다.

"할 말 끝났으니 이만 돌아가 보거라."

더는 토 달아 봤자 통하지 않을 거라는 통보나 마찬가지였다.

□ ◆ □

"…내일 오전부터 한음 리조트 건으로 스케줄이 잡혀 있습니다. 협력 업체 선정 관련 회의가 있을 예정이라 시간 맞춰 모시러 오겠습니다."

신호 대기를 받고 잠시 운전대에서 손을 놓은 김 비서가 내일 있을 첫 스케줄을 이야기했다. 하지만 태건은 듣고 있지 않는 듯했다. 그의 멍한 시선은 창밖의 높은 고층 빌딩에 꽂혀 있었다.

그럴 만도 하지. 혼을 갈아 넣다시피 한 프로젝트였는데.

모든 공을 고스란히 이복동생에게 빼앗기게 생겼으니 멀쩡할 리가 없었다. 절친의 그런 심정을 누구보다 잘 아는 김 비서가 넌지시 그에게 물었다.

"최태건. 술 한잔할까?"

"아니. 대낮부터 술은 무슨."

"뭐 어때? 집에서 마실까?"

"…그냥 들어가서 쉬어. 지금 술 마시면 폭음할 것 같으니까."

희한하게도 술이 당기지 않는다. 보통 때의 그였다면 집에 도착하자마자 진한 위스키에 빠져 버렸을 텐데 말이다. 태건은 세단 뒷좌석에 몸을 맡긴 채 지그시 눈을 감았다.

□ ◆ □

'버려야 하나?'

태건은 홀로 거주하는 집으로 돌아오자마자 조금 묘한 광경을 마주했다. 버려야 할지, 말아야 할지. 딱히 이렇게도 저렇게도 할 수 없는 상황에 직면하고야 말았다.

그의 드레스 룸 한쪽에, 그것도 조명이 가장 잘 들어오는 가운데 칸에, 반짝반짝 화려하게도 빛나는 검은색 구두가 반듯하게 놓여 있었던 것이다.

'호텔 직원이 챙겼나 보군.'

그리고 호텔 직원이 챙긴 구두를 도우미 아주머니가 예쁘게도 진열해 놓은 거겠지. 그의 짐 가방에서 생전 본 적 없는 여자의 물건이 나왔으니, 뭔가 특별하다고 생각했겠지. 게다가 딱 봐도 비싼 브랜드의 구두 같아서 함부로 버리지 못했을 것이다.

태건은 팔짱을 두른 채 턱을 만지작거렸다. 구두를 보니 그녀가 떠올랐다.

크고 동그란 눈동자. 좋은 향기가 나고, 윤기가 흐르던 검은 머리칼. 희다 못해 창백해 보이던 도자기 같은 피부. 그 모습을 되새기는 것만으로도 왠지 정신이 치유되는 기분을 느꼈다.

한층 나아진 기분 덕에 조부와 있었던 모든 일들을 더는 신경 쓰지 않기로 했다. 그런 감정은 오래 끌어 봤자 본인만 손해니까.

'당분간은……. 버리지 않는걸로.'

이유는 알 수 없었다. 어쨌든 버리기가 쉽지 않을 것 같으니, 놔두는 쪽을 선택했다. 그녀와 함께했던 이틀간의 밤을 떠올리던 그의 입가에, 잔잔한 미소가 지어졌다.

□ ◆ □

"임 대리. 이번 킨텍스 인테리어 박람회 말이야. 제대로 잘하고 있는 거 맞아?"

리원은 미간을 살짝 찌푸린 채 미영에게 물었다. 아무래도 불안했다.

매년 참가하고 있는 박람회였지만, 이번 신상들은 그 어떤 때보다 심혈을 기울여 출시한 작품들이라 회사에서 거는 기대치가 컸기 때문이었다. 대기업과의 큰 거래를 무사히 성사하려면 세상에 신제품을 처음 선보이는 론칭 무대와 매한가지인 박람회를 성황리에 끝마쳐야 했다. 그런 이유로 평소보다 몇 배는 더 신경 쓰고 있는 것이다.

맞은편에서 한참 동안 타이핑에 집중하고 있던 같은 팀 직원 임 대리가 리원의 질문에 어깨를 흠칫거리며 의자를 뒤로 밀었다.

"그럼. 이번에 새로 들어온 인턴들을 보내긴 했는데……. 이 주임이 함께 갔으니 문제없을 거야. 이 주임이 이번 신상품들 정보를 달달 외우고 있어서 일부러 붙여 보냈거든."

"후……."

리원은 이마를 손으로 감싸며 앞머리를 뒤로 쓸어 넘겼다. 조금 바쁜 기간에 휴가를 내어 여행을 다녀오는 바람에, 그녀가 해야 할 일이 산더미처럼 쌓여 있었다. 어떻게든 시간을 내어 박람회 현장을 한 번은 방문해야 했지만 도저히 시간이 나지 않았다. 벽에 걸린 시계를 날카롭게 노려보던 그녀가 임 대리에게 다시 물었다.

"박람회 몇 시까지 하지?"

"오전 10시부터 오후 7시까지로 알고 있는데. 왜? 가 보게?"

"오후 7시라……. 그래도 한 번은 들러야 하니까. 오후 5시 30분쯤 같이 출발할까? 시간 어때?"

"아아. 난 시간 괜찮아. 늘 야근하려고 했었는데 그건 내일로 미뤄야겠네."

"그건 나도 마찬가지니까 차라리 잘됐어. 오후에 잠깐 행사장 들러서 점검한 뒤에 같이 저녁 먹고 퇴근하는 걸로 하자. 그렇게 하면 오늘도 귀가 시간이 늦겠는데? 이놈의 야근은 언제 끝날지 기약이 없네."

"휴……. 나도 마찬가지!"

말을 끝맺는 듯 늘어지게 기지개를 펴던 임 대리가 힐끗, 리원을 곁눈질했다. 동시에 눈을 마주친 두 사람의 입에서 같은 말이 흘러나왔다.

"아아……. 먹고살기 힘들다."

같은 말을 내뱉고, 같이 웃어 버리는 두 여자에게서 묘한 친근감이 느껴졌다. 임 대리는 다른 누구도 아닌 리원이 항상 연락을 주고받던 친구 미영이었다. 두 사람은 입사 동기이자, 원래부터 20년 지기 절친이었던 관계로 일할 때 누구보다 손발이 척척 잘 맞았다. 심지어는 서로의 사소한 버릇과 일하는 스타일까지 상세하게 파악하고 있었다.

이번에도 최고의 성과를 거둬 보자. 말로 하지 않아도 통하는 두 사람은 눈빛으로 서로를 응원하고 있었다.

□ ◆ □

태건은 킨텍스 박람회장 입구로 들어서며 손목시계를 확인했다. 시간은 정확히 오후 6시 30분. 7시까지 딱 30분밖에 남지 않았다.

그는 일부러 이 시간대를 선택했다. 폐장 30분 전이라면, 하루 중 가장 느슨해지고 지칠 때. 거의 급습하는 수준으로 박람회장에 방문한 것이다. 그의 곁에서 방문해 볼 업체 목록을 점검하던 김 비서가 물었다.

"굳이 박람회장까지 둘러볼 필요가 있을까요? 보통 일반 가정에 들어가는 종류들로 전시 할 텐데 우리 사업과는 결이 좀 다를 겁니다."

"그거야 잘 알고 있지."

그런데 도대체 왜? 그것도 폐장을 30분 앞둔 이 시간에 말이다. 태건은 묘한 눈초리로 자신을 쳐다보는 김 비서에겐 눈길도 주지 않은 채 말을 이었다.

"가구를 보러 가는 게 아냐."

"그렇다면?"

"평소 얼마나 준비가 되어 있는지 그걸 보려는 거지. 미리 알리고 방문한다면 최대한 대처하겠지만 그런 건 소용이 없잖아. 일부러 보여 주기 식으로 준비하는 게 아니라, 평소 고객에게 얼마나 제대로 잘 어필하고 있는지, 그걸 가늠해 봐야 하지 않겠어?"

그제야 뜻을 알겠다는 듯, 김 비서가 고개를 끄덕였다. 아침부터 장장 한 시간에 걸쳐 진행되었던 회의에서는 딱히 이렇다 할 성과가 없었다. 최종적으로 태건의 마음에 들지 않았던 것이다. 최대한 많은 포트폴리오와 곳곳에서 수집된 자료들을 면밀히 분석한 회의였지만, 그런 것들로 업체를 선정하려니 성에 차지 않았다.

결국 그가 선택한 방법은 박람회장에 직접 방문해 보는 것이었다. 30분 안에 둘러봐야 할 매장은 총 다섯 군데. 바로 그가 새롭게 맡은 리조트의 리모델링 협력 업체 후보로 이름이 오른 곳들이었다.

"아이고! 이런, 부사장님께서 직접 어쩐 일이십니까!"

"소식을 듣자마자 부리나케 달려왔습니다!"

갑작스러운 방문에 뒤늦게 행사장으로 달려온 각 업체의 임원들이 땀을 뻘뻘 흘리며 그들을 맞았다. 흔하지 않은 일이 벌어졌기에 누구 하나 당황하지 않은 사람이 없었다. 한 업체당 겨우 5분 정도의 시간을 내어 둘러보고, 신상품에 대한 설명을 들었다. 하지만 역시나 모든 것을 꼼꼼하게 보는 태건에게는 전혀 만족스럽지 않았다.

'역시 대부분 성에 차지 않는군.'

딱히 마음에 들어차는 곳이 현재까지 없다는 것이 문제였다. 이제 남은 곳은 딱 한 군데. 회의 때 임원들에게 가장 반응이 좋은 업체였던 관계로 태건도 기대하고 있는 곳이었다. 바지 주머니에 한쪽 손을 집어넣고 걷던 그가 김 비서에게 물었다.

"마지막 한 곳. 업체 이름이 뭐라고 했었지?"

"블라썸. 왼쪽 끝이 매장이야."

"오늘의 마지막 주자로군."

만약 블라썸이라는 곳까지 딱히 성에 차지 않는다면 업체 선정을 처음부터 다시 하리라, 태건은 굳게 마음먹었다. 마지막 목적지를 향하여 걷는 발걸음이 무척이나 여유로워 보였던 것도 잠시.

점점 느려지던 남자의 구둣발이 블라썸의 매장에 거의 다다른 순간 그만 멈춰 서 버렸다. 오로지 서류에만 눈을 둔 채 자연스레 태건의 뒤를 따라 걷던 김 비서가 멈춰 선 그의 등에 머리를 푹 박았다. 비뚤어진 안경을 제대로 고쳐 쓴 김 비서가 영문을 몰라 태건의 모습을 흘겨보며 조용히 중얼거렸다.

"뭐야? 무슨 일이야?"

그러다 곧, 제 친구의 커다래진 눈이 오로지 한 곳에만 꽂혀 있다는 것을 깨달았다. 태건의 시선을 따라 김 비서의 시선 또한 자연스럽게 그곳으로 옮겨졌다. 조금 떨어진 맞은편에, 정확히는 부스 안의 한 여자에게 그의 시선이 닿아 있었다. 희한한 것은, 태건뿐만 아니라 상대 여성 또한 대단히 놀란 듯 눈을 크게 뜬 채 태건을 마주 보고 있다는 사실이었다.

"……"

알 수 없는 묘한 기류가 흘렀다. 시끌벅적한 박람회장의 모든 소리가 순식간에 사라진 듯한 착각이 들 정도였다.

'이거 뭔가 있는데……? 혹시 저 여자와 서로 아는 사이인가?'

심상치 않은 분위기를 감지한 김 비서가 미간을 잔뜩 찌푸린 채 머리를 굴리던 그 순간.

"이런, 부사장님! 어떻게 여길 다……."

이런 분위기를 전혀 눈치채지 못한 블라썸의 상무가 헐레벌떡 이쪽으로 뛰어왔다. 그는 손수건으로 연신 이마의 땀을 닦아 내며 태건에게 고개 숙여 인사하고 끊임없이 말을 걸었다.

"부사장님이 오신다는 소식을 전해 듣고 제가 이렇게 달려왔답니다. 에에……. 저는 블라썸 디자인의 상무직을 맡고 있는……."

그 말이 귀에 들리지 않는다는 듯, 시선을 멍하니 여자에게만 고정하고 있던 태건의 입이 조용히 열렸다. 그는 제 앞에 선 중년의 상무를 불렀다.

"…상무님."

"예, 예."

"혹시 식사는 하셨습니까?"

예상치 못한 말에 당황한 것은 상무뿐만이 아니었다. 김 비서는 약간 일그러진 표정을 하고는 묘한 눈초리로 태건을 쳐다보았다. 상무는 돌발적인 태건의 질문에 작게 찢어진 눈을 부릅뜬 채 대답했다.

"예에?"

그는 이마에 주름을 가득 만든 채 저보다 키가 한참이나 큰 태건을 살짝 올려다보았다. 그제야 태건은 상무에게로 눈길을 옮기며 그에게 다시 한번 물었다.

"식사요. 하셨냐고요."

"아, 아니요. 아직입니다만."

"그것참……. 잘됐군요."

아직 식사 전이라는 상무의 한마디에, 태건의 한쪽 입꼬리가 위로 유하게 올라갔다. 이어, 가만히 미소 지은 그가 또 한 번 뜬금없는 말을 내뱉었다.

"같이 저녁 한 끼 어떻습니까. 여기 있는 직원들까지 전부 다."

□ ◆ □

'미친…….'

리원의 뒤통수에서 절로 식은땀이 흘렀다. 그녀는 최대한 표시 내지 않으려 노력했지만, 속으로 굉장히 놀란 상태였다. 그도 그럴 것이, 평생 두 번 다시 마주치지 않으리라 생각했던 남자를 엎어지면 코 닿을 거리에서 마주 보고 있으니 혼란스러울 수밖에 없었다.

'내가 잘못 들은 건 아니겠지? 지금 내 눈이 어떻게 되기라도 한 건가?'

여기서 마주친 것도 당황스러운데, 뜬금없이 저녁 식사를 함께하자니.

상무와 둘이서만 해도 될 저녁 식사에 왜 나머지 직원들까지 끼워 넣은 건지 알 수 없었다. 리원이 뚫어져라 그를 노려보았지만 그는 더 이상 그녀에게 눈길을 주지 않았다. 박람회장 부스 안에 마련된 테이블에 여유롭게 다리를 꼬아 앉은 채, 블라썸의 야심작인 자연주의 라인에 대한 상세한 설명을 듣고 있을 뿐이었다.

"상무님 좀 봐. 오랜만에 정말 열정적이시지 않니?"

리원 곁에 멀뚱히 서 있던 미영이 귓속말로 조용히 속삭였다. 그녀의 말에 리원의 시선이 저절로 상무에게로 옮겨 갔다.

확실히 오늘만큼은 평소 책상머리에 앉아 딱히 하는 일 없이 빈둥거리기만 하던 그 상무가 아니었다. 흥분한 듯 얼굴에 붉은 홍조까지 오른 상태로 열띤 대화의 장을 열어 가고 있었다. 어떻게든 대기업과의 건수를 잡기 위해 고군분투하는 모습에 리원의 입가에서도 피식, 멋쩍은 웃음이 스쳐 지나갔다.

"그래……. 어쨌든 다행 아니니? 이 회사에 들어온 이래로 처음 보는 상무님의 모습인데."

"그렇지? 그런데 말야. 네 생각은 어때?"

슬쩍 의견을 묻는 미영의 질문에 리원이 눈꼬리를 치켜들며 되물었다.

"뭐가?"

"저녁 식사를 모두 함께하자는 것은, 리조트 리모델링 건을 거의 우리 회사로 확정지었다는 뜻 아닐까?"

"아아……. 그런 걸까?"

"그렇지 않겠어? 아무런 관계도 없는 업체인데, 굳이 말단 직원까지 챙겨 가며 밥 먹이겠어? 내 예감인데 분명 뭔가 있을 것 같아."

"그래. 듣고 보니 틀린 말도 아니네."

이제야 납득이 되었다. 하긴. 그렇게 큰 기업을 이끄는 임원의 위치에 있는 사람인데, 말 한마디조차도 결과를 생각하며 신중하게 내뱉겠지. 식사까지 초대했다는 것은 필시 중요한 이야깃거리가 있다는 뜻으로 받아들여졌다.

'뭐야. 하마터면 어이없는 착각을 할 뻔했잖아.'

설마 저 때문일까. 그런 어이없는 생각을 했던 스스로가 약간 부끄러워졌다. 리원은 홀로 잠시 생각에 잠겼다가, 이전에 그에게 내뱉었던 말들을 떠올렸다.

'혹시 재벌 3세예요?'

'하긴. 재벌 3세를 이렇게 쉽게 만날 수 있을 리가 없지.'

농담처럼 던진 말들이었는데 알고 보니 정말 재벌 3세였구나. 절로 헛웃음이 나왔다.

살면서 이렇게 쉽게 재벌을 마주칠 확률이 얼마나 될까? 거의 로

또 맞을 확률이나 다름없을 것 같았다. 그날 제주도에서 미친 척하고 돈을 펑펑 쓰느라, 평소에는 가지도 못했을 장소만 골라 다니지만 않았다면…… 이 남자와 그렇게 엮일 일은 없었을지도 모른다.

리원은 다시 한번 힐끗, 눈앞의 남자를 훔쳐보았다.

새삼 낯설게 느껴졌다. 정말 저 사람이 며칠 전 저와 뜨거운 하룻밤을 보냈던, 아니 이틀 동안 함께 밤을 보냈던 그 남자가 맞는 걸까. 그는 마치 가면을 쓴 것처럼 전혀 다른 표정, 다른 얼굴로 앉아 있었다.

□ ◆ □

오늘 저녁 식사 자리에서 가장 목소리가 크고 기분이 좋은 사람을 꼽자면 틀림없이 블라썸의 상무일 것이다. 모두가 어색해하고 부담스러워하는 와중에 오로지 그만은 표정이 밝았다. 상무는 마치 협력 업체로 이미 선정이 된 것처럼 무척이나 기뻐했다. 인삼주가 담긴 하얀 술병을 든 그가 맞은편에 앉은 태건에게 술을 권했다.

"역시 신선한 회에는 술이 한잔 들어가야 하지 않겠습니까?"

"…그렇습니까?"

"그럼요! 자, 부사장님. 제가 한잔 드리겠습니다."

태건은 웬일로 상무가 따라 주는 술을 잔에 고이 받았다. 김 비서는 거래처 사람이 주는 술을 받지 않는 태건의 스타일을 누구보다 잘 알았다. 그런 이유로 그는 술잔이 오가는 이 상황을 매우 신비롭게 관찰했다. 태건의 하는 행동 양상을 조용히 지켜보던 김 비서의 미간이 미묘하게 일그러졌다.

'최태건. 오늘 좀 이상한데……. 도대체 무슨 생각인 거야? 뜬금없이 저녁 식사를 청하질 않나……. 주는 술을 곧이곧대로 받아 마시질 않나……'

상무와 태건이 나란히 술잔을 입으로 가져가 털어 내자, 나머지 사람들 또한 일제히 잔을 죽 비웠다. 상무는 태건이 거절하는데도 굳이 그의 입으로 안주를 하나 밀어 넣어 준다. 신선한 회 한 점을 삼킨 태건이 주위 다른 직원들을 둘러보며 말했다.

"술 잘 못하시는 분들은 굳이 마시지 않으셔도 괜찮습니다. 내일이 평일이라 다들 일하셔야 할 테니까요."

은근히 안심하는 듯한 약한 숨소리가 여기저기서 들려왔다. 한시름 놓은 것은 리원 또한 마찬가지였다.

'휴. 다행이다. 안 그래도 얼굴 뜨거워져서 죽을 맛이었는데.'

직장 생활을 하는 데 있어서, 원치 않는 술을 억지로 받아 마시는 것만큼 고역은 없었다. 특히나 익일 이른 아침에 출근을 앞두고 있는 리원의 입장에서는 더욱 그랬다. 차가운 냉수를 한 잔 들이켠 리원은 술잔을 저 멀리 치워 놓고 평소 좋아하던 음식들을 마음껏 먹기 시작했다.

술을 마시지 않아도 괜찮다는 한마디가 딱딱하게 얼어붙어 있던 방 안의 분위기를 조금이나마 녹였다. 조금 자유로워진 분위기 속에서 서로 소곤소곤 업무에 관한 대화를 이어 가며 식사에 집중하던 그때.

"술. 조금만 들어가도 얼굴이 빨개지는 건 여전하군요."

귀에 정확하게 꽂혀 든 남자의 말에, 리원이 어깨를 흠칫 떨었다. 숙였던 고개를 스르르 들자 한 남자가 몸에 팔짱을 두른 채 그녀를 마주 보며 조용히 미소 짓고 있었다.

태건의 한마디는 순식간에 방 안에 있는 사람들의 이목을 집중시켰다. 서로 조근조근 대화를 나누던 직원들도, 홀로 술을 홀짝이던 김 비서조차도 눈이 커다래졌다. 모든 이들의 시선이 양 테이블의 중간에 앉은 리원과 태건의 모습에 집중되었다. 마치 무대 위에서 두 사람에게만 조명이 집중된 것 같은 민망한 상황이 연출되었다.

'지, 지금 나한테 말 건 거야……? 헐.'

리원은 잔뜩 일그러진 얼굴을 한 채 곤란한 웃음을 지었다. 그녀의 뒤통수에서 식은땀이 절로 주르륵, 흘러내린다.

'대답해야 하는 걸까? 정말로? 그런데 도대체 뭐라고…….'

리원이 눈을 크게 뜬 채 새카만 눈동자를 굴리던 그 순간. 급작스럽게 그 시선을 리원의 옆에 앉은 상무에게로 옮긴 태건이 입꼬리를 살짝 올린 채 말을 이었다.

"상무님 말입니다. 얼굴이 빨개지셨다고요."

리원과 태건을 번갈아 쳐다보고 있던 상무가 깜짝 놀라며 연신 이마에 흐르는 땀을 닦아 낸다. 그는 말까지 더듬으며 어색하게 웃었다.

"아, 아아아……. 저 말씀이셨습니까? 전 또……. 그런데 제가 얼굴이 빨개졌습니까?"

"예. 술은 이쯤에서 그만해도 될 것 같습니다."

"저야 아쉽지만 그렇게 말씀하신다면야……."

조금 당황한 듯 말을 차마 끝맺지 못한 상무는, 이해가 안 된다는 표정으로 고개를 갸웃거리며 태건에게 되물었다.

"한데 언제 제가 부사장님과 술자리를 가졌던 적이 있었던가요? 제가 기억이 잘……."

"따로 술자리는 없었지만 저희 영광 기업 신사업 오픈 행사에서 잠깐 뵌 적은 있었습니다."

"아이고, 그 오래전에 잠깐 뵈었던 일을 아직까지 기억해 주시고……. 그때 제가 와인을 몇 잔 마시는 바람에……. 아하하. 그걸 기억하고 계실 줄은 몰랐습니다."

곁에서 두 남자의 대화를 듣고 있던 리원의 어깨가 천천히 아래로 내려갔다. 정말, 정말 다행이다. 저를 두고 했던 이야기가 아니라서.

'그런데 왜 하필 날 쳐다보면서 이야기해서는……. 사람 헷갈리게 하는 거야?'

필시 리원 혼자만 착각한 게 아닐 것이다. 의도한 건지 우연히 눈이 마주친 건지는 알 수 없었지만, 어쩐지 찜찜한 느낌을 완전히 지울 수는 없었다.

그렇게 끝날 것 같지 않았던 식사 시간이 거의 마무리 단계에 이르렀다. 대부분의 음식은 비워졌고, 일식집의 방에 앉은 지 벌써 한 시간 이상이 흘러 있었다. 그새 술을 조금 더 마신 건지 얼굴이 더욱 빨개진 상무가 눈치를 보더니 조심스럽게 중요한 이야기를 꺼내었다.

"저어, 부사장님. 이런 말씀 드리는 게 살짝 염치없는 건 알지

만⋯⋯. 이렇게 저녁 식사 자리까지 마련해서 챙겨 주셨다는 것
은⋯⋯. 저의 짧은 식견으로 판단하건대, 앞으로 좋은 소식이 들릴
거라 생각해도 되겠습니까?'

상무는 제 나름대로 최대한 돌려서 이야기를 꺼냈지만, 누가 들어
도 의도는 뻔했다. 잠시 수저를 내려놓은 태건이 알 수 없는 미묘한
표정을 한 채 그의 시선을 회피하며 대답했다.

"글쎄요⋯⋯. 전체 임원 회의에서 최종 결정이 날 사안이라, 저의
개인적인 결단으로 되는 건 아니니까요."

"그, 그렇지요⋯⋯?"

냉정하게 들리는 대답에 그만 기가 죽어 버린 상무가 침울하게 고
개를 숙였다. 비 맞은 강아지처럼 처량한 모습에 일순, 방 안의 공기
가 싸늘하게 식었다. 정적이 흐르는 분위기 속에서 홀로 미소 지은 태
건이 아직 끝나지 않았다는 듯 다시 말을 이었다.

"하지만 곧 좋은 소식이 들리지 않겠습니까?"

"그, 그렇지요? 아이고, 이걸 어떻게 감사드려야 할지⋯⋯."

다시 화사한 웃음을 되찾은 상무 덕분에, 싸하게 식었던 분위기에
긴장했던 다른 사람들까지 절로 바보같이 함께 웃었다.

'정말 대단한 사람이긴 하다. 이렇게 여러 사람을 들었다, 놨다 하
는 걸 보니.'

그의 말 한마디에 누군가는 천국과 지옥을 오간다. 새삼 그의 위치
를 깨달은 리원은 속으로 쓴 한숨을 삼킬 수밖에 없었다.

더더욱 저 남자와 엮여서는 안 되겠다. 그녀의 머릿속은 온통 앞으

로의 일에 대한 걱정으로 가득 찼다. 정말로 협력 업체로 선정이 되어 함께 일하게 된다면, 마주치기 싫어도 자주 보게 될 텐데……. 회사를 위해서는 그렇게 되는 것이 좋겠지만, 저 자신의 개인적인 바람으로는 다시는 마주치고 싶지 않은 마음이 컸다. 아무래도 불편했다.

물론 두 사람 사이에 있었던 그날 밤의 일들이 새어 나가지는 않겠지만, 남들이 모르는 저의 여러 가지 은밀한 모습들을 알고 있는 유일한 남자가 아니던가. 부끄럽고, 수치스러웠다. 이런 식으로 재회하게 될 걸 알았다면 절대 이 남자와 원나잇 따위 하지 않았으리라.

리원이 아픈 머리를 부여잡은 채 고민에 빠져 있던 그때.

"이건 제 명함입니다."

태건이 재킷 안주머니에서 자신의 명함을 꺼내어 친히 상무에게 내밀었다.

"아이고, 뭐 이런 걸 다……."

허허, 웃으며 그것을 받아 들던 상무가 흠칫, 놀라며 눈을 휘둥그레 떴다. 그것은 리원도 마찬가지였다.

그가 상무에게 명함을 밀어 주고는 세련된 몸동작으로 명함을 한 장 더 꺼내어 리원에게도 내민 것이다. 리원은 젓가락으로 입에 집어넣던 회를 반만 물고는, 눈을 멀뚱히 뜬 채 제 앞에 내밀어진 명함을 빤히 쳐다만 보았다.

"뭐 합니까? 명함 안 받습니까?"

태건은 그녀가 더욱 잘 볼 수 있도록 엄지로 명함을 톡톡 두드렸다. 당황한 리원이 먹던 회를 후루룩 삼킨 뒤 말을 더듬으며 물었다.

"네…… 네? 저, 저요?"

"…팔 아픕니다."

그녀가 쭈뼛거리며 명함을 가져가자마자 그가 손바닥이 잘 보이도록 손을 뒤집어 뭔가를 달라는 시늉을 했다. 도대체 영문을 알 수 없다는 표정으로 그녀가 눈을 크게 뜬 채 그를 쳐다보았다. 태건의 미간이 미세하게 찌푸려지며 고개가 한쪽으로 기울어졌다.

"강 팀장……이라고 했습니까?"

"네, 네. 맞습니다."

"팀장이란 직급에 있다면, 앞으로 나와 마주칠 일이 많아질 겁니다. 서로 연락처 정도는 알아야죠. 명함은 서로 주고받는 게 예의 아닙니까?"

"아아……. 그렇죠. 죄송합니다."

그제야 의도를 알아챈 리원은 가방에서 재빠르게 자신의 명함을 꺼내어 그에게 내밀었다. 옆에서 상무가 내민 명함까지 모두 받아 든 그가 재킷 안주머니의 명함집에 그것들을 고스란히 집어넣으며 말을 이었다.

"명함에 내 휴대폰 번호 있으니까, 언제든지 개인적으로 연락해도 괜찮습니다."

"푸읍!"

차가운 냉수를 들이켜던 리원이 그의 말에 그만 입 속에 든 물을 도로 컵 안에 뱉어 냈다.

'개, 개인적으로 연락해도 괜찮다고? 헐. 누가 들으면 오해할 소릴.'

눈을 위로 치켜들어 힐끗, 그를 몰래 쳐다보다가 그만 딱 눈이 마주쳐 버렸다. 그가 눈을 갈고리 모양으로 휘며 장난스럽게 웃었다. 그렇게 그녀를 보며 얄궂게 웃어 놓고는, 고개를 홱 돌려 상무에게 엉뚱한 말을 해 댄다.

"그러니까, 상무님. 가끔 술 생각 나실 때 전화 주세요."

"아아, 이거 참……. 부사장님께서 저를 이렇게까지 친근하게 여기실 줄은……. 이거 너무나도 영광입니다."

아무것도 모르는 상무는 얼굴을 발그레하게 붉힌 채 뒷머리를 긁적이며 크게 웃었다.

'분명 날 갖고 노는 거 맞지? 아무리 봐도 일부러 저러는 것 같은데.'

리원은 얼굴이 뜨거워지다 못해 활활 타 버릴 것 같은 감각을 느꼈다. 이전의 일에 대해서 복수라도 하는 걸까? 생각해 보니 그땐 이 남자를 정말로 몰랐던 거구나. 저렇게나 사람을 들었다 놨다 하는 악취미가 있을 줄은 꿈에도 생각하지 못했던 것이다.

정말 속없는 척 말로 사람을 가지고 노는 취미가 있다면, 당분간은 회사 생활이 조금은 괴로워질 것 같은 느낌이 들었다.

□ ◆ □

새카만 초여름의 밤이 깊어 간다. 꺼지지 않는 번화가의 화려한 불빛들이, 밤은 이제부터 시작이라는 듯 무척이나 반짝이며 거리를 수

놓았다. 복잡한 길목의 4차선 도로 한편에 선 리원은 벌써 10분째 택시를 잡기 위해 고군분투 중이었다.

"택시! 택시이이이!"

저 멀리 보이는 택시를 애타게 불러 보았지만 소용이 없었다. 조금 더 떨어진 뒤쪽에서 이미 그 택시를 잡아탄 다른 승객에게 우선순위를 빼앗겨 버린 것이다. 공중에서 한참 휘젓던 손이 힘없이 아래로 내려오고, 미간에 짜증스러운 주름이 잡혔다.

"하아……. 돌아 버리겠네, 진짜."

낮은 한숨을 내쉰 그녀는 이마로 흘러내려 온 머리카락을 뒤로 쓸어 넘겼다. 술 몇 잔 마셨다고 몸에 미열이 올랐다. 보나 마나 아직도 얼굴이 붉게 물든 상태겠지. 이럴 때면 아버지를 닮아 유전적으로 해독력이 약한 간이 조금은 원망스러웠다. 술 한 잔만 들어가도 토마토처럼 붉어지고 뜨겁게 열이 오르니 말이다.

워낙 승객이 많은 시간대라 그런 걸까. 콜택시도 튕겼고, 앱으로 호출해도 기사들이 콜을 잡지 않는다. 지하철역까지는 한참이나 걸어야 할 텐데.

"술이나 깰 겸……. 좀 걸을까?"

솔직히 다른 방법이 없었다. 겨우 몇 잔 마신 게 전부라 딱히 취하지는 않았지만, 몸에서 더운 열기가 자꾸만 올라오니 조금 걷는 것도 괜찮을 것 같았다.

리원은 입고 있던 린넨 재킷을 벗어 허리에 꽉 동여맸다. 재킷이 구겨지겠지만 전혀 개의치 않았다. 만반의 준비를 마친 리원은 어깨에 걸친 숄더백의 끈을 꽉 쥐고는 걷기 시작했다.

"아아……. 시원하다."

아직은 덥지 않은 6월의 바람이 불었다. 10센티나 되는 높은 굽의 구두를 신고도 경쾌하게 걷는 발걸음이 무척이나 가볍다.

"역시 비싼 구두가 다르긴 달라. 이렇게 굽이 높은데도 발이 편하잖아."

그녀가 지금 신고 있는 구두는 이번에 충동구매한 여러 켤레의 마놀로 블라닉의 구두 중 하나였다. 은은한 가로등 불빛에 반짝반짝 빛나는 구두를 보다 문득 제주 여행에서 잃어버린 검은색 구두가 떠올랐다.

분명, 그 남자의 호텔방에 두고 나왔는데……. 혹시나, 아주 혹시나 그 구두의 행방을 그가 알고 있지는 않을까?

"분명 보고도 신경 쓰지 않았겠지?"

잘 알지도 못하는 여자가 두고 간, 굽이 부러진 구두 따위를 누가 신경이나 쓸까. 게다가 두 번 다시 만나지 못할지도 모르는데 그걸 챙겼을 리 만무했다. 딱히 망가진 구두의 행방에 대해 물어볼 필요성을 느끼지 못했다. 물어봐도 민망할 것 같고.

또각또각.

시멘트 바닥에 닿는 구둣발 소리의 리듬에 맞춰 걷고 있을 때, 그녀가 걷는 인도 옆으로 검은색 세단 한 대가 조용히 따라붙었다. 상념에 잠긴 채 허공을 쳐다보던 리원은 그것을 바로 깨닫지 못했다. 수초간 아주 느린 속도로 그녀의 걸음걸이에 맞춰 따라오던 차가 뒤늦게 경적을 울렸다. 깜짝 놀란 리원이 어깨를 미세하게 들썩이며 옆을 돌아보았다.

"……?"

그녀가 영문을 몰라 미간을 일그러뜨리던 순간, 세단의 뒷좌석 창문이 스르르 아래로 내려간다.

일순 차 안에서 환한 빛이 비추는 듯한 착각이 들었다. 점점 커다래지는 리원의 두 눈에 팔짱을 낀 채 자동차 뒷좌석에 앉은 미남자가 단숨에 들어왔다. 어둠 속에서도 선명히 빛나는 눈동자와 길게 찢어진 날카로운 눈매를 절대 쉽게 잊을 수 있을 리가 없었다. 마치 그녀의 안에 깊이 각인된 것처럼 무척이나 익숙했다. 이윽고 남자의 꾹 다물렸던 도톰한 입술이 열리며 낮은 목소리가 새어 나왔다.

"바쁩니까? 강리원 씨."

리원의 사고가 잠시 정지되었다. 어째서 이 남자가 여기에 있는 걸까. 그러다 생각을 고쳐먹었다.

'어차피 지나가던 길이었겠지.'

깊이 생각하지 말자. 리원이 고개를 한쪽으로 살짝 기울이며 그에게 되물었다.

"하실 말씀이라도 있으세요?"

"…태워 줄게요."

솔직히 당장 세단에 올라타고 싶은 마음이 굴뚝같았다. 그렇지 않아도 지하철을 타게 되면 혼자 사는 투룸까지 한참이나 걸어가야 하기 때문이었다. 택시도 잡히지 않는 마당에 차를 얻어 타고 간다면 아주 편하게 갈 수 있을 것이다. 하지만, 편하지 않은 그와의 관계가 그녀의 발목을 붙잡았다.

"호의는 감사하지만 괜찮습니다."

"김 비서에게 들으니, 이 시간엔 택시도 안 잡힌답니다. 거절하지 말고 얼른 타요."

정말 그래도 되는 걸까? 그녀가 망설이자 결정적인 그의 한마디가 꽂혔다.

"제주에서의 그날 밤에 대해서 할 말도 있고."

순식간에 사색이 된 리원은 재빠르게 뒷좌석 문을 열고 세단에 올라탔다. 유유히 번화가를 빠져나가는 세단은 확실히 고급스러운 외향만큼이나 조용하고 부드러웠다.

리원은 자리에 앉은 채 미어캣처럼 연신 주위를 둘러보았다. 생전 이렇게 좋은 차를 타는 것은 처음이었다. 리무진만큼은 아니겠지만, 확실히 고급스러운 자재와 푹신하고 질긴 의자의 가죽은 뒷좌석임에도 불구하고 감히 최고라 말할 수 있었다. 그리 구석구석 꼼꼼할 정도로 차 안을 둘러보다 그만 옆에 앉은 남자와 눈이 딱 마주쳐 버렸다. 그는 꼬아 앉은 다리 위에 팔을 올리고 아예 턱을 괸 채, 그녀가 하는 행동들을 감상하듯 지켜보고 있었다.

순식간에 민망함이 밀려왔다. 그의 뜨거운 시선을 피해 고개를 정면으로 홱 돌려 버린 리원은 머리카락을 귀 뒤로 쓸어 넘기며 물었다.

"저기, 하실 말씀이란 게……."

"집. 어딥니까?"

"네? 집은 왜요?"

"......."

마치 포식자의 날카로운 시선을 잔뜩 경계하는 작은 동물처럼 그녀가 날을 세웠다. 그 반응을 잠시 지켜보던 그가 이해할 수 없다는 듯한 표정을 지으며 대답했다.

"어딘 줄 알아야 김 비서가 데려다줄 것 아닙니까?"

"아아……. 그렇죠? 저, 비서님. 수유동 미정 아파트 쪽으로 가 주세요."

"예. 알겠습니다."

이제야 목적지를 제대로 잡은 자동차가 방향을 틀었다. 리원은 시선을 어디다 둬야 할지 몰라 멀뚱히 앉은 채 커다란 눈동자만 굴려 댔다. 애써 제 옆의 남자를 의식하지 않으려 고개를 돌렸다. 하지만 차창 밖으로 시선을 고정시켜도, 옆에서 빤히 저를 쳐다보는 남자의 시선이 따가울 정도로 강하게 느껴졌다.

'민망하게……. 왜 저렇게 자꾸 사람을 빤히 쳐다볼까?'

제발 좀 안 봤으면 좋겠는데. 머리에 구멍이라도 뚫릴 것 같다는 생각을 하던 찰나.

"그래서……. 강리원 씨는 어떻게 했으면 좋겠습니까?"

태건의 말이 그녀의 귀에 흘러들어 왔다. 의도를 알 수 없는 질문에 리원이 다시 고개를 돌려 그를 마주 보며 되물었다.

"네? 뭘 말씀이세요?"

"우리의 그날 밤."

남자는 전혀 거리낌이 없어 보였다. 아무렇지도 않게 그날 밤이란 단어를 쉽게 내뱉는다. 그와 달리 리원은 그날의 일에 대해 조금이라도 이야기가 나오면 깜짝 놀라 어깨를 조금씩 들썩였다. 그 반응이 무척이나 재미있어 보였던지 그가 살짝 미소 지은 채 기어이 하려던 말을 꺼내었다.

"있었던 일을 없었던 것으로 칠 수도 없고. 어떻게 했으면 좋겠습니까?"

리원이 어둠 속에서 빛나는 남자의 표정을 살폈다. 그의 얼굴은 얄궂게도 장난기로 가득 차 있었다.

'어떻게 하긴 어떻게 해요! 당연히 비밀로 하고 묻어야지!'

빽 소리 지르고 싶은 마음이 굴뚝같았지만, 리원은 애써 침착함을 유지하며 참아 냈다. 어떻게 보면 아주 당연한 일 아닌가? 공과 사는 철저히 구분해야 하는 거고 그런 사건은 일과는 별개로도 비밀스러운 사항인데……. 다시는 상대에게조차 말을 꺼내지 않는 게 예의라고 생각했다. 아랫입술을 꾹 깨문 채 바닥만 쳐다보던 리원이 잠시 후 다시 입을 열었다.

"…그날 일요. 사실 우리가 이렇게 다시 만나게 될 줄 알았다면 절대 그러지 않았을 거예요."

"그건 나도 동의합니다. 비즈니스 파트너와는 업무 외적인 관계를 가져 본 적이 단 한 번도 없으니까."

그건 나도 마찬가지거든요. 세상에 하룻밤의 일탈을 저지른 상대와 아무렇지도 않게 마주 보고 일을 할 수 있는 사람이 몇이나 되겠냐고요?

표정이 딱딱하게 굳은 그녀가 약간 까칠해진 음성으로 톡 쏘아붙였다.

"그럼 답은 하나네요. 서로가 껄끄럽고 나쁜 영향을 미치는 기억이라면 없었던 것처럼 싹 지우는 게 정답 아닐까요?"

"하지만 내 기억 속에는 아주 선명히 남아 있는데…… 이걸 어찌해야 하나."

"그냥! 그냥 잊으세요. 기억 속에 묻는 거 딱히 어렵지 않잖아요."

분위기 파악을 못 할 정도로 눈치 없는 남자는 아닐 텐데. 그럼에도 그는 정말 곤란한 듯한 표정으로 웃었다. 하지만 그게 장난이라는 것을 눈치채는 데는 오래 걸리지 않았다. 턱을 괸 손등 아래 손가락들이 이리저리 움직이고 있는 것을 보니 지금의 상황이 꽤나 즐거워 보인다. 이쯤 되니 그녀의 뒤통수를 타고 뭔가 뜨거운 것이 찌르르 올라오기 시작했다. 머리가 어지러울 정도로 빡친 감정을 느낀 그녀가 지끈거리는 이마를 손으로 감싼 채 한층 낮아진 음성을 조용히 내뱉었다.

"저기……. 죄송한데, 제가 아까부터 참고 있었거든요."

"그래요?"

"네. 거래처 높은 분이시고, 혹시나 앞으로 같이 일하게 된다면 을의 입장인 제가 모셔야 되는 분이니까, 혹시 실수라도 할까 봐 말을 못 하고 있었는데요."

"뭡니까? 지금은 편하게 말해도 괜찮아요. 일하는 거 아니고 사적인 자리니까."

여전히 턱을 괸 채 상체를 숙여 그녀의 눈높이에 맞춰 준다. 질끈 감았던 눈을 떠 제 옆의 남자를 쳐다보던 리원이 다시 한번 그에게 확인했다.

"정말 편하게 해요? 제 행동과 말이 우리 회사의 미래에 악영향을 끼친다든지……."

"정말 괜찮습니다. 계급장 뗐다고 생각하고 말해 봐요. 나 그렇게 속 좁은 사람 아니니까."

호선을 그리며 지그시 웃는 남자의 표정이 거짓은 아니라고 말해 주고 있었다. 최대한 침착하게, 상대가 많이 기분 상하지 않는 선에서 리원은 짧게 물었다.

"…재미있으세요?"

"뭘 말입니까?"

"절 놀리는 게 재미있으시냐, 물었습니다."

"딱히 놀린 적은 없습니다만."

"아까 식사 자리에서부터 느꼈는데, 놀리시는 거 맞잖아요. 저 바보 아니에요. 그렇게 티 나게 하셔 놓고는 모른 척하시면 안 되지 않나요?"

"정확히 어떤 부분에서 그렇게 느꼈을까? 강리원 씨가."

"하아……."

리원은 아주 깊고도 낮은 한숨을 푹 내쉬며 몸을 뒷좌석 등받이에 기댔다. 이 남자, 능청스럽게 행동하는 데 도가 트였다. 새카만 눈썹을 살짝 일그러트린 채 턱을 매만지며 자꾸만 능글능글 눈웃음치는 모습에 그녀의 머리가 핑 돌았다.

리원은 마른세수를 하며 눈을 질끈 감았다 떴다. 그런 그녀의 모습을 곁에서 빠짐없이 지켜보던 남자의 표정이 미묘하게 일그러져 있다. 약간은 우스워 보이기도 하고, 익살스럽게 찌푸려진 모양새였다. 리원이 놓칠세라 검지를 들어 그의 얼굴에 겨누었다.

"그 표정!!"

깜짝 놀란 태건의 눈이 살짝 크게 뜨였다. 리원이 허공에 띄운 손가락을 부들부들 떨며 작게 소리쳤다.

"내가 진짜……. 이 표정 때문에……. 지금 그 표정이요! 그 표정 짓지 말아요!"

"…내가 무슨 표정을 지었다고……."

"자꾸 능글맞게 웃잖아요! 날보고 짓궂게 웃는 그 표정을 지을 때마다……."

리원은 더 이상 말을 이을 수가 없었다. 손가락을 들어 그를 가리키고 있는데도 상관없다는 듯 그가 몸을 점점 이쪽으로 기울였기 때문이었다.

남자의 조각같이 잘생긴 얼굴이 가까이, 자꾸만 가까이 다가온다. 그녀의 눈이 점점 커다래지고, 눈동자에서는 혼돈의 파도가 거세게 일기 시작했다. 이윽고 도톰한 남자의 입술이 열리며 그녀가 마지막으로 내뱉었던 말을 되풀이했다.

"지을 때마다?"

쿡. 돌처럼 굳어 버린 채 허공에 멈춰 있던 그녀의 검지손가락 끝에, 코 닿을 듯 가까이 다가온 그의 볼이 꾸욱 눌러졌다. 손가락 끝에 닿는 남자의 피부가 무척이나 말랑말랑했다.

'이 남자 진짜 뭐 하자는 거지? 장난도 정도껏⋯⋯.'

태건의 한쪽 입꼬리만 비뚤하게 위로 슬그머니 올라간다. 나른하게 뜨여진 남자의 눈매가 묘하게 섹시하게 비틀렸다. 눈이 튀어나올 듯 더욱 크게 뜬 리원이 말을 더듬으며 손가락을 내렸다.

"사, 사람을⋯⋯. 들었다 놨다⋯⋯. 지, 지금도 너, 너무 가까워요."

제대로 미쳤나 보다. 어째서 드라마의 한 장면처럼, 귓가에 감미롭고 달콤한 발라드가 들리는 것 같은 착각이 드는 걸까.

리원이 저도 모르게 고개를 세차게 내젓고 있을 때,

"아아. 너무 가까운가?"

그런 혼잣말을 내뱉은 그가 일순 팔을 살짝 들어 올렸다. 짙은 남자의 향수 냄새가 훅, 코끝을 스친다.

아⋯⋯. 향기가 섹시하다는 생각은 해 본 적 없는데. 그야말로 그와 지독하게 잘 어울리는 섹시한 향이라는 생각이 퍼뜩 머리를 스쳤다. 리원이 상황 파악을 채 하기도 전에 그의 손이 그녀의 머리카락을 빠르게 훑고 지나갔다. 깜짝 놀라 어깨를 떠는 그녀의 앞에 그가 무언가를 집고 있는 손을 들이밀었다. 그는 기다란 흰색 실밥을 들고 흔들었다.

"머리카락에 이런 걸 다 묻히고."

"어어엇? 아니 이런 게 왜 내 머리카락에 묻어 있……."

두근두근, 쿵쾅.

리원은 잠깐 동안이었지만 심장이 입 밖으로 튀어나올 것만 같았다. 숨 쉴 틈조차 주지 않는 남자 같으니라고. 얼굴에 열이 오르는 것을 느낀 리원이 당황스러움을 금치 못한 채 버럭 소리 질렀다.

"아, 아무튼 그날 일은 잊으세요! 그게 서로에게 좋아요!"

"내 자유 아닙니까? 그 밤을 잊든, 당신을 볼 때마다 떠올리든."

"뭐라고요? 날 볼 때마다 떠올려……. 하아. 좋아요! 그렇게 나오신다면 나도 할 말은 없네요. 부사장님의 머릿속까지 참견할 수는 없으니까요! 하지만 앞으로는 절 비즈니스적으로만 대해 주시면 좋겠어요. 그 정도는 들어주실 수 있죠?"

"그거야 아주 당연한 이야기라고 생각합니다. 난 비즈니스에 사적인 감정 들어가는 걸 지극히 싫어하니까."

"잘됐네요!"

"내 머릿속의 문제는 전혀 다른 이야기겠지만."

"……."

끝까지 한마디도 놓치는 법이 없다. 더 이상 대화해 봤자 그의 손에 놀아나기만 할 뿐 의미가 없다는 생각이 들었다. 얼굴이 험악하게 굳어진 그녀가 차창 밖을 연신 내다보더니 김 비서를 향해 높은 음성으로 말했다.

"저기, 비서님! 잠깐 차 좀 세워 주시겠어요?"

"예? 아직 미정 아파트까지는 조금 더 가야 합니다만."

"여기서 내리면 돼요. 지금 내리는 게 딱 맞는 것 같아요! 미정 가족 공원 앞이요! 저기 뒷길 보이시죠? 저기로 죽 걸어 올라가도 제가 사는 건물이 금방 나오거든요."

차가 갓길에 정차했다. 리원은 뒤도 돌아보지 않고 재빠르게 차에서 내렸다. 최대한 예의 바르게 90도로 고개를 숙인 그녀가 어쩐지 거칠게 들리는 말투로 인사했다.

"태워 주셔서 아주, 정말, 지극히 영광이었고 매우 감사합니다. 부디 조심히 들어가시길 바라겠습니다."

그러고는 쾅! 다소 힘 있게 문을 닫았다.

태건은 팔짱을 낀 채 창문 밖으로 느리게 스쳐 지나가는 여자의 실루엣을 천천히 훑었다. 팔다리를 세차게 흔들면서 병정처럼 앞만 보고 똑바로 걷는 그녀의 모습이, 무척이나 화가 난 듯 보이는 건 필시 착각이 아닐 것이다. 그게 왠지 귀엽게 느껴졌다.

홀로 피식, 조용히 웃음 짓던 태건은 누군가의 따가운 시선을 느끼고는 목청을 한껏 가다듬었다. 운전석 사이드미러로 비쳐 보이는 김 비서의 눈초리가 무척이나 묘하게 흐려져 있다는 걸 깨달았던 것이다. 아무렇지도 않은 척 표정을 갈무리했지만 이미 한발 늦은 뒤였다. 분명, 날카로운 한마디가 날아올 줄 알았는데 웬일로 한참을 조용히 차가 움직였다. 결국 참지 못하고 먼저 말을 꺼낸 것은 오히려 태건 쪽이었다.

"웬일로 무슨 사연인지 물어보지 않는군."

"나도 귀가 있어서. 둘이 대화하는 거 듣기만 했는데도 전후 사정다 파악했거든."

너무 적나라하게 대화했던 건가.

그녀를 놀리는 데만 집중하느라 김 비서가 다 듣고 있다는 사실을 신경 쓰지 못했던 것이다. 유하게 풀린 얼굴로 창밖으로 스쳐 지나가는 야경을 감상하던 그에게, 사뭇 진지해진 김 비서가 조심스럽게 물었다.

"무슨 심보야? 평소의 너답지 않게."

"…그러게."

평소의 자신답지 않다…….

그 말에 동의한 태건이 의자 깊숙이 몸과 머리를 기댄 채, 혼잣말과도 같은 소리로 낮게 속삭였다.

"…큰일 났다."

"뭐가?"

"재미있어서 못 참겠어. 어쩌지?"

누군가에겐 농담처럼 들리겠지만 지금 이 순간 그는 정말로 진지했다.

그녀의 반응 하나하나. 표정 하나하나. 행동과 말투까지 전부. 무엇 하나 지루한 것이 없었다. 조금은 짓궂게 놀려 주고 그에 대한 반응을 지켜보는 것이 어찌나 즐거운지 그 안의 작은 악마 근성이 쉽게 사그라들 것 같지 않았다. 그녀가 옆에 있으면 도저히 가만히 놔두지를 못하겠다. 어떤 방식으로든 자꾸만 건드리고 싶어져서.

"미친놈."

좋아하는 여자애 괴롭히는 초딩도 아니고 뭐 하자는 건지. 조금은 이해하면서도 그답지 않은 모습에, 김 비서가 거친 욕지거리를 내뱉었다. 욕까지 들어 먹은 주제에 뭐가 그리 좋은 건지 태건은 설핏 지은 미소를 지우지 않았다. 이게 그저 단순한 호감인지 혹은 다른 무슨 감정인지는 잘 모르겠지만 한 가지는 분명했다.

무척 기대됐다. 앞으로의 일들이.

□ ◆ □

번쩍. 고급스러운 오피스텔 내부의 현관문이 열리자마자, 입구의 센서 등이 켜졌다. 문을 열고 들어온 태건은 곧바로 주방으로 직행해 냉장고를 열었다. 차가운 생수를 입에 들이부어 마시며 거실의 소파에 가 앉았다. 그러곤 등받이에 머리를 기댄 채 잠시 생각에 잠겼다.

'태워 주셔서 아주, 정말, 지극히 영광이었고 매우 감사합니다. 부디 조심히 들어가시길 바라겠습니다.'

그리 말하며 꾸벅 90도로 허리 숙여 인사하던 그녀가 떠올랐다. 피식, 그의 입가에 또다시 장난기 가득한 웃음이 지어진다. 그게 뭐라고 자꾸만 떠올라서 사람을 재미있게 하는 건지. 그리고 이번에는 또 한 번, 조금 색다른 기억이 그의 뇌리를 스쳤다.

투명할 정도로 희던 피부가 뜨거워지다 못해 살짝 붉어져 오던 모습.

촉촉하게 벌어진 입술 사이로 새어 나오던 색정적인 신음 소리.

땀에 젖어 반짝이던, 청순함과 섹시함이 공존하는 매력적인 얼굴.

'솔직히……. 정말 좋았어. 평생 잊을 수 없을 만큼.'

그는 그날 밤 이후로 가끔……. 밤에 제대로 잠을 이루지 못했다. 시도 때도 없이 떠오르는 새카만 밤의 기억은 잠자고 있던 남자의 본능을 일깨우기에 충분했다. 연애 경험이 많지 않아도 하나는 정확하게 알았다. 이렇게까지 낯설고도 관능적인 밤을 선사해 줄 상대는, 두 번 다시 만나기 힘들 거란 사실을.

그녀는 그와 궁합이 너무나도 잘 맞았다. 또한……. 전체적인 외모나 성격이 딱 그의 이상형이기도 했다. 그녀가 하는 행동 하나하나 귀엽고 사랑스러워 보이는 걸 보면 제대로 된 임자를 만난 게 틀림이 없었다.

"참 대단한 인연이긴 해. 어떻게 이런 재회를 할 수가 있지?"

게다가 서로에 대해 아는 것 하나 없는데도 이렇게 기적적으로 재회한 것을 보면, 필시 보통 인연은 아닐 것이다. 이 시점에서 그가 선택하기만 한다면, 리조트 리모델링 공사가 끝나는 시점까지는 그녀와 함께 일할 수 있다.

'칼자루가 내 손에 쥐어진 셈이군.'

방금 물을 마셨는데도 생각이 거기까지 미치자 입 속이 바짝 타들어 감을 느꼈다. 태건은 500미리 생수를 한 번 더 입에 들이부으며 고민했다.

'정말로 협력 업체로 선정해? 말아?'

사실 마음은 이미 블라썸 디자인 쪽으로 기울었지만, 스스로의 마음과 마지막 밀당을 하는 중이었다. 물론, 블라썸이 이번에 선정된 협력 업체 중에 그나마 그의 입맛에 맞았다. 자연주의 라인이 추구하는 방향성과, 디자인, 소재, 수지 타산까지 전부. 리조트를 자연 친화적이고 쾌적한 공간으로 바꾸자는 이번 리모델링의 사업 목표와도 얼추 맞았다. 다만 그가 이렇게 마지막까지 고민하는 이유가 있었다.

"하아……. 이놈의 흑심. 이걸 어쩐다?"

스스로가 인정해 버렸다. 어느 정도 사심이 포함되어 있다는 사실을.

그것을 처음에는 인정하지 않으려 애썼지만, 시간이 흐를수록 그녀에 대한 흑심이 커져 버려 더는 변명할 여지가 없었다. 하지만 뭐어때? 블라썸 디자인으로 결정하자는 의견을 내면 분명, 그 누구도 반대하지 않을 텐데. 오늘 오전에 있었던 회의에서도 대부분의 임원들이 블라썸을 미는 눈치였으니까.

'흑심……. 좀 부리면 어때? 어차피 조건도 딱 맞는데.'

못된 생각이 고개를 쳐들었다. 한 번쯤은……. 한 번쯤이야 괜찮지 않을까? 개인적으로 욕심 내 보는 것 말이다.

태건은 마음의 결정을 내린 즉시 휴대폰을 꺼내 들었다. 우습게도 그의 단축번호 1번은 다른 누구도 아닌 절친 김 비서였다. 애인이 없는 그에게 김 비서란 존재는 가족보다 더 의지가 되는 사람이었으니까.

"어. 동호야."

— …이름을 부르는 걸 보니 사적인 일인가 보군. 뭔지 빨리 이야

기해.

누구보다 최태건이라는 사람을 잘 아는 상대. 김 비서는 그의 말투만 듣고도 단번에 의도를 알아차렸다. 태건은 목적했던 말을 조금의 망설임도 없이 쏟아 냈다. 충분히 고민했으니, 더는 시간을 끌 이유가 없었다.

"이번 협력 업체 선정 말이야. 블라썸 디자인으로 추진해 줘. 상세한 자료 좀 더 준비하고, 내일 당장 회의 잡아 주고. 수지 타산 예상 내역 좀 더 꼼꼼히 뽑아서 반대하는 임원들까지 더는 할 말이 없도록. 내 말 무슨 뜻인지 잘 알지?"

— ……

평소라면 그러겠노라 즉각적인 대답이 튀어나와야 할 텐데. 어쩐지 상대는 말이 없었다.

혹시 전화가 끊어졌나? 태건이 잠시 휴대폰을 귀에서 뗀 채 초 단위로 통화 시간이 올라가는 화면을 확인했다. 다시 전화를 귀에 대자마자, 절친의 음흉한 목소리가 귓전을 타고 흘러들어 온다.

— 꽂혔어? 그 여자한테

"무슨 소리야?"

— 이렇게까지 급히 결정 내리는 거 너답지 않아서.

"알잖아. 지금 현재로서는 가장 우리와 모든 조건들이 딱 맞는다는 사실."

— 그거야 잘 알지. 너무 잘 아는데…….

"그러니까 다른 건 묻지 말고. 내 말대로 해 줘."

— 그래. 내가 밤을 새워서라도 완벽하게 준비하라 이를 테니까 걱정 말고.

"그래……. 고맙다. 역시 너밖에 없어."

뜬금없이 소식을 받은 다른 직원들까지 고생하게 생겼다. 하지만 그에게 있어서는 긴급한 사안이니만큼 미룰 수 없었다. 누군가의 마음이 변하기 전에, 또 다른 업체 목록들이 직원들의 입에 오르내리기 전에, 못 박고 싶었다. 이번에 함께 일할 인테리어 협력 업체는 블라썸뿐이라고.

잠시 대화가 끊어진 사이, 말을 잇지 못하고 있던 김 비서가 고요한 정적 속에서 그의 이름을 불렀다. 그것도 아주 다정하게.

— 최태건.

"응."

— 너의 연애 사업 파이팅.

'연애 사업'이라는 팩트 폭격에 깜짝 놀란 태건의 기다란 눈꼬리가 위로 살짝 치켜 올라갔다. 그의 미간이 잠시간 험악하게 찌푸려졌다.

"뭐, 뭐……."

아니라고 변명을 늘어놓기도 전에 전화가 툭, 끊어져 버렸다. 태건은 격하게 흔들리는 동공을 애써 진정시키며 휴대폰을 소파 테이블 위에 던지듯 놓아 버렸다.

어쩐지 뒤통수가 불이 붙은 것처럼 뜨겁게 달아오르는 것은 착각일까. 무게감 있어 보이는 스타일이라 평소 혼돈에 빠졌다 해도 겉보기로는 딱히 티가 나지 않았다. 하지만 그의 덤덤하던 눈동자와 떨리는 눈매만큼은 숨길 수 없이 연신 흔들리고 있었다.

"휴……. 덥군."

분명, 여름이라서 더운 게 틀림없다. 태건은 걸치고 있던 슈트 재킷을 벗으며 드레스 룸으로 빠르게 걸음을 옮겼다. 얼른 옷을 벗어 버리고, 온도가 적당한 물에 샤워하고 싶은 마음이 굴뚝같았다. 재킷과 넥타이, 드레스 셔츠를 벗어 빨래 통에 담던 그의 시선에, 문득 화려하게 반짝이는 무언가가 들어왔다. 살짝 고개를 틀어 그것을 정체를 확인했다.

'아. 이 구두를 잊고 있었군.'

작은 진열장 한 편을 장식하고 있는 미친 존재감. 한쪽 굽이 부러진 한 켤레의 구두가 반짝반짝 빛을 내며 다소곳이 자신의 자리를 지키고 있었다.

'바로 돌려줘야 할까? 아니면…….'

골똘히 생각에 잠긴 채 그것을 바라보던 그가 손을 뻗어 구두 한 짝을 손에 쥐었다. 참으로 우스운 게, 손에 쥔 구두의 크기가 상상했던 것보다 훨씬 더 작았다. 앙증맞다는 생각과 함께 그게 또 귀여워서 헛웃음이 새어 나온다.

"발도 내 손바닥만큼 작아서는 제법 성깔도 있고. 하여간 재미있는 여자야."

그가 한쪽 입꼬리를 올려 온화한 미소를 지었다. 다시 구두를 제자리에 돌려놓은 그가 나머지 옷을 모두 벗어 던지고는 샤워 가운을 몸에 걸쳤다. 태건은 드레스 룸을 벗어나기 전 손바닥만 한 그녀의 구두를 툭툭 검지로 두드렸다.

"이제부터 잘해 보자, 우리."

마치 그녀의 어깨를 두드리는 것 같았다.

4
유일한 그녀의 구세주

나른한 평일의 오후. 업무가 조금 지연되는 바람에, 늦은 점심을 먹은 리원은 미영과 함께 식후 커피 타임을 즐기고 있었다. 근처에서 가장 맛이 좋고 저렴하기로 유명한 카페에 앉은 지 10분째.

"푸우우웁──!"

아메리카노를 마시던 미영이 커피를 도로 컵 안에 내뱉었다. 일부러 뱉은 것이 아니라, 너무 놀라운 말을 들어 버려 분수처럼 뿜어져 나온 것이다. 반면 절친에게 폭탄 고백을 한 리원은 너무나도 멀쩡한 얼굴을 한 채 귀 뒤로 머리카락을 쓸어 넘겼다. 어이없는 표정과 커다랗게 뜬 눈으로 한동안 리원을 빤히 쳐다보던 미영이 물었다.

"영광 기업 부사장……. 그 사람이 제주도에서……. 너랑 그랬었던 그 사람이라고? 진짜? 내가 잘못 들은 거 아니지?"

그게 그렇게까지 충격받을 일인가?

리원은 평소처럼 시큰둥하고 무미건조한 시선으로 절친을 마주 보았다. 그러고는 전혀 감흥 없는 표정으로 고개를 위아래로 천천히 끄덕인다. 그런 그녀의 반응이 더 어이없어, 미영이 황당하다는 듯 반쯤 소리쳤다.

"아니! 그 이야기를 왜 이제야 해? 그런 놀랍고도 중요한 이야기를!!"

"이게 그렇게나 중요한 이야기야?"

"헐……. 그럼 안 중요하니? 당장 이번 금요일부터 2박 3일로 단합 대회도 있고, 다음 주부터는 함께 일하게 될 사이인데!"

"미영아. 부사장이 그렇게 쉬운 상대니? 너무 높은 위치에 있으셔서 우리 같은 사람들은 한 달에 한두 번쯤 전체 회의 때 잠깐 만나는 게 다일 텐데. 어차피 거의 마주치지 못할 사람이니까 난 신경 안써."

"아니, 그게 아니라……. 중요한 건 너랑 그 사람, 아니 그분이랑 원나……!"

미영이 말을 잇지 못한 채 몸을 버둥거렸다. 결정적인 단어가 튀어나오기 전에 자리에서 벌떡 일어선 리원이 그녀의 입을 손으로 틀어막아 버린 탓이었다. 평상심을 유지하고 있던 리원의 이마에 그제야 식은땀이 송골송골 맺혔다. 아무리 대수롭지 않게 이 상황을 이어 가던 그녀라 할지라도, '원나잇'이란 단어만큼은 참을 수가 없었다.

"말조심해, 임미영. 여기는 눈과 귀가 많아."

"두 번 다시 안 볼 사람들인데 뭐 어때?"

"어휴. 넌 최소한의 부끄러움도 없어? 그렇게 크게 떠벌릴 만한 이야기는 아니잖아."

"그런 걸 알면서 왜 일을 저질러? 저지르긴."

눈을 흘기던 리원이 미영의 팔뚝을 살짝 꼬집고 나서야 잠시 대화가 멈췄다. 팔짱을 낀 채 과거의 일을 되짚던 미영은 이제야 모든 사건들의 아귀가 딱 들어맞는다는 듯 고개를 끄덕이며 혼잣말을 되풀이했다.

"하⋯⋯. 그래서 박람회 때 그런 반응이었구나. 왜 저러나 싶었는데. 너도 그렇고 그분도 그렇고 어쩐지 서로를 보자마자 굉장히 당황하는 눈치였거든."

미영은 그리 혼잣말을 내뱉어 놓고도 근질거리는 입을 가만두지 못했다. 리원의 눈치를 살피던 그녀가 조심스레 궁금하던 것을 물었다.

"너 사실대로 말해 봐. 그때 저녁 식사도 너 때문에 하게 된 거 맞지? 그분 너한테 마음 있는 거 아냐? 어쩐지 뜬금없는 식사 요청이다 생각했었거든. 굳이 우리 말단 직원까지 다 끌고 간 것도 묘하게 이상했었는데⋯⋯."

그녀의 물음에 리원이 손사래를 치며 경악했다.

"무슨 말도 안 되는 소릴! 부사장씩이나 되는 사람이 겨우 나 한 사람 때문에?"

"그런가? 그렇겠지? 하긴⋯⋯. 나이에 비해서 되게 무게감 있고

깐깐해 보이긴 했었어."

"그럼! 당연하지! 너도 인터넷으로 정보 찾아보면 잘 알 거야. 한 가지 사안을 결정할 때도 얼마나 심사숙고하고, 결단력 있는지. 결코 혼자만의 감정에 치우쳐 큰일을 저지를 사람이 아니야!"

리원의 단호한 말에 그것을 듣고 있던 미영의 눈매가 가늘게 휘어 졌다. 그녀가 말한 최태건이라는 사람에 대한 몇 가지 정보보다 더 미영의 구미를 당기는 말이 있었으니. 바로 인터넷으로 정보를 찾아봤 다는 뉘앙스를 풍기는 리원의 말이었다. 미영은 음흉한 미소를 지은 채 물었다.

"아아. 너 그분 정보를 따로 찾아봤던 거야? 인터넷으로?"

정곡을 찔러 버렸다. 리원의 양쪽 어깨가 격하게 위아래로 흔들리 는 것을 보니 틀림이 없었다. 약점을 잡아 버린 미영이 이번에는 턱까 지 괸 채 리원을 은근히 놀려 댔다.

"강리원. 그분한테 관심 있나 보구나?"

"헐. 아냐! 아니거든? 그냥 단순한 궁금증이야!"

"누가 뭐래? 그냥 단순한 관심. 나도 그거 말한 건데?"

친구의 말에 날카롭게 반응해 봤자 답이 없음을 깨달은 리원은 그 만 저 자신을 놓아 버렸다. 오해하면 뭐 어때? 솔직히 최태건이라는 남자에게 전혀 관심이 없는 것도 아니고……. 리원이 발끈하는 횟수 가 줄어들었음에도 그녀를 떠보는 미영의 발언은 계속되었다.

"그래서? 다시 재회하고 난 후 따로 연락은 없었어?"

"휴……. 응."

"어쩐지 말에 힘이 없는 것이 수상한데······. 설마 너 섭섭한 거야? 연락이 없어서."

"하······. 진짜. 제발 미영아. 아니거든?"

"응응. 알았어. 그렇게 받아들일게. 그런데 리원아. 나 진짜 궁금한 거 있는데······."

"아니 대답 안 할래. 물어보지 마. 그 입 다물라!"

"솔직히 말해 봐. 어땠어?"

"뭐가?"

"제주에서 첫날밤······. 읍읍."

또 애먼 단어가 튀어나온다. 이번에는 더욱 소스라치게 놀란 리원이 다시 한번 자리에서 벌떡 일어나 미영의 입을 틀어막았다.

"아아! 진짜!"

"궁금한 그을 으뜨게 해!"

얼굴이 붉게 달아오른 것도 모자라 열기까지 오른다. 리원이 미간을 잔뜩 찌푸리며 고개를 내저었지만, 별수 없이 이미 그녀의 뇌리에는 그날의 기억들이 자동으로 재생되고 있었다.

호텔 창문 밖에서 비쳐 들어오던 은은한 달빛.

그 달빛 아래서 뇌쇄적으로 움직이던 남자의 촘촘한 근육들.

찰랑이며 물결치던 머리카락에서 흩날리던 물기와 단단한 몸을 타고 흐르던 뜨거운 땀방울.

어둠을 가르고 강렬하게 빛나던 그의 야성적인 눈동자가, 제 몸의 작은 점 하나까지 빠짐없이 훑던 소름 돋는 감각은 도저히 잊으려야 잊을 수가 없었다.

"와……. 이 계집애 이거 봐. 얼굴 빨개지는 것 좀 봐."

그 짧은 새 과거의 기억에 사로잡혀 버린 리원의 표정이 시시각각 변했다. 얼굴이 터질 듯 붉게 달아오른 리원은 괜스레 카페의 온도를 탓하며 손부채질을 해 댔다.

"어휴. 여기 왜 이렇게 더워? 에어컨 안 트나?"

"…장난이 아니었구나? 그 남자."

"……."

일순 정적이 흘렀다. 시선을 어디다 둘지 몰라 새카만 눈동자만 굴리는 리원과, 그런 그녀를 쳐다보며 생글생글 웃는 미영 사이의 분위기가 묘하게 흘러간다. 그렇게 얼마 남지 않은 점심시간이 흐르던 그때. 리원의 휴대폰이 요란하게 울렸다. 액정에는 처음 보는 전혀 알지 못하는 번호가 찍혀 있었다.

"네. 강리원입니다."

— 안녕하세요, 강리원 씨. 잠깐 통화 가능하십니까?

"어디시죠?"

— 영광 기업 본사의 부사장실입니다. 저는 이전에 한번 뵀었던 김 비서입니다. 기억나십니까?

타이밍 한번 기가 막히네. 리원의 눈썹 앞머리가 찔끔거리며 위로 올라갔다.

— 강리원 씨. 이번에 함께 일하게 될 리모델링 사업에 관련해서, 부사장님께서 긴히 대화를 나누고 싶어 하십니다.

부사장이 직접? 게다가 다른 것도 아닌 리모델링 사업에 대해 대화할 일이 있다고?

솔직히 잘 이해가 가지 않는다. 물론 현장을 둘러보고 디자인이나 실질적인 콘셉트를 잡아, 윗선들에게 보고할 자료를 만드는 것은 그녀의 몫이었다. 하지만 부사장씩이나 되는 사람과 사업에 대해서 논의할 상대는 결코 그녀가 아닌 것은 분명했다. 윗선은 당연히 윗선끼리 만나야 하지 않을까. 휴대폰을 통해 들려오는 말을 조용히 경청하던 리원의 고개가 한쪽으로 기울어졌다.

"저기, 김 비서님. 죄송하지만 전 그렇게 큰 책임감이 필요한 사안을 부사장님과 직접 이야기할 자격이 못 됩니다. 사업에 관한 이야기라면 저와 하실 게 아니라……."

그녀가 말을 더 잇기도 전에 김 비서 쪽에서 선수를 치고 들어왔다.

— 네. 어떻게 들리시는지 잘 압니다. 저희 부사장님께서 리원 씨를 뵙고 싶어 하는 것은, 단지 누구보다 현장에 익숙하고 일선에서 직접 많은 것을 보고 겪은 실무자의 의견이 필요하기 때문입니다. 적당한 직책에 있으시기도 하고……. 가장 순수한 정보를 나눌 상대가 강리원 씨라는 데 저와 부사장님의 의견이 일치했습니다.

의도는 잘 알겠지만, 역시 곤란하다. 리원은 상대가 보이지 않는데도 고개를 내저으며 다시 한번 거절의 말을 늘어놓았다.

"무슨 말씀인지는 잘 알겠습니다만……. 저는 임원도 아닐뿐더러 그저 말단 직원……."

— 말단 직원이라니요. 한 팀을 책임지고 이끄는 팀장님께서 하실 말씀은 아닌 것 같습니다. 그저 여러 가지 의견을 나누고 싶은 것뿐입니다. 누구보다 현실적인 대화가 가능한 상대라고 생각합니다.

그렇게까지 말하니 더는 거절할 만한 적당한 변명이 떠오르지 않았다.

좋게 해석한다면 솔직히 책상머리에 앉아 서류에 사인만 해 대는 임원들이 뭘 알겠느냐 그런 말이었다. 직접 고객과 대면하거나, 공사 현장에서 몸으로 부딪친 사람과의 대화가 절실하단 소리였다. 그런 상대를 찾는 게 사실이라면 저 자신이 가장 적합하다는 그의 말이 정확하게 맞아떨어지기도 했고. 잠시 고민에 빠졌지만, 결국 닫혀 있던 입을 열어 긍정의 대답을 꺼내 놓을 수밖에 없었다.

"네……. 알겠습니다. 어디로 가면 되죠?"

□ ◆ □

일이 많이 밀려 있음에도 어떻게든 칼퇴근을 감행한 리원은, 회사 근처가 아닌 곳을 서성였다. 일부러 아는 사람이 오지 않을 법한 동네에서 만나기로 약속을 잡은 것이다. 그러지 않아도 된다며 극구 거부했는데도, 김 비서는 굳이 모시러 오겠다는 고집을 꺾지 않았다. 리원도 고집을 부릴 땐 센 편에 속했지만 김 비서라는 사람은 가히 상상조차 하지 못할 만큼 더 센 사람이었다. 결국 회사가 아닌 다른 장소에서 만나는 것으로 합의를 봤지만 말이다.

4차선 도로 바로 옆의 인도에서 누군가를 기다리던 것도 잠시. 검은색 세단 한 대가 비상등을 켜며 조용히 정차했다.

"이 차인가?"

까맣게 선팅된 농도가 짙어서 안이 보이지 않는다. 그녀가 제 앞에 선 차를 이리저리 둘러보던 그때, 뒷좌석의 문이 열리며 익숙한 듯한 남자의 실루엣이 드러났다.

예상했던 대로, 최태건 부사장이었다. 그가 문을 열어 준 뒤 안쪽으로 몸을 옮기자, 리원은 자연스럽게 차에 올라탔다.

"회사에서 상당히 먼 장소군요."

차가 출발하자마자 그에게서 예상했던 말이 튀어나왔다. 리원은 귀 뒤로 머리카락을 걸어 넘기며 침착하게 대답했다. 옆에서 뚫어질 듯 빤히 쳐다보는 그의 시선을 애써 무시하면서.

"아아……. 네. 아무래도 보는 눈들이 많아서요. 도움드리고 싶어 이렇게 나오긴 했지만, 솔직히 회사 입장에서는 달갑지 않을 테니까요."

"그 말은 즉……. 큰 위험을 감수하고 날 만나 줬다는 이야깁니까?"

그의 질문에 그녀가 옆에 앉은 그를 돌아보았다. 어둠 속에도 비교적 명확히 보이는 리원의 얼굴은 가히 가관이다. 설마 그걸 정말 몰랐느냐는, 당신 때문에 완전 입장이 난처해졌다는, 딱 그런 표정이었다. 여전히 태건의 앞에서만큼은 표정을 전혀 숨기지 않는 그녀였다.

"그렇죠. 제 상사의 입장에서는 자길 제치고 손아래 직원인 제가 부사장님을 만났는데. 그게 결코 예뻐 보일 리는 없지 않겠어요?"

"내가 생각이 짧았군요."

"괜찮습니다. 오늘이 처음이자 마지막이라면요."

그는 웃음이 나오려는 것을 애써 참았다. 웃으며 말하고 있지만 눈치가 있다면 다음부터는 이런 자리를 만들지 말라, 돌려서 그에게 요구하고 있는 것이다. 덕분에 아주 곤란했다는 뜻도 포함이었다.

어느 누가 협력 업체의 부사장에게 저런 말을 내뱉을 수 있을까. 그걸 깨달은 순간, 그의 안에서 그녀를 놀려 주고 싶은 묘한 욕구가 다시 치밀어 오른다. 그 작은 욕구조차 참지 못하는 것은 오로지 이 여자 앞에서 뿐이었다. 입꼬리를 살짝 휘어 올린 그가 드디어 장난기 어린 음성을 내뱉었다.

"다음부터 강리원 씨에게 도움을 받으려면, 당신의 상사에게 먼저 허락을 받아야겠군요."

이 무슨 앞뒤 꽉 막힌 소리인지? 이 남자는 말의 맥락을 못 알아먹는 걸까? 아니면 일부러 청개구리 심보가 올라와 뚱딴지같은 소릴 늘어놓는 걸까. 그렇다고 거래처의 높으신 분에게 앞으로 날 찾지 마세요, 라고 말할 수도 없는 노릇이었다.

그걸 알기 때문에 더 저렇게 사람을 갖고 노는 거겠지만.

'아니, 도대체 왜. 어째서. 무엇 때문에 나한테 이러는 거예요?'

그 질문이 목구멍 끝까지 올라왔지만 애써 집어삼켰다. 이제는 아예 대놓고 활짝 웃음 짓기까지 하는 남자와, 그런 그를 복잡한 표정으로 곁눈질하는 여자. 어울리지 않을 것 같으면서도 묘하게 어울리는 두 사람이었다. 의미 없는 신경전을 하는 사이. 그들이 타고 있던 검은색 세단이 한 고층 건물에 도착했다.

□ ◆ □

누군가에겐 가장 멋질 법도 한 저녁 식사 시간이었지만, 리원은 기분이 썩 좋지 않았다. 그녀의 기분이 가라앉은 이유는 결코 태건과 관련된 어떤 일 때문이 아니었다. 단지 지금 두 사람이 앉아 있는 이 레스토랑. 장소의 문제였다.

두 사람이 자리한 테이블의 창밖으로는 눈이 번쩍 뜨일 만한 아름다운 야경이 펼쳐져 있었다. 레스토랑 내부 또한 감탄사가 절로 나올 만큼 고급스러움 그 자체였다. 인테리어와 테이블, 조명 하나까지 분위기 있어 보이도록 신경 쓴 티가 났다. 화룡점정을 찍은 것은, 그녀와 마주 보고 앉은 남자가 세상 우월한 유전자를 가졌다는 것이었다.

그럼에도 세상 불행한 것 같은 우울한 표정이라니. 누군가가 본다면 전혀 이해하지 못할 상황임에는 틀림이 없었다. 그 모든 사실과는 상관없이 제 나름대로의 깊은 속사정이 있던 리원은 그저 쓴웃음을 지으며 생각에 잠겼다.

'왜 하필은 여길…….'

차마 입을 열지 못하고 고개 숙인 리원이 허벅지를 감싸고 있는 치맛자락을 손에 꽉 쥐었다. 그 심상치 않은 반응을 그가 눈치채지 못했을 리 없었다. 아랫입술을 깨물고 잘근잘근 씹어 대는 그녀의 모습을,

맞은편에서 조용히 지켜보던 태건이 물었다.

"혹시 어디 안 좋습니까?"

그의 물음에 그녀가 잠시 고개를 들었다. 한눈에 봐도 리원의 안색이 급체하기라도 한 것처럼 좋지 않았다. 얼굴색은 새하얗게 질려 있고, 자연스럽던 표정은 딱딱하게 굳어 버려 그를 향해 희미하게 짓는 미소조차 쓰게 보였다.

그녀를 잠시 바라보던 그의 미간이 불편하게 접혔다. 테이블을 똑똑, 느리게 두드리던 남자의 손이 멈추고 꾹 닫혀 있던 입술이 열리며 낮은 목소리가 흘러나왔다.

"상태가 많이 나빠 보이는데."

"…괜찮습니다. 제가 빈혈이 조금 있어서요."

"빈혈? 심각하다면 병원에 가 봐야 하는 거 아닙니까?"

"아뇨. 정말 괜찮습니다. 요즘 입맛이 없어서 점심을 적게 먹어서 그래요."

"빈혈이라면……. 쇠고기가 빈혈에 좋은 음식이죠. 여기 안심스테이크가 유명하니까 그걸로 합시다."

그가 추천해 준 메뉴를 선뜻 받아들인 리원이 고개를 끄덕였다. 아래로 처지는 앞머리를 손으로 쓸어 올리던 그녀가, 결국 토트백을 집어 들고 자리에서 일어났다.

"죄송합니다만, 잠시 화장실 좀 다녀올게요."

"…괜찮겠습니까? 그러다 쓰러지기라도 하면……."

"너무 걱정 마세요. 그 정도까진 아니에요. 정말 멀쩡해요."

태건은 억지로 웃어 보이며 자리에서 떠나가는 리원의 뒷모습을 조용히 바라보았다. 걸음걸이가 반듯한 것을 보니 상태가 그리 심하지는 않은 듯해 마음이 놓인다. 그리고 잠시 후, 지배인이 직접 주문을 받기 위해 테이블에 다가와 고개 숙여 인사했다.

태건이 앉아 있는 이 건물은 국내에서도 유명한 체인인 아델라 호텔 내의 레스토랑. 고급스럽고 비싸기로 유명한 이곳은 특히 창가 자리의 야경이 아름다워 매스컴에 자주 오르내리는 곳이었다. VVIP 고객인 태건은 식당에서도 특별히 신경 쓰는 몇 안 되는 손님 중 하나였다. 어떻게 보면 당연한 일이었다. 상대가 영광 기업의 부사장씩이나 되는 사람이니 말이다.

"오셨습니까? 잊지 않고 찾아 주셔서 감사드립니다, 부사장님."

"최근 출장이 잦아서 오랜만에 뵙습니다. 오늘은 특별히 신경 써서 부탁드립니다."

"예. 알겠습니다. 메뉴는 무엇으로 해 드릴까요?"

"메뉴는 항상 주문하던 안심스테이크로. 아, 그리고……. 혹시 쇠고기 외에 빈혈에 좋은 음식. 추천해 주실 만한 게 있을까요?"

"빈혈이라면……. 체리와 달걀, 비트가 탁월한 효과가 있습니다."

역시 한 레스토랑을 책임지는 지배인답게 기본적인 음식에 대한 지식이 풍부하다. 만족스러운 표정으로 고개를 끄덕이던 태건이 말을 이었다.

"오늘 함께 온 여성분이 빈혈기가 좀 있으셔서요."

"그러시군요. 그렇다면 식전에 비트즙으로 향을 낸 차와, 스테이크의 사이드 메뉴로 달걀 요리를 내오겠습니다. 그리고 메뉴에는 없지만, 특별히 후식으로 체리판나코타를 만들도록 주문해 두겠습니다."

"판나코타? 어떤 음식입니까?"

"이탈리아식 스위트 푸딩입니다. 여성분이라면 거부감 없이 좋아하실 겁니다."

"좋군요. 그럼 부탁드리겠습니다."

"그럼 즐거운 식사 시간 되십시오."

이 레스토랑의 서비스는 까다로운 그의 성향에 언제나 딱 맞았다. 주문을 마치고 나서야 한층 여유를 되찾은 태건은 등을 의자 깊숙이 기댔다. 팔짱을 낀 채 창밖으로 시선을 옮겨 야경을 감상하며 상념에 잠겼다.

어떤 핑계로든 그녀를 만날 수 있어서, 좋았다. 그래. 다 좋은데…….

모든 게 그의 의도대로 되고 있었지만 딱 하나, 왠지 신경에 거슬리는 게 있었다. 그녀가 빈혈이라 변명했지만 뭔가 다른 이유가 있다는 것을 어렴풋이 짐작했다. 아니, 솔직히 그가 아니더라도 눈치 있는 대부분의 사람들은 알 것이다. 단지 몸의 어디가 안 좋다고 하기엔 그녀의 표정이 어딘가 슬퍼 보였으니까.

□ ◆ □

'우리 내년에 결혼하자.'

리원이 두꺼운 장미 꽃다발 안에서 약혼반지를 찾았을 때, 남자는 환하게 웃으며 그리 청혼했었다. 창밖의 야경은 아름다웠고, 레스토랑의 분위기는 그림처럼 고급스러웠다. 게다가 사랑하는 사람에게서 달콤한 말을 들어 버리니 그만, 눈물이 터져 버렸다.

그랬었다. 리원은 작년 이맘때쯤 태건과 앉은 바로 그 자리에서 청혼을 받았었다. 그래서 자꾸만 괴로워지는 자신을 숨길 수가 없었던 것이다. 계속해서 그날의 일이 떠올라서, 그게 너무 그녀를 힘들게 했다.

'괜찮은 줄 알았는데…….'

정말 그런 줄로만 알았다. 제주도에서의 사건 이후 거기에만 신경 쓰느라 현실로 되돌아오지 못하고 있었던 것이다. 하지만 참으로 우스운 게, 그 며칠 동안의 아무렇지도 않았던 현생은 떠나간 남자와의 추억이 하나 떠오르자마자 금세 무너져 버렸다. 너무나도 쉽고 간단하게.

그 사실이 충격으로 다가와 더 서글퍼졌다.

울컥, 목구멍을 타고 커다란 덩어리 같은 것이 위로 올라오려고 했지만 애써 삼켜 냈다. 세면대의 수도꼭지를 돌려 물을 튼 뒤 한참이나 그것을 멍하니 바라보다가……. 마치 혼잣말처럼 작게 중얼거렸다.

"괜찮아. 괜찮아……. 잠깐. 아주 잠깐 떠올라서 그런 걸 거야."

스스로에게 세뇌하듯 그렇게 말한 뒤 애써 웃음 짓는다. 차가운 물에 손을 씻은 뒤, 화장을 진하게 덧발랐다. 리원은 마지막으로 자신의 상태를 점검한 뒤, 씩씩하게 거울 속의 스스로에게 파이팅을 외쳤다.

"그런 쓰레기 같은 전 남친 따위 떠올려서 뭐 해! 꿋꿋하게 살아가자, 강리원!"

고개까지 끄덕이고는 당차게 걸음을 옮겨 화장실을 벗어났다. 이왕 이렇게 비싼 레스토랑에 온 거, 정말 맛있는 한 끼를 얻어먹고 가리라. 그렇게 다시 한번 다짐하던 그때. 익숙한 누군가의 실루엣이 조금 멀리 떨어진 곳에서 스쳐 지나가는 게 얼핏 보였다. 리원은 창가에 앉아 있는 태건을 쳐다보던 시선을 옮겼다. 익숙한 실루엣의 남자에게로.

"……."

그러고는 그만 말문이 턱 막혀 버린다. 아니, 숨이 턱 막혀 와 내쉬는 것조차 잊어버렸다는 말이 더 정확했다.

지금 자신의 눈으로 보고 있는 게 현실이 맞는 걸까?

'저 두 사람이 왜…….'

믿을 수가 없었다. 충격적인 장면을 목격한 그녀의 커다란 두 눈이, 더는 커질 수 없을 만큼 거대해졌다. 눈앞을 스쳐 지나간 남자는 얼마 전 리원에게 이별 통보를 했던 전 남친이었다. 또한 그와 다정히 팔짱을 끼고 걷는 여자. 그녀는 리원에게 전 남친을 소개해 준, 과거 블라썸 디자인에서 함께 일했었던 후배였다.

전신의 근육이 굳어진 것처럼 움직일 수 없었다. 다음 단계는 멈출 수 없는 온몸의 떨림이었다. 리원은 마치 발작이 일어난 듯 분노에 몸을 떨었다. 허공에 떠 있던 손을 주먹 쥐었다. 떨리는 손아귀를 너무 꽉 쥐어 버린 나머지 피가 통하지 않아 피부가 하얗게 변해 갔다.

지금 이 순간도, 그들은 리원의 눈에 띄었다는 사실 따위 알지 못한 채……. 서로를 바라보며 너무나도 행복하게 웃고 있다. 서로를 다정하게, 따스하게 바라보며, 수줍은 미소를 짓는 남녀의 옆모습. 몇 걸음이나 떨어져 있는 이 자리에 서서 쳐다보는데도 그게 너무나도 선명히 보였다.

아무것도 생각할 수가 없었다. 리원의 발걸음은 본인이 의식도 못하는 사이, 저절로 그곳을 향해 움직이고 있었다. 머리로 움직이는 게 아니라, 충동적으로 나오는 본능과도 같은 것이었다. 현장을 잡았다고 해서 어쩔 건데? 이미 헤어진 사이에. 그런 생각이 들 수도 있겠지만 시야가 까맣게 소등될 정도의 충격은 그런 것 따위 따질 수도 없을 만큼 강력한 것이었다.

"주경훈."

이제는 입에 담기조차 싫은 세 글자. 한때 가장 사랑했었던, 제 전부였던 이름을 낮게 불렀다. 하지만 레스토랑 내의 음악 소리와 사람들의 웅성거림에 묻혀 버렸다. 찢어 죽여도 시원찮을 남녀는 리원이 부르는 소리를 듣지 못한 채 여유롭게 계산대로 향하고 있었다.

"이……. 나쁜 새끼야. 주경훈!"

조금 더 힘을 주어 목청껏 소리를 내질렀다. 그를 향해 걸어가는 걸음은 성큼성큼, 보폭이 더욱 커졌다. 레스토랑 안의 몇 테이블의 사람들이, 그녀의 목소리에 놀라 이쪽을 쳐다보는 것 따위 상관없었다. 남들의 시선이 뭐가 중요한가. 지금 저 자신의 안에 찬 분노가 도저히 자제할 수 없을 만큼 폭발하고 있는데. 그리고 뒤늦게 그녀의 목소리를 들은 남자와 여자가 드디어 더디게 뒤를 돌아본다.

표정 한번 볼만하다. 미간을 보기 싫을 정도로 깊게 구기고, 사색이 된 채 입을 크게 벌려 그녀에게 무어라 말을 내뱉는다.

"어……. 어? 강리원! 너 옆에 조심!"

전 남친이 외친 말에 리원의 고개가 저절로 옆으로 돌아갔다. 그 찰나의 순간.

챙강! 와장창!

고막을 찢을 듯한 소음과 함께 리원의 몸이 격하게 흔들렸다. 테이블을 치우고 주방으로 걸어가던 웨이터와 순식간에 부딪쳐 버린 것이다. 웨이터의 손에는 손님들이 남기고 간 음식물이 잔뜩 든 그릇과 빈 접시가 한데 포개어져 있었다. 전 남친에게로 걸어가던 걸음걸이의 속도를 미처 줄이지 못한 것이 화근이었다. 미치도록 화가 나서 주위를 잘 살피지 못한 것 또한 원인이었다.

"…아, 아얏……."

최악이었다. 이보다 더 심한 최악이 없을 수준이었다. 리원은 바닥에 넘어진 채, 레스토랑 안에 있는 모든 사람들의 시선을 한 몸에 받았다. 곧 음식물 쓰레기통으로 직행했어야 할 파스타 면발과 흰색 양념이 머리에서 줄줄 흘러내려 얼굴을 적셨다.

어디선가 새콤한 소스 냄새가 올라온다. 리원은 냄새의 행방을 찾기 위해 고개를 내렸다. 샐러드 그릇에서 쏟아진 듯한 소스가 그녀의 블라우스를 온통 적시고 있었다. 돌발 상황에 놀라 모든 행동을 멈추었던 웨이터가 뒤늦게 90도로 고개 숙이며 리원에게 사과했다.

"죄송합니다. 죄송합니다, 고객님! 괜찮으십니까?"

"……."

리원은 떨리는 입을 꾹 닫은 채 작은 소리조차 낼 수 없었다.

비참하다. 이루 말로 표현할 수 없을 정도로.

머리카락 사이에서 천천히 흘러내리던 파스타 면이, 후드득 치맛자락으로 떨어져 내렸다. 그것을 보고 사색이 된 웨이터가 얼른 바닥에 무릎을 굽히고 앉아 맨손으로 리원의 머리와 어깨를 털어 내기 시작했다. 그는 귀에 못이 박힐 정도로 연신 죄송하다는 말만 되풀이하고 있었다.

"괜찮냐? 강리원?"

리원은 제 눈앞에 다가온 검은색 구두의 남자를 올려다보았다. 괜찮냐고 묻는 구두의 주인은 표정이 묘하게 일그러져 있었다. 마치 벌레를 보는 듯한 시선. 예의상 괜찮냐고 묻는 전 남친의 뒤에 숨은 여자가 살짝 고개를 내밀었다가, 리원과 눈을 마주치자마자 다시 급하게 숨어 버린다. 지은 죄가 있어서 똑바로 쳐다보지도 못하는 주제에……. 입은 살아 있어서 다 들릴 만한 소리로 남자에게 조용히 속삭인다.

"어떡해. 진짜 쪽팔리겠다. 나 같으면 창피해서 죽어 버렸을 거야."

리원은 너무나도 분한 나머지 피가 나도록 아랫입술을 꽉 깨물었다. 부들부들 떨려 오는 것은 결코 짓씹힌 입술뿐만이 아니었다. 옷깃을 꽉 쥔 손부터 작은 어깨까지 분을 이기지 못해 격하게 떨려 오고 있었다. 이 상황을 모두 지켜보는 사람들의 시선이 미치도록 싫다. 마치 재미있는 구경거리를 발견했다는 듯 서로 귓속말을 주고받으며 상황을 유추하는 소리들도 듣기 싫다. 리원의 얼굴이 붉게 달아오르던 그 순간.

"괜찮습니까?"

이제는 어느 정도 익숙해져 버린 남자의 굵직하고도 침착한 음성이 귓가를 파고든다. 리원이 고개를 채 들기도 전에 화악, 그가 쓰는 향수 냄새가 코끝을 찔러 들어왔다.

풀썩. 그녀의 머리 위에 무언가 따스한 천 같은 것이 뒤집어씌워졌다. 리원이 고개를 들었다. 그러자 조금 더 높은 곳에서 저를 내려다보는 걱정스러운 남자의 시선과 마주쳤다.

"어디 다친 데는 없어요?"

한쪽 무릎을 접어 그녀의 곁에 앉은 태건이, 자신이 입고 있던 슈트 재킷을 벗어 덮어 주었던 것이다. 그의 재킷 하나가 뭐라고. 그녀를 가십거리로 즐기던 사람들의 시선에서 해방된 것을 느꼈다.

태건은 단단한 한 그루의 나무 같았다. 마치 이 장소의 모든 사람들로부터 그녀를 보호하듯, 그 커다란 덩치로 작은 그녀의 몸이 그 누구에게도 보이지 않도록 숨겨 주고 있었다. 리원은 어쩐지 눈가가 뜨겁게 달아오르는 것을 느꼈다.

'이 사람……'

평소에 어떻든지 그 유무를 떠나, 적어도 지금 이 순간만큼은 저에게 구세주였다. 이곳에서 유일한 그녀의 구세주.

"일어설 수 있겠어요?"

태건은 머리 위에 재킷을 뒤집어쓴 리원에게 물었다. 그녀가 고개를 위아래로 끄덕이자마자 팔을 뻗어 자신의 품으로 바짝 끌어당겨 안았다. 평소의 그녀였다면 어림도 없을 일이었다. 수많은 사람들의 시선 앞에서 친하지 않은 남자에게 끌려가 안겼다면, 어떻게든 벗어나려 발버둥 쳤을 텐데. 이상하게도 지금은 그러고 싶지 않았다. 그만큼 태건의 단단한 품이 의지가 되었던 것이다.

조금 높은 위치에서 그녀를 내려다보는 조각 같은 남자의 얼굴이 험하게 일그러졌다. 도톰한 남자의 입술이 열리며 거친 목소리가 새어 나온다.

"당신, 다쳤어. 알고는 있어요?"

미간을 찌푸린 그의 시선이 그녀의 허벅지에 가 있었다. 태건의 시선을 따라 리원의 눈동자가 움직였다. 그가 바라보는 시선 끝에 위치한 그녀의 허벅지는 산산조각 난 접시의 날에 긁혀 피가 배어 나오고 있었다.

"손님! 괜찮으십니까? 정말 죄송합니다."

물에 적신 타월을 가지고 온 지배인이 두 사람의 앞에 한쪽 무릎을 구부리고 꿇어앉았다. 그는 아주 세심하고도 부드럽게 척척, 젖은 타월로 리원의 몸과 머리에 묻은 음식물들을 걷어 내 준다.

"이런……. 상처가 깊군요."

역시나 타월로 털어 내듯 리원의 팔 부분을 닦아 내던 지배인이, 그녀의 다리에 난 상처를 발견하고는 미간을 심각하게 찌푸렸다. 어찌나 세게 넘겨졌는지 의외로 상처가 깊었다. 몰랐을 땐 느낌이 없었는데. 희한하게도 다쳤다는 것을 눈으로 확인하며 깨닫고 나니 뒤늦은 통증이 싸하게 밀려왔다. 통증 탓에 리원의 표정이 한순간에 일그러지자 그것을 빠르게 캐치한 태건이 결국 몸을 움직였다.

"잠시만 가만히 있어요."

"네, 네? 꺄악!!"

그녀가 작게 비명을 내질렀다. 태건이 아주 가볍게, 번쩍 그녀를 안아 올린 것이다. 그의 재킷 덕분에 얼굴이 드러나지는 않았지만 리원은 창피함에 그만 태건의 가슴팍에 얼굴을 묻어 버렸다. 계속된 그녀와의 접촉 탓에 남자의 단정한 슈트 곳곳이 음식물과 양념으로 더럽혀졌지만 그는 전혀 신경 쓰지 않았다.

"지배인님. 이런 부탁 죄송합니다만……."

"네. 말씀하십시오."

"혹시 호텔 스위트룸 비어 있습니까? 숙녀분이 어디 나갈 수 있는 상황이 아닌 것 같아서 지금 당장 객실이 필요합니다. 가능하면 상처 치료도 할 수 있었으면 좋겠습니다."

"그럼요, 가능합니다. 이리로 오시죠."

원래는 이런 부탁이나 요구를 해도 받아들여지지 않는 게 정상이겠지만, 그는 달랐다. 언제어디서든 무엇을 요구하든 원하는 것을 얻을 수 있었다. 그런 위치에 있으면서도 최대한 예의를 차려 정중하게 부탁하는 모양새는 수많은 사람들의 마음을 사로잡기에 충분했다. 그게 어떤 관계든, 남자든 여자든 상관없이 말이다. 지금 이 순간 누구보다 든든하게 그에게 보호받는 리원의 입장에서도 마찬가지였다.

그가 유일했다. 이런 상황에서 이만큼이나 완벽하게 대처할 수 있는 사람은.

"아파도 조금만 참아요."

싱긋, 잔잔한 미소를 지으며 그리 말하는데 마음이 놓이는 동시에 그만 얼굴이 뜨겁게 달아오른다. 그녀의 반응을 살피던 그가 지배인의 안내를 받아 홀을 벗어나려던 그 순간.

"이봐! 어딜 가는 거야?"

누군가가 태건의 단단한 팔뚝을 꽉 부여잡았다. 상황이 급박해 전혀 신경조차 쓰지 않았던 복병이 있었으니, 바로 리원의 전 남친이었다. 그는 묘한 표정으로 다급하게 태건을 붙잡은 채 알 수 없는 말을 지껄였다.

"그 여자 데리고 어딜 간다고? 뭐? 호텔? 객실?"

태건의 부드러웠던 표정이 한순간 험악하게 일그러졌다. 당장에라도 눈빛 하나로 상대를 제거할 수 있을 만큼 무섭게 돌변했다. 그가 꾹 닫혀 있던 입을 열어 차갑게 경고했다.

"놓으시죠."

태건의 위협적인 경고에 남자가 잠시 흠칫, 하는 듯하더니 빠드득 이를 간다. 그러곤 태건의 팔을 잡은 손에 더욱 힘을 주며 비아냥거렸다.

"하……. 동의는 얻고 데려가는 거야? 강리원 쟤가 어떤 앤데 그런 데를 데려 가? 자기 여자도 아니면서 어딜 함부로……."

남자의 말에 태건은, 더 이상 그에게 사소한 예의조차 차리지 않았다.

　"…그러는 그쪽 여자도 아니지 않나? 그쪽 여자는 따로 있는 것 같은데."

　"뭐야?"

　"내 여자는 내가 알아서 할 테니까. 추파 던지지 말고 당장 꺼져."

　눈치 빼면 시체인 최태건이었다. 그는 사건이 발생한 시점부터 지금까지, 죽 모든 과정을 조용히 지켜보았다. 고로, 대충 어떤 상황인지, 리원이 지금 상황에서 상대를 어떻게 생각하고 있을지, 사소한 모든 것까지 다 파악했다는 것이다.

　적어도 하나는 정확하게 알았다. 리원이 결코 이 남자에게 좋은 감정을 가지고 있지는 않다는 것을. 필요에 따라 상대에게 따끔하게 경고해도 된다는 소리다.

　"놓으라고. 어디다 감히 손을 대?"

　마치 으르렁거리는 소리처럼 들렸다. 낮고도 굵직한 저음으로 상대에게 가장 위협적인 모습으로 경고했다.

　남자에게는 그런 게 있다. 동물적인 본능이랄까. 수컷들은 한눈에 알아본다. 적을 상대했을 때 과연 이길 수 있을지 없을지 말이다.

　리원의 전 남친은 본능적으로 뒤통수가 서늘해지는 감각을 느끼며 태건의 팔을 잡았던 손을 슬쩍 내렸다. 그리고 그는, 조금씩 멀어져 가는 낯선 남자와 전 여친을 그저 공허하게 지켜보고 있을 수밖에 없었다.

"우와. 되게 멋진 남자네. 저 언니, 어떻게 저런 남자를 꼬셨을까?"

그의 옆에서 새로운 애인이 혼잣말을 내뱉는데, 그 내용이 썩 마음에 들지 않았다. 그가 날카로운 눈을 번뜩이며 뒤를 홱 돌아보자, 남자의 위협적인 시선에 깜짝 놀란 여자가 어깨를 흠칫 떨었다.

"앗. 미안, 오빠. 진심은 아니었어. 나도 모르게 이상한 말을……."

여자의 입에서 실수를 인정하는 말이 튀어나왔지만, 한번 내뱉은 말을 주워 담을 수는 없었다.

□ ◆ □

"찢어진 부위가 깊지는 않아서, 이 정도 선에서 그쳤지. 정말 다행이야."

의사가 몸을 일으키며 말했다. 그녀가 말한 '이 정도 선'이란, 봉합술로 다섯 바늘을 꿰맨 정도의 상처를 말한 거였다. 언뜻 보기엔 깊게 찢어진 것처럼 보였으나 다행히 자세히 살펴본 결과, 상처가 깊은 부위의 면적이 생각보다 작았던 것이다.

"이렇게 다른 일 제치고 와 줘서 고마워."

"고맙긴. 친구 좋다는 게 뭐겠어?"

태건의 감사 인사에 고개를 끄덕인 그녀가 서둘러 짐을 챙겼다. 그녀는 스위트룸을 유유히 빠져나가면서도 주의 사항을 일러 주는 것을 잊지 않았다.

"잘 알겠지만 상처에 물이 들어가지 않도록 조심하고, 소독은 매일 해 주고. 2주 후에 상황 보고 실밥 제거해야 하니까, 병원으로 데리고 와."

"그래. 여기서 바로 퇴근하는 거야?"

"아니. 저녁 식사 시간 중에 잠깐 자리 비운 거라서. 다시 들어가 봐야 돼."

"수고했다. 조만간 한턱 쏠게."

"그래? 기대한다. 저 아가씨, 잘 돌봐 주고."

그녀가 문밖으로 사라지고도 태건은 한참이나 입구에 조용히 서 있었다. 허리에 손을 올린 채 낮은 한숨을 내쉬는 모습. 앞머리를 천천히 쓸어 올리는 남자의 거대한 뒤태를, 리원은 소파에 앉아 가만히 바라보고 있었다.

'벌써……. 세 번째네. 만난 지 얼마 되지도 않았는데.'

리원은 홀로 그 사실을 상기했다. 그와 알게 된 지 한 달도 채 되지 않았는데, 호텔 객실에 함께 있는 게 벌써 세 번째였다. 우스운 일이었다. 어느덧 조용해진 분위기 속에서 태건이 미끄러지듯 소파로 다가왔다. 그는 소파 한편에 앉은 리원 앞에 선 채 무언가를 고민했다.

"강리원 씨. 씻긴 씻어야 할 텐데……."

더러워진 두 사람의 옷들은 그대로 쓰레기통에 처박혔다. 지금 리원뿐만 아니라 태건 또한 급한 대로 호텔 가운을 입고 있어 대단히 민망한 상황이 연출되고 있었다. 방금 전 나간 의사가 두 사람의 관계를 오해하는 것도 무리가 아니지.

김 비서가 근처 백화점에서 구입해 가져다준 원피스와 구두가 준비되어 있었지만, 새 옷을 입으려면 일단 몸에서 나는 음식물의 냄새와 흔적들을 없애야 했다. 도대체 무슨 이야기를 꺼내려는 건지 잠시말을 끊었던 그가 턱을 매만지며 고민하는 모습을 보였다.

"상처에 물이 들어가면 안 되는데 할 수 있겠어요?"

"네. 시간이 좀 걸리겠지만 해야죠……. 이대로 나갈 수는 없으니까……."

"흠. 아니면……."

그가 말끝을 흐리자, 리원의 고개가 한쪽으로 기울어졌다.

"내가 씻겨 줄까요?"

그리고, 설마 했던 말이 그의 입에서 튀어나왔다. 리원이 할 말을잃고 커다래진 눈을 치켜뜬 채 제 앞에 선 그를 올려다보았다. 살짝벌어진 그녀의 입술을 가르고 더듬거리는 말이 튀어나왔다.

"네, 네? 씨……. 씻겨……."

준다고요?

금붕어처럼 뻐끔뻐끔. 상당히 이상한 표정으로 말을 잇지 못하던그녀에게, 심각하게 미간을 찌푸린 그가 진지하게 고민하는 듯한 뉘앙스로 말을 이었다. 정말 아무렇지도 않게.

"다른 건 내가 도와줄 수 없지만, 머리를 감겨 주는 정도는 어떻게든 도와줄 수 있지 않을까 싶어서요. 아. 이것도 부담스러우려나?"

그의 말을 끝까지 듣고 나서야 안도하는 듯한 한숨을 내쉰 그녀가혼잣말처럼 중얼거렸다.

"아아……. 휴. 머리 감는 거요? 난 또…….."

리원은 상기된 얼굴로 이마에 흘러내려 온 머리카락을 수줍게 쓸어 넘겼다. 이건 무슨 반응이지? 태건이 발갛게 상기된 리원의 볼을 응시하더니 미간을 살짝 찌푸렸다. 새하얀 피부가 잘 익은 복숭아처럼 예쁘게 달아오르니, 그게 참 귀여우면서도 사람 마음을 복잡하게 만들었다. 오히려 그녀의 반응을 캐치하고 난 뒤 당황스러움을 내비치는 것은 태건 쪽이었다.

그녀가 놀란 이유를 그제야 알아챈 그가 잠시 입을 꾹 다물더니, 이내 장난스럽게 한쪽 입꼬리를 위로 틀어 올렸다. 팔짱을 두른 채 턱을 매만지며 평소의 장난기 가득한 모습으로 그녀를 은근히 놀렸다.

"뭔가 상당히 묘한 기대를 한 것 같은데……?"

"네? 제, 제가요? 기대라뇨! 전 그냥……."

말끝을 흐린 그녀가 양손을 올려 빨개진 볼을 감쌌다. 그가 그녀의 앉은키에 맞춰 상체를 아래로 반쯤 숙였다. 닿을 듯 말 듯 가까운 거리에서 얼굴이 마주쳤다.

"헉. 너무 가까워요."

태건은 포기를 몰랐다. 아니면 장난기가 과한 건가. 리원이 고개를 이쪽으로 돌리면 그도 이쪽으로, 저쪽으로 휙 돌리면 그도 저쪽으로 자꾸만 따라온다. 리원은 집요하게 얼굴을 들이대며 저를 따라오는 그의 눈동자를 피하려 이리저리 고개를 돌렸다.

"솔직히 씻겨 준다는 말이 건전하게 들리지는 않잖아요?"

씨익, 그의 입가에 악랄한 웃음이 지어졌다.

"그럼, 구석구석 다 씻겨 줄까요? 감당할 수 있겠습니까?"

"아뇨! 우리가 그 정도로 가까운 사이는 아니잖아요?"

"나는 되어도 괜찮은데."

"네?"

"그 정도로 가까운 사이, 나는 좋다고요."

"…제발 농담! 그만하세요!"

리원은 날카롭게 반응했다. 저를 도와준 것과는 별개로, 그의 손 안에서 놀아나는 이런 기분 자체가 썩 유쾌하지는 않아서였다. 어째서 이 남자는 저만 보면 갖고 놀지 못해서 안달인 걸까.

가끔 보여 주는 진지한 모습에 홀랑 넘어갈 뻔한 것도 잠시, 이런 장난기 다분한 면만 보면 어쩐지 발끈하는 감정이 치솟아 오른다. 리원은 더는 대화할 생각이 없었다. 대화를 이어 가 봤자 말꼬리를 잡고 늘어지며 장난을 걸게 뻔하니까.

"잠시만 비켜 주시겠어요? 씻으러 가야 해서요."

그의 가슴팍을 살포시 밀며 소파에서 일어났다. 욕실로 걸음을 옮기는 도중에도 괜스레 뒤통수가 신경 쓰였다. 그가 제 뒤통수를 뚫어져라 쳐다보는 게 느껴져서.

'그러거나 말거나.'

리원은 욕실 문을 거칠게 쾅, 소리 나게 닫아 버렸다. 팔짱을 끼고, 그녀의 뒷모습을 응시하던 태건이 아쉬운 듯 혼잣말을 내뱉었다.

"…농담 아닌데."

그러고는 소파에 몸을 맡긴 채 등받이에 머리를 기댔다.

"사람의 진심을 저렇게나 몰라주나? 까칠하기는."

뭐……. 그런 면이 솔직히 귀엽긴 하지만.

씨익, 웃음 짓는 그의 표정은 여전히 좋아하는 여자애를 놀리는 소년 같았다.

□ ◆ □

'이 민망한 상황……. 미치겠다, 정말.'

돌아가는 상황들이 심상치 않다. 어째서 애인도 아닌 남자와 벌써 세 번째 이런 일들을 겪는 건지. 서로 씻고 나오는 모습을 보는 것도 세 번째. 그에게 노 메이크업 상태의 얼굴을 보이는 것도 세 번째. 이 번에는 객실을 나갈 때도 함께해야 할 텐데, 사람들의 노골적인 시선을 어떻게 피해야 할지 벌써부터 걱정이었다.

화장대 앞에 앉은 리원은 지배인이 가져다준 자신의 토트백에서 파우치를 꺼내, 맨얼굴에다 기초화장부터 다시 바르기 시작했다. 어차피 집으로 돌아가면 화장을 지우고 자야 하기 때문에, 진한 눈 화장은 피할 계획이었다. 기초화장으로 열심히 피부 결을 정돈한 뒤 에어 쿠션을 펴 바르고 있을 때, 난데없이 그녀의 휴대폰 메시지 알람이 연속으로 울려 댔다.

"갑자기 왜 이렇게 난리야?"

혼잣말을 중얼거리며 내용을 확인하는데, 한꺼번에 쏟아지듯 들어온 메시지들 수십여 개가 눈에 콱 박혔다. 대략, 같은 내용들을 그녀의 지인들이 각기 다르게 이야기하고 있었다. 개인 채팅방부터 단체 채팅방까지······. 그야말로 난리였다.

[리원아, 너 경훈 오빠랑 헤어졌어?]

[야, 강리원! 주경훈 딴 여자 생겼다던데 진짜야?]

[리원아. 큰일 났어! 주경훈 SNS 가 봐! 다른 여자랑 찍은 사진 대량 업뎃됐는데 난리도 이런 난리가 없다.]

[···저기······. 리원아. 혹시 너희 둘 헤어진 거니? 그런 거야?]

하······. 그녀의 입술을 가르고 깊은 한숨이 새어 나온다.

솔직히 늦었다면 늦은 감이 있지. 벌써 헤어진 지 한 달이 다 되어 가는데, 이제야 밝혀졌으니 말이다. 사귄 기간이 좀 되다 보니, 지금까지 리원이나 전 남친이나 서로 헤어진 티를 내지 않고 있었기 때문이었다.

그런데 아마도 그런 것 같았다. 오늘에야 확실히, 너무나도 정확하게, 아까의 레스토랑에서 있었던 사건으로 관계가 정리되어 버렸으니······. 상대방은 이제 그만 밝혀도 되겠다는 생각을 했던 것 같다. 리원은 지인이 보내 준 전 남친의 SNS 캡처 사진들을 천천히 훑었다.

"눈치 없는 계집애. 무슨 캡처 사진을 이렇게나 많이 보내 준대? 사람 속 뒤집어지게."

이미 전 남친의 메신저 아이디와 SNS를 다 차단했기 때문에 굳이 찾아보지 않는다면 볼 일이 없는 자료들이었다. 그럼에도 오래 사귄 만큼 다수의 지인들이 연결되어 있다 보니, 그의 소식을 듣고 싶지 않아도 자꾸만 들려온다. 그게 조금 괴롭다. 새 여자 친구인, 블라썸에서 일했던 후배와 다정하게 찍은 사진들이 신경을 거슬리게 했다.

솔직히 이제는 사랑하는 마음보다 원망이 더 컸음에도 두 사람의 다정한 사진들을 보니 속이 새카맣게 타들어 간다. 남아 있는 쥐꼬리만 한 미련과, 제 속을 가득 채워 새카만 그을음을 만들어 내는 배신감과 분노가 뒤섞여 들었다. 먹은 것이 없음에도 속이 불편해졌다.

"뭘 그렇게 보고 있어요?"

뒤에서 쑥, 은은한 바디워시 냄새가 풍겨 왔다. 저와 같은 향기. 사진을 보고 속상해하느라 신경 쓰지 못했었는데, 그새 샤워를 끝내고 나타난 태건이 그녀의 목뒤에서 고개를 내민 것이다.

"아, 아무것도 아니에요!"

뒤늦게 휴대폰 화면을 끈 리원이 다시 화장을 하기 시작했다. 화장대 앞에 선 그가 촉촉하게 젖은 머리를 천천히 닦으며 그녀를 쳐다보았다. 그 모습이 화장대 거울에 비쳐서, 신경 쓰고 싶지 않아도 그럴 수가 없었다.

그는 아마도……. 본 것 같았다. 조금 전 리원이 보고 있던 사진들과, 지인이 보낸 메시지를.

'또 이래.'

리원은 아랫입술을 꽉 깨물었다. 애써 아무렇지도 않은 척, 무덤덤한 척, 살색 팩트를 꾸역꾸역 피부에 눌러 펴 바른다.

자꾸만, 눈물이 터져 나올 것 같은데. 잘 알지도 못하는 이 남자 앞에서 그런 꼴을 보이고 싶지 않아서 죽을힘을 다해 참아 내는 중이었다. 어릴 때 이후로는 남들 앞에서 눈물을 보인 적이 없던 그녀였다.

심지어는 유일하게 연애했던 남자에게도 말이다. 콧물만 훌쩍이며 화장에 집중하던 그녀를 가만히 지켜보던 그가 거울 속의 그녀를 바라보며 물었다.

"우리, 영화 보러 갈까요?"

□ ◆ □

여자에 대해 잘 모르지만, 하나는 알았다. 보통은 이런 상황에서 눈물을 펑펑 쏟아 내고도 남았을 거란 거. 태건은 그렇게 생각했다. 누가 봐도 비참했었다. 그런 속 터지고 화가 날 만한 상황에서 치욕적인 꼴까지 보여 줬다면, 억울하고 분해서라도 눈물이 터졌을 것이다.

하지만 그녀는 그러지 않았다. 굳이 그 당시가 아니더라도 사람들이 없는 장소에서는 몰래 눈물을 쏟아 낼 줄 알았는데……. 그녀는 의외로 아무렇지도 않아 보였다.

'정말 아무렇지도 않은 건지……. 억지로 강한 척을 하는 건지.'

그게 자꾸만 신경 쓰였다. 처음 만났던 그때도 그랬지. 온몸으로 쏟아지는 비를 맞아 흠뻑 젖었을 때도. 그녀의 눈가에 화장이 번진 게 빗물 때문인지, 슬픔에 잠겨 눈물을 쏟은 건지 구분할 수가 없었다.

강리원이라는 여자는 그래서 더 잊을 수 없게 만들었다. 더 궁금하게 만들었다.

도대체 그녀의 진심을 제 앞에서 꺼내 보이게 만들려면 어떤 방법을 써야 할까.

어떻게 해야 솔직한 심정을 꺼내고 속 깊이 묻은 사연을 털어놓을까.

무엇이 그녀를 다른 사람 앞에서 울지 못하게 만든 걸까.

아니면……. 정말로 잘 버틸 정도로 강한 여자인 걸까.

그런 여러 가지 의문을 뒤로하고 샤워를 마친 그는 샤워 가운을 몸에 걸친 채 욕실을 나섰다. 화장대 앞에 조용히 앉아 움직이지 않는 여자의 뒷모습. 서슴없이 그 뒤로 다가갔음에도 그녀는 돌아보지 않는다.

'뭘 저렇게 집중해서 보고 있지? 내가 가까이 가는 것도 모를 정도로.'

그녀의 머리카락에서 퍼져 나오는 샴푸 냄새가 코끝에 감길 정도로, 뒤에서 고개를 가까이 가져다 댔다. 그 순간 여러 가지 의문이 해결되어 버렸다. 그녀는 누군가가 뒤에서 보고 있다는 사실조차 인지하지 못한 채, 멍하니 휴대폰 화면에만 집중하고 있었다.

아까 레스토랑에서 봤었던 여자와 남자의 커플 사진이었다. 다정히 팔짱을 끼었거나 남자의 볼에 여자가 깜찍하게 키스하고 있는 등의, 대체적으로 무척 행복해 보이는 그런 평범한 연인의 사진. 보려고 했던 건 아니었는데. 한순간이었지만 짤막한 메시지도 목격해 버렸다.

[정말 너희 두 사람 헤어진 거였어? 혹시 주경훈 이 자식 바람난 거야?]

대략 이런 내용이었던 것 같다. 태건은 그녀의 목덜미 옆쪽으로 고개를 쑥, 내밀었다.

"뭘 그렇게 보고 있어요?"

그가 고개를 내밀자마자 깜짝 놀란 그녀의 어깨가 흔들린다. 리원은 태건의 존재를 알아차린 순간 재빠르게 휴대폰 화면을 꺼 버렸다.

"아, 아무것도 아니에요!"

마치 도둑질이라도 하다 걸린 것처럼 무척 당황하는 모습. 하지만 그런 것도 잠시, 그녀는 서둘러 얼굴에 에어쿠션을 꾹꾹 눌러 발랐다.

'신경 쓰는 것 같은데……. 그 남자.'

태건의 미간이 살짝 찌푸려졌다. 그가 다가오는 것도 모를 정도로 집중했다면 분명 상당히 스트레스를 받고 있음에 틀림없었다. 그럼에도 평소 버릇처럼 그녀는 아무렇지도 않은 척 꿋꿋이 버티고 있었다.

태건은 그녀를 알고 싶었다. 사소한 것까지 전부.

그래서 스스로도 의식하지 못하는 사이, 자꾸만 시선이 그녀에게로 갔다. 이번에도 마찬가지였다. 화장대 거울을 통해 아무렇지도 않은 표정으로 화장에 집중하고 있는 리원을 세심하게 살폈다.

역시 아무렇지도 않은 게 아니었다. 리원은 연신 콧물을 훌쩍였다. 아랫입술을 꾹 깨물고 화장하는 그녀의 눈동자는 어느새 터질 듯 붉게 충혈되었다. 촉촉해진 새카만 눈망울 아래 눈가 또한 분홍색으로 물들어 부풀어 올라갔다. 마치 곧 눈물이 터져 나와 펑펑 쏟아질 것처럼. 태건은 머리카락을 가볍게 털어 내던 타월을 옆으로 던지며 그녀에게 물었다.

"우리, 영화 보러 갈까요?"

당신이 누군가의 앞에서 마음 놓고 우는 방법을 모르겠다면, 내가 쉬워질 수 있도록 도와줄게요. 그래야 편해질 테니까.

그는 입 밖으로 꺼내지 못한 말을 마음속으로 속삭이며 그녀를 위한 작은 이벤트를 구상했다.

□ ◆ □

리원은 영화관에 이런 시설이 있다는 것을 생전 처음 알았다. 원한다면 셰프의 요리를 마음껏 먹으면서 영화를 볼 수 있다는 것도 처음 알았고, 소규모 모임을 위한 전용 공간이 따로 마련되어 있다는 사실도 처음 알았다. 무척이나 새로운 경험이었다.

입에 넣으면 살살 녹아 버리는 예쁘고 맛있는 음식들을 먹은 뒤, 그와 함께 안쪽에 따로 마련된 공간으로 자리를 옮겼다. 마치 작은 영화관을 옮겨 놓은 것 같았다. 스크린의 크기는 영화관에 비해 결코 작지 않았다.

"잠시만. 리원 씨."

침대 형식의 리클라이닝 의자를 제대로 다루지 못해 헤매던 그때, 그가 상체를 리원 쪽으로 기울이며 말했다. 그가 훅 들어오자 리원은 어깨를 움츠린 채 그만 모든 동작을 멈춰 버렸다. 숨 쉬는 것조차 잊었다. 적당히 편하도록 다리도 펴 주고, 스크린이 제대로 보일 정도로만 등받이를 눕힌 그가 위에서 그녀를 내려다보며 물었다.

"이 정도면 됐어요?"

너무 가깝다. 위에서 내려다보는 남자의 얼굴이 조금만 더 내려오면 입술이 닿을 것 같은 아슬아슬한 거리.

그의 얼굴에 대고 직접 대답할 수가 없어서 리원은 얼른 고개를 끄덕였다. 그가 리원의 의자를 손봐 준 뒤, 곧 영화가 시작되었다. 따로 어떤 영화를 볼 건지 결정한 바는 없었다. 그가 뜬금없이 영화를 보러 가자고 물었을 때 리원은 아무 말 없이 고개만 끄덕였으니까. 뭔가 기분 전환할 것이 필요했었는데 잘됐다고 생각했다. 아주 당연하게도 한창 1, 2위를 다투는 영화들이 공포 영화라서 자신들도 그런 걸 볼 줄 알았었는데, 막상 영화가 시작된 순간 리원은 조금 놀랐다.

"여름인데 로맨스 영화를 선택하신 거예요?"

의외의 선택에 리원이 그를 돌아보며 물었다. 이마에 손을 올린 채 스크린 화면에 집중하던 그가 힐끗 곁눈질하며 리원의 질문에 대답했다.

"로맨스 싫어해요?"

"아뇨. 여름이라서 공포 영화가 대부분이잖아요. 그래서 당연히 공포 영화를 볼 줄 알았어요."

그가 특유의 미소를 입가에 띤 채, 장난인지 진담인지 모를 말을 흘렸다.

"내가 의외로 겁이 좀 많습니다. 공포 영화를 보면 며칠 동안 잠을 설치거든요. 나, 귀신도 무서워해요."

워낙 장난을 많이 치는 사람이라 진짜인지는 알 수 없었다.

"저는 딱히 영화 장르는 안 가리고 봐서 괜찮아요. 재미있게 볼게요."

솔직히 지금 같은 기분으로는 그다지 로맨스를 보고 싶지 않았다. 과거 남자와의 추억이 떠오른다면 그건 그거대로 힘들 것 같았으니까. 리원은 씁쓸한 미소를 지었지만, 그녀를 위로해 주기 위해 이런 이벤트를 준비한 그에게 싫은 내색을 하지는 않았다. 어쨌든 저를 위해서 애를 써 준 거니까.

그리고……. 영화가 시작된 지 30분이 흘렀다.

"저런 쓰레기 같은 자식! 저런 놈은 분리수거도 안 돼요!"

리원이 크게 소리치며 주먹으로 팔걸이를 내리쳤다. 조용히 영화를 감상 중이던 태건이 깜짝 놀라 그녀를 돌아본다. 그 시선을 미처 깨닫지 못한 리원은 화면에 집중하며 영화 속의 조연에게 분노했다. 흘러가는 스토리가 꼭 제가 겪은 일인 것처럼 감정을 이입하게 만들었다. 여자 주인공을 배신한 전 남친 역의 조연남이 나올 때마다 분노의 말들을 쏟아 낸다. 그런 그녀의 옆모습을 턱을 괸 채 가만히 쳐다보는 남자의 시선이 무척 진지했다.

그리고 또 30분이 지났다.

언제부터일까. 리원은 처음에는 혼자 조용히 눈물을 닦더니, 스토리가 조금 더 진행되자 눈물에 콧물까지 펑펑 쏟아 냈다. 지나치게 감정 이입을 하는 게 아닌가……. 그녀의 사정을 모르는 누군가는 그렇게 생각할 수도 있었겠지만 태건은 달랐다. 일부러 이 영화를 선택했으니까. 그는 리원이 조금이라도 시원하게 눈물을 쏟아 내길 바랐었다. 그 계기가 영화든 뭐든 말이다.

'그래. 그렇게라도 시원하게 울어 버리라고요.'

오늘 그는 그녀의 새로운 모습을 보았다. 그녀를 속인 게 되어 버려서 조금은 미안한 마음도 들었지만, 그런 제 자신의 속을 숨기며 품 안에서 손수건을 꺼내 내밀었다.

"미, 미안해요. 영화가 너무 슬퍼서……."

아무것도 모르는 리원은 그가 건네준 손수건을 받아 연신 눈물을 닦았다. 영화 자체도 슬펐지만 스스로의 모습과 여주인공의 모습이 일체화되어 더욱 슬펐다. 그렇게 리원은 남은 한 시간 동안 눈물을 거둘 수가 없었다. 영화의 결론이 해피 엔딩이었음에도 불구하고…….

눈이 퉁퉁 부어 버릴 때까지.

□ ◆ □

집으로 돌아온 시각은 새벽 1시 30분. 퇴근 후의 그 짧은 시간 동안 믿을 수 없을 정도로 많은 일이 있었다. 오늘이 주말이었다면 하루 동안 있었던 일들을 곱씹으며 생각하는 시간을 가졌겠지만 리원에겐 그럴 만한 여유가 없었다. 아섭게도 그녀는 남들처럼 저녁에 잠들고 아침에 일어나 일상을 살아가는 평범한 회사원이었으니까. 그녀에게는 어김없이 약속과도 같은 내일의 출근이 기다리고 있었다.

리원은 귀가하자마자 서둘러 옷을 갈아입고 대충 씻은 뒤 침대에 힘든 몸을 뉘었다. 잠을 청하기 위해 눈을 감았지만 쉽사리 잠들 수 없었다. 희한했다. 너무 피곤한 나머지 눈이 뻐근할 정도로 아파 왔지만, 자꾸만 여러 가지 생각들이 어지러이 머릿속을 맴돌았다.

'눈 부었어요. 부어도 예쁘네'

영화가 끝났을 때였지, 아마.

턱을 괸 채 빤히 그녀를 쳐다보며 그리 말하던 그의 모습이 떠오른다. 미묘하게 올라간 한쪽 입꼬리가 장난스러워 보였지만, 평소 장난을 칠 때와는 분위기가 사뭇 달랐다. 미묘하게 진지하고 어딘가 진심이 담겨 있음이 저절로 느껴졌다. 그 다정한 미소가 뭐라고 자꾸만 머릿속을 맴도는지.

'잘 자요. 그리고 주말에 봅시다.'

집 근처까지 태워다 준 그가 마지막으로 건넸던 인사가 떠올랐다. 리원은 감았던 눈을 뜨고는 어둠 속에서 천장을 멍하니 쳐다보며 생각했다.

'주말에 보자는 건 도대체 무슨 말이지? 대꾸하기 싫어서 그냥 왔는데 궁금하잖아?'

따로 약속을 잡은 것도 아닌데, 그는 주말에도 당연히 만나는 듯한 뉘앙스를 풍겼다. 주말 스케줄을 생각해 봤을 때, 딱히 그와 마주칠 만한 게 없는데……. 머리를 굴리던 그녀의 두뇌에 번쩍 불이 켜졌다.

'혹시……. 단합회에 오려는 건 아니겠지?'

금요일부터 예정된 단합회가 있었다. 이번에 들어가는 리조트 리모델링 공사에 착수할 협력 업체들을 모두 모아 여는 행사였다. 금, 토, 일요일을 이용한 2박 3일간의 일정으로, 영광 그룹에서 특별히 공사에 착수하기 전 마련한 단합회였다. 잘해 보자는 취지도 있었지만 직접 2박 3일간 리조트의 모든 시설과 서비스들을 이용해 보고 공사에 대한 의견들을 수렴하려는 목적이었다.

'하지만 설마…….. 부사장씩이나 되는 사람이 할 일이 없어서 거기 참석하겠어? 기껏 해 봐야 행사 시작 전 연설이나 하고 사라지겠지. 잠깐 들르면서 얼굴을 보긴 보겠네.'

물론 이야기를 듣기로는 최태건 부사장이 이번 공사에 대단히 심혈을 기울인다는 소식이 있었다. 또한 그는 탁상공론을 하는 다른 높으신 분들과는 달리, 아직 젊어서 그런지 직접 발로 뛰며 참견하는 것을 좋아한다고 한다. 스스로의 손으로 이뤄 낸 성과를 눈으로 보고 싶어 하는 성격이라는 말도 들은 것 같다. 왠지 정말로 그를 2박 3일 내내 지겹도록 보게 될 것만 같은 묘한 불안감이 밀려온다.

"에이, 설마…….. 진짜로 그렇겠어? 말도 안 돼. 2박 3일 동안 마주치지도 못할걸."

혹여 행사에 참석한다 해도, 숙소 자체가 다를 테니 마주치지 못할 텐데, 뭐.

'쓸데없는 걱정은 하지 말고 잠이나 자자. 4시간밖에 못 자는데…….'

리원은 몸을 뒤척이며 이불을 머리끝까지 덮어 버렸다.

벌써 30분째다. 드레스 룸 한편에 의자를 가져다 놓은 태건은 다리를 꼬고 앉아, 턱을 괸 채 깊은 생각에 잠겨 있었다. 흡사 심각한 고민에 빠진 사춘기 소년 같은 모습이었다.

그는 머릿속으로 계속 같은 장면들을 반복하고 있었다. 그중 그의 표정이 가장 험악하게 변하는 순간은 당연히 리원의 전 남친이 떠오를 때였다. 그 짧은 시간 동안, 태건은 야무지게도 그녀의 전 남친의 머리끝부터 발끝까지를 스캔했었다. 의도한 게 아니었는데 이미 그리 되어 있었다. 본능적인 반응이었다.

'키는 겨우 177? 178 정도 되는 수준이었나? 외모는 딱히 특별할 것 없고……. 후. 아니지. 꽤 깔끔한 스타일이었던가? 여자들이 좋아하는……. 그리고 또…….'

거기까지 생각을 하다 멈추고는 낮은 한숨을 내쉬며 마른세수를 해 댄다. 이게 무슨 유치한 짓거리인지. 얼굴을 감싼 두 손의 틈새로 굵직한 저음이 새어 나와 혼잣말을 터트렸다.

"제대로 미쳤군."

굳이 신경조차 쓸 필요가 없는 상대인데 어째서 그는 상대를 경계하며 곱씹기까지 하고 있을까. 생각하고 싶지 않은데 자꾸만 떠오른다. 그게 못마땅하면서도 속에서 미친 듯이 타오르는 불을 도대체가 꺼트릴 수가 없었다.

자꾸만 화가 치솟는다. 그딴 남자가 그녀를 가졌다는 사실 때문에.

얼굴을 감싸고 있던 손을 내리자, 그의 시선이 곧바로 정면의 선반에 놓인 검은색 구두에 가닿았다. 언젠가 리원이 흘리고 간 검은색 마놀로 블라닉 구두였다. 그는 마치 그 구두가 그녀라도 되는 것처럼 낮은 음성으로 혼잣말을 내뱉었다.

"나에게는 그렇게나 날을 세우더니."

그렇게 큰 상처와 배신감을 안겨 준 남자 앞에서는 그리도 쉽게 무너졌다. 레스토랑에서 전 남친과 마주쳤을 때, 평소와 달리 감정을 주체하지 못하던 그녀의 모습이 떠올랐다. 그게 마음에 들지 않아서 또 미간을 잔뜩 찌푸리던 그때. 모든 행동을 멈춘 채 잠시 자신을 돌아보던 태건이 뭔가 깨달음을 얻은 듯한 표정으로 스스로의 이마를 짚었다.

"큰일 났군."

문득 제 상태를 깨달아 버린 것이다. 그녀와 헤어지고 난 후……. 아무것도 하지 못한 채 오로지 그녀의 생각만 하고 있는 저 자신의 상태를 말이다.

5
연애합시다, 우리

리원은 입을 헤벌린 채 반쯤 영혼이 나간 표정으로 강당 중앙의 단상만 쳐다보고 있었다.

'헐. 세상에……. 미쳤나 봐. 진짜로 참가할 줄은…….'

그녀의 시선이 닿은 단상 앞에서는, 말끔한 30대 남자가 화려한 언변으로 연설을 하고 있었다. 무대의 조명이 밝아서 그런가. 아니면 그의 연설이 제법 멋들어져서 그런 걸까. 어쨌든 이유는 알 수 없었지만 오늘따라 익숙했던 남자의 얼굴이 유난히도 빛나 보인다.

"강리원. 침 떨어지겠다."

바보 같은 표정으로 연설 중인 남자를 멍하니 쳐다보고 있던 그때. 옆에서 그녀의 상태를 살피던 절친 미영이 자그마한 목소리로 속삭였다.

"하긴. 부사장님 인물이 어디 보통이니? 침 떨어질 만해. 그치?"

"뭐? 무슨 뚱딴지같은 소리야."

리원은 심기가 매우 불편하다는 듯 미간을 찌푸리며 입술 근처를 손등으로 스윽 닦았다.

"그냥 저런 대단하신 분이 진짜로 행사에 참가하실 줄 몰랐는데, 어이가 없어서 그런 거야."

"으응. 그러셨어?"

미영은 믿지 않는 눈치였다. 대신 능글능글한 미소를 지은 채 팔꿈치로 리원의 몸을 툭툭 쳐 댔다. 리원이 몸을 휘청거리는 사이, 연설이 끝나고 본격적으로 행사가 시작되었다. 모든 참가자들은 즉시 운동장에 마련된 장소로 모이라는 사회자의 말에 우르르, 물밀듯이 수많은 사람들이 강당을 빠져나갔다. 리원을 포함한 블라썸 디자인 직원들 또한 사람들 틈에 섞여 천천히 걸음을 옮겼다.

"하아…… 날씨도 더운데 이 짓 하려니까 정말 싫네요. 누가 여름에 단합회를 해요?"

경력직 2년 차 주임, 남자 직원이 기지개를 켜며 한탄스러운 말을 먼저 꺼내었다. 그에 맞받아치듯 다른 직원들이 하나둘 입을 연다.

"공사 들어가는 시기가 이래 놔서 어쩔 수 없지, 뭘. 여기 리조트는 겨울에 스키장 개장하는 시기가 성수기니까. 그전에 비수기인 지금 얼른 공사 끝내려는 심산 아니겠어?"

"듣자 하니 내년부터는 여름에 수영장도 개장할 수 있도록 크게 공사를 할 계획이래요."

"그래야겠지. 저번에 뉴스 보니까 겨울 한철만 보고 운영하는 리조트들의 적자가 이만저만이 아니라고 하더라. 작게라도 워터파크를 포함해서 여러 즐길 거리를 만들어 놔야 타산이 나올 거야."

"어차피 영광 기업이라면 한국 내에서도 열 손가락 안에 드는 곳인데, 적자 난다고 해도 큰 타격도 없을걸?"

리원은 그들의 대화를 들으며 말없이 걸었다. 듣고 보니 새삼 실감이 났다. 저는 우연찮은 기회들로 인해 태건과 함께 시간을 보낸 적이 몇 번 있었지만, 누군가에게는 평생 한 번도 만나기 힘든 상대라는 사실이 말이다.

'참……. 운이 좋은 건지, 나쁜 건지.'

그가 저에게 딱히 나쁜 영향을 끼친 적은 없으니, 과연 운이 좋다고 해야 하는 걸까.

하지만 그렇게 생각하기엔 그가 그녀의 인생에서 차지하는 비중이 너무나 적다. 고마운 일이야 많긴 했지만 그와 알고 지낸다 해서 딱히 행운이 온 것도 아니었으니까. 단지 요즘 들어 자꾸만 그와 엮이는 일이 생기는데 앞으로는 그것만큼은 좀 피하고 싶은 바람이었다.

'엮이면 왠지 피곤해질 것 같아.'

여러 가지 상념에 잡힌 채 걷다 보니 어느새 리조트 한편에 마련된 행사장에 도착해 있었다. 운동장의 양쪽에 마련된 커다란 천막이 여러 개. 그 천막들 안에 줄지어 늘어선 테이블 위에는 음료와 술, 각종 먹거리가 세팅된 잔칫상이 마련되어 있었다. 자고로 단합회에는 운동과 음주가 빠질 수가 없지. 아주 바람직한 현장이었다. 본격적인 행사 시작 전, 다소 우스꽝스러운 광경이 펼쳐졌다.

— 하나, 둘, 셋, 넷, 다섯—! 여섯, 일곱, 여덟!

고등학생 때도 잘 하지 않았던 국민체조 음악에 맞춰, 전 협력 업체 직원들이 일제히 준비 운동을 했다. 아무래도 협력 업체들 간의 자존심이 걸린 경쟁이다 보니, 어쩐지 모두가 비장한 표정으로 국민체조에 집중했다. 흡사 아이돌들의 칼군무를 보는 것처럼, 날렵하면서도 흐트러지지 않는 동작과 각을 살리는 강력한 힘에 절로 감탄이 나올 정도였다. 간단한 준비 운동이 끝나자마자 행사 진행자가 마이크를 잡고, 행사 일정과 상품 목록을 발표했다.

"…3등은 냉장고와 TV 세트! 그리고 2등 상품은 4인 가족 해외 여행권!"

푸짐한 경품 목록들이 읊어지자, 여기저기서 사람들의 환호성이 일제히 터져 나온다. 누군가는 기대에 찬 눈빛을 반짝이기까지 했다.

"와, 2등이 해외 여행권이면 도대체 1등 상품은 뭘까?"

"혹시 자동차? 설마 그 정도까지 파격적인 상품은 없겠지?"

"혹시 모르지. 이번 리모델링 사업에 부사장님께서 꽤나 공을 들이고 있으시잖아. 행사까지 직접 참여하신 거 보면……."

모든 이들의 시선이 일제히 진행자에게로 쏠렸다. 그가 발표하는 순간을 기다리며 마른침을 꿀꺽 넘기던 그때.

"그리고 1등 상품은……. 바로, 부사장님과의 저녁 식사권입니다!"

1등 상품을 들은 리원의 표정이 흐릿하게 썩어 갔다. 그녀는 미간을 잔뜩 찌푸린 채 속으로 혼잣말을 중얼거렸다.

'이런 썩을⋯⋯. 1등 상품이 왜 저따위야? 어느 누가 1등 하려고 하겠어? 2등이랑 3등 상품이 더 좋은데. 이건 분명 반응 안 좋을 거야.'

유명 한류스타와의 저녁 식사도 아니고 따지고 보면 회사 상사와 밥을 먹는 건데. 과연 밥이 코로 들어가는지 입으로 들어가는지 구분이나 할 수 있으려나 모르겠다. 그 누가 열심히 운동회에 참가할까. 누가 생각해 낸 거지 같은 아이디어인지는 몰라도 정말 구리다는 생각이 들었다. 리원이 불만에 가득 찬 표정으로 고개를 내젓던 그 순간.

"우와아아아!"

여기저기서 박수와 환호성이 터져 나왔다. 세상 놀라 어깨를 움찔한 리원이 사색이 된 채 주위를 둘러보았다. 세상에⋯⋯. 누군가는 박수를 치며 발을 동동 구르고, 누군가는 힘차게 주먹을 위로 날리며 괴성에 가까운 환호를 했다. 그 광경을 보고 있자니 그저 할 말을 잃어버릴 수밖에.

"와⋯⋯. 이 사람들, 사회생활 잘하는 것 좀 봐."

"그렇지? 어디를 가도 바퀴벌레처럼 살아남을 사람들 같으니."

소곤거리며 미영과 대화를 주고받던 리원이 어이가 없다는 듯 고개를 내저었다. 과연 아첨이란 타고나야 하는 것인가 보다.

터질 듯 쥔 주먹을 들어 올린 블라썸의 막내 직원이, 임시로 만든 헤어밴드를 이마에 꽉 동여맸다. 굳게 결의를 다진 날카로운 눈빛과 꾹 다물린 입매. 그 비장한 모습 하나만으로도 그가 얼마나 이 운동회에 집중하고 있는 건지 알 수 있었다. 곧 커다란 응원의 목소리가 거세게 터져 나온다.

"라썸, 라썸, 블―라썸 힘내라! 파이팅! 가즈아!"

천막 안에 마련된 철제의자에 팔짱을 두른 채 앉은 리원이 그런 남직원의 모습에 혀를 끌끌 차며 고개를 내저었다. 물론 신입의 열정은 인정한다. 이 행사도 회사 생활의 연장이라 열심히 하는 모습이 오히려 보기 좋기까지 했다. 하지만 그는 열정적이어도 그 정도가 너무 과했다. 저러다 목이라도 쉬는 게 아닐지 걱정될 정도로 말이다.

"막내. 열심히 응원하고 경기에도 혼신의 힘을 다 쏟으면서 참가하는 거 전부 다 좋은데……. 좀 쉬어 가면서 해도 되지 않겠니?"

리원의 말에 한창 응원에 집중하던 그가 눈을 번뜩이며 그녀를 돌아보았다. 미간을 잔뜩 찌푸리고 있는 게 도대체 무슨 괴상한 소릴 하느냐는 듯한 느낌이었다.

"팀장님! 걱정은 감사하지만, 열심히 해야죠! 상이 걸려 있는데!!"

"아아……. 그건 그렇지. 상품들이 워낙 구성이 좋긴 하니까."

결론은 그거였군. 그가 그렇게나 열심히 단합회 행사에 집중하던 이유가 그제야 조금 납득이 간다. 리원이 고개를 끄덕이자 한창 죽어라 소리를 내지르던 막내가 응원을 끝내고 그녀의 옆자리에 힘겹게 걸터앉았다. 리원은 얼음이 가득 찬 아이스박스에 담겨 있던 생수를 하나 꺼내 그에게 내밀었다.

"감사합니다. 시원하네요!"

"그래. 네가 고생이 많다. 마셔."

꿀꺽. 꿀꺽. 목울대가 위아래로 움직이는 남자의 목덜미 아래로 주르르, 뜨거운 땀방울이 흘러내렸다. 응원 하나마저 저 정도로까지 열성적인 것을 보면, 노리는 상품이 있는 것이 틀림없는데 말이지. 단순히 그게 궁금해졌다.

"도대체 받고 싶은 상품이 뭐길래 이렇게나 열심이야?"

"…그거야 당연히 1등이죠."

막내가 초롱초롱한 눈을 빛내며 조금의 거부감조차 없이 산뜻하게 대답했다. 꾸밈없고 아주 솔직한 모습이었다. 오히려 그 대답을 들은 리원의 표정이 썩어 문드러졌다.

"헐. 아니……. 도대체 왜? 좋은 상품들이 저렇게나 많은데."

혹시 이 녀석도 다른 남자 직원들처럼, 눈도장이라도 찍으려는 심산인가? 리원이 이해가 안 된다는 듯 고개를 갸웃거리자 그가 눈동자를 한층 더 반짝반짝 빛내며 말했다.

"왜라니요? 평소 존경하던 분을 실제로 뵐 수 있는 것만으로도 큰 영광인데, 마주 보고 단둘이 저녁 식사를 한다잖아요. 그거야말로 정말 꿈같은 일이잖아요!"

"꿈같은 일?"

"네. 누군들 안 그러겠어요? 제가 평소 존경하는 분들이 있는데, 워런 버핏, 제프 베조스, 국내 유명인 중에서는 사성 전자 이재웅과 영광 기업 최태건 부사장님이었어요. 그런 분과 일하게 된다는 소식을 들었을 때부터 놀라웠는데. 저녁 식사를 할 수 있는 기회가 오다니…… 이건 절대 놓칠 수 없어요."

양 주먹을 꽉 쥔 채 신나서 떠드는 모습을 보니, 확실히 혈기 왕성하고 젊었다. 사회 초년생답게 때 묻지 않은 모습에 리원의 마음이 왠지 훈훈해졌다. 그녀는 입가에 엷은 미소를 띠며 그에게 다정히 물었다.

"부사장님을 존경했었구나. 좀 멋진 분이시긴 하지?"

"그럼요! 포브스가 선정한 '아시아의 영향력 있는 리더'의 순위에 이름을 올렸을 때. 그때부터 진정한 팬이었어요. 꼭 1등 상품을 받고 싶어요!"

막내 사원의 진정성 있는 포부에 리원이 손을 올려 그의 어깨를 힘주어 잡았다. 비장한 표정으로 무장한 그녀가 고개를 위아래로 살짝 끄덕이며 그와 눈을 마주쳤다.

"그래. 내가 도와줄게. 우리 정말 피 튀기게 더 열정적으로 해 보자. 1등 그까짓 게 뭐라고. 우린 충분히 할 수 있다고 봐!"

"예! 고맙습니다. 팀장님."

물에 젖은 헝겊처럼 리원의 뒤편 의자에 널브러져 있던 미영이 일순 몸을 벌떡 일으켰다. 그녀의 눈이 커질 대로 커져 간다. 좋지 않은 예감을 느낀 것인데, 운이 나쁘게도 그것이 적중해 버렸다.

'설마……'

설마라는 짧은 단어를 곱씹고 있던 그녀에게 리원이 눈짓을 보냈다. 하지만 미영은 애써 모른 척 엉뚱한 뒷산의 풍경만 바라보며 귀를 후비적거렸다. 그 행동을 가늘게 뜬 눈으로 곁눈질하던 리원이 그녀의 허벅지를 거세게 철썩! 때리며 소리친다.

"임미영! 눈 피하지 말고, 네가 나서야 할 차례야."

"아, 왜? 나 어제 새벽까지 술 먹어서 힘들다고 했잖아. 제발 좀 내버려 두면 안 될까?"

"방금 대화 다 들었잖아. 막내의 꿈을 이뤄 줄 수 있는 절호의 기회야! 순수한 막내의 꿈을 짓밟지 말자고! 선배인 우리가 나서야지 안 그래?"

"나 뛰다가 토할지도 몰라! 오늘은 진짜 컨디션 최악이라고!"

"그러게 주말에 단합회 있는 거 뻔히 알면서 누가 그렇게 술을 마시래? 그래도 우리 중에 운동 신경은 네가 제일 뛰어나잖아! 얼른 안 일어나?"

"아아아아……. 오늘 땡볕에서 운동하면 진짜 죽을 텐데……. 아아아아아!"

일터로 끌려가는 소처럼 어깨가 축 늘어진 채 등을 떠밀려 나가는 모습. 아마도 여러 가지 운동에 탁월한 재능을 발휘할 수 있는 능력자는 블라썸 안에서 그녀가 유일할 것이다. 많은 이들의 기대에 부응하여 2인 3각의 마지막 주자로 나선 미영은, 처음의 우려와 달리 경기에 임하자마자 눈을 날카롭게 빛냈다.

"기다려 봐 막내. 내가 1등 따 줄게."

죽을 것처럼 비실대더니, 막상 본게임에 들어서자 그놈의 경쟁심이 불타올라 사람이 돌변했다. 역시 그녀는 소문대로 보통 인물은 아닌 듯했다.

□ ◆ □

"오늘 분위기가 참 좋습니다. 더운 날씨에도 이렇게나 모두 열심히 해 주니 직접 참여한 보람이 있군요."

장내 돌아가는 분위기를 오랫동안 관찰하던 태건이 흡족한 표정을 지었다. 손수건을 꺼내 흐르는 땀방울을 닦아 대던 각 협력 업체의 나이 든 임원들이, 그의 말에 연신 맞장구를 쳐 댔다.

"그렇지요? 이렇게 좋은 곳에서 좋은 행사를 마련해 주시니, 열심히 할 수밖에 없지요."

"경치 또한 얼마나 좋습니까? 산속이라 훤하고 날씨는 또 얼마나 시원한지. 힐링도 이런 힐링이 따로 없어요!"

실제로는 푹푹 쪄서 누구 하나 삶겨도 이상하지 않을 온도였으니 참 아이러니하다. 그들이 마음에도 없는 소릴 한다는 사실을 충분히 알았지만, 어찌 됐든 행사 자체는 무척 성공적으로 보였다. 이만큼이나 반응이 뜨겁다니 돌아오는 저녁 타임 뒤풀이에서는 제대로 전 직원들에게 한턱 쏴야겠다는 마음이 절로 들었다.

"김 비서. 오늘 저녁 오리엔테이션 준비는 잘되어 가고 있나?"

"네. 일전에 일러 주신 대로 육해공 빠짐없이 최고급 재료로 준비한 특식 뷔페가 마련될 예정입니다. 아침부터 수석 셰프와 함께 모든 요리 재료들의 신선도와 양까지 넉넉하게 점검 마쳤습니다. 그리고 행사 진행을 위한 사회자와 스태프들까지 이미 숙소에 도착해 분주하게 준비 중입니다."

"역시 꼼꼼하군. 수고했어."

재차 김 비서에게 확인을 마친 태건이 느릿하게 바람막이의 소매를 걷어 올렸다. 이어, 그가 몸을 숙여 한쪽 무릎을 바닥에 꿇어앉자, 곁에서 안절부절못하며 그의 행동을 지켜보던 이들이 우르르 모여들었다.

"아이고, 부사장님. 어디가 불편하십니까?"

"어째 갑자기 몸을 숙여 앉으시고······."

그가 어디 불편한 줄 착각했던 것이다. 하지만 태건은 걱정 말라는 듯 여유롭게 제 운동화의 끈을 꽉 동여맸다. 그러고는 몸을 용수철처럼 일으켜 세우고는 팔을 쭉쭉, 다리를 쭉쭉, 스트레칭하기 시작했다. 반질반질 빛나는 대머리 위로 땀을 주르르 흘리던 임원 하나가 눈을 휘둥그레 뜬 채 물었다.

"아니 부사장님. 도대체 무얼 하시려고······."

"뭘 하긴요. 운동회에 왔으니 나도 당연히 참가해야 하는 것 아닙니까?"

"예? 아닙니다! 부사장님께서는 그저 시원한 곳에 앉으셔서 관람만 해 주셔도 큰 힘이······."

"무슨 말도 안 되는 소리. 저 팔다리 멀쩡하고 젊습니다. 다들 저리 고생하는데 나라도 가서 힘을 보태야죠. 다른 분들도 가만히 앉아만 계시지 말고, 몸을 좀 움직이세요. 이럴 때라도 움직이셔야 건강해집니다."

그리 말을 던지며 유유히 경기장 안으로 사라지는 젊은 뒤태. 입을 떡 벌린 채 그 광경을 구경만 하고 있던 나이 든 임원들이 저마다 고개를 숙여 자신들의 거대한 뱃살을 쳐다본다. 아마도 그들은 오늘, 그 동그랗고 커다란 살덩이들을 출렁대며 발에 땀이 나도록 뛰어야 할지도 몰랐다. 그렇다고 영광 기업의 부사장이란 사람이 뛰는데 그걸 무시하고 편히 앉아 시간을 때울 수도 없는 법. 그들에겐 최악의 위기 상황이 닥쳤다.

□ ◆ □

"새참 좀 드시면서 쉬세요!"

대부분의 경기가 끝이 났다. 각 업체의 천막마다 점심 식사 전, 간단하게 마련된 음식들이 차려져 있었다. 교대로 행사에 참여했지만 워낙 푹푹 찌는 날씨라 누구 하나 멀쩡한 이가 없었다. 그나마 다행이었던 것은 제대로 된 운동회가 아니라는 점이었다. 해가 중천에 뜨는 뜨거운 대낮의 시간대를 피해 오전에만 두 시간 정도로 짜인 스케줄이었다.

"어휴. 한여름에 더위 먹고 저승 갈 뻔."

"정말 두 번은 못 할 짓이야. 이런 고급 리조트에 무료로 묵게 해 주는 건 좋은데……. 운동회는 좀 뺐었어야 해. 누가 행사를 기획한 건지 참……."

결국에는 일의 연장이니 2박 휴가 온 기분으로 즐기려 해도 그게 잘되지 않았다. 더군다나 상사들이 두 눈에 불을 켜고 지켜보고 있어 편하게 앉아 있을 수조차 없는 상황이었다. 손끝으로 부채질을 하며 천막 안에 마련된 테이블에 모인 사람들은 저마다 각자의 불평불만을 풀어놓았다.

　"주말까지 일을 해야 하다니……."

　"하지만 어쩌겠어요? 다 먹고살려고 하는 짓이지. 그래도 저녁에 마련된 뷔페 식사를 특급 호텔의 셰프들이 준비한다고 해서 그건 좀 기대돼요."

　"아, 맞아! 나도 그건 진짜 기대되더라. 그 비싼 금손들 요리를 맛볼 수 있다니. 정말 오기 싫었는데 그거 하나 때문에 그나마 마음의 위로를 받았다고나 할까?"

　"다들 수고했으니까 맥주 한잔씩 해."

　"여름에 얼음 맥주만큼 시원한 건 없죠! 자, 건배!"

　유일하게 상사가 없는 틈을 타, 직원들이 각자의 맥주 캔을 하나씩 들고 경쾌하게 부딪치며 건배했다. 꿀꺽꿀꺽. 목으로 넘어가는 시원한 탄산의 감각에 저마다 말끝에 감탄사를 내지른다.

　"크아! 땀 흘리고 마시는 맥주라서 그런가? 더 시원하구만!"

　리원은 얼굴 가득 웃음을 지은 채 직원들을 다독였다.

　"모두들 수고했어요. 막내 너도 수고했고. 오늘 1등 먹었지?"

　"임 주임님 아니었으면 어림도 없었을걸요? 정말 기대돼요. 부사장님과 저녁 식사라니……. 너무 행복해요!"

“잘됐다. 즐거운 저녁 식사가 되길 바랄게. 그리고 미영아, 네가 제일 수고했어.”

리원은 의자에 반쯤 가죽처럼 늘어져 있는 미영의 어깨를 다독였다. 아직도 숙취가 덜 풀린 건지 누군가가 맥주를 내밀자 미영은 곧장 헛구역질을 해 대며 입을 손으로 가렸다.

“구에에엑!!”

“쯧쯧. 저런 상태로 잘도 1등 먹었네. 하여간 독한 계집애…….”

리원은 혀를 끌끌 차며 기대에 찬 눈빛을 반짝이는 막내 사원에게 물었다.

“그래서. 부상인 저녁 식사는 언제 진행된다고?”

“아. 오늘 저녁이요. 전 부사장님과의 저녁 식사 이벤트가 있어서, 오리엔테이션에는 참가 못 할 것 같습니다!”

“그래. 당연히 빠져야지! 오랜 꿈을 이뤄서 축하한다, 막내!”

“자, 자! 분위기도 좋은데 다 같이 얼음 맥주 한 캔 더, 건배!”

“와아! 건배!”

모든 팀원들이 웃는 얼굴로 손에 든 맥주 캔을 부딪치던 그 순간. 난데없이 어디선가 나타난 누군가가 그 가운데로 끼어들었다. 웬 덩치가 거대한 남자 하나가 사람들 틈 사이로 훅, 재빠르게 비집고 들어서더니 자신이 들고 있는 맥주 캔을 함께 부딪쳐 건배했다. 모두의 시선이 일순 그쪽으로 몰렸다. 그리고 누군가의 입에서 무척이나 놀라는 듯한 목소리가 터져 나왔다.

“헉. 부, 부사장님?”

"부사장님이 어떻게 여기에……."

그의 정체를 확인한 사람들이 사색이 된 채 입을 벌렸다. 누군가는 멍하니 그를 쳐다만 봤고, 누군가는 동경의 시선으로 환한 미소를 짓는다. 와중에 리원은 마치 못 볼 것을 본 사람처럼 미간을 잔뜩 찌푸린 채 눈을 크게 떴다. 태건은 능글맞은 웃음으로 무장한 채 방금 건배한 캔 맥주를 한 모금 꿀꺽 삼켰다.

"여기가 가장 분위기가 좋아서요. 무려 1등을 한 팀인데, 어떻게 내가 축하해 주지 않을 수 있겠습니까?"

그런 그의 말을 조용히 경청하던 리원이 고개를 한쪽으로 기울이며 물었다.

"아니, 부사장님. 저희 천막까지 와 주신 건 무척이나 감사합니다만. 다른 임원분들과 각 업체 책임자분들은 어쩌시고요……."

"아아. 그분들? 오랜만에 땡볕아래서 운동을 과하게 하신 건지, 다들 쓰러져 계십니다. 정 힘드시면 숙소로 먼저 들어가 쉬시라고 했더니, 대부분 들어가셨습니다만."

갑자기 싸한 정적이 흘렀다. 모든 이들의 머릿속에, 퉁퉁한 배를 출렁이며 죽기 직전까지 뛰던 높으신 분들의 모습이 떠올랐다. 그들 중 두세 명 정도는 땡볕에 땀이 나도록 운동하다가, 결국 들것에 실린 채 급히 보건실로 옮겨졌다.

'아아……. 결국 그분들을 다 기절시키셨구나. 대단한 부사장님.'

아마 멀쩡한 사람은 하나도 없을 듯싶었다. 정작 임원들과 책임자들을 죄다 녹다운시킨 태건은 혼자 멀쩡함을 넘어서 아주 상쾌한 상태로 보였지만 말이다. 속이 없는 건지, 알면서도 능청스러운 건지. 태건은 그저 악마같이 묘한 미소를 짓고 있었다.

리원의 이마에 식은땀이 흘렀다. 그럴 만도 했다.

대충 모든 상황이 짐작이 갔다. 매일 사무실에 앉아 모니터만 쳐다보고 있었으니, 처진 뱃살에, 운동 부족에……. 가뜩이나 나이가 드신 분들인데 오늘 심히 무리한다고 생각했었다. 운동하는 게 죽기보다 싫지만, 부사장이 직접 참가하여 이리저리 날고뛰고 있으니, 어찌 가만히 앉아서 구경만 할 수 있으랴.

필시 그들은 딱 죽기 직전의 심정으로 운동회에 참가하여 어떻게든 시간을 때우고 있었던 것이다. 하필 오늘 날씨도 대단히 뜨거워서, 일사병에 걸리지 않았다면 천만다행일 지경이었다. 리원이 그리 상황을 파악하고 있던 그때. 직원들이 저마다 젓가락을 들어 먹고 있는 편육에 태건의 시선이 가닿았다. 그는 신비한 무언가를 감상하는 표정으로 리원에게 물었다.

"강 팀장님. 접시에 담겨 있는 저 음식은 돼지고기입니까?"

그의 질문에 깜짝 놀란 리원이 눈을 크게 뜨고는 그를 올려다보았다.

"네? 돼지고기가 맞긴 한데요……."

"그렇군요. 생김새가 좀 달라서 물어봤습니다. 어느 부위죠? 맛있어 보이는군요."

"혹시……. 부사장님. 편육 처음 보세요?"

"편육?"

"네. 편육이요. 보통 잔칫상에 많이 올라가요."

"그렇군요. 난 이런 행사에 참가하는 게 처음이라."

역시 부잣집 도련님이라 먹는 것부터 일반 사람들과 다른 건가. 예전에 전국적으로 대히트를 쳤던 어느 드라마에서, 돼지껍데기를 보고 기겁하는 재벌 3세에 대한 에피소드를 본 기억이 있다. 이렇게나 먹을 것이 많은 세상인데 왜 굳이 돼지의 껍데기를 먹어야 하느냐고. 실제 옆에 서 있는 재벌가의 자제가 편육을 모르는 것을 보니, 그 드라마가 결코 허구로만 써진 건 아닌가 보다.

문득 리원은 장난기가 발동했다. 평소 그녀에게 워낙 장난을 많이 거는 그라서, 건수를 잡은 만큼 그를 잔뜩 놀려 주고 싶은 마음이 앞섰다. 한쪽 입꼬리를 악랄하게 씩 올린 리원이 편육을 대단히 관심 있게 관찰하고 있는 그를 향해 대화를 이어 나갔다.

"편육도 여러 가지가 있는데……. 이건 돼지머리를 눌러서 만든 거예요."

"돼지머리를? 통째로?"

그녀의 말에 눈이 튀어나올 듯 거대하게 뜬 그가 되물었다. 표정만 봐도 그 말이 사실이냐며 되묻는 것 같은 느낌이 들었다. 역시나……. 신선한 반응에 재미있는 표정. 이 맛에 누군가를 놀리는 건가. 잠깐이었지만 평소의 그가 저를 놀리는 심리를 조금은 이해할 뻔했다.

"네. 물론 필수적으로 먹기 좋게 조금은 손질했겠지만요."

"하……. 다른 것도 아닌 돼지머리를 눌러 만든 음식이라……."

그가 미간을 살짝 찌푸리며 말끝을 흐린다. 다소 충격을 받은 것 같은 반응이었다. 아마도 그런 생각을 하는 것 같았다. 세상에 좋은 음식이 얼마나 많은데, 왜 하필은 돼지머리를 눌러서 먹느냐고. 싱긋, 심술궂은 웃음을 지은 리원이 나무젓가락을 새로 뜯었다. 그녀는 보란 듯이 편육을 하나 집어 양념장에 푹 찍고는 태건에게 내밀었다.

"왜긴요? 맛있으니까 먹죠. 부사장님, 오늘 부사장님의 안주는 제가 책임지겠습니다."

"아⋯⋯. 나는 괜찮습니다, 강 팀장님."

"맥주도 크게 한 모금 하셨는데 안주도 당연히 드셔야죠. 제가 직접 먹여 드릴게요. 부담 느끼지 않으셔도 됩니다. 자, 아― 하세요."

극구 거부하는 그의 입술에 거의 닿을 정도로 음식을 내밀자, 그가 리원을 빤히 내려다보았다. 눈이 마주치자 그녀가 장난스럽게 활짝 웃어 댄다.

너무 활짝 웃어 버렸나? 그녀의 환한 미소를 지그시 내려다보던 그가, 무슨 바람이 분 건지 갑자기 덥석, 젓가락 끝의 편육을 베어 물었다.

'오⋯⋯. 뭐야? 별로 거부감 없이 먹어 버리네.'

좀 더 미간을 찡그리며 싫은 티를 냈다면 재미있었을 텐데. 그는 리원이 전혀 놀릴 틈을 주지 않았다. 오히려 아쉬운 쪽은 그녀였다. 치켜뜬 눈으로 그를 올려다보는데, 질겅질겅 입 안의 음식물을 씹어 내는 남자의 턱이 이리저리 유연하게 움직였다.

그리고 다음 순간, 그의 미간이 약하게 찌푸려졌다. 호기심에 가득 찬 리원이 그 반응을 재빨리 캐치하여 물었다.

"어때요? 부사장님."

"음……. 생각보다."

"별론가요?"

"아니요. 의외로 맛있습니다."

태건은 예상과는 다르게 입에 든 음식을 꼼꼼히 씹었다. 전혀 예상치 못했던 일이었다. 야무지게 씹어 목구멍으로 편육을 넘긴 그가 그녀에게로 상체를 숙이더니 입을 벌렸다. 영문을 몰라 그를 물끄러미 쳐다보던 리원이 왜 그러냐는 듯한 표정을 지었다.

"하나 더 먹여 달라고요."

"헐. 네?"

"오늘의 안주, 책임져 준다고 하지 않았습니까? 내뱉은 말은 지켜야죠."

"아아……."

이놈의 입방정. 특별히 그에게 뭘 먹여 주는 게 싫은 건 아니다. 이제 조금 친해진 건지 딱히 부담스럽지도 않다. 하지만 문제는……. 아까부터 두 사람을 힐끔거리며 지켜보는 직원들의 시선이 문제였다.

"뭐 합니까? 이렇게 계속 기다리게 놔둘 겁니까?"

"하아……."

그의 재촉에 별수 없이 편육을 하나 더 집어 들자, 그가 조금 더 리원 쪽으로 상체를 숙였다. 텁, 하는 소리와 함께 젓가락의 반 정도가 태건의 입에 들어갔다 나왔다. 그것을 이제 대놓고 지켜보는 직원들의 입꼬리가 씰룩씰룩 위로 진동하고 있었다.

'아, 망했다······.'

앞으로 일어날 일이 그녀의 머릿속에 그려졌다. 분명, 잠시 후 숙소로 돌아가면, 이 일을 조용히 넘기지 않을 것이라는 예감이 강하게 들었다.

□ ◆ □

"휴······. 피곤하다."

리원은 몸보다 정신이 더 피곤해짐을 느끼는 중이었다. 과연 그녀의 예상대로였다. 배정된 자신들의 방으로 가야 할 여직원들이, 거의 달려들다시피 리원과 미영의 방을 침범해 질문 공세를 퍼부었던 것이다.

"팀장님! 솔직히 말씀해 주세요!"

"영광 부사장님이랑 뭔가 있으신 거죠?"

"아무리 봐도 보통 관계는 아닌 걸로 보였는데······. 저희 눈치가 백 단인데 속일 생각일랑 절대 하지 마시고요!"

결국 직원들의 공격을 버티다 못해 몰래 숙소를 빠져나온 리원은, 리조트 내의 편의 시설을 둘러보는 중이었다. 대부분의 사람들이 운동회에 지쳐 점심 식사 시간 전에 휴식을 취하고 있을 터. 점심 후엔 오후 내내 자유 일정이라 시간이 많이 남아돌 것이다. 딱히 지금 일을 해야 할 만큼 촉박한 상황은 아니었지만, 리원은 머리를 식힐 겸 자처해서 일을 하고 있었다.

넓디넓은 편의 시설이었지만 발 빠르게 둘러보다 보니 금방 시찰이 끝났다. 에어컨과 공기 청정 시설이 잘되어 있어 실내가 무척 쾌적하긴 했지만, 어느새 이마에 촉촉한 땀방울이 맺혀 있었다. 저도 모르게 땀을 쫙 뺄 정도로 돌아다닌 탓이었다. 곧바로 화장실로 직행한 리원은 차가운 물에 가볍게 세수를 했다.

"휴……. 오전 내내 힘들었네."

혼잣말을 내뱉으며 얼굴에 묻은 물기를 손으로 죽 닦아 내렸다. 세면대 앞의 커다란 거울 앞에서 유심히 맨얼굴을 점검하고 있던 그때. 굳게 닫혀 있던 뒤쪽의 마지막 칸 화장실 문이 스르륵 열리며 호리호리한 여자 하나가 튀어나왔다.

'누가 있었구나. 아무도 없는 줄로만 알았는데.'

리원은 서둘러 핸드 타월을 뽑아 손을 닦은 뒤, 이 장소를 벗어나기 위해 발걸음을 옮겼다. 유유히 걸음을 옮기던 그녀의 시선 앞에 어디선가 많이 본 실루엣이 아른거린 것은 그 순간이었다. 일순 할 말을 잃고는 그 자리에 멈춰 서 버렸다. 그것은 리원뿐만 아니라 눈을 마주친 상대도 마찬가지였다.

"어, 어머……. 리원 선배."

전혀 생각지도 못했던 장소에서 감히 예상치도 못한 상대를 만났다. 눈을 크게 뜬 리원의 입술이 열리며 결코 입에 담고 싶지 않은 상대의 이름이 튀어나왔다.

"고신혜……."

바로, 그녀의 전 남친과 바람이 난 상대였다. 리원의 표정이 눈에 띄게 어두워졌다. 평소 일할 때는 그 누구보다 감정을 잘 숨기던 그녀였는데……. 개인적인 사정에 있어서는 아주 복잡한 속내가 얼굴에 그대로 드러났다. 리원의 최대 약점이었다.

그녀의 표정이 변하는 것을 앞에서 그대로 목격한 신혜의 한쪽 입꼬리가 위로 슬그머니 올라간다. 그녀는 선 자리에서 그대로 동상처럼 굳어 버린 리원을 유유히 스쳐 지나가 세면대의 물을 틀어 손을 씻었다. 그러면서도 아무렇지도 않게 리원의 이름을 입에 담으며 사소한 이야기들을 줄줄 읊었다.

"우리 그때 호텔 사건 이후로 처음이죠? 정말 오랜만이에요! 그날 선배가 다치기도 하고, 그래서 얼마나 걱정했는지 몰라요."

말로는 걱정하는 척하고 있었지만, 과연 그게 진심인지는 알 수 없었다. 차오르는 분노에 몸을 떨고 있는 리원을 거울을 통해 힐끗 관찰한 신혜는 돌아오는 대답 없는 대화를 홀로 이어 나갔다.

"저 사실은 드림하우스에서 일하고 있어요. 블라썸 퇴사할 때는 굳이 밝히지 않았지만, 드림하우스에서 스카우트 제의를 받았었거든요."

리원은 주먹을 꽉 쥐었다. 드림하우스라면 침구와 커튼을 전문으로 제작하는 업체로, 꽤 큰 상장기업에다 최근에 한창 주가를 올리고 있었다. 예전 언젠가 리원에게도 스카우트를 제의했던 곳 중 하나로, 타 기업에서 일하는 인재들을 골라 빼내 가기로 유명했다. 물론 리원은 거절했지만, 신혜는 그곳을 선택했나 보다.

리원은 신혜가 선 세면대 쪽으로 몸을 돌려 거울에 비친 그녀를 지그시 쳐다보았다. 어쩌다 이렇게 됐을까. 아주 친한 편은 아니었지만 함께 블라썸에서 일하면서 서로 의지가 많이 됐던 동료였는데.

고신혜와 이렇게까지 틀어지게 될 줄은 과거에는 꿈에도 상상하지 못했었다. 저에게 전 남친을 소개해 줬고 회사에서도 손발이 잘 맞아 무척 아끼던 후배였던지라, 다른 의미로 리원의 가슴이 아파 왔다. 이미 리원에게 있어서 악역이 되어 버린 그녀는 눈치가 없는 건지, 일부러 그러는 건지, 자꾸만 속 긁는 말을 쏟아 내었다.

"다친 곳은 괜찮으세요? 그날 너무 안쓰러워서 혼났었는데……. 경훈 오빠도 선배 걱정 많이 했어요."

너무 어이가 없어서 기가 찰 지경이었다. 주경훈과 고신혜 두 사람이 그녀를 걱정했다니 말이나 되는 소리인가. 비릿한 미소를 지은 리원이 한층 낮게 깔린 음성으로 되물었다.

"솔직히……. 너희 두 사람한테 날 걱정할 자격이 있니?"

누가 누굴 걱정해?

리원의 말에 세면대쪽으로 몸을 숙이고 있던 신혜의 양쪽 어깨가 흠칫 들썩였다.

"기분 나빴어요? 선배……. 보기와는 다르게 뒤끝이 있는 것 같아요. 쿨한 게 선배 장점이라고 생각했었는데, 의외로 마음에 전부 담아 두는 스타일이시구나."

씻은 손을 털어 낸 신혜는 뒤돌아서서 리원과 정면으로 마주 보았다. 다른 의미로 서로를 날카롭게 바라보는 두 사람의 시선이 허공에서 맹렬하게 마주쳤다. 리원이 픽, 한쪽 입꼬리를 틀어 올리며 작게 웃음 지었다. 조소가 한가득 담겨 있었다. 입이 바짝 마르는, 묘한 공기마저 흐르는 지금 상황에서 비웃음이라니? 신혜의 눈썹 앞머리가 영문을 모르겠다는 듯 비뚤게 올라갔다.

"고신혜. 아무리 쿨해도…… 결혼까지 생각한 남자를 가로채 간 후배와 아무렇지 않게 지낼 수 있는 사람은 없어. 그런 사람이 진짜 있다면 그런 걸 호구라고 하거든. 내가 네 머리채를 잡지 않은 게 다행이라고 생각하지 않니?"

리원이 가늘게 뜬 눈으로 상대방의 머리 부분을 훑어 내렸다. 일순 신혜는 뒤통수가 서늘해지는 감각을 느꼈다. 위기감이 엄습한 것이다. 깜짝 놀란 신혜가 자신의 머리 위로 손을 올리고는 괜스레 뒷머리를 천천히 쓸어내렸다. 벌써 눈빛 하나만으로도 머리채가 잡힌 기분이 들어 식은땀이 흐를 지경이었다. 그 정도로 강리원이란 사람은, 같은 여자지만 그 카리스마가 남달랐다.

"가, 가로채다니요. 어디까지나 선배와의 관계가 그만큼 지루했으니 경훈 오빠도 한눈팔았던 게 아닐까요? 저와 만나게 된 건 선배의 잘못도 어느 정도 있다고 생각해요!"

"그렇다고 너희 두 사람이 한 일이 옳은 것은 아니잖아? 너도 사람이면, 어른이면, 어떤 게 옳고 그른지 정도는 판단할 수 있잖아. 굳이 수많은 남자들 중에서도 꼭 네가 소개해 준 그 사람이어야 했니?"

"선배에게 청혼했었다는 사실은 저도 처음 들었다고요! 몰랐었어요!"

그래서? 청혼하지 않았다 해도 그게 면죄부가 될 수는 없는 노릇이었다. 청혼했든 안 했든 리원과 연인 사이를 유지하던 상태에서 바람난 건 두 사람이 아니었던가?

"청혼하지 않았다 해도 너희 두 사람이 지저분한 관계였다는 건 변하지 않잖아?"

"지저분? 하……. 어이없어서. 막말로 제가 유부남을 만난 것도 아닌데 왜 그런 소리까지 들어야 해요? 사회적으로 손가락질받을 만한 짓 한 적 없거든요!"

입을 꾹 닫은 채 험한 눈빛으로 노려보는 리원에게 신혜는 변명 아닌 변명을 둘러대기 시작했다.

"남녀 관계란 원래 그런 거잖아요. 만날 수도 헤어질 수도 있는 거잖아요. 사랑은 언젠가는 식는 거잖아요. 한 곳에서 식으면 다른 곳에서 불타오를 수도 있는 게 사랑 아니에요? 저랑 경훈 오빠도 단지 그런 것일 뿐이라고요!"

"…정말 입만 살았네. 기본 예의라는 게 뭔지 모르는 사람을 상대로 내가 뭘 하고 있는 건지. 너랑은 정상적인 대화 자체가 안 되겠다."

결국 리원은 뒤돌아섰다. 정신이 피곤해져 왔다. 굳이 자신의 아까운 시간을 낭비하면서까지 신혜의 능숙한 말장난을 듣고 있을 여유가 없었다. 리원은 뒤에서 무어라고 어불성설을 늘어놓는 신혜를 뒤로한 채 유유히 화장실을 빠져나왔다. 숙소로 돌아가도 직원들의 질문 공세에 시달리겠지만, 차라리 그 편이 몇 배는 더 나을 것 같았다.

"거기서요! 어딜 가! 아직 나 말 안 끝났다고! 서라고!"

신혜는 홀로 악에 받쳐 소리 질렀다. 아마도 리원의 무시하는 태도 덕분에, 제가 졌다는 기분이 들어 무척이나 열받은 것 같았다. 사람의 흔적일랑 없는 기다란 복도를 걷고 있는 와중에도 끊임없이 그녀의 목소리가 복도에 울렸다. 포기하지 않고 빠르게 뒤따라오는 걸음 소리가 들렸다. 사람이 없었으니 다행이지……. 누군가 있었다면 싸움이라도 났나 싶어 걸음을 멈춰 구경이라도 했을 판이었다.

"부사장이랑 무슨 관계인지는 말하고 가라고!"

하……. 저걸 어떻게 하면 좋지? 잠시 리원의 어깨가 위아래로 들썩였지만 애써 들리지 않는 척, 모른 척 하며 계속 걸었다. 반응해 주면 더 손해. 도발이라는 것을 잘 알고 있으니, 절대 넘어가서는 안 된다는 의지였다. 하지만 영악한 신혜는 그 작은 반응을 캐치해 결코 놓치지 않았다. 짧은 다리로 리원을 쪼르르 쫓아가던 그녀가 자리에 우뚝 멈춰 서서는 악랄하게 입꼬리를 틀어 올렸다.

"사귀어요? 아니, 아니지. 진짜 사귀는 거면 벌써 기사 뜨고 난리 났을 텐데."

리원의 이마에 식은땀이 흘러내렸다. 참자, 참아야 해. 아랫입술을 꽉 깨물고 복도를 거의 벗어나려던 찰나.

"혹시 잤어요? 부사장이랑?"

그 한마디에 더는 걸음을 옮기지 못하고 멈춰 서 버렸다. 리원의 두 눈이 크게 뜨여졌다.

'걸렸다. 역시 뭔가 있긴 있구나?'

팔짱을 낀 채 덩그러니 선 리원의 뒷모습을 쳐다보던 신혜의 얼굴에 환한 희열의 미소가 지어진다. 리원의 약점을 잡아 버린 그녀는 필터 없이 생각나는 대로 말을 내뱉기 시작했다.

"그렇구나. 잤구나. 선배 그렇게 안 봤는데 의외로……. 가볍게 즐길 줄도 아는 타입인가 봐요? 아니면……. 다른 구린 이유가 있는 건가."

결국 뒤돌아설 수밖에 없었다. 리원이 아랫입술을 꽉 깨문 채 말을 잇지 못하자 신혜의 비아냥거림은 더욱 심해졌다. 그녀는 장난스럽게 기다란 머리카락 끝을 손가락으로 배배 꼬아 가며 계속 리원을 자극하는 말들을 이어 갔다.

"어쩐지 좀 의아하다 생각했어요. 레스토랑에서 두 사람을 처음 마주쳤을 땐 그냥 어디서 많이 본 남자다, 돈이 많은 집 도련님 같은데……. 그 정도로만 생각했거든요? 그날 선배 옷이며 머리며 엉망진창이 되어서, 바로 스위트룸으로 간다는 소릴 들었는데 맞죠?"

"……."

"그런데 나중에 되어서야 알게 된 거 있죠. 그 남자가 영광 기업 부사장이었다는 사실 말예요. 어쩐지 어디서 많이 봤다 했더니, 잡지에 떡하니 사진이 있지 뭐예요? 그 이후로 곰곰이 생각해 봤죠. 왜 그 부사장이라는 사람이 하필 선배랑 그 레스토랑에 함께 있었는지. 왜 곧바로 스위트룸으로 직행한 건지."

"…경고하는데, 말조심해."

"제가 없는 말을 지어낸 건 아니잖아요? 이 모든 사실을 다른 협력 업체 직원들이 모두 알게 된다면 과연 어떻게 생각할까요? 그런 상황들을 순수하게 받아들이는 사람이 과연 있을까 싶네요."

리원은 주먹을 꽉 쥔 채 부들부들 떨었다. 남들 눈에 과연 좋게 비치지는 않을 게 명백했다.

어쩌면⋯⋯. 최악의 상황으로 치닫게 될지도 몰랐다. 조금 더 조심해서 행동하는 건데⋯⋯. 그날은 너무나도 충격을 받은 나머지 정신이 하나도 없었던 것이다. 복잡한 심경에 휩싸인 리원의 모습을 잠시 지켜보던 신혜가 비릿하게 미소 지으며 물었다.

"설마 사귀는 사이라고 말도 안 되는 소릴 하시려는 건 아니죠?"

"⋯맞아."

"네?"

"부사장님이랑 나. 연인 사이라고."

"하. 이제 와서 무슨 말도 안 되는 변명을."

신혜는 묘하게 일그러진 표정을 지으며 리원을 노려보았다. 하지만 리원은 오히려 더욱 당당히 눈을 빛내며 뻔뻔하게 우겼다. 아무 사이도 아니라며 사실대로 설명해 봤자, 저 고신혜의 입에서 어떤 말이 튀어나올지 알 것 같아서였다. 사귀는 게 아니라면 최악의 나쁜 상황으로 몰아갈 게 뻔했다. 그러느니 차라리 사귄다고 말해 버리는 게 나을 것 같았다. 일단 저지르고 보자. 뒤는 어떻게든 수습하면 되겠지. 그런 심정이었다.

"태건 씨랑 난 사정이 있어서 비밀 연애 중이야. 그래서 아무에게도 말 못 했던 거고."

"하……. 지금 그게 말이 된다고 생각해요?"

"사실을 이야기하는 건데 어쩌라고?"

"혹시 들킬까 봐 그러시는 거예요? 이러니까 더 수상하잖아. 혹시 청탁이나 접대, 뭐 이런 거예요? 선배, 설마……. 자신의 몸을 던져서 영광 기업과의 계약을 따냈다든지 그런 지저분한……."

결국 신혜의 입에서 정도를 넘어선 발언들이 줄줄이 내뱉어졌다. 그 모욕적인 발언들을 듣던 리원의 표정이 험악하게 일그러졌다. 뒤통수가 뜨겁게 달아오르는 것을 느끼며 리원이 입을 열려던 그 순간.

"그만. 거기까지 하시죠. 도저히 들어 줄 수가 없군."

묵직하게 깔린 중저음의 목소리가 조용히 복도에 울려 퍼졌다. 뜻밖의 인물의 등장에, 리원과 신혜 두 사람 모두의 고개가 뒤로 돌아갔다. 그곳에는 마치 기적처럼 그가 서 있었다.

화제의 중심에 있던 인물, 최태건 부사장.

그는 매우 불편한 듯 미간을 잔뜩 찌푸린 채 신혜를 음험하게 쳐다보았다.

"지금 이 내가, 그런 청탁이나 접대 따위를 받고 업체를 선정하는 비리를 저질렀단 말을 하고 있는 겁니까? 당신, 지금 그 말에 책임질 수 있습니까?"

"아, 아니 단지 저는……."

신혜는 무섭게 노려보는 태건의 시선에 차마 말을 잇지 못했다. 그녀는 얼굴이 새파랗게 질린 채 뒷걸음질 쳤다. 그런 반응을 지켜보며 피식, 태건은 가벼운 비웃음을 지었다.

"강리원 씨와 나. 연애하는 거 맞습니다. 만약 연인 사이라는 걸 밝힌다면, 업체 선정에 내 사심이 들어갔다는 잘못된 이야기가 떠돌까 봐 비밀에 부쳤던 거고요."

그가 리원의 어깨를 잡아 순식간에 훅, 자신의 품으로 당겼다. 깜짝 놀란 리원의 몸이 멈칫 떨려 오고 두 눈이 점점 커다랗게 뜨였다.

'헉. 다 듣고 있었구나. 그건 그거고……. 곤란한 나의 상황에 맞춰 주는 건 고맙지만 이건 좀 부담…….'

리원이 몸을 빼내려 살짝 꼼지락거리자, 그가 더욱 리원의 어깨를 꽉 끌어안았다. 꼼짝없이 그의 품에 갇혀 버린 꼴이 되었다. 자세가 영 불편했지만 별수 없이 그가 하는 대로 따라 줄 수밖에 없었다. 이유야 어쨌든 그가 저를 도와주고 있지 않은가. 리원을 안은 팔에 힘을 준 그가 신혜에게 쐐기를 박았다.

"이름이……. 고신혜 씨?"

"네? 네! 맞, 맞습니다."

"내가 지금 무척 화가 나지만, 최대한 참고 있다는 것을 아셔야겠군요. 내 여자를 그런 식으로 취급하는데 화가 나지 않을 남자가 어디 있겠습니까?"

'내 여자'라는 그의 말에 리원은 뒤통수의 핏기가 싹 가시는 걸 느꼈다.

어떻게 보면 닭살 돋는 단어임에 틀림이 없는데, 어째 이 남자는 아무렇지도 않게 그런 말을 꺼내고 있었다. 그런 리원의 사정 따위는 상관없이, 신혜와 태건 사이에는 아주 팽팽하고도 무거운 분위기가 흐르고 있었다.

"죄, 죄송합니다. 제가 두 분 사이를 오해……."

"오해를 그런 식으로 합니까? 고신혜 씨는? 그런 지저분한 억측을 듣고 내가 참아야만 합니까? 고신혜 씨 이름표를 보니, 드림하우스 쪽 사람인 것 같은데……. 당신의 상사는 당신이 이런 사람인 거 알고 있습니까?"

결국 태건이 드림하우스의 이름까지 꺼내자, 눈을 튀어나올 듯 크게 뜬 신혜는 그만 바닥에 털썩 주저앉아 버렸다. 완벽한 그녀의 패배였다.

"정말, 진심으로 잘못했습니다……. 뉘우치고 있습니다……. 제가 큰 실수를 저질렀어요."

악어의 눈물일까. 신혜는 바닥에 주저앉은 채 목 놓아 엉엉 울어댔다. 조금 전까지만 해도 마치 다른 사람처럼, 리원에게 도끼눈을 뜨고 그리 막말을 퍼붓더니 말이다. 그 악랄한 모습은 온데간데없고 그저 가녀린 여자 하나가 구슬프게 눈물짓고 있을 뿐이었다.

'조금 속이 시원하긴 한데……. 이 상황이 무척이나 불편하네.'

리원은 당장에라도 이 자리를 벗어나고 싶은 마음이었다. 도대체 누가 가해자이고 누가 피해자인지. 전후 상황을 전혀 모르는 누군가가 얼핏 본다면 오해라도 할 법한 분위기였다. 그게 마음에 들지 않았다.

하지만 태건은 아직 할 일이 남아 있는 것 같았다. 그는 냉정하게 팔짱을 낀 채, 눈물을 뚝뚝 떨어트리는 신혜를 내려다보았다. 잠시 그녀를 주시하더니 꾹 다물었던 입술을 열어 하려던 말을 조근조근 내 뱉었다.

"고신혜 씨. 내가 당신 이름을 기억하겠습니다. 앞으로 강리원 팀 장과 나 사이에 좋지 않은 소문이 돈다면, 고신혜 씨의 얼굴이 가장 먼저 떠오를 겁니다."

그의 말에 소스라치게 놀란 신혜가 고개를 퍼뜩 들었다. 그녀는 아 직 덜 흘러 눈가에 그렁그렁 맺혀 있는 눈물을 머금은 채 놀라 소리 질렀다.

"네? 부사장님? 어, 어째서요?"

"그러니까 입단속 잘하라는 소립니다. 잘 아시겠습니까? 내가 주 는 처음이자 마지막 경고예요. 이만큼 했으면 충분히 알아들었으리라 생각하겠습니다."

신혜는 더는 말을 잇지 못했다. 그저 딱 벌어진 입을 다물지 못한 채 멍하니, 저를 무섭게 노려보는 태건을 마주 보고 있을 뿐이었다. 커다란 호랑이 앞의 작은 생쥐가 된 것처럼, 그리도 당당하던 그녀는 이 순간만큼은 작고 초라하기 그지없었다.

복잡한 심정으로 그런 신혜를 멍하니 쳐다보던 그때, 리원은 제 손 에 닿는 따스한 온도를 느꼈다. 어느새 다가온 태건의 손이 간질간질, 허공에서 그녀의 손을 찾아 헤매고 있었다. 잠시 후, 기어이 목적했던 것을 찾아냈다는 듯 그의 커다란 손이 그녀의 작은 손을 꽉, 깍지 끼 어 잡아 버렸다.

'어? 뭔가 이상한데……. 이 느낌은 도대체…….'

리원은 미간을 살짝 찌푸리고는 시선을 그에게로 옮겼다. 제 손을 꽉 잡은, 고개가 꺾일 정도로 키가 커서 한참이나 올려다봐야 되는 남자. 그를 빤히 바라보는 그녀의 시선이 온통 혼란스러움으로 가득 찼다.

정말 별거 아닌데. 그런 것 같은데. 두근두근. 심장이 뛰는 속도가 조금 빨라진 것 같은 착각을 느꼈다. 몸속의 모든 혈관들에서 피가 빠르게 흐르고 있는 기묘한 감각.

어째서 그가 다가오자마자 훅, 하고 퍼지는 향기에 잠깐 울렁거렸을까.

어째서 올려다보고 있는 남자의 굳건한 시선과 다부지게 다문 입술이 듬직하게 느껴졌을까.

리원은 아랫입술을 꽉 깨문 채 고개를 내렸다. 어쩐지 얼굴이 뜨겁게 달아오른다. 혼란스러움을 잠재우기 위해 애써 스스로를 달랬다.

'보여 주기 위한 스킨십이잖아. 애도 아니고⋯⋯. 겨우 손잡는 거 따위에 큰 의미를 두지 말자. 어차피 한번 연극 시작한 거 퇴장할 때까지 완벽하게 하자는 뜻이겠지?

잘 아는 누군가의 앞에서 태건과 사이좋게 함께 있는 모습을 보여 준 적이 별로 없는데. 리원은 그가 내민 손길을 끝내 거부하지 않았다. 어차피 신혜를 완벽하게 속이기 위해선 적당히 필요한 행동이기도 했고. 솔직히 지금 이 순간 내밀어진 그의 손이 싫지가 않았던 것도 한몫을 했다. 그가 걸음을 옮겼다. 이 장소를 벗어나려는 것이다. 말없이 당기는 남자의 힘에 이끌려 리원 또한 손을 잡힌 채 쪼르르,

그의 뒤를 따라 걸었다.

'혹시 화가 난 걸까?'

그렇게 느낄 수밖에 없었다. 사실 따라 걷기가 조금 벅찼다. 평소 다정히 리원에게 맞춰 주던 걸음걸이가 아니었다. 키가 커서 그런지 보폭도 크고, 걷는 속도도 빨랐다. 그의 화난 듯한 걸음은 센터의 높고 기다란 복도를 지나, 미로처럼 얽혀 있는 각종 창고들과 강당이 들어찬 크고 작은 문들이 이어질 때까지 계속되었다. 결국 한참이나 끌려가던 그녀가 그를 부르고 나서야 멈춰 설 수 있었다.

"부, 부사장님! 부사장님!"

태건은 가장 깊은 창고의 출입문 앞에 도착하고 나서야 그녀의 손을 놓아 주었다. 뒤돌아보지 않은 채였다. 리원은 그에게 잡혔던 손목을 다른 손으로 움켜쥔 채, 조용히 제 앞에 선 남자의 커다란 등을 바라보았다.

"부사장님. 이제 됐어요. 주위에 아무도 없어요."

"……."

대답 없는 남자의 등이 아직도 화가 난 것처럼 보인다. 눈을 크게 뜬 리원이 조심스럽게 그에게 물었다.

"저기……. 혹시 화나셨어요?"

"네. 맞습니다."

"…네? 정말로 화가 나셨다고요? 어째서요?"

영문을 알 수 없었다. 리원이 고개를 갸웃거리며 되묻자, 그제야 그가 뒤를 돌아보았다. 그녀가 그를 올려다보며 크게 뜬 눈을 깜빡이

221

자, 조각 같은 남자의 얼굴이 약하게 틀어졌다. 기어이 열린 그의 도 톰한 입술에서 한층 낮게 깔린 음성이 새어 나왔다.

"당신에게 무슨 사정이 있는지 자세히는 모르지만……."

확실히, 평소와 무척 달랐다. 최태건이란 사람은 리원에게…… 언 제나 친절했었다. 온화했었다. 그녀에게만큼은 장난기가 다분했고, 이유를 알 수 없는 웃음을 자주 보여 주곤 했었다. 하지만 지금. 리원 을 똑바로 쳐다보며 냉정하리만치 차갑게 느껴지는 목소리를 내뱉는 그의 모습은 너무 낯설었다. 마치 그동안 그녀가 알던 그 사람이 아닌 것 같은 착각마저 들었다. 조금 놀란 표정의 리원이 할 말을 잃은 채 그의 말을 조용히 경청했다.

"아직도 과거에 얽매여 끌려다니고 있다는 사실이 무척 답답합니 다."

이 남자. 도대체 어디부터 어디까지 들어 버린 걸까. 입으로는 잘 모른다고 하지만, 마치 그녀의 모든 전후 사정을 꿰뚫고 있는 것 같았 다.

'하긴……. 그동안 겪은 일들이 있으니. 눈치가 빠른 사람이라면 알아채고도 남겠지.'

리원이 멋쩍은 웃음을 지었다. 고개를 다른 쪽으로 돌린 그녀를 태 건은 애가 타는 시선으로 바라보았다.

"아직도 힘든 과거에서 완전히 벗어나지 못했습니까? 마음이 정리 가 안 됩니까? 미련이 남았어요?"

"아니요. 그게 아니에요. 그저……. 배신감이에요. 미련이 남아서가 아니라."

"배신감도 미련입니다. 난 그렇게 생각해요. 사람이 왜 그렇게……."

그가 말을 잇지 못했다. 다시 꾹 닫혀 버린 남자의 입술이, 어떤 말을 꺼내려 했었는지 말해 주고 있었다. 그에게 변명을 늘어놓았던 저자신이 문득 창피해졌다. 이 사람은 왜 나에게 화를 내고 있는 건가. 왜 난 이 사람에게 이렇게까지 쩔쩔매며 변명을 해야 하는 걸까. 우린 그저 사업상의 갑과 을일 뿐인데. 아무런 사이도 아닌데. 그가 그녀의 개인사에 대해서 왈가왈부할 자격은 전혀 없는데.

어느 순간 번쩍 정신이 들면서 지금의 상황이 당장에 이해가 되지 않는다.

당신이 뭔데? 내가 어떤 일을 겪었는지 당신이 얼마나 안다고 나에게 그런 말을 할 수가 있어?

"아니 그럼, 어느 누가 그런 일을 겪고도 단번에 깨끗하게 잊을 수가 있겠어요? 이별한 지 얼마나 됐다고 벌써 마음 정리가 다 됐겠어요? 내 20대의 대부분을 바쳤던 연애였어요! 나도 감정이란 게 있는 평범한 여자라고요! 아직도 상상만 하면 치가 떨리고, 자다가도 벌떡 일어나는데! 내가 얼마나 힘들었는데!"

문득 화가 치밀어 오른 리원이 눈을 날카롭게 치켜뜨며 그에게 못된 말을 퍼부었다.

"오죽하면 제주도에서 그날 밤……. 내 삶이 하도 억울해서, 힘든 일들을 전부 잊기 위해서, 일면식도 없었던 당신과 그런 밤까지……!!"

일순 리원이 스스로의 입을 틀어막았다. 그가 선을 넘은 것처럼, 그녀 또한 선을 넘어 버린 것이다. 소름 끼칠 만큼 무거운 정적이 흘렀다. 두 사람은 정적 속에서 서로를 조용히 바라보고 있을 뿐 시선을 피하지도 어떤 말도 꺼내지 않았다. 그 잠깐 동안의 정적을 먼저 깬 사람은 리원이었다. 그녀는 깊고도 낮은 한숨을 내쉬면서 아무렇게나 삐져나와 있는 머리카락을 뒤로 빗어 넘겼다.

"하아……. 어쨌든 부사장님과는 상관없지 않나요? 내가 미련이 남아 구질구질하게 굴든, 누군가를 지독하게 미워하든."

"…그래요. 내가 잠시 잊었습니다."

어쩐지 그리 말하며 그녀를 바라보는 그의 눈동자가, 조금은 아프게 일그러진 것 같은 느낌이 들었다. 리원은 그것을 애써 자신의 착각이라 부정하며 넘겼다. 비뚤하게 휘어진 남자의 한쪽 입꼬리가 올라가며 씁쓸한 마지막 말을 남겼다.

"우린 아무 관계도 없는 그저 남일 뿐이란 걸."

어쩐지 그 말이 두 사람 사이의 벽을 더욱 두텁게 만드는 느낌이 들었다.

ㅁ ◆ ㅁ

"막내 언제부터 저랬어?"

리원은 미간을 잔뜩 찌푸리며 의무실에 드러누운 막내를 눈으로 가리켰다. 그녀의 날카로운 시선 앞에 작아져 버린 직원이 어쩔 줄 몰라 하며 말을 더듬었다.

"그, 그게…… 아까 말씀드리려 했는데 티, 팀장님께서 자리를 비우셔서요. 그 이후로 말씀드린다는 걸 그만…… 깜빡 잊어버렸어요. 정말 죄송해요……."

"하아……."

리원은 이마를 짚었다. 머리가 아파 왔다. 곧 저녁 타임이다. 뷔페를 겸한 오리엔테이션이 준비되어 있었고, 막내는 따로 마련된 부사장과의 저녁 식사가 예정되어 있었다. 부사장과의 저녁 식사권을 따내려고 그렇게나 열심히 응원하고 경기에 참여하더니……. 막내는 점심을 잘못 먹었는지 심하게 체하여 방금 전에야 잠이 들었다. 리원은 애꿎은 벽시계만 노려보았다. 정해진 시간까지 한 시간도 채 남지 않아, 달리 선택의 여지가 없었다.

"이미 저질러진 일은 어쩔 수 없지."

시간이 얼마 남지 않았고, 모든 사람들이 바빠 보였다. 결국 리원은 숙소로 돌아가, 가방 깊숙이 넣어 두었던 김 비서의 명함을 꺼내 그의 번호를 눌렀다.

"안녕하세요, 김 비서님."

— 예. 강리원 씨. 무슨 일 있습니까?

통화 연결음이 몇 번도 채 가지도 않았는데, 빠르게 전화를 받은 김 비서의 질문이 수화기를 타고 들려온다.

"저, 죄송하게 됐습니다. 김 비서님께 연락하는 게 가장 빠르고 정확할 것 같아서요."

— 말씀하시죠.

"단합회 1등 상품인 부사장님과의 저녁 식사에 우리 회사 직원이 참석하기로 되어 있었습니다. 그런데……. 너무 죄송스럽게도, 그 직원의 몸이 좋지 않아서요. 아무래도 취소해야 할 것 같습니다."

잠시 서로 간에 깊은 침묵이 흘렀다. 상대가 무슨 생각을 하는지는 전혀 알 수 없었지만, 리원은 입술을 잘근잘근 깨물며 대답을 기다렸다.

— 음……. 강리원 씨.

"네. 듣고 있습니다."

— 직접 오십시오.

잘못 들은 건가? 뜬금없는 김 비서의 말에, 일순 리원의 두 눈이 커다랗게 뜨였다.

— 제 말이 잘 안 들렸습니까? 강리원 씨가 직접 저녁 식사 장소로 오십시오.

"예? 제가요?"

— 네.

'어째서요?' 라고 되묻고 싶었지만 아직 이성이 남아 있는 상태라 리원은 그만 입을 꾹 다물고 말았다. 그녀의 말문이 막히자, 김 비서 쪽에서 먼저 상황을 설명했다.

— 부사장님은 저녁 식사 전에, 긴급회의가 있으십니다. 아마 회의를 마치자마자 식사가 마련된 리조트 내 레스토랑으로 가실 겁니다.

전 오리엔테이션 준비로 따로 나와 있습니다. 부사장님은 다른 비서실 직원이 서포터하고 있고요.

"아아……. 네, 네. 그런 사정이 있었군요. 무슨 말씀인지는 알겠는데……. 그냥 저녁 식사가 취소되었다고 그 다른 비서실 직원분께 말씀만 전해 주시면 되지 않나요?"

— 안 됩니다. 반드시 강리원 씨가 직접 가셔서 부사장님께 말씀드리셔야 합니다.

리원은 얼굴을 잔뜩 일그러트린 채 속으로 냅다 소리를 질렀다.

'그러니까! 아니, 굳이 왜! 도대체 어째서! 내가 직접 가야만 하느냐고! 이 이상한 남자야!'

열이 잔뜩 올라 빨개진 얼굴을 하고 있던 그때,

— 그럼 그렇게 알고 전 이만 끊겠습니다. 분명, 직접 가시라 말씀드렸습니다.

라는 말을 남기고 전화가 툭 끊어져 버렸다. 리원은 어이없음에 입을 쩍 벌린 채, 끊어진 휴대폰 화면만 멍하니 쳐다보았다.

"됐어?"

김 비서는 휴대폰을 테이블 위에 올려놓으며 제 앞의 남자를 향해 물었다. 바로 태건이었다. 태건은 낮은 한숨을 내쉬며 의자 깊숙이 몸을 묻었다. 깊게 일그러진 미간을 손으로 짚은 채 천장을 쳐다보다 서서히 눈을 감았다.

"그래. 됐어. 거짓말하게 만들어서 미안하다."

"알면 다행이고."

사각사각. 뭘 그렇게 적고 있는 건지, 김 비서의 만년필이 종이 위에서 춤추는 소리가 들려왔다. 그 어느 때보다 간편해진 디지털 시대에 태건과 그의 절친인 김 비서는 굳이 손 글씨를 고수했다. 손으로 직접 뭔가를 해야 일의 능률이 오른다는 묘한 고집이 있었다. 종이에 그리는 소리조차 좋지 않은가. 그 간질거리는 소리를 가만히 듣고 있던 태건이 눈을 떠 멍하니 천장을 쳐다보며 절친의 이름을 불렀다.

"동호야."

"어. 왜?"

"일에 사적인 감정을 담아 처리하면 후회하겠지?"

힐끗, 안경 너머로 소파에 푹 감싸인 태건을 곁눈질한 김 비서의 눈썹이 살짝 일그러졌다.

"왜? 무슨 일 있어? 어떻게 하고 싶은데?"

"그냥 얄미운 누군가를 잘리게 만들고 싶어져서."

"…설마 나 자르고 싶어?"

"……."

농담처럼 던진 말인데, 심각하게 질문을 던졌던 태건의 기분이 최악으로 가라앉았다. 이러니 농담도 때와 장소를 구분해야 한다는 말이 나오지. 태건의 대답이 긍정이 되기 전에, 김 비서는 애써 크게 웃으며 분위기를 전환했다. 얼렁뚱땅 넘기는 데는 과연 고단수였다.

"하하. 농담이야, 농담. 그래. 누군가를 잘리게 만들고 싶다니……. 그 상대가 얼마나 너한테 이상한 짓을 했기에 그런 생각을 다 해? 천하의 최태건한테 시비 거는 나사 하나 빠진 놈이 있긴 하구나. 과연 세상은 넓고 미친놈은 많아."

"아니. 내가 아니고……. 넌 혹시 누군가의 복수를 대신해 주고 싶다는 생각해 본 적 있어?"

"누군가의 복수를 대신해 주고 싶다라……. 어떤 심정인지 알 것 같기도 한데……."

미간을 찌푸리며 턱을 만지작거리던 김 비서가 잠시 멈추었던 말을 이었다.

"하지만 네가 대신해 준다고 해서 상대가 과연 홀가분할까? 그걸 고마워하긴 할까? 그걸 생각하고 결정할 문제지. 게다가 남의 일에 쉽게 나서는 거 아니다."

"그래……. 그게 문제다. 남이라는 게. 하아……."

자신의 연애는 제대로 하지도 못하고 살면서, 희한하게도 남의 연애사만큼은 눈치 백 단이다. 김 비서는 그런 스스로의 신세를 속으로 한탄하며 태건과 함께 낮은 한숨을 내쉬었다.

제 친구는 저에게만큼은 너무나도 단순하고 솔직해서 알고 싶지 않아도 너무 뻔하다는 것이 문제였다. 누가 봐도 이 질문은 연애 문제에 얽혀 있는 것 같고, 그 상대는 한 치의 오차도 없이 강리원 팀장이겠지. 김 비서는 고개를 살살 내저으며 다시 작성 중이던 서류에 손을 대기 시작했다. 그러면서도 툭 던지듯 조언을 내뱉는 것을 잊지 않았다.

"진정한 복수는 보란 듯이 더 승승장구하는 것 아닌가? 상대가 질투에 폭발해 실신할 정도로 부럽게 만들어 주면 되지 않나? 그거야말로 진정한 승리지."

조용히 김 비서의 말을 경청하던 태건의 두 눈이, 다음 순간 번개를 맞은 것처럼 번쩍 뜨였다. 그의 복잡했던 머릿속을 빠르게 스쳐 지나가는 생각이 있었던 것이다. 소파에서 벌떡 일어난 그는 팔짱을 낀 채 잠시 소파 주위를 정신 사납게 서성였다.

"정신 사납게 뭐 하는 거야?"

김 비서가 짜증이 잔뜩 묻은 얼굴로 그를 노려보자, 빠르게 가까이 다가간 태건이 상체를 숙여 김 비서의 어깨를 다독였다.

"고맙다, 김동호. 덕분에 좋은 생각이 떠올랐어."

□ ◆ □

"오오. 입구만 봐도 다른데?"

리조트 내에 운영 중인 레스토랑으로 향하는 리원의 발걸음이 느려졌다. 신관 건물의 꼭대기 층에 자리 잡은 레스토랑은 커다란 복도에 즐비한 카페들과 음식점들 사이에서 가장 화려한 입구를 뽐냈다. 천천히 목적지로 향하던 리원은 잠시 자리에 서서 제가 입은 복장을 내려다보았다.

'리조트 내의 레스토랑이라고 해서 대충 입고 왔는데…….. 세상

에. 정말 고급지잖아?'

그녀는 무늬 없이 심플한 티셔츠에 청바지, 운동화 차림이었다. 회
사 직원들과 의논해서 맞춘 복장이었다. 곧 오리엔테이션이 시작될
시각이라, 각종 게임과 놀이에 참여하려면 편한 복장이 최고였기 때
문이었다.

'아니지. 여기서 밥을 먹을 건 아니니까.'

그저 잠깐 레스토랑에 들러서 부사장에게 사정 설명을 하고 일어
나는 게 오늘 그녀의 목적이었다. 유유히 걸음을 옮겨 들어간 레스토
랑은 역시 그녀가 상상했던 대로였다. 리조트 안에서 운영 중이라곤
하지만, 제법 인테리어에 공을 들인 듯했다. 화려한 샹들리에와 고급
스러운 카펫과 커튼, 모든 가구들은 최고급 수입품으로 중세 유럽풍
의 느낌을 제대로 재현해 내고 있었다.

리원은 직원의 안내를 받아, 태건이 기다리고 있을 자리로 향했다.
조금 멀리 떨어진 창가 앞에, 깔끔한 차림새로 앉은 한 남자가 보였
다. 멀리서 봐도 눈이 부시는 자태. 이미 그의 인물이 남다르다는 것
은 알고 있었지만 새삼스럽게 그것을 한 번 더 느끼는 중이었다.

"뭐 합니까? 앉아요."

자리에 도착한 리원이 머뭇거리자, 그가 맞은편 의자를 가리키며
말했다. 어색하게 서 있던 리원은 그가 시키는 대로 얌전히 자리에 앉
아 목적했던 말을 꺼냈다.

"죄송합니다. 부사장님. 제가 일찍 전달했어야 하는데, 이렇게 되
어서요. 오늘 참석하기로 한 저희 직원의 몸 상태가 너무 좋지 않습

니다."

"예. 압니다."

"아……. 들으셨군요. 정말 죄송합니다."

리원이 사과의 의미로 고개를 살짝 숙이던 그때. 미리 준비되어 있었던 음식들이 기다렸다는 듯이 세팅되기 시작했다. 애피타이저로 나온 것은 수프와 간단하지만 먹음직스럽게 생긴 샐러드였다. 침이 꼴깍 넘어갔지만 리원은 전체 오리엔테이션에 참가해야 했기에, 양손을 내저으며 웨이터에게 거부의 의사를 내비쳤다.

"저기, 저는 곧 갈 거라서요. 부사장님 식사만 챙겨 주시면 되는데……."

리원이 하는 행동을 지그시 관찰하던 태건이, 그녀의 말을 막았다. 웨이터와 리원 두 사람 모두의 시선이 그에게로 향했다.

"강리원 씨."

"네?"

"나에게 정말 미안합니까?"

"예?"

"방금 직원의 몸 상태가 안 좋아서 미안하다면서요."

"아아……. 네. 맞습니다. 다시 한번, 대단히 죄송합니다. 부사장님."

"미안하면 대신 식사하고 가요. 부하직원의 부재를 상사인 강 팀장이 직접 책임져 줘야 되지 않겠습니까?"

"예? 하지만……."

"나, 혼자 밥 먹는 거 정말 싫어합니다."

"아아⋯⋯."

"식사하고 가요. 이미 강 팀장은 오리엔테이션에 참가하지 못한다고 통보해 놨습니다."

이미 통보를 다 해 버렸다니⋯⋯. 선통보 후동의인 셈이었다. 별수 없이 리원이 그러겠노라 고개를 끄덕이자, 태건이 웨이터에게 음식을 계속 내오라고 눈짓했다. 웨이터가 사라지자, 두 사람은 음식을 먹는 것에만 집중했다.

달그락. 달그락. 식기에 포크가 부딪치는 소리. 오물거리며 음식을 씹는 소리. 대화 한마디 없는 그 10분 동안의 묘한 어색함이, 이렇게나 불편하게 느껴질 수가 없었다. 음식을 깨끗이 다 비우자마자 빈 그릇이 모두 치워졌다. 이어서 나온 등심스테이크가 세팅되고 난 뒤에야 태건이 먼저 대화를 시작했다.

"아까 낮에는 미안했습니다."

"아니에요. 저야말로 목소리 높여서 죄송했습니다."

"그럼 우리, 낮에 끝내지 못한 이야기를 좀 더 해 볼까요? 아직 정리되지 않은 이야기가 많습니다."

그의 말에, 리원은 마른침을 꿀꺽 삼켰다. 그가 말하는 아직 정리되지 않은 이야기란⋯⋯. 아마 그걸 이야기하는 거겠지. 상대의 동의 없이 거짓으로 연애한다느니, 사실이라느니, 급한 대로 신혜에게 떠들어 댔으니 말이다. 물론 고맙게도 태건이 그 상황을 잘 넘겨주었지만, 확실히 그때 있었던 일에 대해서는 변명의 여지가 없었다. 사과를 하고 넘어가야 할 일이었다. 리원은 밀려드는 미안함과 민망함에 고개를 살짝 숙인 채 말했다.

"저……. 부사장님. 갑작스럽게 그런 이야길 들으셔서 무척 당황하셨으리라 생각합니다. 사실 부사장님과의 있지도 않은 관계에 대해 거짓을 이야기한 것은, 어리석게도 제가 그 방법밖에 떠오르지 않아서 급한 대로……."

"강리원 씨."

그녀의 말을 중간에 끊어 버린 태건이, 들고 있던 포크와 나이프를 조용히 테이블에 내려놓았다. 그러고는 테이블에 팔을 올려 손등에 턱을 괸 채 물끄러미, 시선을 피하려 눈을 굴리는 리원을 쳐다본다. 그 부담스러운 시선에 어쩔 줄 몰라 하는 그녀의 반응이 꽤나 재미있었는지, 가벼운 웃음을 피식 지은 그가 입을 열었다.

"…내가 오늘 낮의 상황에 대해서 조금 생각을 해 봤습니다."

"네……. 생각을……. 하셨군요. 그렇군요……."

어쩐지 목이 타는 감각을 느꼈다. 리원이 앞에 놓인 투명한 물컵을 들어 목을 축이고 있는데,

"연애합시다, 우리."

쿨럭! 뜬금없는 그의 폭탄 발언에 그만 사레가 들려 버리고 말았다. 생각이란 걸 해 봤다는 사람에게서, 어떻게 저런 말도 안 되는 결론이 나올 수가 있는 거지? 도대체 무슨 기준으로 생각을 했기에……. 저렇게 앞뒤가 맞지 않는 결론에 도달할 수가 있는 걸까.

리원은 그저 놀라 크게 뜬 눈으로 그를 응시했다. 당황스러움이 그

대로 담긴 표정을 굳이 숨기지 않았다. 지금 제 감정이 이다지도 어이없음을, 그에게 어필하는 중이었다. 태건은 여전히 턱을 괸 채 조용히, 당혹스러움을 감추지 못하는 그녀의 시선을 곧이곧대로 받아 주었다. 곧이어 무척 재미있다는 듯, 한쪽 입꼬리를 지그시 올려 웃었다.

"이후에는 어떻게 할 겁니까? 따로 구상해 놓은 작전이라도 있습니까?"

그 말의 의도를 알아채지 못한 그녀가 고개를 갸웃거리며 물었다.

"네?"

"그러니까, 이미 당신이 우리 사이를 타인에게 그렇게 언급했고……. 한번 내뱉은 말은 주워 담을 수가 없죠."

그제야 그의 말을 알아들은 리원의 표정이 굳어졌다. 곱디고운 미간에 잡히는 잔주름들. 그의 뜨거운 시선이 그녀의 귀여운 잔주름들을 슬쩍 훑어 내린 뒤, 붉은 입술로 천천히 내려와 앉았다. 리원은 엄지를 입술 위에 올리고는 손톱 끝을 새하얀 치아로 잘근잘근 씹었다. 무언가 고민하는 듯한 행동이었다. 아마도 딱히 뒷일을 생각해 놓지는 않은 듯했다.

"음……. 굳이 어렵게 갈 필요는 없지 않나요? 사정이 있어 헤어졌다거나 하는 식으로 나중에 둘러대도……."

"글쎄요. 내가 보기엔 아까 그분. 그리 둘러댄다면 쉽게 수긍할 것 같진 않던데 말입니다. 내 기우입니까."

그렇지. 맞는 말이다. 적어도 리원이 아는 고신혜란 사람은 그의 말처럼 끝없이 의심하고 어떻게든 파헤쳐 볼 성격이었다. 리원의 표정이 한층 심각하게 굳어지자 그가 피식, 하고 짧은 웃음을 흘렸다.

"그래서 한 말입니다. 우리 연애하자고요."

"으음……. 오로지 그런 이유로 저에게 폭탄 발언을 하셨다고요."

우리가 그 하룻밤 이후로 서로에게 호감을 보였거나, 썸을 탄 적조차 한 번도 없는데 말이죠. 리원이 말을 더 잇지 않았지만 그는 그녀의 눈빛만으로 충분히 의도를 파악했다. 그는 무슨 생각인 건지 사뭇 심각해진 표정으로 턱을 매만졌다.

"연애하자는 말이 그렇게까지 충격적이었습니까? 폭탄 발언까지야……."

"네. 당연히 충격적이죠. 제가 최근 들어 본 말 중에 가장 놀라웠는데요."

"놀라울 건 없습니다. 설명이 부족했군요. 난 진짜 연애가 아닌, 가짜 연애를 말한 거니까."

"네? 가짜 연애요."

"그래요. 가짜. 짧은 기간 동안의 계약 연애라고 해 둡시다. 이미 내뱉은 말이 있으니 당분간 연애하는 척만 하는 겁니다."

"아아……."

그제야 알겠다는 듯, 리원의 고개가 끄덕여졌다. 짧은 기간 동안의 계약 연애라……. 얼핏 듣기에 구미가 제법 당겼다. 어차피 사고를 저질러 버린 지금의 상황에서, 그나마 가장 합리적인 방법이라는 생각이 들어서였다. 리원은 고개를 들어 저를 지그시 바라보는 그에게

도전적으로 물었다.

"조건은요."

"누가 듣기에도 적당히 수긍 가능한 이별의 사유가 생길 때까지."

"그게 언제가 될지 어떻게 알고요? 너무 길어져도 곤란한데……."

"사유야 잘 만들면 되는 거니까요. 그건 서로 차차 의논해 봅시다. 분명 우리 두 사람 모두가 적절한 때를 느끼게 될 날이 올 거라 생각합니다."

그의 말은 일리가 있었다. 말로 설명할 순 없어도 느낌으로 알 수 있는 게 분명 있었다. 리원은 자신의 경험을 떠올렸다. 옛 연인인 경훈과의 사이에서도 분명 느꼈었다.

두 사람 사이에 더는 아무것도 남아 있지 않다는 걸.

사랑은 끝나 버렸고 껍데기만 유지하는 형태로 막바지로 치달았다는 걸.

그건 말로는 설명할 수 없지만 서로에게 강한 느낌으로 동시에 다가왔다. 저와 경훈 두 사람 모두가 비슷한 시기에 그것을 느꼈고, 그녀 또한 제가 깨달은 것처럼 경훈도 느꼈다는 걸 어렴풋이 알았다. 단지 차근차근 수순을 밟아 가듯 다가온 이별을 받아들이지 못해, 끝나 버린 인연을 억지로 손아귀에 쥐고 있었을 뿐. 그 억지 인연은 그가 다른 여자에게 마음을 온전히 모두 내어 주고 난 뒤에야 최악의 형태로 끝이 났다.

리원은 과거를 떠올리며 쓴웃음을 지었다. 시시각각 변하는 그녀의 표정들을, 빠짐없이 지켜보던 그가 조용히 물었다.

"미리 말하지만 물론 힘든 점도 있을 겁니다."

그의 말에 리원이 고개를 들었다. 혹시 그 힘든 점이란 게…….

"설마 공개 연애를 하자는 말인가요."

"공개 연애가 아니라면, 사귀는 척을 할 필요가 없으니까요."

그건 맞는 말이긴 하지. 기껏 계약 연애인데, 굳이 숨길 거면 할 필요가 없지 않은가. 하지만 평범한 그녀에게 있어, 공개 연애는 많은 변화를 가져올 것이다. 그는 세상 사람들에게 일거수일투족을 감시당하는 것처럼 주목받는 유명인이니까.

그 관심은 공개 연애를 하는 순간, 당연하게도 리원에게까지 옮겨올 것이다. 생각만으로 머리가 아찔해졌다. 그런 그녀의 심정을 누구보다 잘 아는 태건이 그녀를 설득하기 위한 말들을 읊어 대기 시작했다.

"강 팀장이 뭘 두려워할지 잘 압니다. 이해해요. 어려운 결정일 걸 알지만, 우리 서로를 위해 좋은 쪽으로 결정을 내려 줬으면 합니다."

"…혼삿길이 막힐지도 모른다는 걱정 같은 건 안 해요. 난 내가 원치 않으면 결혼 따위 하지 않아도 잘 살 수 있을 것 같거든요. 단지……."

주위 사람들의 시선이 무서워요. 내 사생활이 없어질까 봐 그게 두렵다고요.

그녀가 차마 말을 잇지 못하자, 그가 낮은 한숨을 내쉬었다.

"사실, 이 가짜 관계는 나에게도 절실합니다."

"네? 저와의 계약 연애가 필요하시다고요?"

"그렇습니다. 당신과의 계약 연애 덕분에, 그 기간만큼은 내 아까운 시간들을 영양가 없는 맞선 자리에서 낭비하지 않아도 되겠죠."

하긴. 결혼 적령기의 모든 조건을 다 갖춘 남자가 애인조차 없다면, 그 어떤 어머니가 자신의 아들을 가만히 놔둘까. 아마도 그는 맞선 스트레스에 제법 노출되어 있는 듯 보였다. 태건은 한동안 놓았던 포크와 나이프를 들어 아직 절반이나 남은 스테이크를 썰기 시작했다.

"물론 나도 대가 없이 당신에게 요구하고 싶진 않아요. 적법한 절차대로 비용을 지불하고 계약서를 씁시다."

"비용이요?"

"그래요. 당신이 고생하는 만큼, 아니 그보다 더 충분할 정도로 지불하겠습니다. 섭섭지 않을 겁니다."

"아니요. 그럴 필요까진 없으세요. 음……. 저번에 제주도에서도 말씀드렸다시피 전 제가 충분히 쓸 정도는 벌거든요. 돈이 궁하진 않아요."

"들어서 압니다. 하지만 내가 이런 제안을 하는 것은 그만큼 힘들 수도 있단 걸 충분히 아니까 하는 이야깁니다. 당신 생각처럼 사생활 침해라든지 여러 가지 문제점이 발생할 수 있죠. 지금 당장 대답해 주지 않아도 괜찮아요. 며칠 동안 신중하게 생각해 보고 결정합시다."

그는 잘게 썬 스테이크를 여유로운 동작으로 입 안에 넣고 씹었다. 최상의 맛을 음미한 뒤, 궁합이 잘 맞는 레드와인이 담긴 잔을 들어 그녀 앞으로 내밀었다.

"복잡한 이야기는 이쯤 하고⋯⋯. 건배할까요?"

종일 운동하고 건물 내부를 체크하느라 돌아다녀서 그런지 극심하게 배가 고파 왔다. 잠시 그가 내민 잔을 지켜보던 리원 역시 제 잔을 들어 부딪쳤다. 잔끼리 부딪치는 경쾌한 소리가 울리며, 두 사람만이 자리를 차지한 분위기 좋은 레스토랑 안에 조용히 내려앉았다.

6
각자의 두려움

2박 3일간의 여정 중 첫날의 밤이 깊어 가고 있었다. 비록 리원은 참석하지 못했지만 오리엔테이션은 무사히 끝났고, 각자의 장소로 뿔뿔이 흩어진 사람들이 뒤풀이 명목으로 저마다의 시간을 보내고 있었다. 대부분은 업체 직원들끼리 뭉쳐서 술자리를 가지느라 인사불성이었다. 오로지 200여 명의 협력 업체 직원들만을 위해 오픈하는 중이라 일반 고객들이 전혀 없었기에, 리조트 어딜 가든 시끌벅적한 풍경이었다.

그 정신없이 혼란스러운 무리들 틈에서, 조용히 한구석에 떨어져 앉아 맥주를 마시는 여자가 있었다. 그리고 무리에서 동떨어진 그녀의 옆으로 조심스럽게 접근하는 또 한 여자가 있었으니.

"저녁 식사 때 무슨 일 있었어? 원래 잘 노는 애가 오늘따라 왜 이렇게 혼자 분위기 잡고 있어? 너답지 않게."

홀로 술을 홀짝이던 리원의 곁으로 다가온 미영이 털썩, 그녀의 옆에 엉덩이를 붙여 앉았다. 힐끗, 제 친구의 모습을 곁눈질한 리원이 입가에 엷은 웃음을 띠우며 대답했다.

"그냥……. 머리가 좀 복잡해서."

"뭐가 그렇게 복잡하실까? 나한테 다 털어놔 보셔. 나 입 무거운 거 잘 알지?"

"그래. 그건 잘 아는데……. 하아."

땅이 꺼져라 푹푹 한숨만 내쉴 뿐 도통 털어놓을 생각이 없어 보였다. 미영은 오래 봐 와서 그런 제 친구의 성향을 잘 알았다. 개인사에 대해서는 가장 절친인 그녀에게도 쉽사리 털어놓지 않는 게 리원의 스타일이었다. 그 고민이 닳고 닳아서 너덜너덜해질 때가 되어서야, 답답한 마음이 터지기 일보 직전이 되어서야, 겨우 털어놓는 게 강리원이란 사람이었다. 그것을 누구보다 잘 아는 미영은 결코 보채지 않았다. 그저 조용히 곁에서 기다려 줄 뿐.

"오지 산간이라 좋은 점도 있네. 일단 공기가 아주 상쾌하고 하늘의 별이 진짜 예쁘게 반짝인다. 별 제대로 본 거 정말 오랜만인데. 그치?"

"응. 그러게……. 사느라 바빠서 하늘 쳐다볼 시간도 없었어."

두 사람은 잠시 근처의 바위에 맥주 캔을 올려놓고는, 고개를 들어 한참이나 새카만 하늘을 감상했다. 주변에서 낮게 울리는 음악 소리와 사람들의 웅성거림. 풀벌레 소리와 간질간질 스쳐 가는 초여름의 바람. 아무에게도 방해받지 않는 분위기 속에서 이윽고 리원의 무거운 입술이 스르르 열렸다.

"미영아."

"응. 말해."

"저기, 이건 내 친한 후배 이야긴데……."

드디어 고민거리를 털어놓을 작정인 걸까. 친한 후배 이야기는 결코 아니겠지만, 미영은 벌써 그녀의 말을 들어 줄 마음의 준비가 되어 있었다.

"얼굴만 알고 지내던 남자가 계약 연애라는 걸 제의했대. 그렇게 된 과정을 자세히 설명해 줄 순 없지만, 사정상 그렇게 하는 게 가장 좋은 방법 같긴 하다는데……. 과연 많은 문제들을 감당하면서까지 받아들여도 괜찮을지 엄청 고민하고 있더라고."

고개를 끄덕이며 리원의 설명을 들어 주던 미영의 미간 살짝 찌푸려졌다.

"뭐? 계약 연애? 로맨스 소설이나 드라마에서 보던 그 계약 연애 말하는 거야?"

"응. 맞아. 그런 거."

"이해가 안 되네. 연애면 연애지, 계약 연애는 또 뭐람?"

"그거야 당연히 서로 연애하고픈 감정이 단 1%도 없으니까!"

리원은 발끈 솟아오르는 흥분을 감추지 못하고 두 주먹을 꽉 쥔 채 작게 소리 질렀다. 그녀의 예민한 반응에 미영의 두 눈이 자세히 관찰하듯 가늘게 뜨였다. 미영의 꾹 닫힌 입에서 묘한 비음이 새어 나왔다

"으음……."

"절대 오해하지 마! 소설이나 드라마처럼 로맨스가 있을 가능성은 제로에 가깝대! 정말 말 그대로 철저한 계약 관계에 의해 연애하는 척만 하는 거래."

"…로맨스가 전혀 없다고? 음……."

미영의 표정이 얄궂게 구겨졌다. 그녀는 의미심장한 눈초리로 리원을 뚫어져라 가만히 응시했다. 묘한 절친의 눈빛에 뭔가 찔리는 게 있는 건지, 리원이 애써 눈동자를 다른 곳으로 돌리며 괜스레 머리카락을 귀 뒤로 쓸어 넘겼다.

"그래서 리원아. 그 후배라는 애가 계약 연애를 하게 되면 생기는 그 문제라는 게 뭔데?"

"음……. 사생활이 없어질 수도 있지 않을까? 일거수일투족이 사람들의 입에 오르내릴 수도 있고……. 공개적으로 해야 하는 계약 연애라 아무래도 여러 가지로 리스크가 크겠지."

"상대가 되게 유명인인가 봐? 사생활이나 공개 연애라는 말이 나오는 걸 보면."

"어? 으응……. 그런가 보더라고. 준연예인급인 공인? 그 정도는 되나 봐."

"그래? 그럼 그 단점을 상쇄시킬 만한 장점은?"

"으음……. 돈?"

"돈? 하긴……. 계약의 일종이니 돈이 제일 깔끔하긴 한데……. 얼마나?"

"아마도……. 아주 많이?"

보수가 아주 많을 수도 있다는 리원의 말에 과연, 미영의 고개가 위아래로 확실히 끄덕여졌다. 이미 반은 계약 연애에 대해 긍정적인 의견으로 돌아선 것 같았다. 그리고 잠시 생각하는 듯하던 그녀가 리원에게 마지막 질문을 던졌다.

"그럼 제일 중요한 질문인데. 그 후배는 계약 연애를 할 상대에게 얼마나 마음이 있는 거래?"

"아, 아냐. 그런 거 아니라니까? 로맨스가 없을 예정이라고 했잖아! 엉뚱한 마음 같은 거 전혀 없대. 상황이 상황이다 보니 어쩔 수 없는 것일 뿐이라 그랬다고!"

"그래, 그건 잘 알겠는데. 아무리 그래도 계약 연애라면, 필요에 따라 데이트나 가벼운 스킨십이 필요한 상황도 생길 텐데. 그런 걸 싫은 사람하고는 할 수 없지 않니? 다른 의미가 아니고 그래서 묻는 거야."

"…하긴. 그렇겠네. 네 말을 듣고 생각해 보니."

리원이 심각하게 고민에 빠졌다. 딱 봐도 '아는 후배'의 이야기가 아니라 '본인'의 이야기인 게 너무나도 티가 나는데, 미영은 끝까지 모른 척해 주었다. 그런 제 친구가 귀엽다는 듯 미영은 자꾸만 위로 휘어져 올라가는 입꼬리를 내리느라 무척 애를 먹었다. 한참 스스로의 마음에 대해 파악하던 리원이 볼을 약간 붉힌 채 손을 배배 꼬며 속삭이는 듯한 음성으로 대답했다.

"음……. 아마……. 걔도 상대 남자가 싫지는 않다고 그랬던 것 같

아. 외모가 워낙 예술이라서 눈이 제대로 박힌 사람이라면 시선이 저절로 갈 수밖에 없다고……. 게다가 성격도 좋아서 어딘가 멋진 것 같다고도 했어."

"흐음. 그래?"

"그런 것도 호감의 일종일까? 조금은 신경 쓰이고 가끔 생각도 난다는 것 같아."

"당연하지! 고민할 거 뭐 있어? 상대도 마음에 들겠다, 충분한 대가를 지불하겠다는 확답도 받았겠다. 어차피 계약 연애를 받아들이는 게 여러 가지 정황상 가장 좋은 방법이라며?"

"으응. 그건 그렇지."

"그럼 답은 정해져 있는 거네. 그런데도 뭘 그렇게 고민하는 거래? 혹시 다른 이유가 있는 건 아니래?"

미영의 말에 어느 정도 공감하던 리원의 밝던 표정이 급작스럽게 어두워졌다. 그녀는 고개를 약간 아래로 숙이며 씁쓸한 웃음을 지었다.

"그러게……. 그게 정답이긴 한데, 후배가 사실은……. 조금 두려운 게 있나 봐."

"뭐가 두려운 건데?"

"혹시 빠져들까 봐. 지금은 조금 신경 쓰이는 정도고, 진심으로 연애하거나 그럴 마음이 전혀 없지만……. 남녀의 일이란 게 모르는 거잖아."

"그렇지. 남녀 일이란 건 예측할 수 없는 범위니까."

"그러니까. 가짜 연애를 하면서 붙어 다니다 보면 정들까 봐, 그러다 그 사람과 진짜 연애를 원하게 되면 어쩌나 하는 두려움 같은 거. 사실은 걔가 실연당한 지 얼마 되지 않아서 아직은 마음의 여유가 없거든."

"흐응……. 겁쟁이구나? 걔."

"그, 그런가?"

"응. 이해가 되기도 하지만……. 다른 건 다 제쳐 두고 단도직입적으로, 걔는 이 기회를 놓치고 후회하지 않을 자신이 있대?"

"그건……. 아닐걸."

"그럼 잡아야지. 미래를 미리 걱정하는 거 안 좋은 버릇이다? 그렇게 걱정이 많다 보면 정작 중요한 걸 하나도 하지 못하게 되거든. 다 놓치고 나서야 후회하겠지."

"그렇구나……."

미영은 가벼운 한숨을 내쉬며 멍하니 생각에 잠긴 리원의 옆모습을 지켜보았다. 하여간, 사회생활 할 때는 그렇게나 똑 부러지는 애가, 연애 문제만 들이닥치면 이렇게나 중심을 못 잡고 흔들린다. 물론 연애 경험이 적어서 그런 것도 있겠지만 결국은 성격이겠거니 싶었다. 미영은 리원의 어깨에 손을 올려 토닥여 주었다.

"그 후배인가 하는 애한테, 깊이 생각하지 말고 당장 마음 가는 대로 행동해 보라고 조언해 줘. 어떻게 보면 자신을 새롭게 바꿀 수 있는 좋은 기회일 수도 있잖아? 두려움에 밀려 놓친 뒤 후회하지 말고."

친구의 진심 어린 조언에 리원의 가슴 한구석이 찡하게 울려 왔다. 혼란스럽던 마음과 머릿속이, 대단히 맑아지는 것 같은 기분을 느꼈다. 리원은 고개를 끄덕이고는 별이 반짝반짝 빛나는 새카만 하늘을 올려다보았다.

'그래. 맞아. 난 부사장님이란 사람이 두려웠던 거구나. 내가 그 사람에게 혹시나 다른 마음을 품게 될까 봐 무의식적으로 피하고 있었던 거구나……'

하지만, 한번 해 보자. 두려워하지 말고. 다가올 미래에 어떤 일이 펼쳐질지는 아무도 모르는 거잖아? 결심을 굳힌 리원의 입가에 희미한 미소가 지어졌다.

□ ◆ □

"누굴 그렇게 보고 있어?"

한참 전부터 창가에 서서 무언가를 보던 태건의 곁으로, 김 비서가 조용히 다가가 나란히 섰다. 태건은 한 손을 바지 주머니에 찔러 넣은 채, 다른 손으론 호박색의 위스키 잔을 들어 한 모금 삼켰다. 분명, 시선은 창밖의 누군가를 보고 있으면서 무심한 듯 부정했다.

"아냐. 아무것도."

"흐음……"

가장 전망 좋은 방인 이곳은 야외의 풍경이 한눈에 들어온다. 야외에 마련된 바비큐장에는 깊어 가는 시간임에도 불구하고 많은 사람들이 모여 있었다. 김 비서의 시선이 저절로 태건의 시선이 꽂힌 곳으로 따라갔다. 그 시선의 끝에는 커다란 바위에 앉아서 하늘을 하염없이 바라보고 있는 리원의 모습이 있었다. 잠시 말을 잊은 채 조용히, 태건과 함께 그녀의 모습을 지켜보던 김 비서가 물었다.

"강 팀장, 좋아하는 거야?"

"…그런가?"

"아니면 그냥 호감?"

"글쎄……. 나도 그 정도를 잘 모르겠으니 그게 문젠데……. 분명한 건 자꾸만 생각나고 신경 쓰인다는 거야. 나도 모르게 그녀가 있는 곳으로 가 있더라고."

"그건 이미 호감을 넘어선 단계 같은데. 그걸 몰라?"

"후……. 그래? 그럼 그런가 보지."

피식, 입가에 엷은 웃음을 지은 태건이 얼음과 위스키가 가득 담긴 잔을 가볍게 흔들었다. 그는 약간 취한 듯 보였다. 절친을 한 번 힐끗, 곁눈질한 김 비서가 난감하다는 한숨을 내쉰 뒤 다시 입을 열었다.

"하여간 생긴 건 선수처럼 생겨 가지곤……. 네놈한테 정상적인 대답을 기대한 내가 바보지. 게다가 뜬금없이 웬 계약 연애야? 연애면 그냥 연애지."

"신중을 기하는 거야. 리원 씨가 도망갈까 봐."

"왜 도망갈 거라고 생각해?"

"…항상 그게 보였거든. 틈만 나면 도망가려는 모습. 게다가 전 애인과 헤어진 지 그다지 오래되지도 않았고."

"그럴수록 강하게 밀어붙여야지. 남자답게. 박력 있게."

"그럴까도 생각해 보지 않은 건 아냐. 그런데……. 왠지 그런 느낌이 강하게 들었어. 누군가를 받아들일 준비가 되어 있지 않은 상태라는 거. 무작정 밀어붙인다고 해서 원하는 답이 나오는 건 아니잖아. 사람 마음이란 게……. 그렇게 쉽게 움직여지는 건 아니니까."

"작전이라도 있는 거야?"

"혹시 모르지. 계약 연애를 하다 보면 정이 들어서, 정말로 그녀가 나에게 와 줄지."

"하긴……. 내 생각에도 아예 틀린 말은 아냐. 아무래도 이것저것 함께하며 시간을 보내다 보면 정도 들고 그런 법이니까. 얼렁뚱땅 연인들만 할 수 있는 이런 거, 저런 거, 다 해 볼 수도 있겠지."

역시 계략적이야. 다행히 전혀 계획이 없던 것은 아니었나 보군. 의외로 차근차근 잘해 나가고 있는 친구의 모습이 완벽하진 않지만 제법 마음에 들었다.

"그럼 계약 연애란 그건 하기로 한 거야?"

"아니. 아직. 대답을 못 들었어."

"진짜 답이 없네. 너나 그 강 팀장이나 소꿉놀이하는 것도 아니고 말이야. 둘 다 성인이고, 서로에게 호감이 있는 것 같은데 그냥 확 저지를 순 없는 거냐?"

"하……. 아니라니까. 착각이야. 아직 멀었어. 리원 씨와 나는."

김 비서는 영문을 모르겠다는 듯 고개를 시큰둥하게 갸웃거렸다. 도대체 왜 모르는 거지? 아무리 봐도 둘 다 서로에게 마음이 있는 것 같은데. 남들이 보기엔 분명 핑크빛 기류가 흐르는 확실한 청신호 같은데, 정작 본인들만 모르는 것 같았다.

'이거……. 답답해서 원. 결국 내가 나서서 좀 도와줘야 쓰겠군. 저대로 가만히 놔뒀다가 전부 늙어 죽겠어.'

그들의 더딘 속도가 마음에 들지 않았다. 결과는 분명 나와 있고, 누구 하나 마음먹고 일만 저지르면 끝인데. 김 비서는 그 사고를 치는 사람이 태건이길 바랐지만 당분간은 그저 조용할 것 같은 분위기다. 그래서 그는 기민하게 머리를 굴리기 시작했다.

□ ◆ □

다음 날, 토요일 오후에는 많은 사람들이 리조트의 시설을 직접 이용해 보는 시간을 가졌다. 이 리조트의 설립 목적인 스키장과 썰매장이 겨울 전용 스포츠라, 그 외의 계절에 즐길 수 있는 여러 부가 시설들이 실험차 임시로 마련되어 있었다. 200여 명의 협력 업체 직원들이 부가 시설들을 우선 체험한 후, 선호도와 개선점 등을 협력 업체별로 상세히 리뷰하라는 임무가 떨어졌다.

숲속에 마련된 미니 동물원, 이색적인 카페들과 도서관, 전시, 체험, 각종 공연 등. 결국엔 업무의 연장이나 마찬가지였지만 수많은 즐길 거리 덕분에, 대부분의 직원들이 일이라는 것을 잊을 정도로 즐겁게 시간을 보내고 있었다.

"이 정도의 즐길 거리라면 과연 리모델링 효과와 맞물려 굉장한 화제가 될 것 같아요."

"저도 그렇게 생각해요. 키즈 카페랑 작은 놀이시설도 곳곳에 있고……. 가족 단위 여행객들의 입맛에 딱 맞는 프로젝트라고 생각합니다."

"맞아. 내가 가정을 이룬 부모라면 최소 2박 3일 이상은 진득하게 즐길 텐데……. 산속에 있어서 공기도 좋고. 고속도로랑 멀지 않아서 접근성도 괜찮으니까."

"그러니까요. 리조트 안에서 모든 게 다 해결 가능해서 무척 편리하네요. 카페와 음식점만 해도 여러 군데 있어서 골라 가는 재미도 있고요. 이런 곳은 처음이에요. 정말 맘에 들어요."

"하지만 연인들은요? 원래 이 리조트의 설립 목적이 스키장과 썰매장이라, 겨울 이외에는 커플들이 즐길 거리가 좀 부족하다는 생각이 들지 않아요? 이색 카페들이 많은 것이 장점이긴 하지만……. 너무 가족 위주 같다는 생각이 들어서요."

팀의 여직원이 자신의 의견을 어필하며 고개를 갸웃거리자, 일부 직원들과 리원 또한 그녀의 말에 동의했다.

"그리고 보니……."

"날카롭게 잘 지적했어. 가만히 생각해 보면 겨울 시즌을 제외한 나머지 시설들이, 가족 단위 고객들을 위한 프로그램으로 위주로 짜여 있어. 분명 이 프로젝트의 목적에는 가장 가깝긴 한데 뭔가 살짝 아쉬운 점이 있긴 했거든."

"아아……. 그리고 보니……. 그럼 연인들을 위한 코스를 조금 추가한다면 어떤 게 가장 좋을까요? 누구 빛나는 아이디어 구상하신 분?"

리원은 누구보다 사업적인 측면에서 보는 눈이 뛰어났다. 평범한 누군가가 전혀 생각하지 못한 단순한 것들을 척척 생각해 냈다. 여유로운 웃음을 입가에 흘리며 팔짱을 낀 리원이 자신의 의견을 내놓았다.

"조금만 생각해 보면 답이 나오지. 연인들의 단골 코스인 영화나 공연 등을 제외한 계절별 데이트는 어떤 게 가장 인기가 많지? 봄엔 벚꽃 구경 가고, 여름엔 바닷가나 워터파크에 가지 않을까? 가을에는 단풍이 예쁘게 핀 거리를 거닐며 데이트할 거고."

"와아. 맞아요. 영화나 공연을 보기도 하지만 그건 항상 하는 거니까 지루하죠."

"그 부분을 파고들어서 계획을 추가해 보면 어떨까? 사계절을 다 담는 리조트라면 괜찮지 않겠어?"

"말로만 들어도 굉장히 로맨틱하네요."

"거기다 밸런타인데이, 화이트데이를 연결 지어서 이벤트를 구상하는 것도 나쁘지 않을 것 같아."

과연 귀가 솔깃해지는 아이디어였다. 리원의 말을 차분히 듣고 있던 나머지 직원들도 고개를 끄덕이며 긍정적인 반응을 보였다. 리원은 턱을 만지작거리며 태건의 모습을 떠올렸다. 워터파크와 각종 시설들을 추가하기 위한 프로젝트를 처음 추진한 사람이 태건이라는 말을 들었다. 그녀가 보기에도 프로젝트의 시작부터 진행 과정까지, 무엇 하나 칭찬하지 않을 것이 없었다. 과연 대단한 사람이었다.

"부사장님께서 그걸 잘 간파하신 거야. 그런 이유로 소형 워터파크를 새로 설립할 목표를 세우신 걸 거고. 다들 사업 계획을 들어 봐서 알겠지만, 기다란 벚꽃 산책로도 계획하고 계시더라고. 아마 리모델링하고, 산책로에 워터파크까지 만들면 장기적으로도 꽤 괜찮을 거야."

"역시 그 자리에는 아무나 앉는 게 아닌가 봐요. 대단해."

"하지만 난 우리 팀장님 아이디어가 더 좋은 것 같아. 밸런타인데이와 화이트데이를 잇는 이벤트라니. 꽤 괜찮다고 봐."

칭찬에 익숙하지 않은 리원은 몸 둘 바를 몰라 눈동자를 이리저리 굴렸다. 헛기침으로 상황을 모면한 리원이 주위를 둘러보며 누군가를 찾았다.

"그런데……. 아까부터 임 대리가 보이질 않네. 누구 본 사람 없어?"

"글쎄요. 30분 전쯤 어딘가로 외출하시는 것까진 봤는데 그 이후로는 모르겠어요."

"그래? 전화를 한번 해 볼까?"

리원은 미영에게 전화하기 위해 휴대폰을 들었지만 금방 놓아 버렸다. 오후 스케줄은 리조트 시설 체험뿐이었기에 아직 시간적인 여유가 있었기 때문이었다. 개인적인 사정이 있다면 방해하고 싶지 않은 마음이 들었다. 리원은 손을 들어 가볍게 손뼉을 치며 밝은 음성으로 소리쳤다.

"자 자, 우리가 이 아까운 체험 시간에조차 일하고 있는 기분을 느낄 순 없지! 아이디어는 다 나왔고, 대략적인 분위기 파악도 끝났으니, 지금부터 시설들을 제대로 만끽합시다. 나중에 다시 만나! 일단 해산!"

그녀의 외침이 끝나기가 무섭게 팀원들이 제각기 다른 방향으로 흩어졌다. 해산하기를 기다리고 있었던 것이다.

□ ◆ □

한편 그 시각의 다른 장소. 미영은 리조트 내의 특실 중 한 곳의 거실 소파에 앉아 있었다. 그녀는 테이블 위에 놓인 커피 잔을 조심스레 들어, 여유롭게 향을 맡았다.

그 향기로운 공간 안에 있는 사람은 비단 그녀 혼자만이 아니었다. 그녀의 맞은편에 앉아 함께 티타임을 즐기고 있는 이는 다른 누구도 아닌, 바로 김 비서였다. 그는 뜨거운 아메리카노의 맛을 살짝 음미한 뒤에야 미영에게 자신의 목적을 슬쩍 꺼내 보였다.

"임 대리님. 제가 오늘 잠시 뵙자고 청한 것은, 지극히 사적인 일 때문입니다. 염치 불구하고 이렇게 도움을 청하게 되었군요."

"…네. 대충 눈치는 채고 있었어요. 솔직히 저와 김 비서님이 일적으로 만나 대화할 일은 거의 없으니까요. 일에 관련된 이야기였다면 강리원 팀장님과 하지 않으셨겠어요?"

"역시 눈치 백 단이십니다. 그걸 알고도 이렇게 자리해 주신 거라면, 도움을 주실 거란 긍정적인 의미로 받아들여도 괜찮을까요?"

"일단 들어 봐야겠지만……. 무리하지 않는 선에서라면요. 무슨 일이시죠?"

김 비서는 잠시 머뭇거렸다. 과연 이 정도로까지 사적인 문제에 도움을 청해도 괜찮을지, 고민됐다. 하지만 곧, 홀로 늙어 죽을 것 같았던 절친을 위한 일이라며 마음을 다잡고 미영에게 이야기를 꺼내 놓기 시작했다.

"듣기로는 임 대리님께서 강 팀장님과 개인적으로도 친분이 있다고 하던데……. 맞습니까?"

"네. 정확한 정보예요. 저와 리원이는 둘도 없는 친구거든요."

"그렇다면 아마 제가 무슨 이야기를 하려는지도 잘 아실 것 같습니다만."

"음……. 혹시 부사장님과 리원이 이야길 하시려는 건가요? 두 사람이 나름대로 서로에게 마음이 있다는 것 정도는 저도 눈치껏 알거든요."

"예. 맞습니다. 그걸 의논드리고 싶었습니다."

"혹시……. 두 사람을 이어 주자는 뭐 그런 진부한 말씀은 아니시겠죠?"

역시나 미영은 정곡을 찌르는 무언가가 있었다. 웃으며 그리 말하는데, 순식간에 속내를 들켜 버린 김 비서는 커피를 마시다 그만 사레가 들릴 뻔했다. 몇 번 목을 가다듬기 위해 헛기침을 해 대던 그가 안주머니에서 손수건을 꺼낸 뒤 입 주위를 닦았다.

"흐흠. 흠. 다른 게 아니라 그저 친구로서 안타까운 마음에 이야기를 꺼낸 건데, 제가 좀 오지랖인 겁니까?"

"네. 맞아요, 오지랖. 두 사람 다 나이 먹을 만큼 먹은 성인들인데, 어련히 알아서 하지 않겠어요?"

"예. 저도 그럴 줄 알았습니다만. 어련히 알아서 하지를 못해서 하는 말이었습니다."

"리원이는 그렇다 쳐도 부사장님 정도라면……. 연애 한두 번 해보신 것도 아닐 텐데요? 소극적으로 보여도 다 생각이 있는 게 아닐까요?"

"그게 참……."

미간을 살짝 찌푸린 김 비서가 자신의 턱을 매만졌다. 미영은 그에게서 어떤 대답이 나올지 궁금한 나머지 목구멍으로 마른침을 꿀꺽 삼켰다. 잠시 뜸을 들인 그에게서 나온 대답은 의외의 내용이었다.

"사실은 부사장님이 보기와는 다르게 연애 경험이 아주 적어서요."

"네에? 아아……."

미영이 생각한 태건의 이미지와 너무 달라, 사실 그녀는 조금 놀랐다. 겉보기엔 완전 그 반대로 느껴지는데……. 여유로운 행동들과 웃음. 어딘가 흑심이 가득해 보였던 모습들에서 계획적으로 리원을 손안에 두고 노는 듯한 느낌을 받았던 적이 있었다.

하지만 그것은 착각이었나 보다. 연애 경험이 적은 사람이 과연 그렇게 일관되게 여유로운 태도를 취할 수 있을까? 그것도 강리원이란 보통이 아닌 사람을 그렇게나 흔들면서 말이다. 만약 그 모든 게 본능에서 흘러나온 것이라면 타고난 계략꾼임에 틀림이 없었다. 미영이 한창 생각에 잠겨 있는데, 슬쩍 눈치를 살핀 김 비서가 그녀를 설득하기 위한 말을 이었다.

"어젯밤 대화를 조금 나눠 봤지만, 강 팀장이나 우리 부사장님이나 답답한 면이 없지 않아 있습니다. 결국엔 어쩔 수 없이 서로에게 끌리는 수순을 밟고 있지만 둘 다 자신의 마음을 인정하려 들고 있지 않아요. 이대로는 시간을 끌고 있는 것밖에 안 됩니다. 답답해서 원……."

"그 부분은 동의해요. 자극적인 사건이 터지지 않는다면 아마도 두 사람은 몇 달 후에도 그저 제자리걸음이겠죠?"

"…조금 불을 붙여 줄 필요가 있지 않겠어요?"

"흐음……. 저도 두 사람이 잘되길 바라는 입장이긴 해서요. 그렇다면 혹시 좋은 계획이라도 있는 거예요?"

"진부하지만 확실한 효과를 볼 수 있는 방법이 있긴 하죠."

"오오. 어떤 방법이죠? 살짝 귀띔을 좀……."

그는 이미 방법을 다 강구해 놓은 상태였다. 철저한 계획 아래 누군가의 작은 도움이 조금 필요했던 것이고, 처음에는 이 작전에 딱히 관심이 없어 보였던 미영도, 제법 재미가 들렸는지 눈을 빛내며 호기심을 드러냈다. 그런 그녀의 반응에 만족한 김 비서가 묘한 웃음을 지으며 자신의 턱을 매만졌다.

"아주 은밀하고도 좋은 장소가 있습니다. 격리되기 딱 좋은 장소죠."

그리고 마치 아주 재미난 놀이를 앞둔 어린아이처럼, 짓궂은 웃음을 지었다.

□ ◆ □

그날 밤. 어둠에 잠긴 밤의 숲길 사이를 걷는 여자가 있었으니.

"휴……. 도대체 이 깊은 산속에서 무슨 과자 파티를 한다고 오라는 거야?"

리원은 휴대폰을 만지작거리다 미영에게서 온 메시지를 다시 한번 확인했다. 분명 내비게이션 앱으로 미영이 보내 준 위치를 제대로 찍어 가고 있는 건 맞는데……. 어째 점점 더 깊은 숲속으로 들어가고 있는 것 같은 착각이 든다. 모기는 들끓고, 목적지는 보이지 않고, 게다가 주변은 위험해 보이기까지 해서 몇 번이나 되돌아갈까 고민하던 찰나.

"우와. 어떻게 이런 험한 숲속에 이런 집이 있지? 예쁘다."

어느새 눈앞에 나타난 예쁜 통나무집을 보자마자 그동안의 불평과 불만이 쏙 들어가 버렸다. 통나무집 전체를 둘러싼 무지개색 조명을 보자 저절로 감탄사가 흘러나온다. 정말 아기자기하고 예쁜 숲속의 통나무집이었다. 이건 마치 헨젤과 그레텔 동화 속의 과자 집 같은 느낌이 들었다. 리원이 기대에 찬 발걸음으로 통나무집의 작은 마당에 들어섰다.

끼이익— 통나무집의 현관문을 여는 소리가 울렸다. 제법 소리가 크게 울렸음에도 불구하고 안에서 전혀 인기척이 들리지 않는다. 리원은 조심스럽게 걸음을 옮겨 통나무집 내부를 들여다보았다. 바깥에서 언뜻 보기엔 건물 외관이 굉장히 작아 보였는데, 의외로 안은 공간이 널찍했다.

따로 방이 마련되어 있는 것은 아닌 듯했다. 어딘가로 통하는 작은 문이 딱 하나 있었는데 아마도 욕실인 것 같았고, 그 외에는 전형적인 원룸의 구조를 닮아 있었다. 가장 왼쪽에는 작은 주방과 식탁이, 리원이 서 있는 현관 맞은편에는 욕실로 통하는 문이 있었고, 오른쪽에는 좌식 소파와 테이블, TV, 그리고 그 옆의 창가 아래에는 침대가 놓여 있었다. 그게 이 통나무집 안의 전체 구조였다. 그중에서도 가장 눈에 띄게 리원의 시선을 사로잡는 것이 있었으니.

"와. 진짜 제대로 파티할 건가 보네. 아담하게 잘 꾸며 놨잖아?"

좌식 소파와 침대 주위가 딱 봐도 아담한 소규모 파티를 위해 예쁘게 꾸며져 있었다. 헬륨 풍선뿐만 아니라 방 한쪽에 세워진 미니 트리, 내부를 둘러싼 작은 전구 장식들이 은은하게 불을 밝히고 있었고 각종 과자와 빵, 과일, 심지어 값이 꽤 나가 보이는 와인과 맥주 등이 잔과 함께 테이블에 세팅되어 있었다. 리원은 그것들을 좀 더 가까이에서 보기 위해 현관에서 신발을 벗었다. 그 순간.

"응? 이건……."

이제야 그녀의 눈에 띈 물건이 있었다. 누군가가 현관에 벗어 놓은 새하얀 운동화. 그것을 보자 일순 번개처럼 리원의 뒤통수를 가로지르는 생각이 있었다.

'이상하네. 분명 여직원들끼리 과자 파티 한다고 했는데.'

운동화는 단 한 켤레에 사이즈까지 엄청나게 거대했다. 마치 덩치가 큰 남자의 것처럼.

'아직 다들 도착을 안 한 건가? 그럼 이 신발은 누구 거지?'

그리 생각하면서 고개를 갸우뚱거리며 미간을 찌푸리던 찰나.

벌컥! 하는 소음과 함께 욕실 문이 열렸다. 열린 문틈으로 뜨거운 열기와 함께 하얀 수증기가 뿜어져 나오자, 리원의 시선이 절로 그쪽으로 고정되었다. 소란스럽게 모습을 드러낸 사람은 전혀 예상치 못했던 뜻밖의 인물이었다.

"어……? 부사장님?"

"강리원 씨?"

두 사람 모두 눈이 휘둥그레진 채 얼어붙은 듯 자리에 서서 서로를 바라보았다. 잠시 사고가 정지되었다. 어떻게 만나기로 했던 사람들은 흔적 하나 없고, 난데없이 저 남자가 나타난 걸까. 그것도 이런 깊고 음습한 숲속의 통나무집에서.

이 리조트야 영광 기업의 소유이니 태건이 이 통나무집에서 여유를 즐기고 있는 게 딱히 이상하진 않았다. 단지 어째서 하필 오늘, 이시각, 이 장소냔 말이다. 리원이 자초지종을 묻기 위해 한 걸음 더 앞으로 나아갔다. 그리고 욕실 앞에 선 태건의 모습이 온전히 그녀의 눈에 들어오자, 뒤늦게 리원의 두 눈이 튀어나올 듯 거대해졌다.

"꺄아아아아악!!"

깜짝 놀라 내지른 비명은 옵션이었다. 복잡한 상념에 잠겨 있느라 그가 어떤 차림인지 미처 깨닫지 못한 탓이었다. 태건은 반나체 상태라 해도 과언이 아니었다. 그나마 아래는 허리에 대형 타월을 둘러 가렸지만, 상체는 온전한 자연의 모습 그대로였다. 리원은 잽싸게 손을 올려 두 눈을 가리며 소리 질렀다.

"뭐, 뭐예요! 그 차림은! 왜 옷을 제대로 안 입고 나온 거냐고요!"

그러면서도 은근슬쩍, 손가락의 틈새를 벌려 제 앞에 선 남자의 발가벗은 상체를 훑어 내렸다. 넓은 어깨 아래 울퉁불퉁한 팔, 적당히 부풀어 오른 탄탄한 가슴, 그림을 그려 놓은 듯한 완벽한 복근까지. 당황스러운 상황과는 별개로 참으로 훌륭한 몸매였다. 이미 본 적이 있는 몸이었지만 새삼스레 속으로 감탄사가 흘러나왔다.

'엄청 바쁠 텐데 운동할 시간은 있나 봐? 아무리 봐도 공들여 관리한 몸매 같은데.'

갈라진 가슴 근육 사이로 미처 마르지 못한 물방울이 주르륵 흘러내렸다. 꿀꺽. 리원의 목구멍으로 마른침이 넘어갔다.

너무 대놓고 관찰한 건가. 리원이 스스로의 상태를 뒤늦게 깨닫고는 휙, 하고 고개를 돌리자 그가 헛웃음을 터트렸다.

"하아……. 내 차림을 탓하는 사람치고는 아주 은밀하게 관람 중이군."

"네? 저보고 하신 말씀이세요?"

"혼잣말입니다."

"혹시 씻었어요? 왜 여기서 샤워를 해요?"

"오면서 조금 헤매느라 땀을 많이 흘렸습니다. 찝찝한 걸 못 참아서."

"그건 그렇고 도대체 왜 여기 계신 거죠?"

집주인에게 하는 질문으로는 좀 이상한가? 두 사람 중 그나마 여기 있어도 이상할 것 같지 않은 남자에겐 다소 황당한 질문이었다. 그가 팔짱을 낀 채 고개를 한쪽으로 기울이며 물었다.

"나도 같은 질문을 하고 싶습니다만. 강 팀장이 왜 여기 있습니까?"

"제, 제 친구 미영이……. 아니, 우리 임 대리랑 다른 여직원들은 전부 어디 갔어요? 여기서 만나기로 했거든요."

"…그건 잘 모르겠고. 나야말로 들이닥쳐야 할 사람이 강리원 씨가 아닌, 우리 김 비서입니다만."

"아아……."

"흐음."

그제야 두 사람은 사건의 전말을 눈치껏 파악했다. 서로의 절친에게 속아 넘어갔다는 것을 말이다. 어쩐지 뭔가 수상하다 했어. 이제와 생각해 보니 파티 같은 건 함께 묵는 룸에서 해도 괜찮지 않은가. 굳이 이 밤에, 이 깊은 산속의 통나무집까지 올 필요가 없는 것이었다. 그저 단순하게 색다른 경험을 하고 싶어서라는 궤변을 대수롭지 않게 넘겼던 게 화근이었다.

누가 먼저 시작한 작전인지는 알 수 없었다. 전혀 접점이 없을 것만 같은 김 비서와 미영의 콜라보라니. 속아 넘어갈 수밖에 없는 조합이었다.

'하아. 두고 보자 임미영.'

속으로 이를 갈고 있던 리원은 문득 저에게 닿는 뜨거운 시선을 느꼈다. 아직 그 차림 그대로, 팔짱을 끼고 있는 태건이 그녀를 뚫어져라 쳐다보고 있었다. 사람이란 게 참으로 본능적인 것이, 그의 눈을 봐야 하는데 자꾸만 눈길이 저절로 몸으로 갔다.

애써 시선을 다른 곳으로 고정하려던 리원이 낮은 한숨을 내쉬었다. 남자의 몸을 처음 보는 건 아니었지만, 이제 겨우 호감이 있다고 스스로 인정한 상대의 몸을 계속 보고 있는 게 민망했다.

"저기……. 이제 그만 옷 좀 입어 주실래요? 눈을 어디다 둬야 할지……."

"…감상은 끝났습니까?"

"네? 감상이라니요! 그건 오해……."

리원의 얼굴이 확 붉어졌다. 마치 나쁜 짓을 하다 들키기라도 한 것처럼. 아랫입술을 꽉 깨문 채 강아지 같은 눈으로 그를 올려다보니, 그새 장난기 가득한 표정으로 능글맞은 미소를 짓고 있었다.

아, 맞다. 이 남자는 이런 사람이었지. 하도 장난기가 많고 자주 놀려 대서 어디서부터 어디까지가 진심인지 알 수 없는 남자. 리원이 고개를 푹 떨어트리자 꾹 닫혀 있던 남자의 입술이 서서히 열렸다.

"잠시 뒤돌아서 주겠습니까? 부탁대로 옷을 입어야 해서."

그가 한쪽 입꼬리를 위로 얄궂게 올리며, 허리춤에 두른 타월의 매듭으로 손을 가져갔다. 휘둥그레진 리원의 눈동자가 그의 손에 꽂혔다. 태건이 천천히 매듭을 풀고 있었다. 그의 하체를 감싸고 있는 타월이 벗겨지기 일보 직전, 깜짝 놀란 리원이 몸을 홱 뒤로 돌렸다. 심장이 미친 듯이 빠르게 뛰었다. 놀란 가슴을 진정시키던 리원의 귓가에 나른한 남자의 음성이 닿았다.

"미안한데."

마치 속삭이는 듯한 남자의 낮은 목소리. 두근두근. 떨리는 심장을 애써 억누르며 다음 말을 기다렸다.

"거기 내 옷 좀 줄래요?"

리원이 고개를 살짝 돌려 주위를 둘러보았다. 그러다 벽에 걸려 있는 남자의 흰색 티셔츠와 베이지색 면바지를 찾았다. 몇 걸음 움직여 옷들을 집어 든 그녀는 의식적으로 뒤돌아보지 않기 위해 노력했다. 조금 우스운 꼴이긴 했지만 뒷걸음질로 걸어가 옷을 뒤로 휙, 던져 주었다.

사라락, 사락. 옷을 주워 입는 소리가 조용한 공간에 적나라하게 울렸다.

한데 그게 왠지……. 야릇하게 들리는 것은 무슨 이유에서일까. 묘하게도 그가 옷을 입고 있는 장면이 머릿속에 그려졌다. 종류를 따지자면 나쁜 상상이랄까. 귀까지 빨개진 리원이 격하게 도리질 쳤다.

'휴……. 변태도 아니고 남자 옷 입는 소리가 야릇하게 들리다니. 이거 병이다.'

그러다 문득, 옷은 건네줬는데 거기에 속옷이 없었다는 사실이 떠올랐다. 그에게 물어야 하나 한참 고민하던 리원이 결국 참지 못하고 입을 열었다.

"그, 그런데 속, 속옷은……."

"…지금 내 속옷 사정까지 걱정해 주는 겁니까?"

"그야 제가 속옷은 건네주지 않았으니까요……. 찾아 드릴까요? 어디쯤에 벗어 놓으셨나요?"

스스로가 말을 꺼내 놓고도 민망했다. 방 안에 일순 정적이 흘렀다. 속옷을 찾아서 건네준다니. 그런 말을 하다니. 쥐구멍이라도 있으면 들어가 박혀 있고 싶은 심정이었다.

"내 속옷 걱정은 안 해도 됩니다, 강리원 씨."

대화 중에 불쑥, 리원의 볼에 뜨거운 입김이 닿았다. 흠칫 놀란 리원의 양쪽 어깨가 들썩였다. 옷을 모두 갖춰 입은 태건이 그녀의 뒤에서 고개를 훅 내민 탓이었다.

"욕실에서 나올 때부터 타월 안에 입고 있었으니까."

"……."

하……. 또 당한 거구나.

그녀의 표정이 순식간에 험하게 일그러졌다. 타월의 매듭에 손을 올려 느릿하게 풀던 그의 디테일한 행동들이 떠올랐다. 안에 속옷을 갖춰 입었으면서 깜짝깜짝 놀라는 그녀의 반응을 즐기기 위해 떠본 것이다.

다시 뒤를 돌아보자 평소와 조금 다른 느낌의 태건이 서 있었다. 그는 무척이나 즐거운 듯 바지 주머니에 손을 찔러 넣은 채 능글능글 웃었다. 지금까지 슈트를 잘 차려입은 모습만 봐 왔기에, 오늘처럼 편안한 복장을 보는 것은 처음이었다. 의외로 이마를 가린 찰랑거리는 머리와 스포티한 의상이 잘 어울렸다. 평소보다 몇 살은 어려 보이는 그를 새삼스러운 시선으로 보던 리원이 말했다.

"돌아가야 할까 봐요."

"왜? 나랑 둘만 있는 게 싫습니까?"

"그것보다는……. 여기까지 온 원래의 목적을 잃어버렸으니까요."

"목적이라……. 우리의 목적은 이루지 못했지만, 다른 이들의 목적은 대성공인 것 같은데?"

"하아. 그건 그렇죠."

"우리 둘을 위해 마련해 준 자리인데, 그냥 가긴 아쉽지 않습니까? 여기 잘 차려진 음식들도 있고."

"하지만……."

"마침 할 이야기도 있고. 잘됐네요. 오래 걸리진 않을 겁니다."

그가 분위기 있게 잘 꾸며진 테이블 앞의 소파에 털썩, 앉아 버렸다.

7
둘만의 밤

저 혼자만 어색함을 느끼는 걸까. 리원은 쭈뼛쭈뼛. 그가 자리에 앉는 것을 지켜보기만 할 뿐 어떠한 행동도 실행에 옮기지 못했다. 배정된 숙소로 돌아가는 게 나을 것 같은데. 아닌가…… 이왕 이렇게 된 김에 그와 이야길 조금 하고 갈까?

할 말도 있다는데 이대로 훌쩍 가 버리면 그건 그것대로 예의가 없을 것 같았다. 잠시 고뇌에 빠져 있던 그때, 리원의 휴대폰 알람이 울렸다. 미영으로부터 온 메시지였다.

[부사장님과 좋은 시간 보내. 다른 사람들에겐 내가 알아서 적당히 둘러댈 테니 걱정 말고.]

[아, 그리고 그 계약 연애인가 뭔가……. 그냥 질러 버리는 게 어때? 지나간 사랑은 새로운 사랑으로 치유하는 법이란다.]

메시지를 모두 확인한 리원의 얼굴이 붉게 달아올랐다. 친한 후배의 이야기라고 둘러댔건만 역시나 미영은 리원의 고민이라는 것을 단번에 파악한 것이다. 결코 절친을 속일 수는 없는 노릇이었다.

'하긴. 돌이켜 보면 내가 생각해도 너무 티가 났어. 친한 후배는 무슨⋯⋯.'

떠올려 보니 민망하고 우스웠다. 리원이 묘한 표정으로 휴대폰을 들여다보고 있자, 꼬아 앉은 다리 위에 턱을 괸 채 그녀를 조용히 쳐다보던 그가 물었다.

"볼일은 끝났습니까?"

"아⋯⋯. 네? 네."

"그럼 앉아요."

조금만⋯⋯. 조금만 시간을 보내고 얼른 돌아가면 되겠지. 마음의 결정을 내린 리원은 결국 테이블 근처로 조심스레 다가갔다. 그가 자신의 옆에 앉으라는 듯 손바닥으로 소파 한 편을 툭툭 쳤지만 그녀는 못 본 척했다. 네모난 쿠션을 가져와 품에 안더니 소란스럽게 그의 맞은편 바닥에 떡하니 양반다리로 앉았다. 태건은 소파에 앉아 있고, 리원은 바닥에 앉아 있으니 눈높이가 달라 그녀가 그를 올려다봐야 했다. 예상치 못한 그녀의 행동에 그만 그의 입가에 피식, 엷은 웃음이 지어졌다.

"옆에 앉으면 내가 잡아먹기라도 합니까?"

"아뇨. 그냥 불편해서요."

"하긴. 아직 우린 아무 사이도 아니니."

씁쓸한 목소리로 짧게 혼잣말을 내뱉은 태건이 와인오프너를 손에 쥐었다. 그는 침착하게 와인 입구의 호일커버를 벗긴 뒤, 스크루의 끝을 코르크마개 중간에 꽂았다. 마개에 단단하게 박힌 스크루를 지렛대 삼아 힘주어 빼내자, 펑 하는 큰 소리와 함께 마개가 완전히 뽑혔다.

순간, 달콤한 포도 향이 코를 찌를 정도로 주위에 진동했다. 리원이 저도 모르게 코끝을 위아래로 움직이며 향을 맡고 있는 동안, 그가 투명한 잔에 레드와인을 반쯤 따라 내었다. 리원에게로 잔을 밀어 낸 그가 건배를 제안했다.

"첫잔은 부딪쳐 주는 게 예의죠."

"그런가요?"

두 사람의 잔이 맞부딪쳤다. 경쾌하게 울리는 유리의 마찰음. 리원은 잔을 기울여 와인의 향을 음미한 다음 한 모금, 입을 축였다.

"으음? 이건⋯⋯."

미량의 와인을 맛본 리원의 두 눈이 동그랗게 뜨였다. 묘한 감탄사를 내뱉은 그녀가 저도 모르게 또 한 모금, 또 한 모금, 안주 먹는 것도 잊은 채 와인을 연달아 홀짝였다. 금세 그녀의 와인 잔이 텅 비워졌다. 양이 모자라 아쉽다는 듯, 붉은 혀를 내밀고 입술을 달싹인다. 리원은 흥분한 목소리로 작게 소리쳤다.

"와아. 너무 달지도 않고 엄청 맛있네요. 알코올 도수도 와인치고는 꽤 높은 것 같고요. 이거 무슨 와인이죠?"

그녀는 와인을 특별히 즐기는 타입이 아니었다. 그보단 맥주에 소주를 말아 먹는 것을 더 좋아하는 소맥파라고나 할까. 술은 술답게 알코올 향이 강해야 하고 목적에 맞게 적당히 취해야 한다는 게 그녀만의 철학이었다.

한데, 와인의 맛을 모르는 그녀조차도 입에 착 감겨 감탄사를 내뱉을 정도니 과연 어떤 와인인지 내심 궁금해진 것이다. 입술을 꾹 다문 채 가만히 그녀의 반응을 살피던 그에게서 묵직한 저음이 새어 나왔다.

"샤토 무통 로쉴드. 안목이 있군요. 최고의 와인입니다."

와인의 이름을 읊는 발음이 매우 자연스러우면서도 멋졌다. 벌써 취하기라도 한 건가. 리원은 오늘따라 사뭇 진지해 보이는 그가 와인에 대해 설명하는 모습이 매력적이라는 생각이 들었다. 태건의 매끄러운 이목구비 중에서도 멋진 발음을 뱉어 내는 입술에 절로 시선이 꽂혔다. 그의 붉은 입술이 이상하게도 섹시하게 느껴져서 어쩐지 시선을 뗄 수 없었다.

"오너였던 로쉴드 남작은, 유대인이었습니다. 이 와인이 탄생하기까지의 비하인드 스토리는 마니아들 사이에서 꽤 유명하죠."

자연스럽게 이어진 그의 말에 깜짝 놀란 리원이 눈을 크게 뜨며 되물었다.

"네? 유대인요? 그렇군요……. 어떤 스토리가 있었나요?"

"2차 대전 당시 로쉴드 부인은 강제수용소에서 생을 마쳤고, 로쉴드 남작은 영국 공군이 되어 나치에 맞섰다고 합니다. 누구에게나 힘든 시절이었죠. 전쟁이 끝나고 남작이 영지로 돌아왔을 때, 그를 기다리고 있는 것은 아내의 부고와 황폐화된 포도원뿐이었습니다."

"…조금 슬픈 이야기네요."

두 사람이 마시는 와인 브랜드의 역사에 관한, 가슴 아팠던 지난 세월의 이야기를 들려주는 그의 음성이 한층 낮게 가라앉았다. 묵직한 이야기와 무척이나 어울리는 듣기 좋은 걸걸한 목소리였다.

지적인 사람은 남녀노소 상관없이 존재 자체만으로 굉장히 섹시하다. 물론 그가 재벌인 만큼 배운 것 또한 많겠지만, 이런 작은 와인 하나에 얽힌 비화까지 들려주니 새삼 대단해 보였다. 게다가 태건의 목소리에는 낮은 울림이 있어 묘하게 사람을 끌어들이는 힘이 있었다. 오늘만큼은 그녀조차 부정할 수 없을 정도로 매력적이었다. 지독하게.

"하지만 하늘은 그를 버리지 않았어요. 그해에 수확한 포도는 적은 양이었지만, 자연이 빚어낸 최상의 품질이었으니까."

"황폐화된 포도밭에서 수확한 건데도요?"

"그해 여름은 유난히도 더웠다고 합니다. 아주 완벽한 조건이었어요. 그렇게 만든 와인이 무통 로쉴드의 전설로 남아 있는 1945년산입니다. 샤토 무통 로쉴드가 현재까지도 세계에서 다섯 손가락 안에 드는 1등급 와인이 될 수밖에 없는 이유죠."

그녀가 저도 모르게 그의 이야기에 푹 빠져들어 있는 사이, 태건은 자연스레 와인병을 들어 비어 버린 잔을 채웠다. 그가 다시 그녀 쪽으로 잔을 밀어 주자 리원은 거부감 없이 그것을 받아 마셨다. 와인의 역사에 대해 알고 맛을 보는 것은 조금 더 색다른 느낌이었다.

"맛이 어떻습니까? 1등급 와인."

"음…… 깜짝 놀랄 정도로 독특하게 맛있긴 한데……."

리원이 말끝을 흐리자 그의 고개가 한쪽으로 기울어졌다. 약간의 궁금증을 품은 채 그녀의 다음 말을 기다리는 것이다.

"혹시 우리가 마시고 있는 이건 몇 년산인가요?"

"2002년산이군요."

"와……. 그럼 이 와인이 무려 열여덟살이란 말인 거네요?"

"맞습니다. 10년에서 20년 사이가 가장 잘 숙성이 된 시기예요. 그 풍미와 향이 극에 달하죠."

다 좋은데, 과연 이런 와인은 얼마나 값진 것일까. 아마도 태건을 만나지 못했더라면 평생 마셔 볼 일이 없었을지도 모른다. 저 자신은 와인에 거금을 쓸 만한 형편이 되지 못하니까. 하여간 좋은 건 어떻게 든 알아보는 이놈의 입이 참 신통방통하다고 생각하던 순간, 잔을 테이블에 내려놓은 그가 소파에서 천천히 일어났다.

"음악 어떻습니까? 턴테이블이 있는 것 같던데."

"턴테이블이요?"

그의 말에 황급히 주위를 둘러보니, 과연 벽 한 면에 LP판들이 여러 개 꽂혀 있는 작은 레코드 꽂이 선반이 있었다. 가끔 드라마나 빈티지한 레트로 카페에서 스치듯 볼 수 있는 아이템이었다. 호기심이 충만한 편인 리원은 그를 따라 자리에서 벗어나 선반으로 다가갔다.

언젠가 여행 중 헌책방 거리에 갔을 때, 서점 한편에 마련된 레코드판 코너를 즐겁게 둘러본 적이 있었다. 그때의 기억이 떠올라 레코드판들을 하나하나 꺼내어 보던 리원의 얼굴에 잔잔한 미소가 번졌다. 최근의 음악들과 오래된 앨범까지. 종류가 대단히 많지는 않아도 적당히 여러 사람의 취향을 맞출 수 있을 만한 구색은 갖춰져 있었다. 그것들이 얼마나 값진 물건인지 잘 알아서, 레코드판 커버를 만지작거리는 손길이 사뭇 조심스러웠다.

종종 아날로그 감성이 그리울 때가 있었다. 리원에겐 지금이 그랬다. 향긋한 와인 냄새가 채 가시지 않은 데다 통나무집의 노란 조명이 무척이나 안락했다. 여름이지만 다행히 오늘 밤은 온도가 시원한 편이었다. 이런 분위기에 옛날 노래까지 울려 퍼진다면 무척이나 즐거워질 것이 자명했다.

"듣고 싶은 음악 있습니까?"

고전적인 디자인의 턴테이블에 앰프와 스피커까지 분주하게 연결하던 그가 물었다. 한창 레코드판을 구경 중이던 그녀가 눈을 동그랗게 뜨고 태건에게 말했다.

"장비가 생각보다 복잡하네요? 레트로 카페에서 봤던 플레이어는 노트북만 한 크기였던 것 같은데……."

"요즘은 그렇게 일체형으로 나옵니다만, 최상의 소리를 들으려면 예전 방식이 낫죠."

"아아……."

고개를 끄덕인 그녀가 태건에게 제가 고른 레코드판을 건넸다. 리원에게서 그것을 건네받은 그가 앨범의 겉면을 돌려 보며 확인했다.

"마이클 볼튼?"

"예전에 좋아했었거든요. 오랜만에 들어 보고 싶어서……. 좀 촌스럽죠?"

조금 민망해하며 그리 말하는 리원에게 그가 살짝 웃어 보였다.

"아니에요. 나도 좋아합니다. 지금 이 순간과 가장 잘 어울리는 음악을 고른 것 같아요."

앨범 재킷에서 레코드판을 꺼내더니 잠시 뭔가를 생각하는 듯 행동을 멈추었다.

그런 그를 빤히 바라보는 그녀 쪽으로 뒤돌아선 태건이 다시 그것을 건네며 물었다.

"직접 해 볼래요?"

"정말요? 네! 해 볼래요."

그 별것 아닌 거에 리원의 눈빛이 반짝였다. 그가 살짝 자리를 비켜 주자, 턴테이블 앞에 선 리원이 약간 상기된 얼굴로 검은색 레코드판을 올려놓았다. 무척 단순해 보여서 거기까지 하긴 했는데……. 기계를 어떻게 다루는 건지 몰라 난감한 표정으로 그를 돌아본다.

"음……. 이다음엔 어떻게 하는 거죠?"

"거기까진 만점입니다."

그가 살짝 웃음을 터트리며 그녀에게 한 걸음 다가왔다. 옆에서 도와줄 거라 생각했는데……. 훌쩍 리원의 뒤로 간 그가 그녀의 작은 등 뒤에 서서 양팔을 내밀었다. 턴테이블을 잡고 있던 그녀의 양쪽 손등에 태건의 큼지막한 손이 살며시 겹쳐졌다. 리원의 두 눈이 크게 확장되었다. 덩치가 거대한 태건의 품 안에 안기듯 포옥 감싸였다. 그의 고른 숨소리가 귓가를 간질이기 시작했다.

쿵쿵, 리원의 심장이 미친 것처럼 요동쳤다. 심장 뛰는 소리가 너무나도 큰 나머지 혹시나 태건에게 들리지는 않을까 걱정이 될 정도였다. 이토록 두근거리는 것을 들켜 버린다면……. 한동안 그의 앞에서 고개도 들지 못할 정도로 창피함에 몸부림치겠지. 그런 상상을 하니 숨조차 제대로 쉴 수가 없었다.

다음 순간, 리원은 잠시 숨을 멈춘 채 눈을 부릅떴다. 그가 리원의 손등을 잡아 올려, 기계 오른쪽 상단에 솟아 있는 레버 같은 곳에 가져다 놓았기 때문이었다.

"이게 리프트 레버예요."

태건이 상체를 약간 숙이고 귓가에 속삭였다. 귀에 닿는 남자의 음성이 무척이나 간질거려 그녀가 아랫입술을 힘주어 깨물었다. 이어, 바늘을 고정하고 있는 암대로 그녀의 손을 부드럽게 잡아끌어 옮겨 가더니,

"이렇게 재생하고자 하는 위치에 바늘을 가져간 다음."

그것을 쥐고 움직이도록 자연스럽게 유도했다. 리원의 손등 전체를 감싸 쥔 남자의 커다란 손. 뜨거운 체온이 서로에게 닿아 손끝에서부터 전신으로 천천히 퍼져 나가며 온몸을 휘감았다. 마치, 정적이 흐르는 이 작은 통나무집에 벌써부터 감미로운 음악이 흐르는 듯한 기묘한 착각이 들었다.

"리프트 레버를 내리면 되는 겁니다."

다시 옮겨 간 손이 리프트 레버를 내리자, 바늘이 천천히 내려오고

레코드판이 돌아갔다. 레코드 특유의 장작 타는 듯한 소리가 탁탁 튀게 들리더니 이윽고 애절한 노랫소리가 들려오기 시작했다.

— *I could hardly believe it. When I heard the news today, I had to come and get it straight from you……*[1]

첫 번째 곡은 How Am I Supposed To Live Without You. 오랜만에 들어 보는 음악 소리는 옛 추억에 잠겨 들도록 만들었다. 이토록 로맨틱한 상황이 어디 있을까. 분위기에 약한 건 어느 여자나 마찬가지일 터. 잠시 그대로 모든 행동을 멈춘 채 음악을 듣고 있던 리원의 입가에 살며시 호선이 그려졌다.

"좋네요, 정말."

"음악이? 아니면……. 지금 우리 둘이?"

귓가에 낮게 울리는 남자의 목소리가 유난히도 달콤하게 고막을 자극했다. 또 나오는 걸까. 이 남자 특유의 능글능글한 장난기. 약간의 장난기가 섞인 그의 말투에, 리원의 한쪽 입꼬리도 심술궂게 위로 올라갔다.

"그거야 당연히 음악이 좋단 소리죠."

"아쉬운데요? 이렇게나 애를 써도 도통 넘어오질 않으니."

"제가 쉬운 여자가 아니거든요. 장난칠 생각만 하지 말고 조금 더 노력을 해 봐요. 혹시나 알아요? 생각보다 금방 넘어가 줄지."

"글쎄……. 장난을 받아 주는 걸 보면 예상외로 거의 다 된 것 같

1) 마이클 볼튼, 『How Am I Supposed To Live Without You』, 1989

기도 하고."

"…아닐걸요?"

소리 죽여 웃는 두 사람의 웃음이 섞여 들었다. 조금 전까지만 해도, 가벼운 스킨십에도 깜짝 놀라던 그녀였는데……. 음악에 취하고 분위기에 취해서 그런지, 아니면 그에게 반쯤 안겨 있다는 사실을 망각한 건지, 태건의 품에서 벗어날 생각을 하지 못한 채 조용히 눈을 감았다. 그 또한 품에 안겨 있는 그녀의 향기와 작은 무게감을 느끼며 묘한 표정으로 창밖을 향해 시선을 옮겼다.

타닥타닥. 레코드의 소음이 아닌, 익숙하면서도 조금 다른 소리가 들려오기 시작했다. 투명한 유리창에 떨어지는 물방울을 바라보던 그가 약간 잠긴 음성으로 입을 열었다.

"큰일이군. 비가 와요."

그의 말에 리원이 감고 있던 눈을 반짝 뜨고 같은 방향으로 시선을 옮겼다. 한쪽 벽면을 차지하고 있는 커다란 창문에, 보석처럼 아름다운 빗방울이 수없이 맺혀 떨어지고 있었다. 노란 조명을 받아 그런지 유난히도 반짝이며 빛이 났다. 그녀의 표정에 난감한 기색이 스쳤다.

"어쩌죠? 조금만 있다 돌아가려고 했는데, 어두운 데다 비까지……."

"일기 예보에 소나기 소식이 있었으니까 조금만 기다려 봅시다."

"그래요……. 비가 그치면 돌아가야겠네요. 우산도 뭐도 없는 것 같으니까."

뜻하지 않게 두 사람만의 공간에 갇혀 버린 모양새가 되었다.

□ ◆ □

　"까악! 어쩜 좋아!"

　앙칼진 고양이 같은 비명을 내지르던 미영이 커다란 나무 밑으로 달려갔다. 급작스럽게 쏟아지기 시작한 소나기를 피하기 위해서였다. 나무 밑이라 결코 완벽하게 피할 수는 없었지만 잎들이 아주 거대해서 그나마 비를 훨씬 덜 맞을 수 있었다. 제법 깊은 산속이라 주위에 수풀만 즐비해서 다른 선택지가 없었다. 곧 그녀의 뒤를 따라 흠뻑 젖은 채 달리던 김 비서까지 나무 밑으로 들어왔다.

　"이게 무슨 일이람? 갑자기 비가……."

　당황스러움을 금치 못하던 미영이 젖은 티셔츠의 물기를 연신 털어 대며 투덜거렸다. 툭툭, 옷과 머리카락에서 떨어지는 빗방울을 털어 내는 부지런한 손길. 그런 그녀를 힐끗 곁눈질하던 김 비서가 시선을 옮겼다. 그는 비가 쏟아지는 주변을 둘러보며 혼잣말을 중얼거렸다.

　"거의 다 온 것 같은데……. 어째서 리조트가 안 보이는 건지."

　두 사람은 거대한 나무 기둥에 기댄 채 멍하니 쏟아지는 빗줄기를 응시했다. 하염없이 쏟아지고 있는 비는 결코 짧게 끝날 것 같지 않았다.

　"저기 김 비서님. 이제 어쩌죠?"

　"글쎄요. 왠지 금방 그칠 비는 아닌 것 같군요."

279

서로의 대화조차 빗소리에 묻혀 선명하게 들리지는 않았다. 더군다나 주위가 온통 숲이다 보니 빗줄기가 나무와 풀에 부딪치는 소음이 귀를 찢을 듯 크게 울렸다. 각자 돌아갈 방법을 고심하고 있을 때였다. 어디선가 푸드득! 하는 소리가 들리더니, 거대한 그림자가 나타나 두 사람의 머리 위를 쏜살같이 스쳐 지나갔다. 흡사 새카만 덩어리 같은 형태에 깜짝 놀란 미영이 냅다 비명을 질렀다.

"끄아아아악!!"

돌발 상황에 김 비서가 본능적으로 몸을 날렸다. 커다란 잎사귀들 사이로 몸을 숨긴 검은 덩어리. 그 탓에 두 사람이 의지하고 있던 나무가 미친 듯이 몸을 떨어 댔다. 나뭇잎에 맺혀 있던 수많은 빗물들이 머리를 털듯 우수수 아래로 떨어져 내렸다. 나무 기둥에 몸을 바짝 붙인 채 눈을 꼭 감고 있던 미영과, 마치 그녀를 보호라도 하듯 감싸고 있던 김 비서는 나무의 떨림이 멈춘 뒤에야 상황을 알아차렸다.

아주 가까운 두 사람 사이의 거리. 남자와 여자의 눈이 허공에서 맞부딪쳤다. 서로의 얼굴이 너무 가까워서 금방이라도 코가 닿을 듯 말 듯 아슬아슬했다.

희한한 일이었다. 마치 시간이 멈춘 것 같은 착각에 빠져들었다. 미영은 눈을 부릅뜬 채 저를 감싸고 있는 남자의 얼굴을 새삼 곰곰이 뜯어보았다. 그리고 의외의 사실들을 발견했다.

'이 사람……. 가까이서 보니 엄청난 미남이잖아?'

물론 전체적으로 호남형이라는 건 익히 알고 있었다. 숨기려야 숨길 수 없는 우락부락한 근육질 몸매도 그렇고, 안경으로도 결코 감출 수 없는 이목구비며 뭐 하나 빠질 게 없었기 때문이었다. 하지만 코 닿을 거리에서 뜯어본 그의 얼굴은, 새삼 그가 둘도 없는 미남이라는 것을 다시 한번 그녀에게 상기시켜 주었다. 결국 더는 버티지 못하고, 미영은 마주친 시선을 피해 고개를 아래로 떨어트렸다. 머릿속이 미친 듯이 복잡하게 얽혔다.

'절대 내 타입 아닌데……. 그런데 왜…….'

심장이 나대는 걸까. 남자 없이 솔로였던 기간이 너무 길어서 그런가?

미영이 스스로의 심장 뛰는 소리에 놀라 혼란에 빠져 있을 때. 그는 그녀와 사정이 조금 달랐다. 안경 너머 가로로 길게 찢어진 눈이 스스로도 모르는 사이 그녀를 훑어 내리고 있었다.

내리깐 여성스러운 눈매 아래 기다란 속눈썹. 그 아래 붉고 도톰한 입술.

가녀린 턱선과 기다란 목선을 지나 물기가 조금 맺혀 있는 날카로운 쇄골.

그리고 그의 시선이 떨어질 줄 모르는 곳은 쇄골보다 조금 더 아래였다.

"……."

어둠 속에서도 선명히 보이는 그것. 무늬 없는 흰색 티셔츠를 입고 있었던 탓에, 속옷이 훤히 비쳤다. 실례라는 걸 알면서도 어째서 시선을 떼지 못했을까. 평소 딱히 여자에 관심이 없었던 그였는데……. 참으로 묘하게도 그녀만은 다르게 보였다. 이유는 알 수 없었지만 지금 이 순간의 그녀가 너무나도 섹시하고 도발적으로 느껴졌다.

그가 미간을 살짝 찌푸린 채 어딘가를 응시하고 있다는 것을 미영이 깨닫는 데는 얼마 걸리지 않았다. 남자의 시선을 따라간 미영은 곧 그가 저를 훑어보고 있다는 것을 알아차렸다.

"김 비서님. 지금 어딜 보시는 거예요?"

날카로운 그녀의 말투에, 그가 퍼뜩 정신을 차렸다. 휘둥그레진 눈망울이 그가 무척이나 당황했다는 것을 말해 주고 있었다. 빠르게 뒷걸음질 쳐 그녀에게서 물러난 그가 난처한 듯 자신의 젖은 머리카락을 쓸어 넘겼다. 몸을 돌려 시선을 엉뚱한 곳에다 둔 채.

"…미안합니다. 정말 미안해요. 나도 모르게."

미영은 표정을 잔뜩 찌푸리며 두 팔로 상체를 가렸다. 김 비서가 의도적으로 그런 게 아니라는 걸 느낌으로 알 수 있었지만 기분이 나쁜 것은 어쩔 수가 없었다.

"기분 상했다면 사과할게요. 정말 미안해요."

"됐어요. 더는 그 이야기 꺼내지 마세요."

날카롭게 톡 쏘아붙이자 두 사람 사이의 대화가 잠시 끊겼다. 무거운 공기가 두 사람을 짓눌렀다. 들려오는 소음이라곤 여전히 숲을 때리는 거센 빗소리뿐. 어두워서 딱히 볼 게 없는데도 괜히 눈을 굴려 주변을 둘러보았다. 미영은 이 어색함이 죽도록 싫었다. 주변을 감도는 정적이 너무 불편했다. 원체 꽁하게 있는 것을 싫어하는 성격의 그녀라서, 결국 분위기 전환을 위해 먼저 대화를 시도했다.

"그래도 다행이에요. 아슬아슬하지만 작전이 성공해서."

"그러게 말입니다. 진짜 조금만 더 늦었으면 들킬 뻔했어요."

"비가 와서⋯⋯. 그치기 전까지는 아마 그 두 사람도 꼼짝 못 하지 않을까요?"

"그거야말로 우리가 가장 원했던 것 아닙니까? 함께 있는 시간이 늘수록 서로에 대해 알아 가는 것도 많아지겠죠."

"잘됐으면 좋겠어요. 그 두 사람."

"동감입니다."

그리고 두 사람은, 좀 전의 웃지도 못할 여러 가지 상황들을 각자의 머릿속에 떠올렸다.

지금으로부터 약 30여 분 전. 작은 통나무집 안은 무척이나 어수선했다.

도마에서 과일을 써는 손놀림과 부스럭거리며 실내를 꾸미는 손길이 무척이나 바쁘다. 미영은 과일 껍질을 깎아 설탕물에 몇 분 동안 담근 뒤 접시에 예쁘게 담아냈다. 이어, 각종 수입 과자들과 젤리, 빵 등을 바구니에 넣어 침대 근처에 위치한 테이블에 놓았다. 김 비서는 작은 트리와 전구를 적당한 위치에 장식하고 헬륨 풍선 여러 개를 천장에 띄우는 중이었다. 미영이 마지막으로 특별히 가져온 고급 와인과 술을 세팅하자 모든 준비가 완벽하게 끝났다.

"이제 다 된 거죠?"

"뭐⋯⋯. 이 정도면 완벽하다고 할 수 있겠군요."

"휴⋯⋯. 다행히 시간 내에 다 꾸몄네요. 이제 곧 두 사람이 차례로 들이닥칠 테니까 우리는 어서 여길 뜨죠."

"네. 그렇게 합시다."

그리 말하며 김 비서는 두 사람이 장시간 준비한 이벤트 장소를 다시 한번 둘러보았다. 그의 기준에서 모든 게 완벽했다. 과연 임 대리와 머리 맞대어 구상한 대로 로맨틱함의 극치를 달리는 그림이 나왔다. 누가 봐도 연인들이 데이트를 위해 준비한 작은 파티 장소 같아 보였다.

만족스러운 미소가 그의 입가를 스쳤다. 마지막으로 뒤돌아서며 언뜻 창밖을 둘러보는데……. 돌발 상황이 터졌다. 일순 모든 행동을 멈춘 그가 시선을 바깥으로 집중하였다. 곁에서 움직이지 않는 그를 물끄러미 올려다보던 그녀가 의아한 듯 물었다.

"왜 그러세요? 무슨 문제라도 생겼어요?"

"아……. 그게. 착각인가……?"

하지만 안타깝게도 그가 잘못 본 것이 아니었다. 창문 너머 저 멀리서 이쪽으로 빠르게 다가오는 새하얀 사람의 인영이 보였다. 두 번 보지 않아도 단번에 알 수 있었다. 저 덩치와 저 걸음걸이. 눈 감고도 알아맞힐 수 있는 그의 상사였다.

"허. 착각이 아닌데? 임 대리님."

"네. 김 비서님."

"어? 어? 왜 이렇게 빨리 와? 아직 5분 전인데?"

"네? 누가 여길 온다고요?"

"그래요. 옵니다……. 오고 있어요. 이쪽으로 아주 빠르게."

"그러니까 누구요?"

"최태건."

그의 말이 떨어지기가 무섭게 미영의 두 눈이 튀어나올 듯 커다래졌다. 홱 하고 고개를 돌린 두 사람의 눈이 마주쳤다. 일순 너 나 할 것 없이 후다닥, 깜짝 놀랄 만큼 빠른 속도로 움직였다.

토끼처럼 기민하게, 미영은 먼저 침대 밑으로 기어 들어갔다. 그리고 그녀와 같은 장소를 쳐다보며 함께 침대 밑으로 기어 들어가려던 김 비서가 황급히 뒤를 돌아보았다. 혹시나 뭔가 잊은 물건이 없는지 확인하기 위해서였다. 그 급박한 상황에서도 들키지 않기 위해 침착함을 발휘한 결과, 그의 시선에 들어온 것은 가지런히 놓여 있는 두 사람의 신발이었다. 그는 그것을 발견하자마자 신발장으로 급히 몸을 날렸다. 덥석! 양손 가득 신발 두 켤레를 쥐고 몸을 낮추어 침대 밑으로 미끄러지듯 슬라이딩한 순간.

덜컹하는 소리와 함께 통나무집의 현관문이 열리고, 누구보다 익숙한 인물인 태건이 들어왔다. 그는 안으로 들어오자마자 주위를 둘러보며 누군가를 찾았다. 아마도 이곳에서 만나기로 한 김 비서를 찾는 것 같았다.

"뭐야? 아직 안 온 건가?"

그러기엔 완벽하게 테이블이 세팅되어 있는데. 빠르게 그의 시선 안으로 들어온 온갖 장식들과 테이블에 세팅된 먹을거리들. 미간을 살짝 찌푸린 그가 꾹 다물었던 입술을 열며 작게 혼잣말을 했다.

"남자 둘이서 술 마시는데 무슨 장식을 이렇게나 요란하게……."

아기자기하고 예쁘게 장식된 주위를 둘러보던 태건의 눈동자가 일순 한 곳에서 멈추었다. 유독 화려하게 꾸며진 침대가 그만 시선을 사로잡은 것이다. 깨끗하게 잘 세탁된 새하얀 호텔식 침구. 그 중간엔 허니문에서나 볼법한 커다란 하트 모양의 꽃 장식이 있고, 주변으로는 새빨간 장미 꽃잎까지 뿌려진 채였다. 태건이 화려함의 극치를 달리는 침대를 보며 고개를 내저었다.

"이런 미친놈. 하여간 평소에도 보면 취향이 여간 독특한 게 아니라니까."

태건의 말에 미영이 찬찬히 고개를 돌려 곁의 김 비서를 곁눈질한다. 누가 들어도 오해의 소지가 충분한 발언이었다. 아니나 다를까. 김 비서는 태건 덕분에 머리끝까지 민망함이 차올랐다. 창피함에 얼굴이 붉어진 그는 저를 빤히 쳐다보는 미영의 눈초리를 견디다 못해, 슬그머니 반대쪽으로 고개를 돌렸다.

"……."

침대 밑의 두 남녀 사이에 요상한 분위기가 흐르고 있을 때. 소파에 앉아 잠시 조용히 시간을 보내고 있던 태건이 무언가를 결심한 듯 벌떡, 자리에서 일어섰다. 그러고는 급작스럽게 입고 있던 티셔츠를 훌렁 벗기 시작했다. 상의를 벗어 던지자 곧 그의 탄탄하고 우락부락한 근육들이 우람한 자태를 드러내었다.

'허……. 허걱.'

속으로 소스라치게 놀란 소리를 내뱉은 미영의 입이 쩍 벌어졌다. 그녀의 두 눈이 금방이라도 튀어나올 듯 거대해져 갔다. 반쯤 웃으며, 반쯤 놀라며, 멋진 근육들을 대놓고 감상하는데, 깜짝 놀라 당황한 김 비서가 황급히 손바닥으로 미영의 눈을 가린다.

미영은 본능적으로 김 비서의 손을 아래로 내리며 어떻게든 태건의 몸을 보려 노력했다. 어떻게 온 기회인데 좋은 구경을 놓칠 수야 없지. 어떻게든 눈을 가리려는 김 비서와, 조금이라도 더 태건의 몸매를 감상하려는 미영 사이에 잠시 실랑이가 벌어졌다. 그런 상황을 꿈에도 알지 못하는 태건은 기어이 바지 버클로 손을 가져갔다. 그가 허리띠를 풀고 버클을 여는 순간.

"헙."

놀라움을 금치 못한 격한 감탄사가 작게 터져 나왔다. 소리가 새어 나갈까 봐 미영이 저도 모르게 손으로 입을 틀어막았다. 이번엔 김 비서의 눈까지 튀어나올 듯 거대해진다. 그는 이번엔 아예 미영의 머리에 제 팔을 둘러 헤드록 기술을 시도했다. 상대의 머리를 팔로 감싸는 잡기 기술로 어떻게든 그녀가 태건의 모습을 보지 못하도록 애를 썼다. 바둥거리며 반항하던 미영은 결국 모든 것을 포기한 채 움직임을 멈추었다.

"후……. 덥군. 샤워라도 간단하게 해야겠어."

벗은 옷가지를 대충 벽에 걸어 둔 태건이 속옷만 걸친 채 욕실로 들어가자, 김 비서는 그제야 그녀를 놓아주었다. 미영은 기절한 사람처럼 멍하니 바닥에 엎드린 채 미동조차 하지 않았다. 하도 기운을 뺐더니 움직일 기력이 하나도 없었다. 순간 당황한 나머지 너무 거세게 그녀를 압박했다는 것을 깨달은 그가 황급히 미영을 흔들어 깨웠다.

"임 대리……. 임 대리? 이봐요, 살아 있습니까? 미영 씨!"

"저 눈 뜨고 있으니까 걱정 마세요……."

"하……. 다행이군요. 이 틈에 빠져나갑시다. 움직일 수 있겠어
요?"

"휴……. 네에……."

가까스로 정신을 차린 미영과 김 비서는 조심스레 침대 밑을 빠져
나왔다. 혹시나 발소리라도 들릴까 싶어 까치발로 총총, 방 안을 가
로질러 맨발로 통나무집을 빠져나왔다. 최대한 숨죽여 현관문을 닫고
나서야 바깥에서 신발을 갖춰 신었다.

"하아……. 진짜 십년감수했네."

"그래도 다행이에요. 부사장님이 욕실에 들어가시지 않았더라면
밤새 못 빠져나올 뻔……."

정말 밤새 침대 밑에 있었다면 과연 어떤 꼴을 봐야 했을지. 상상
만 해도 진저리가 쳐졌다.

"이제 우린 해야 할 일들을 다 했으니 돌아갑시다."

"네. 그래요. 너무 피곤해서 돌아가자마자 쉬어야겠어요."

그렇게 걸음을 옮기려던 때였다. 정면을 바라보던 두 사람의 앞에
두 번째 위기가 닥쳤다. 조금 떨어진 곳에서 비춰 오는 불빛. 자세히
보니 휴대폰 화면을 들여다보며 이쪽으로 걸어오는 사람의 형태가 보
였다. 바로 리원이었다. 미영의 미간에 세로로 긴 주름이 생겼다.

"아. 쟤는 또 왜 약속 시간보다 일찍 온 거야?"

하여간 일이든 약속이든, 철저하게 부지런한 계집애 같으니. 미영
이 속으로 그리 혼잣말을 삼켜 내고 있을 때, 김 비서가 그녀의 팔을

잡아 이끌었다.

"이쪽, 이쪽으로."

별수 없었다. 두 사람은 통나무집 뒤로 가 또다시 조용히 숨었다.
잠시 후, 리원이 통나무집 안으로 사라진 뒤, 몸을 벽에 바짝 붙이고
있던 김 비서가 슬그머니 고개를 내밀어 현관을 감시했다. 그의 뒤에
서 있던 미영 또한 고개를 내밀며 물었다.

"완전히 들어갔나요?"

"네, 뭐……. 다행히 다시 나올 일은 없을 것 같군요."

"그럼 이 틈에 얼른 돌아가요."

고개를 끄덕인 그가 먼저 살금살금, 최대한 바닥의 풀과 나뭇가지
를 밟는 소리가 들리지 않도록 조심스레 걸음을 옮겼다. 이어 까치발
을 든 미영이 그의 동선 그대로 천천히 쫓아갔다. 마당의 자갈밭을 지
나, 드디어 숲으로 통하는 초입으로 들어선 순간.

"까아아아아악!!"

통나무집 안에서 날카로운 비명 소리가 울렸다. 흠칫 놀란 두 사람
은 뒤도 돌아보지 않은 채 그길로 냅다 숲속으로 달렸다. 마치 죄를
지은 사람처럼. 누가 쫓아오기라도 하는 듯. 한참 동안 숲길을 가로질
러 리조트로 돌아가던 중 비를 만난 것은 조금 더 이후의 일이었다.

□ ◆ □

"음……. 이걸 과연 어찌해야 할지."

뒤늦게 침대 위의 꽃 장식을 본 리원이 난감한 표정을 지었다. 새하얀 침구 위를 수놓은 불타는 듯한 붉은 색상의 하트 장미 다발. 세심하게 꽃잎까지 흩뿌려 놓은 정성에 그녀의 얼굴이 묘하게 일그러졌다.

예쁘긴 한데……. 다소 민망했다. 누가 봐도 신혼여행지에서나 볼 법한 장식이었기에.

소나기라 생각했던 비가 좀처럼 그치지 않아 잠깐이나마 눈을 붙일 생각이었는데, 마치 자고 갈 것을 예상이라도 했다는 듯한 느낌이었다. 약간의 거부감이 들어 쉽게 몸을 뉘일 수가 없었다.

"잠깐만요, 리원 씨."

그녀가 이러지도 저러지도 못한 채 침대만 쳐다보자, 결국 그가 나섰다. 태건은 침대 시트를 쥐어 펄럭, 바닥을 향해 털어 냈다. 그 탓에 시트에서 떨어진 꽃 장식들이 바닥에 아무렇게나 나뒹굴었다.

"얼른 누워요. 피곤할 텐데 내일의 스케줄을 위해서 눈 좀 붙여요."

여러 번 시트를 털어 낸 그가 다시 그것을 침대 위에 깔끔하게 펴며 말했다. 태건이 하는 행동들을 보면 다정한 남자임에 틀림이 없었다. 하지만 독특하게도 그에겐 반전이 있었다. 겉으로는 장난기가 많아 보여도 사뭇 진지해질 때면 왠지 범접할 수 없는 특유의 분위기가 있었던 것이다. 가끔 말수가 적어질 때면 태건은 한없이 무뚝뚝해 보였다.

리원은 가끔, 그에게서 차가운 벽이 세워진 것 같은 느낌을 받곤 했다. 역시 살아온 환경이 남다른 사람이다 보니 어쩔 수 없는 건가 여기기도 했으나, 그 간극이 리원의 마음을 복잡하게 만들었다.

지금 이 순간에도 리원의 머릿속은 여러 가지 생각들로 복잡했다. 다정하게 시트를 털어 준 뒤 그녀를 침대에 눕게 하고 이불까지 덮어 줬는데. 사귀지도 않는 저에게 이렇게나 잘해 주는데. 어째서 호감을 느끼고 있으면서도 좀처럼 그와 가까워지지 못하는 걸까.

'혹시 나 혼자 착각하는 건가?'

하긴. 조금 더 깊이 생각해 보니, 호감이 있다면 보통은 바로 사귀자고 말했겠지. 계약 연애를 하자는 말 따위는 꺼내지 않았으리라. 또한 결국 따지고 보면 저 스스로도 아직 누군가를 받아들일 마음의 준비가 되어 있지 않은 것도 사실이었다. 아무리 누군가에게 호감이 있다고 한들, 사랑에 상처받은 지 얼마 되지 않았기에 새로 시작하기엔 조금 겁이 났다. 그러니 그에게 조금이나마 섭섭한 감정을 가지는 것도 염치없는 짓이었다.

스스로도 연애할 준비가 되지 않은 주제에 무슨……. 리원은 심정이 복잡해 차마 잠을 이루지 못했다. 침대에서 뒤척이자, 소파 쪽에서 낮게 잠긴 남자의 음성이 들려왔다.

"잠이 안 옵니까?"

"네……."

리원은 소파가 있는 방향으로 돌아누웠다. 불을 껐지만 방을 꾸며 놓은 용도로 켜진 작은 전구들이 있어, 노란 불빛 아래 소파에 자리를 차지하고 있는 남자의 모습이 보였다. 천장을 보고 누운 그는 이마에 손을 얹고 눈을 감은 채 대화하고 있었다. 침대에서 소파까지의 거리가 멀지 않아서 서로 얼굴을 자세히 뜯어볼 수 있었다.

남자답게 우뚝 솟아 있는 콧대 라인이 조각 같은 얼굴과 참 잘 어울리고……. 꾹 다문 입술도 도톰하니 대단히 매력적이다. 문득 그의 얼굴을 천천히 만져 보고 싶다는 생각이 들었다.

'정말 조각 같아서…….'

은은한 조명은 눈을 감았는데도 불구하고 태건의 외모를 몇 배는 더 잘생겨 보이게 만들었다. 저도 모르게 제법 오랜 시간 동안 그를 조용히 응시하고 있는데, 그가 번쩍 눈을 떴다. 태건이 고개를 돌려 자신을 빤히 쳐다보는 리원에게로 시선을 옮겼다. 남녀의 눈이 허공을 가르고 맞물렸다.

"내가 했던 제안 말입니다."

"…계약 연애 말인가요?"

"그래요. 그거."

"네."

"가만히 생각해 보니 설명이 충분하지 않았던 것 같아서."

태건의 새카만 눈동자를 응시하며, 리원은 그가 다음 말을 해 줄 때까지 조용히 기다렸다. 눈을 깜빡이며 그녀를 바라보던 그가 잠시 다물었던 입을 다시 열었다.

"내가 당신한테 그만한 보상을 해 주겠다고 한 건 사실……. 내 쪽에서 더 필요하기 때문이었습니다."

"처음부터 필요했었다고요? 애인인 척해 줄 사람이요?"

"애인인 척이라……. 거기까진 생각 못 했었지만. 솔직히 말하자면 적당히 만날 사람을 찾아야 하나 고민까지 해 봤을 정도였습니다. 물론 그 생각은 금방 접었지만."

"맞선을 보러 나가는 게 싫다고 하셨죠? 하지만 단순히 그런 이유로 연애하는 척까지 할 필요가 있나 싶긴 했었어요."

"…난 결혼할 생각이 없으니까요."

이유는 알 수 없었지만 마음이 살짝 쿵 하고 가라앉는 느낌을 받았다. 결혼할 생각이 없다는 대목에서, 리원의 미간이 미세하게 찌푸려졌지만, 그녀는 최대한 표정을 관리하기 위해 애썼다. 아무렇지도 않은 척 연기를 하고 있어서 그런지, 그는 그녀의 미세한 반응을 제대로 캐치하지 못한 채 대화를 이어 갔다.

"집안에서는 결혼을 밀고 있기 때문에……. 별수 없이 선 자리에 나간 것만도 수십 번이 넘습니다. 난 당연하게도 결혼을 전제로 한 그런 자리가 매우 불편했고요."

결혼할 생각이 없으므로 선 자리에 나가는 게 무의미하다는 뜻이었다. 태건의 입장에선 그런 자리가 누구보다도 더 시간 낭비로 여겨졌을 것이다. 문득 의문이 생겼다. 리원은 그 의문을 속으로 삼키지 않고 그대로 내뱉었다.

"혹시 독신주의자세요? 왜 결혼이 싫은 건지……."

"아니요. 독신주의는 아닙니다. 단지……."

이번에는 태건의 미간이 살짝 찌푸려졌다. 말끝을 흐린 그는 입을 꾹 다문 채 한참이나 대답이 없었다. 독신주의자냐는 그녀의 질문에 대답하기가 무척 곤란한 듯 보였다. 괜한 질문을 했나 싶은 생각이 들었다. 그가 어렵사리 자신의 이야기를 조금이나마 꺼냈는데 혹시 실수한 걸까? 하지만 리원의 걱정도 잠시, 그가 자연스럽게 말을 돌리며 대화가 단절될 것만 같았던 분위기를 전환시켰다.

"그리고 수치스럽거나 심적으로 힘든 일이 여러 가지 생길 수도 있어서, 충분한 보상을 해야 된다고 생각했습니다."

"수치스러운 일이요? 어떤……."

"가령 기자들이나 파파라치한테 시달린다든지. 여러 가지 출처 없는 소문에 힘들어진다든지……. 아니면 결혼을 반대하는 어머니의 물 싸대기라든지."

그 말이 끝나기가 무섭게 리원은 저도 모르게 픕, 하고 웃음을 터트렸다. 기특하게도 그녀가 가르쳐 줬던 말을 응용하고 있었다. 첫 만남 때 언급했던 물 싸대기 말이다. 새삼 활짝 웃는 그녀의 밝은 표정을 보던 그의 한쪽 입꼬리가 슬그머니 위로 올라갔다.

"그런 모든 최악의 조건들을 갖췄으니까, 깊이 생각해 보고 신중하게 결정해요. 하지만 부디 긍정적인 쪽으로."

"뭐예요? 조건이 최악이라면서 긍정적인 대답을 바란다고 압박 주는 거예요?"

"그만큼 신경 쓸게요. 이미 마음먹은 이상 리원 씨에게 최선을 다하겠습니다."

"……."

웃음 짓던 그녀의 얼굴에서 일순 웃음기가 사라졌다. 그의 말이 조금 헷갈리게 들렸다.

이건……. 최선을 다해 가짜 연애를 하겠다는 말인 건가? 아니면……. 가짜 연애지만 진짜 연애 못지않게 최선을 다하겠다는 소리인 건가?

약간의 혼란스러움에 그녀의 눈동자가 흔들렸다. 은은한 조명 아래에서 조용히, 시시각각 변하는 그녀의 표정을 지켜보던 그가 다음 말을 이었다. 사뭇 진지한 얼굴로.

"…그만큼 나한테는 당신이 절실합니다."

아……. 절실하다는 말에 왜 이렇게 숨이 턱 막히는 건지.

리원은 긴장감에 아랫입술을 꾹 깨물었다. 어쩐지 오늘 밤은 제대로 잠을 이룰 수 있을 것 같지가 않았다. 이 순간 저를 올곧은 시선으로 바라보는 저 남자의 뜨거운 눈빛 때문에. 차마 돌아눕지도, 눈을 감지도 못한 채 그리 오랫동안 그와 말없이 서로의 눈을 바라보았다. 새벽이 오고서야 피곤함에 지쳐 잠이 든 것은 그로부터 한참 후의 일이었다.

□ ◆ □

철벅철벅! 물이 가득 찬 신발로 바닥을 밟는 소리가 투박했다. 겨우 리조트 입구로 들어선 미영과 김 비서의 상태는 그야말로 엉망진창이었다. 온몸을 물에 푹 담근 듯한 차림이었으나 이제 겨우 침대에 누워 쉴 수 있게 되었단 생각에, 두 사람의 표정은 꽤나 밝았다. 로비로 통하는 현관에 선 두 사람은 마치 미리 약속이라도 한 듯 깍듯이 서로에게 허리 숙여 인사했다.

"오늘 수고 많으셨습니다. 그리고 감사합니다. 제가 염치없는 부탁을 해서 괜히 고생시켜 드린 것 같아 미안합니다."

"네. 그걸 잘 아신다면 다음부턴 부디 절 찾지 말아 주세요."

상체를 약간 숙인 그대로, 김 비서의 어깨가 흠칫 위아래로 움직였다. 역시 직설적인 미영의 대화법에 놀란 눈치였다. 이렇게 반응이 재미있으니 자꾸만 놀려 먹고 싶지. 씨익, 입가에 엷은 미소를 지은 미영이 숙였던 상체를 들어 올리며 말했다.

"뭘 그리 놀라세요? 사실은 꽤 재미있었다고요. 어찌나 우스운 돌발 상황이 계속 발생을 하는 건지……. 그리고 방금 한 말은 농담이었어요, 농담. 조크도 못 알아들으시나?"

"…임 대리의 말투는 항상 진담 같아서요. 당최 긴장의 끈을 놓을 수가 없습니다."

"아하하. 긴장 푸세요. 제가 김 비서님을 잡아먹는 것도 아닌데 뭘 그리 놀라고 그러세요? 아무튼 김 비서님도 오늘 수고 많으셨어요. 들어가서 푹 쉬세요."

미영이 활짝 웃으며 그에게 작별 인사를 건넸다. 온통 빗방울 자국이 남은 안경 너머로, 김 비서는 그런 미영을 조용히 바라본다. 말없이 자신의 얼굴만 뚫어져라 쳐다보는 그의 시선에 의아함을 느끼던 그때, 김 비서가 부산스럽게 입고 있던 린넨 재킷을 벗었다.

'응? 갑자기 비에 젖은 재킷은 왜 벗는 거야?'

그녀가 고개를 갸우뚱거리던 순간, 그가 벗은 재킷을 미영의 어깨에 폭 덮어 주었다. 덩치가 거대한 남자라서 그런 걸까. 미영이 꽤 키가 큰 편임에도 불구하고 마치 아빠 옷이라도 걸친 것처럼 재킷이 크고 길었다. 그녀의 시선이 절로 김 비서에게 가닿았다.

왜 이러는 걸까. 그 목적을 떠올리려 노력하던 것도 잠시.

"젖은 옷이라 미안하지만, 그것으로라도 가리고 가요. 천천히 돌려 주셔도 됩니다. 그럼 좋은 꿈 꾸고 잘 자요."

마지막 인사를 건넨 그가 뒤돌아서 로비 안으로 유유히 사라졌다. 보통 남자들보다 훨씬 넓고 큰 어깨. 듬직하고 단단해 보이는 등짝. 사라지는 그의 뒷모습을 멍하니 응시하던 미영의 얼굴이 점차 붉게 달아오르기 시작했다.

"아……. 나 지금 상태가 좀 그랬었지."

비에 젖은 흰색 티셔츠 안의 속옷이 다 보이는 상태라는 것을……. 그새 새카맣게 잊어버리다니. 미영은 제 얼굴이 뜨거워지는 원인을 제대로 파악할 수가 없었다. 잘 알지도 못하는 남자에게 의도치 않게 다 보여 줬다는 창피함인 건지, 아니면 그녀의 몸에 재킷을 걸쳐 그것을 가려 준 남자에 대한 두근거림 때문인지.

어쨌든 지금 가장 중요한 것은, 그에게 재킷을 돌려줘야 한다는 사실이었다. 고로, 그와 다시 한번 만날 일이 생겼다는 것이다.

□ ◆ □

볼이 무척이나 뜨겁다. 눈을 찌르는 햇살 탓에 더는 잠을 이룰 수가 없었다. 리원은 미간을 찌푸리며 반대편으로 돌아누웠다.

'조금 더 자고 싶은데……. 주말인데……. 미치겠다.'

이 좋은 일요일에 집에서 느지막한 시간까지 아침잠을 자는 호사를 누릴 수가 없다니. 진정한 지옥을 경험하고 있었다. 하지만 어쩔 수 없는 일. 오늘은 또 오늘의 스케줄이 있으니 팀장으로서의 임무를 다 해야 하지 않겠는가. 떠지지 않는 눈꺼풀을 억지로 들어 올리자, 흐릿한 시선 안에 언뜻 어디선가 많이 본 얼굴이 들어왔다.

"음……?"

그리고 그 얼굴의 주인이 누구인지 확인하자마자, 그녀의 두 눈이 튀어나올 듯 거대해졌다. 짙은 눈썹과 길고 새카만 속눈썹. 선이 굵게 잘 빠진 높은 콧대. 꾹 닫힌 도톰한 입술. 리원도 잘 아는 남자였다. 태건은 그녀의 작은 뒤척거림 따위 알지도 못한 채 아주 깊은 잠에 빠져 있었다.

'헐……. 이 남자가 왜 내 옆에서 자고 있는 거지?'

분명 어젯밤에 따로 잠들었던 걸로 기억하는데. 그는 소파에서, 저는 침대에서.

한데 어느 순간 두 사람은 아주 당연하다는 듯이 한 침대에 나란히 누워 있었다. 퍼뜩 정신을 차린 리원은 누운 자리에서 벌떡 일어났다. 혹시나 밤사이에 사고라도 쳤나 싶어, 저도 모르게 고개를 아래로 내려 몸을 점검했다. 다행히 옷은 멀쩡히 잘 입고 있었다. 벗었던 흔적도 없는 것으로 보아 딱히 무슨 일이 있었던 것 같지는 않았다. 조금 안심을 한 그녀가 흐린 눈으로 주위를 둘러보았다.

"햇빛……. 햇빛이라니. 도대체 몇 시……."

그리고 벽시계로 시선을 둔 순간.

"허얼!!"

벌써 아침 7시를 가리키는 시계를 보곤 혼란에 빠졌다. 리원은 빠른 손놀림으로 침대를 더듬어 제 휴대폰을 찾았다. 벽시계가 혹시나 잘못됐나 싶어서.

"허……. 정말 7시네. 미친."

제대로 시간을 확인한 뒤에야 곁에서 잠든 태건을 흔들어 깨웠다.

"부사장님! 부사장님! 얼른 일어나요! 큰일 났어요! 큰일 났다고요!"

그녀가 흔들어 깨워도 그는 눈을 뜰 생각이 없는 건지 입만 열어 대답했다.

"…무슨 큰일 입니까?"

"무슨 일은 무슨 일이겠어요! 얼른 돌아가야죠! 벌써 아침 7시라고요!"

그녀가 현재 시각을 알리고 나서야 태건이 번쩍 두 눈을 떴다. 그가 자리에서 벌떡 일어나 앉더니 벽시계를 쳐다보곤 이마를 짚었다. 골치 아프다는 듯이 눈을 질끈 감으며 혼잣말처럼 중얼거린다.

"이런. 당신을 깨우려다 그만……."

"네? 저를 깨우려하셨던 분이 왜 여기서 잠이 들어 계세요?"

"……."

그가 리원의 눈을 피하며 고개를 돌렸다. 응? 혹시 방금 일부러 피한 건가? 리원이 살짝 입을 벌린 채 그가 말하지 못하는 이유를 짐작하고 있을 때, 그는 유유히 침대에서 내려와 제 소지품을 챙겼다.

"한시라도 빨리 돌아갑시다. 늦기 전에."

"하아……. 이미 늦었어요. 7시부터 10시까지 조식 시간이니까……. 아마도 이미 일어나 준비하는 사람들이 있을 테니까요."

리원은 반쯤 체념한 듯한 말투로 망연자실했다. 멍하니 풀린 눈으로 애꿎은 시계만 쳐다보고 있었다.

'뭐라고 둘러대지?'

그녀의 머릿속엔 온통 그 생각밖에 없었다. 어젯밤에 대해서는 미영이 어떻게든 둘러대 놨겠지만, 지금이 문제였다. 혹시 객실로 돌아가는 와중에 누군가를 마주치기라도 한다면……. 상상만 해도 뒷골이 서늘해질 정도로 아찔했다. 리원의 이마에 식은땀이 송골송골 맺혔다. 하지만 심경이 복잡한 그녀와는 반대로 그는 무척이나 여유롭게 리조트로 돌아갈 준비를 하고 있었다.

□ ◆ □

"잠깐. 여기서부터는 따로 가요."

조금 떨어진 곳에 있는 리조트가 보이자, 리원이 그를 살짝 밀어내며 말했다. 물끄러미 그런 그녀를 내려다보던 그가 피식, 작게 웃음 지었다.

"굳이 그렇게까지 할 필요 있습니까? 사람들은 의외로 남의 일에 관심이 없어요. 우리 왜 같이 들어오는지 딱히 궁금해하지 않을 텐데."

"아뇨. 절대 아니라고 봐요. 어젯밤에도 우리 함께 있었잖아요. 분명 의심할 거예요. 사람들은 남의 이야기 하는 거 정말 좋아하거든요. 특히나 여자들의 촉이 얼마나 좋은지 부사장님은 모르시잖아요."

"나와 소문나는 게 그렇게 두렵습니까?"

"당연하죠! 이 바닥 소문이 얼마나 무서운지 몰라서 그러세요?"

"…난 별로 상관없는데."

경악한 리원이 고개를 홱 돌려 그를 쳐다보았다. 특유의 능글능글한 미소를 짓고 있는 남자의 얼굴이 보였다.

또다, 또. 지칠 줄 모르는 그놈의 장난기.

그의 도발에 넘어가면 안 된다는 것을 알면서도 희한하게도 자꾸만 말려들었다. 최근의 리원은 항상 그랬다. 누구보다도 침착하고 냉철한 그녀였는데……. 이상하게도 최태건이라는 남자를 대할 때면 지독하게도 감정적으로 행동했다. 그것은 지금도 마찬가지였다. 리원은 솟아오르는 짜증을 숨기지도 않은 채 그에게 날카롭게 쏘아붙였다.

"그거야 부사장님 사정이고요! 여자 입장에서 그런 소문이 얼마나 불리한지 정말로 몰라서 그러시는 거예요?"

"그러니까 내가 진작 연애하자고 하지 않았습니까? 리원 씨가 냉큼 오케이 했다면 남들 시선 따위 신경 쓰지 않아도 될 텐데."

"말은 똑바로 하시죠. 그냥 연애가 아니라 계약 연애."

"마찬가지 아닙니까? 난 무엇이든 당신에게 최선을 다하겠다고 말했을 텐데."

"휴……. 이럴 시간 없으니까 저는 저쪽으로 돌아서 갈게요. 부사장님은 똑바로 가셔서 정문으로 들어가시면 되겠네요. 그럼 조심히 들어가세요. 전 이만……."

치고받는 말장난을 서로 주고받는 것도 좋지만 오늘 아침엔 더는 그와 대화할 시간이 없었다. 얼른 방으로 돌아가서 씻고, 아침 식사를 하고, 이후의 스케줄대로 움직여야 했으니까. 리원은 가볍게 고개 숙여 예를 갖춰 인사했다. 그러곤 차가울 정도로 몸을 홱 돌려 반대편으로 걸어가자, 뒤에서 나지막한 그의 인사가 들려왔다.

"나중에 봅시다, 강 팀장."

덩그러니 서서 멀어지는 그녀의 뒷모습을 한참이나 응시하는 남자. 그 따가운 시선을 느낌으로 알아챘음에도 리원은 모른 척했다. 한참 길을 돌아가, 리조트로 연결되어 있는 입구와 조금 떨어진 곳에 심긴 나무 뒤에 숨었다.

리원은 수시로 고개를 내밀어 태건이 건물로 잘 들어가고 있는지를 확인했다. 하도 눈에 익숙해서 그런 걸까. 우습게도 태건의 뒷모습만 봐도 단번에 그를 알아볼 수가 있었다. 현재 입구로 들어서는 넓은 등짝의 남자는 최태건, 그가 틀림없었다. 드디어 그가 로비 안으로 사라지자, 리원은 안도의 한숨을 푹 내쉬었다.

"휴……. 이제 한시름 놓았고. 나만 들키지 않게 조심해서 들어가면 되겠다."

흡사 007 작전이 연상될 만큼 험난하겠지만. 최대한 블라썸 직원들에게만 들키지 않게 조심하며 성공하리라 굳게 다짐했다. 휴대폰으로 시간을 쟀다. 그가 들어가고 난 뒤 정확히 10분 후. 옷에 묻은 먼지와 나뭇잎 조각들을 마지막으로 다시 한번 털어 내고는 힘차게 정문으로 걸음을 옮겼다.

정문은 무사히 통과. 유리창을 통해 로비에 익숙한 얼굴이 없는지 둘러본 뒤에야 안으로 들어섰다. 로비를 사선으로 가로지른 리원은 승강기를 지나 비상구 계단을 선택했다. 혹여 승강기를 타고 가다 누군가 마주치기라도 할까 봐 제 나름 머리를 쓴 것이다.

그녀가 미영과 함께 배정받은 방은 501호. 훨씬 더 높은 층이었다면 계단 따위 꿈도 못 꿨겠지만 5층쯤이야 충분히 걸어서 갈 수 있겠지. 사람들이 거의 이용하지 않을 것으로 예상되는 계단이라 마음이 놓였다. 그제야 긴장의 끈을 놓고 여유로운 걸음으로 5층을 향해 발을 내디뎠다. 한참 멍하니 상념에 잠긴 채 계단을 오르던 어느 순간.

"어? 팀장님!"

2층에서 3층으로 오르는 계단의 중간쯤에서 몇 명의 사람들과 마주쳤다. 그것도 아주 익숙한 음성의 누군가와. 리원은 소스라치게 놀라며 저를 부른 상대를 올려다보았다.

'이런 맙소사!'

그녀가 어떻게든 피하고 싶었던 블라썸 여직원들이었다. 리원의 두 눈이 튀어나올 듯 커다래졌다. 그녀가 차마 말을 잇지 못한 채 금붕어처럼 입만 뻐끔거리고 있을 때. 먼저 웃으며 말을 꺼낸 것은 상대 쪽이었다.

"정말 자기 관리 철저하신 것 같아요! 벌써 운동 다녀오시는 거예요?"

이게 무슨 소리인가. 뭐라고 대답하지? 난데없이 벌어진 당황스러운 상황에 차마 한마디도 꺼낼 수가 없었다. 리원은 휘둥그레 눈을 뜬 채 재잘거리고 있는 상대를 가만히 쳐다보았다.

"아! 방금 대리님께 들었어요. 다 같이 식사하러 갈 시간이라 방으로 찾아갔는데……. 팀장님께서 운동하러 나가셨다고요. 저희보고 먼저 가서 먹으라고 하시길래 먼저 내려왔는데 괜찮으시죠? 대리님은 팀장님과 함께 드실 거라고 방에서 기다리고 계세요."

임미영. 이 기특한 계집애 같으니. 뭔가 조금 어설픈 변명이긴 했지만 나름대로 잘 대처해 놓았구나. 마음을 놓은 리원이 한결 편안해진 얼굴로 살포시 미소 지었다.

"아아, 그랬구나. 그럼 괜찮지. 먼저들 가서 식사해. 난 얼른 씻고 임 대리랑 식사할 테니까 우린 신경 쓰지 말고. 알았지?"

"네. 그럼 저희 먼저 가 보겠습니다!"

"그래. 맛있게 먹어."

리원은 팔짱을 낀 채 미소 지으며 직원들이 2층 뷔페로 사라지는 것을 가만히 지켜보았다. 쿵 하는 소리와 함께 비상구 문이 닫히자, 그만 다리에 힘이 풀려 계단에 털썩 주저앉아 버렸다.

"와아. 진짜 깜짝 놀랐네. 들키는 줄……."

이제 와서 가만히 생각해 보니 딱히 이렇게까지 긴장하며 숨어 다닐 필요가 없었는데. 혼자 괜히 과하게 반응했나 싶은 생각이 들었다. 그냥 단순하게 운동이라든지, 볼일 보러 다녀왔다고 대충 둘러대면 될걸. 찔리는 짓을 하고 와서 그런지 도둑이 제 발 저려 일을 더 복잡하게 만든 꼴이었다. 뒤늦게 리원이 내쉰 안도의 한숨이 비상구 안에 가득 울려 퍼졌다.

□ ◆ □

쏴아아. 수증기로 가득 찬 샤워 부스 안. 태건은 쏟아지는 물줄기 아래서 상념에 잠겨 있었다. 그의 눈에는 초점이 없었다. 복잡하게 얽힌 기억을 되새기느라 이미 한참이나 그렇게 서 있었던 것이다. 그리고 몇 분의 시간이 더 흐른 뒤.

"하아……."

깊은 한숨을 내쉰 그는 정면의 벽에 설치되어 있는 거울에 툭, 숙인 머리를 기댔다. 뚝뚝. 젖은 머리카락에서 물이 쉴 새 없이 방울져 떨어졌다. 목 뒷덜미부터 등을 타고 다리까지 흐르는 거센 물줄기가 제법 뜨거워졌는데도 알아차리지 못했다. 그는 지난밤의 기억들 때문에 괴로움에 몸부림치고 있었다.

사실, 태건은 잠을 거의 자지 못했다. 그가 어설프게나마 깜빡 잠이 든 건 대략 한 시간 정도. 뜬눈으로 밤을 지새웠다고 해도 과언이 아니었다. 이유야 뻔했다.

"그 여자를 옆에 두고 잠이 올 리가 없지……."

새벽까지 진지한 대화를 나눴었다. 잠을 이루지 못해 뒤척였던 것은 그녀뿐만이 아니었던 이야기다. 마침 기척을 느꼈었고, 그전에 하지 못했었던 말을 꺼내 대화로 풀어 나갔을 뿐이다. 한데 어느 순간,

305

제 쪽을 보며 잠이 들어 버린 여자의 얼굴을 마주했다. 손을 뻗으면 닿을 만한 거리. 노란 조명등 아래라 그런지, 평소보다 몇 배는 예뻐 보였다.

그때부터였다. 가만히 잠자고 있던 음흉한 남자의 본능이 솟아난 것은. 한번 살아난 욕망은 아무리 자제하려 해도 좀처럼 수그러들지 않았다. 엎친 데 덮친 격으로 그녀와 보냈었던 제주도에서의 하룻밤이 다시금 생생하게 뇌리를 스쳐 가 정말 미칠 것 같았다.

이대로 잠이 든 붉은 입술에 키스하고 싶었다. 당장에라도 몸을 일으켜 그녀를 움직이지 못하게 꽉 잡고, 제 욕망대로 뜨겁게 탐하고 싶었다.

'젠장. 짐승도 이보다는 낫겠어.'

미간을 구긴 채 스스로의 낯선 욕망에게 욕을 퍼부었다. 어금니를 꽉 깨물고 애써 본능을 억눌렀다. 누구보다 그녀에게 미움받고 싶지 않으니까. 지금처럼 저를 다정하게 바라보는 그 예쁜 눈빛을 지키고 싶으니까. 결코 욕망에 잠식당해 버린 추한 모습을 조금도 보여 주고 싶지 않았다.

그는 밤새 스스로와 싸우며 시간을 보냈다. 어떻게 그 긴 시간을 버텼는지 기억조차 제대로 나지 않는다. 그리 하얗게 저를 불태우고 나서야 아침이 찾아왔다. 창밖으로 서서히 여명이 밝아 오는 것을 보고 나서야, 기나긴 고통이 드디어 끝났다는 것을 알았다. 누워 있던 소파에서 일어나 시계를 봤을 때가 새벽 5시 40분. 돌아가기 위해 그녀를 깨우려던 참이었다. 태건은 조용히 침대로 다가가 끄트머리에 앉았다.

'피곤할 텐데. 새벽 늦게 잠들었으니.'

하지만 행복한 모습으로 곤히 잠든 그녀를 보니 차마 깨울 수가 없었다. 결국 자신과 타협하기에 이르렀다.

'30분만 더.'

30분이 지나면 반드시 깨우리라 다짐하고는 슬그머니 그녀의 옆에 모로 누웠다. 팔로 턱을 괸 채 눈 감은 리원의 얼굴을 가만히 바라보았다. 화장기 없이도 빛나는 하얀 피부와, 붓처럼 풍성한 속눈썹, 끝이 작고 동그란 버선코와, 하트 모양의 귀여운 입술까지. 무슨 꿈을 꾸는 건지 그녀의 입술이 약하게 부르르 떨리자 그게 귀여워서 피식, 웃어 버렸다.

조금만 더……. 조금만 더 자는 얼굴을 보고 싶었다. 그저 작은 욕심이었을 뿐인데, 거기서 잠이 들어 버릴 거라고는 생각지도 못했다. 리원이 아침 7시가 다 됐다며 놀라 깨우기 전까지 말이다. 멍하니 오늘 아침의 일들을 곱씹고 있던 그가 별안간 미간을 확 찌푸렸다. 그의 입에서 조용한 혼잣말이 튀어나왔다.

"아, 젠장. 뜨겁군."

뒤늦게 물의 온도가 뜨겁다는 것을 느낀 태건은 손을 뻗어 수도꼭지를 잠갔다. 다사다난한 단합회 2일 차의 아침이 흘러가고 있었다.

□ ◆ □

501호의 초인종을 누르자마자 번개처럼 잽싸게 문이 열렸다. 너무 빠른 반응 속도에 깜짝 놀란 리원의 눈이 커다래졌다. 열린 문 사이로 약간 흥분한 듯 즐거운 표정을 감추지 못하는 미영의 얼굴이 불쑥 나타났다.

"어서 와."

그녀의 얼굴 표정이 어째서 그리 밝고 발랄한 것인지 잘 알았다. 하지만 애써 그런 절친의 반응을 모른 척, 담담하게 방 안으로 들어갔다. 미영은 연신 묘한 웃음을 지으며 리원의 뒤를 졸졸 따라다녔다. 리원이 바쁘게 캐리어를 뒤적여 세면도구와 갈아입을 옷을 꺼내고, 입고 있던 옷을 벗어 던지는 순간에도 곁을 떠나지 않았다. 그저 얼굴 가득 미묘한 표정을 지으며 빤히 쳐다볼 뿐.

"그렇게 궁금해? 말해 주련?"

리원이 돌아보지도 않은 채 건성으로 말했다. 미영은 득달같이 달려들어 연신 고개를 끄덕였다.

"웅웅. 궁금해. 엄청 궁금해. 둘이 밤새 뭐 했오?"

절친에게만큼은 이다지도 애교를 부렸다. 그 애교 남자한테나 써먹지. 그랬다면 분명 유혹하지 못할 남자가 없을 텐데 말이다. 저렇게 예쁘장한 외모를 가졌으면서 남자들한테는 어찌나 무뚝뚝하고 쌀쌀맞게 구는지……. 리원은 낮은 한숨을 내쉬며 툭 던지듯 말을 내뱉었다.

"없었어. 아무 일도. 그러니까 쓸데없는 기대 하지 말고."

"뭐야? 진짜? 정말 아무 일도 없었어?"

"응."

"아니, 그럼 밤새도록 둘이서 뭘 했단 소리야?"

입이 살짝 튀어나온 미영이 눈을 흘겼다. 리원은 벗은 옷을 곱게 접으며 잠시 어젯밤의 일들을 떠올렸다.

물론……. 밤새 아무 일도 없었던 건 아니었다. 분위기가 꽤 괜찮았으니까. 오랜만에 가슴도 간질간질했고, 태건과 함께 레코드 플레이어로 예전 팝송을 들은 것도 좋았고, 잠자리에 누워 마주 보고 대화를 나눴던 시간도 참 좋았다. 평소 미묘하게 벽이 느껴지던 그에 대해 조금이나마 더 알게 된 것 같아서 흥미롭기도 했다.

하지만 그런 달콤하고도 사소한 일들까지 미영에게 가십거리 떠들듯 세세하게 이야기하고 싶지 않았다. 분명 오지랖을 부릴 게 뻔하니까. 뭔가 더 확실하게 관계가 발전되는 사건이 일어난다면 그땐 꼭 말해 줘야지. 그리 다짐한 리원은 고개를 내저으며 어젯밤의 일을 대충, 그리고 아주 무미건조하게 말해 주었다.

"뭐 하긴. 그냥 평범하게 와인 주거니 받거니 기분 좋게 마시고, 음악도 듣고……. 그러고 나니 비가 오는 거야. 별수 없지. 폭우처럼 비가 쏟아지는데 우산도 없이 나갈 수는 없잖아. 그래서 그냥 잤어."

"응? 잤어? 잤다고?"

기대에 가득 찬 눈을 빛내며 소리친다. 리원은 눈을 가로로 가늘게 뜨고는 그런 절친을 어이없다는 듯 바라보았다. 분명 아무 일도 없었다고 처음부터 언질을 줬는데. 어쩜 단순하게 의미 없이 내뱉은 말을 그렇게나 마음대로 해석해서 듣는 걸까.

"그래! 잤다! 잤어! 부사장님은 소파에서! 나는 침대에서!"

"우엑……. 그게 뭐냐? 그렇게까지 분위기 살려 놨으면 뭔가 진전이 있어야 할 거 아냐? 애써서 자리 만들어 준 사람 섭섭하게. 하여간 답답하다, 답답해! 장미꽃으로 침대에 하트 만드느라 얼마나 고생했는데!"

"부사장님이랑 난 아무 사이도 아니잖니? 도대체 뭘 하길 바란 거야?"

"뭘 바라긴? 진도나 팍팍 나갔으면 했지!"

"…지금 네가 그런 말 할 처지가 아닐 텐데……?"

리원이 잔뜩 일그러진 표정으로 뒤를 돌아보았다. 그녀는 어둡고 음산한 분위기를 잔뜩 풍기며 성큼, 미영에게 한 걸음 다가갔다. 본능적으로 위협을 느낀 미영이 눈을 동그랗게 뜬 채 뒤로 조금씩 물러났다. 입술을 비뚜름하게 한쪽만 올린 리원이 낮게 깐 음성으로 물었다.

"감히 날 속였니?"

"어……. 아니, 잠깐만! 그건 다 너희 두 사람을 위해서……."

"여자들끼리 파티한다고 거짓말하고 그 깊은 통나무집까지 끌어들여? 응? 내가 이걸 고이 참고 넘어가야 할까?"

"그러니까! 다 도와주려고 그런 거라고!"

"어디서 핑계를 대? 내가 보기엔 아무리 생각해도 넌……. 이 사건이 나름 재미있어서 뛰어든 것 같은데? 나를 위해서란 말로 잘 포장해서. 안 그래?"

리원은 제 친구의 성격을 너무나도 잘 알았다. 나이 먹을 대로 먹은 성인 남녀가 썸 타는 걸 보는 게 뭐 좋을 게 있다고 대뜸 도와준다며 끼어들었겠는가. 평소의 미영이라면 알아서들 잘하겠지, 라며 무관심으로 넘겼을 텐데 말이다. 물론 미영이 뒷수습을 잘해 줬기에 망정이지, 어제의 황당함을 떠올리던 리원의 이마에 핏대가 섰다.

"아, 아무튼 들키지 않았잖아! 사람들한테 들키지 않으면 괜찮은 거 아닌가!!"

"너 딱 거기 서. 잠깐만 서 있어."

잠시 두 사람 사이에 실랑이가 벌어졌다. 물론 실랑이치고는 매우 격한 게 문제였지만.

□ ◆ □

"저기, 네가 보기에 김 비서⋯⋯. 그 사람은 어떤 것 같아?"

샤워를 하고 나와 화장대에서 머리를 말리는 리원에게 미영이 대뜸 물었다. 긴 머리를 손으로 털던 리원이 드라이어를 끄고는 거울 속에 비친 미영을 바라보며 물었다.

"응? 김 비서? 그 사람 어딜 말하는 건데?"

"그냥. 성격이든 외모든 전체적으로 어떤 것 같으냐고."

"음⋯⋯."

리원은 턱을 매만지며 김 비서를 떠올렸다. 평소 태건을 만날 때마다 김 비서도 함께라서, 확실히 미영보다는 자신이 그를 더 많이 마주치긴 했다. 하지만 사석에서의 모습은 잘 알지 못하는데⋯⋯. 태건의 오래된 절친이라는 것은 미영도 잘 알고 있는 사실이었다. 일단은 질문을 받았으니 대략적으로 느낀 점에 대해서만 읊조렸다.

"성격이야 무난한 것 같고. 일은 잘하는 사람 같고. 보이는 게 거기까지니까 그 외엔 나도 잘 모르지. 표정 없어 보이고 냉철해 보여도 애인한테는 의외로 다른 면을 보여 줄지도……. 그리고 외모는……. 내 타입은 아니지만 제법 잘난 편이긴 하지? 그런데 왜?"

"아니! 그냥. 그냥 네 의견이 궁금해서."

"그래? 그 사람이 궁금해?"

"아니. 궁금하다기보다는 그냥. 자주 마주치다 보니."

미영은 시선을 엉뚱한 곳에 둔 채 리원과의 대화를 슬쩍 피했다.

그녀의 시선은 깨끗이 세탁해서 벽에 걸어 놓은 남자의 재킷에 닿아 있었다.

8
반갑지 않은 손님

미영은 잔뜩 긴장한 채 스위트룸 앞에 섰다. 분명 목적이 있어서 온 것일 텐데, 그녀는 머뭇거리며 서 있을 뿐 별다른 움직임이 없었다. 희한한 일이었다. 손이 제대로 달려 있으니 벨을 누르기만 하면 될 텐데. 그 단순한 행동을 실행에 옮기지 못하는 모습이 그녀답지 않았다. 조금 더 시간이 지난 뒤, 결국 마음을 다잡은 그녀가 벨을 누르기 위해 천천히 손을 뻗던 순간. 조용한 공간에 문이 열리는 작은 소음이 들리더니, 낮고도 굵직한 남자의 음성이 울렸다.

"…혹시 임 대리님?"

멈칫. 가느다란 손이 허공에서 멈춰 버렸다. 저를 부르는 소리에 깜짝 놀란 미영이 뒤쪽을 돌아보았다. 그녀를 부른 사람은 다름 아닌 태건이었다. 그는 항상 그랬듯 김 비서의 맞은편 방에 묵고 있었던 것이다. 어디론가 외출을 하려는 것인지, 평소처럼 세련된 슈트를 빼입은 차림이었다.

역시나 태건은 슈트 차림이 가장 잘 어울렸다. 단추를 잠그지 않은 네이비색 재킷. 그 사이로 드러난 새하얀 드레스 셔츠는 터질 것처럼 상체에 딱 맞게 핏 된 상태였다. 그 덕에 남자의 단단한 몸을 드러낸 멋진 라인을 어김없이 보여 주고 있었다. 그에게서 풍겨 나오는 분위기가 어찌나 숨 막힐 정도로 섹시한지, 미영은 오랜만에 속으로 연신 감탄사를 내뱉었다.

'하……. 역시. 우리 리원이가 한 번에 넘어갈 만해. 저토록 매력이 철철 넘치는데 안 넘어가고 배겨? 하여간 복받은 계집애.'

저도 모르게 멍하니 초점을 놓은 채 잘생긴 남자를 쳐다보던 중.

"맞군요. 임 대리."

태건이 눈동자를 굴리며 그녀의 정체를 확인했다. 너무 빤히 쳐다보고 있었던 걸까. 어느 순간 제가 민망할 정도로 상대를 대놓고 뚫어져라 보고 있었다는 사실을 깨달았다. 미영은 민망한 듯 목을 가다듬으며 그에게 꾸벅 인사했다.

"안녕하세요, 부사장님."

"…좋은 아침입니다. 지난밤 잠은 푹 잤습니까?"

"네? 네……. 이 리조트의 침대가 워낙 푹신해서, 한 번도 깨지 않고 잘 잤습니다."

미영의 대답을 들은 태건이 입가에 의미를 알 수 없는 엷은 미소를 지었다. 한쪽 입꼬리만 슬쩍 위로 올라간 것이 필시 좋은 의미의 웃음은 아닌 것 같았다. 밤새 편히 잘 잤냐는 그의 말에 일순, 미영의 머릿속에 번개처럼 지난밤의 기억들이 스쳤다. 김 비서와 제가 깜찍하게 그를 속여, 리원과 엮어 주려던 일련의 과정들이 하나도 빠짐없이 떠올랐다.

어쩐지 그의 말에 약간의 가시가 있는 것 같은 착각이 들었지만 애써 모른 척 시치미를 뗐다. 어쨌든 그가 지금은 두 사람이 벌인 일이라는 것을 잘 알고 있을 테니 왠지 눈치가 보였다. 태건은 묘한 미소를 거두지 않은 채 고개를 오른쪽으로 살짝 기울이며 물었다.

"여긴 어쩐 일입니까?"

"그게, 김 비서님께 돌려드릴 것이 있어서요."

"이런. 안타깝게도 지금 방에 없을 겁니다."

"네? 잠깐 어디 가셨나요?"

"그게 아니라……. 지하 주차장에 차를 대기시키고 있을 텐데. 보다시피 내가 급한 비즈니스가 생겨 돌아가야 합니다."

"아……. 그래서 정장 차림이시군요."

태건의 비서였으니, 태건에게 스케줄이 생겼다면 거기에 맞춰 움직일 것이 자명했다. 현재 이 리조트를 이용 중인 모든 협력 업체 직원들은, 점심 식사까지 마친 뒤 관광버스를 타고 귀가하기로 정해져 있었다. 한데 예상치 못한 일이 생긴 태건은 그들보다 먼저 돌아가게 된 것이다. 김 비서의 얼굴을 볼 수 있을 거라 여겼는데……. 어쩐지 어깨에 힘이 빠진 미영이 조용히 중얼거렸다.

"하아……. 그렇게 된 거군요. 아쉽다……."

아쉽다는 그녀의 말에 태건의 미간이 미세하게 일그러졌다. 자신이 아쉽다는 말을 내뱉었다는 것을 뒤늦게 깨달은 미영이 깜짝 놀라 입을 꾹 다물었다. 토끼처럼 커다래진 눈을 괜히 이리저리 굴리는데, 태건의 시선이 미영이 들고 있는 쇼핑백으로 가닿았다.

"혹시 내 비서에게 돌려줄 물건이 그겁니까?"

"네. 맞습니다."

그러고는 자연스럽게 손을 뻗어 왔다.

"주십시오. 내가 대신 전해 줄 테니."

"아, 아니에요! 괜찮아요. 다음에 제가 직접 전달하겠습니다."

미영은 쇼핑백을 뒤로 숨긴 다음, 급하게 작별 인사를 했다.

"그럼, 다음에 또 뵙겠습니다! 서울까지 조심히 올라가세요!"

"……."

그렇게 던지다시피 인사를 건네고 후다닥, 큰일이라도 터진 것처럼 재빠르게 비상구로 사라진다. 태건은 쇼핑백을 건네받기 위해 내밀었던 손을 거둬들인 뒤, 바지 주머니에 찔러 넣었다. 멀어져 가는 미영의 뒷모습을 가만히 쳐다보던 그가 고개를 갸웃거렸다. 뭔가 대단히 의심스러운 행동인데……. 설마 하는 생각을 뒤로한 채 승강기로 걸음을 옮겼다. 어쨌든 주말임에도 바쁜 일이 생겼으니 서둘러야 했다.

□ ◆ □

김 비서는 오늘따라 유난히 운전에 집중하기 어려웠다. 차에 탑승

한 뒤부터 지금까지, 20분쯤 되는 시간 내도록 뒤통수가 따가웠기 때문이었다. 뒷좌석에 앉은 태건이 팔짱을 낀 채 스산한 눈매로 그를 노려보고 있었다. 말 한마디 없이 그러고 있으니 모른 척 넘기려 해도 그럴 수가 없었다. 결국 졌다는 듯 김 비서가 먼저 입을 열었다.

"그만 노려봐. 뒤통수 뚫어지겠다."

"노려보긴. 단지 어떻게 해야 할까 생각 중일 뿐이야."

"뭘? 어떻게?"

"너를. 이대로 가만히 놔둬도 될까 고민이 되어서."

"뜬금없긴. 이유가 뭔데?"

제법 능청스럽게 이유를 묻자, 이미 길게 찢어져 있던 태건의 눈매가 날카롭게 빛났다.

"정말로 이유를 몰라서 묻는 건 아니겠지? 어젯밤의 일에 대해서 할 말이 있을 텐데."

"뭘 그 정도 깜찍한 일로 그런 고민까지 해? 솔직히 말하자면, 딱히 나쁘진 않았지 않나?"

"…확실한 건 내가 잠을 거의 못 잤다는 사실이지. 지금도 정신력으로 버티는 거고."

"잠을…… 못 자?"

일순 태건의 말을 예민하게 받아들인 김 비서의 눈이 크게 뜨였다. 그는 아무래도 경우에 따라 다르게 받아들일 수 있는 말을, 제멋대로 해석한 것 같았다. 태건은 그저 있는 그대로, 아주 정확한 사실만을 내뱉었는데 말이다. 짧게 감탄사를 내뱉은 김 비서는 입가에 환한 웃음을 지었다.

"오. 그 정도로 열심히……. 너도 한다면 하는 놈이구나."

"…무슨 생각 하는 거야? 아무 일도 없었고, 그냥 나 혼자 뜬눈으로 밤을 지새운 것뿐이야."

단번에 희망에 차 있던 절친의 웃음을 깨부숴 버린다. 아주 플라토닉한 밤을 보내고 왔다는 말인 건데, 어쩐지 김 비서의 얼굴에 실망감이 가득 찼다. 마치 뭔가를 잔뜩 기대하고 있기라도 했었던 것처럼. 그는 약간의 답답함을 내포한 욕지거리를 내뱉었다.

"미친. 병신이냐? 멍석을 깔아 줬는데도 왜 눕지를 못해?"

"내가 그랬었지? 전부 단계가 있는 거라고."

아주 양반이 납셨군그래. 이미 한번 자 본 사이에다 서로 마음도 있겠다, 제대로 사귀지 못할 것은 무엇이고 뜨거운 밤을 보내지 못할 이유는 또 무엇일까. 애써 분위기를 만들어 줘도 제대로 활용을 못 하니 이거야말로 가장 쓸모없는 짓 중에 하나였다.

정지신호가 녹색등으로 바뀌자, 교차로에 멈추어 있던 차량이 드디어 도심 사이를 가로질러 움직이기 시작했다. 초록의 가로수들이 즐비한 4차선 도로를 운전하며, 백미러로 뒷좌석의 태건을 확인한 김 비서가 물었다.

"도와줘도 난리군. 그래서? 다음부터는 아예 관심 끌까? 정말 아무것도 하지 마?"

그의 질문에 태건은 잠시 생각에 잠겼다. 지난밤의 일들을 떠올리던 그가 대답 없이 입을 꾹 다물었다.

솔직히 말하자면……. 나쁘진 않았다. 둘만의 시간이 시작될 때는 다소 당황스러운 상황이 발생하기도 했지만, 결국엔 알찬 시간을 보냈다. 새벽 내내 짐승 같은 욕망을 억제하느라 몹시 고통스러웠으나, 그 모든 것들을 상쇄시킬 정도로 그녀와 함께 있는 시간이 좋았다. 즐거워서, 빠르게 흘러가는 시간이 아쉬울 정도였다. 그 감정들을 되새기던 그에게서 조금 전과는 사뭇 다른 의외의 대답이 흘러나왔다.

"아니. 가끔은……. 나서 줘도 괜찮을 것 같아."

'하……. 이놈 봐라. 결국은 좋았단 이야기면서.'

누구보다 태건의 성격을 잘 아는 사람이 김 비서였다. 그는 이런 대답을 예상하기라도 했다는 듯 조용히 코웃음 쳤다.

"정말 아주 가끔만이야."

"예, 예. 어련하시겠어요?"

비꼬는 듯한 그의 태도에 태건의 표정이 딱딱하게 굳어졌다. 미영이 무언가를 전해 주기 위해 그의 방 앞을 서성거렸다는 이야기를 해 주려 했는데. 잠시 비뚤어진 마음이 제 입을 막았다. 태건은 제가 본 것을 말해 주지 않기로 결정했다. 조금은 치사하게 느껴질 수 있을지도 모르지만, 곧 미영과 김 비서의 만남이 이루어지리라 확신했기 때문이었다.

□ ◆ □

월요일 아침 일찍부터 블라썸의 전 직원들은 극심한 피로에 시달렸다. 비단 이 회사만의 문제는 아닐 것이다. 일요일 오후가 되어서야

모든 협력 업체 직원들이 귀가했으니. 주말을 통째로 회사 생활의 연장에 갖다 바친 격이었다.

대신, 회사 업무는 활기차게 돌아갔다. 2박 3일의 일정 동안 리조트 구석구석을 샅샅이 파헤쳤으니, 몸소 겪은 모든 것을 동원하여 끊임없이 새로운 아이디어를 짜낼 수 있었다.

무척 성과가 좋았던 아침 회의 시간이 끝나고도 한참 후.

"…장님."

대단한 집중력을 발휘하여 충실히 일하느라, 누군가가 저를 부르고 있는 것도 알아채지 못했다.

"팀장님. 강 팀장님!"

여러 번 불리고 나서야 리원은 책상에 반쯤 박았던 고개를 들었다. 막내 여직원이 책상 앞에 서서 리원이 부름에 대답해 주길 기다리고 있었다.

"응. 무슨 일?"

"팀장님 손님이 찾아오셨어요."

"응? 오늘? 지금 이 시간에?"

"네."

리원이 고개를 갸웃거렸다. 오전 시간부터 저를 찾아올 사람이 딱히 없는데……. 그녀가 의아해하던 사이.

"어머님이시라고……. 카페 화이트에서 기다리겠다며 말씀 좀 전해 달라고 하셨어요."

최근 바빠서 전화 통화조차 제대로 하지 못했던 모친의 소식이 들려왔다.

□ ◆ □

조용한 카페 안에 은은한 어쿠스틱 팝송이 울려 퍼졌다. 보통 사람 키의 두 배쯤 되는 거대한 창가 옆에 자리한 새하얀 테이블 위. 투명한 유리컵에 음료와 함께 담겨 있던 각 얼음이 달칵, 소리를 내며 움직였다. 마치 갈색 연수정과도 같은 아이스아메리카노가 햇빛을 받아 예쁘게 반짝였다. 한참이나 대화 없이 멍하니, 테이블 위의 유리컵만 쳐다보고 있던 리원이 손을 뻗었다.

찰랑, 귀여운 소리를 내는 유리컵 속의 아메리카노를 한 모금 입에 머금었다. 화창한 여름날의 눈부신 햇빛과 대조될 만큼 그녀의 낯빛은 어두웠다. 오전 내도록 회의에, 업무에, 그리도 시달렸다 얻은 잠깐의 휴식 시간인데……. 리원의 표정이 그다지 달갑지 않아 보였다. 마지못해 이 자리에 앉아 있는 사람 같았다. 이윽고 꾹 다물려 있던 그녀의 분홍색 입술이 열리며 차가운 음성이 흘러나왔다.

"여기까지……. 어쩐 일이야?"

리원의 물음에 흠칫, 맞은편에 앉아 녹차를 홀짝거리던 중년 여성의 어깨가 흔들렸다. 그녀는 유난히도 리원의 눈치를 살폈다. 들고 있던 주스 컵을 테이블에 조용히 내려놓은 뒤, 한참을 머뭇거리더니 어렵게 말을 꺼냈다.

"요즘 어떻게 지내니? 어디 아픈 데는 없고? 회사 일은 잘되고 있고? 만나는 사람은 생겼니?"

한 번에 하는 질문이 너무 많다. 리원은 입가에 희미한 웃음을 지은 채 조용히 대답했다.

"난 문제없이 잘 지내지. 엄마도 잘 지내지?"

"나야……. 당뇨 때문에 조금 힘든 것 말고는 뭐. 항상 똑같지."

"응……. 다행이네. 당뇨 무서운 병인 거 알지? 먹는 거 조심하고, 약 잘 챙겨 먹고."

"그래. 너도 가끔은 집에 전화 좀 해라. 아버지가 말씀은 안 하셔도 네 전화 은근히 기다리신다. 너 걱정도 많이 하고."

'아버지'라는 단어에 리원의 미간이 약하게 일그러졌다. 마치 세상에서 가장 듣기 싫은 단어를 들어 버렸다는 듯.

"응……. 그럴게요. 최근에 새 프로젝트 들어가느라 좀 바빠서 여유가 없었어."

"그래. 한창 바쁜데 나온 거지? 마셔. 어서 마셔."

엄마는 리원에게 얼른 커피를 마시라며 재촉했다. 더는 시간을 빼앗고 싶지 않다는 의지였다. 재촉대로 커피를 몇 모금 들이켠 리원의 시선이 제 엄마의 얼굴에 가닿았다. 가끔 전화 통화는 했지만 얼굴을 본 것은 거의 6개월 만이었다.

그새 엄마의 얼굴엔 근심과 주름살이 늘어나 있었다. 그게 못내 가슴 아팠지만 애써 내색하지 않았다. 본가가 경기도에 있었기에 엄청나게 멀거나 하지는 않았지만 리원은 명절 때가 아니라면 딱히 방문하지 않았다. 누군가가 보기엔 냉정해 보일지 몰라도 나름대로의 이유가 있었다.

리원은 블라썸에 입사하게 되면서 자의로 독립했다. 정확하게 말하자면 못 견뎌서 뛰쳐나왔다는 말이 정확했다. 그렇다 해서 부모 자식 간의 연이 끊어지거나 한 건 아니었지만, 아버지와의 사이는 남보다 더 못했다. 그래서 아직은 아버지의 이야기를 하는 것이 꺼려졌다. 그 사실을 누구보다 가장 잘 아는 사람이 엄마였다.

"리원아. 아버지 이야기가 나와서 말인데……."

그럼에도 불구하고 엄마는 기어이 아버지의 이야기를 꺼냈다. 리원의 눈이 커다랗게 뜨였다. 설마 하는 생각이 머릿속을 가득 채웠다. 출처를 알 수 없는 불안감에 심장이 미친 듯이 쿵쿵 뛰어 댔다.

"네 아버지가 몇 년 동안 투자를 좀 한 사업이 있었는데……. 그게 참……. 잘될 줄 알았는데 일이 틀어져 버려서……."

리원은 충격으로 온몸이 굳어 버렸다. 아주 익숙한 이런 상황을……. 이제 더는 마주하지 않을 줄 알았는데 그게 아니었다. 끝인 줄로만 알았는데 결코 끝이 아니었던 것이다.

최근 5년 동안은 사고 치지 않고 조용히 지냈던 아버지라 이제는 조금 달라졌나 보다 생각했었다. 5년 동안의 평화에 아주 잠깐 속았던 것이다. 리원이 굳은 얼굴로 미동조차 하지 않는데도 그녀의 엄마는 계속 이야기를 이어 갔다.

"아버지가 이제 더는 너를 볼 낯이 없다면서 명연자실하고 계시는데 어쩌겠니……. 당장에 집이 넘어가게 생겼는데 나라도 나서야……."

더는 들을 필요가 없었다. 이야기의 끝에 어떤 부탁이 따라올지 너무나도 잘 알기에. 리원은 제 엄마의 말을 중간에서 끊어 버리고 표독스러운 눈빛으로 물었다.

"그 이야기 하러 굳이 여기까지 찾아온 거야?"

"리원아……. 아무래도 미안한 부탁이니까. 전화보다는 얼굴 보면서 이야기하는 게 나을 것 같아서."

"염치없어서 그런 게 아니고?"

리원은 아랫입술을 꾹 깨물며 자리에서 벌떡 일어났다. 깜짝 놀라 말을 멈춘 엄마가 눈을 크게 뜬 채 하나밖에 없는 딸을 올려다보았다. 그 어떤 때보다 격하게 딱딱해진 얼굴. 창백해진 낯빛으로 원망에 가득 찬 시선을 한없이 내뿜고 있었다.

"하……. 이젠 좀 변했다고 생각했는데. 내가 바보였어."

"아니야, 리원아. 네 아버지가 이번엔 돈 많이 벌어서, 너 좋은 데 시집보내려고 얼마나 노력하셨는데. 이번엔 달라. 가능성이 있는 사업이었다니까? 정말로 잘해 보려고……."

"조심히 내려가세요."

끝인사를 마친 리원은 뒤도 돌아보지 않은 채 유유히 카페를 벗어났다. 또각또각. 구두 굽 아래 닿는 인도의 질감이 오늘따라 유난히도 기분 나쁘게 거슬렸다. 강하게 내리쬐는 한여름의 햇빛이 이리도 사람을 짜증 나게 한다는 것을 새삼스레 느꼈다. 발이 아프도록 거센 발길로 길을 걷는데, 뒤에서 그녀를 쫓아오는 발소리가 유독 크게 들렸다.

"리원아! 리원아!"

또한, 제 이름을 부르는 익숙한 목소리도 이제는 진절머리가 날 지경이었다. 스스로의 이름조차 싫어지는 순간이었다. 빠르게 걸어가던 리원의 옷소매를, 뒤쫓아 온 엄마가 붙잡고 늘어졌다. 그녀는 리원에게 매달린 채 애원하는 눈빛으로 소리 질렀다. 지나가던 사람들이 이따금씩 힐끗거리며 쳐다보았지만, 절박한 엄마에게는 누군가의 시선 따위 안중에도 없었다.

"리원아! 제발. 속은 썩어도 네 아버지고 널 키워 준 부모잖니! 아버지가 일부러 그러시는 거 아니잖아? 다 잘해 보려고 한 건데 운이 따라 주지 않아서⋯⋯."

"운이 나쁜 거 그렇게 잘 알면, 그놈의 사업이고 뭐고 절대 손대지 말았어야지! 남들처럼 조용히 성실하게 살았어야지! 그게 그렇게 안 돼? 다른 사람들처럼 평범하게 일해서 평범하게 사는 게 그렇게 힘든 거냐고!"

"이번이 진짜 마지막이야. 정말 두 번 다시는 안 그럴 거라고 네 아버지가 엄마랑 약속했어. 한 번만⋯⋯. 딱 한 번만 어떻게 안 되겠니? 집이 넘어가 버리면 엄마 아빠는 어디서 살아? 응?"

엄마는 당장에라도 울음을 터뜨릴 것처럼 글썽거렸지만 리원은 그 눈물을 보는 것조차 싫었다. 아버지의 사업 병으로 인해 집을 뛰쳐나왔던 예전의 기억이 아직도 생생했다. 집을 나와 고시원에서부터 시작했던 과거의 고생이 아직도 지금의 일처럼 눈에 선했다. 하지만 고시원에서 생활하던 시절이 불편하고 몸은 고되었을지언정 차라리 마음만큼은 편했다.

그 힘들었던 과정을 누구보다 잘 알면서 어떻게 이럴 수 있을까.

'하긴. 내 고충을 십분 이해했다면 또 이럴 수는 없었겠지.'

낮은 한숨을 내쉰 리원은 목이 메어 오는 것을 꾹 참으며 시선을 돌렸다. 그럴수록 엄마는 더욱 애처롭게 매달렸다.

"자식이라곤 너 하나밖에 없는데……. 우리가 이 나이에 의지할 곳은 너밖에 없는데. 제발 리원아……. 이번 딱 한 번만 더 도와줘. 너 키워 준 은혜 갚는다고 생각해. 설마 이대로 우리 길거리에 나앉게 할 생각은 아니지?"

"나 바빠. 일하는 도중에 나와서 얼른 들어가 봐야 돼."

터져 나오려는 감정을 애써 눌러 참으며 리원은 제 소매를 잡은 엄마의 손을 뿌리쳤다. 조금 전보다 10년은 더 늙어 버린 얼굴로, 그리 지나쳐 가는 딸의 뒷모습을 보던 엄마가 애원했다.

"전화할 거지? 응? 리원아!"

그리고 더는 대답이 들려오지 않을 것을 알면서도…….

"리원아! 전화 기다릴게! 너만 믿는다!"

미세하게나마 남아 있을 혈육의 정이라는 것에 마지막으로 기대 본다. 그게 리원에겐 얼마나 지독히도 끊어 내고 싶은 사슬인지 잘 알면서도.

□ ◆ □

책상 위의 휴대폰이 진동했다. 벌써 몇 통째인지 셀 수 없을 정도였다. 듣다 못한 미영이 주먹으로 리원의 책상을 톡톡 쳤다.

"강 팀장님. 아까부터 계속 전화가 오는데 급한 일인 건 아닐까요?"

"아아……."

"무슨 일인지는 모르겠지만 전화 한번 받아 봐. 저걸 해결해야 일에 집중할 수 있지 않겠어?"

미영은 리원이 걱정돼서 하는 소리였다. 아까부터 리원이 전화가 오는 휴대폰을 일부러 신경 쓰지 않으려 애쓰는 것이 보였기 때문이었다.

더군다나 지금 그들이 있는 장소는 영광 기업 본사 건물의 회의실. 며칠 동안 블라썸에서 정리한 자료와 리모델링할 리조트의 콘셉트에 맞춘 구상도, 새로운 안건들에 대해, 본사에서 심도 있는 회의를 거칠 예정이었다. 실무자들뿐만 아니라 부사장인 태건까지 참석하여 PPT 발표를 듣는 아주 중요한 자리였다. 그런 중요한 일을 앞두고 리원이 제대로 집중하지 못하는 것을 보니 내심 걱정이 됐던 것이다.

"그래. 맞아. 나 잠시 통화 좀 하고 올게."

"응. 회의 시간까지 아직 한 시간 정도 남았으니까 천천히 하고 와. 나머지 정리는 내가 해 놓을게."

"고마워. 그럼 잠시."

미영의 배려에 잠시 시간을 낼 수 있었다. 리원은 끊이지 않고 진동이 울리는 휴대폰을 든 채 회의실을 빠져나갔다. 건물 앞에 있는 야외 쉼터로 가기 위해 승강기에 올라탔다. 1층을 누르고 내려가는 동안에도 끊임없이 걸려 오는 전화. 업무상 꼭 받아야 하는 전화가 많았기에 휴대폰을 꺼 놓을 수도 없는 노릇이었다.

"휴……. 미치겠다, 정말."

그녀의 시선이 몸을 떠는 휴대폰 화면에 가닿았다. 점심시간이 끝난 지 얼마 되지도 않았는데……. 벌써 부재중 전화가 20통 넘게 쌓여 있었다. 그것은 다른 누구도 아닌, 모두 리원의 엄마에게서 온 전화였다.

— 리원아. 왜 이렇게 전화 통화가 안 되니?

수화기 너머에서 들리는 엄마의 목소리. 리원은 손으로 이마를 짚은 채 야외 쉼터를 서성였다. 다행히 날씨가 더워서 그런지 쉼터 주변에는 사람이 없었다. 가끔 지나가는 행인이 있을 뿐이었다. 그래도 혹시나 누군가가 있을까 봐, 주위를 한 번 둘러본 뒤 입을 열었다.

"새 프로젝트 때문에 엄청 바쁘다고 했잖아."

— 아무리 바빠도 전화 한 통 할 겨를이 없어? 화장실에도 갈 거고, 퇴근하고 집에 가서 잠도 잘 거 아니야?

"진짜로 화장실 갈 시간도 없을 정도로 바쁜 걸 어떡해. 밥도 20분 만에 후딱 해치우듯 먹는데 뭘."

— 그래. 일단은 통화가 됐으니까 그건 넘어가고……. 엄마가 했던 말 안 잊었지? 내가 이야기 꺼낸 이후로 시간이 좀 지났잖니. 곧 집이 법원 경매 들어간다고 난리인데 빨리 좀 어떻게 안 되겠니? 너 바쁜 건 아는데 엄마 아버지가 훨씬 더 급해. 일단 집은 살리고 봐야지.

끊이지 않고 또박또박, 당당하게 금전적인 요구를 하는 목소리에 더는 당황할 기력도 없었다. 5년 만에 겪는 일이긴 했지만, 리원이 어릴 적부터 봐 왔던 아주 익숙한 패턴이었다.

아버지는 손대 보지 않은 업종이 없을 정도로 다양하게 사업을 했다. 사기를 당한 적도 있었다. 크게 사기를 당해 조부의 재산을 전부 날리고 난 뒤 1년 정도는 성실히 회사를 다니는가 싶더니……. 아니나 다를까. 남 밑에서 일하면서 성질 죽이고 사는 건 죽어도 못 하겠다며 다시 사업에 도전했다.

그 탓에 리원은 성적이 무척 좋았음에도 서울의 유명 대학에 진학하지 못했고, 대신 등록금이 저렴하고 장학금을 받을 수 있는 대학으로 진학해야 했다. 그마저도 졸업하기까지 휴학과 복학을 반복하며 학비를 벌어서 써야 했다. 고등학생 때부터 안 해 본 아르바이트가 없을 정도로 항상 일에 치여 살았고, 이런 식으로 집안일에 보태다 보니 항상 주머니 사정이 여의치 않았다.

살면서 부모님께 손 한번 벌린 적이 없는 그녀였다. 반대로 리원에게 수도 없이 금전적인 요구를 하는 부모님은 너무나도 버거운 존재였다. 밑 빠진 독에 물 붓기라는 말이 딱 어울렸다. 결국 치밀어 오르는 답답함에 낮은 한숨을 내쉬었다. 리원은 침착하려 노력하며 낮게 읊조렸다.

"엄마……. 뭘 믿고 내가 그 돈이 있을 거라고 생각하는데? 나 돈 없어."

─ 네가 돈이 없긴 왜 없어? 그 회사에 다닌 지가 벌써 몇 년째인

데. 팀장이면 연봉도 꽤 되잖아. 그동안 모아 놓은 거 정말 하나도 없어?

"없어. 하나도 없어. 정말이야."

— 아니, 얘가 돈을 벌어다가 다 어디다 썼대?

잠시 대화가 끊어졌다. 리원은 얼굴을 잔뜩 일그러트린 채 신경질적으로 머리카락을 쓸어 넘겼다. 미친 듯이 화가 난다. 그냥 조용히 살면 될 것을. 남들처럼 평범하게 살면 이렇게 고생하지 않아도 될 것을. 어째서 자꾸만 일을 벌려 놓고 자신에게 뒷수습을 감당하게 하는지 알 수 없는 노릇이었다. 미간을 잔뜩 구기며 주위를 둘러보고 있을 때, 전화 너머로 한층 착 가라앉은 엄마의 목소리가 이어졌다.

— 리원아. 그러지 말고 딱 한 번만 더 도와줘라. 다른 사람도 아니고 널 낳고 키워 준 엄마 아빠잖아. 내가 이렇게 부탁할게. 응? 자식 좋다는 게 뭐니? 이럴 때 조금이라도 도와주면 좀 좋아?

"엄마! 그만해요. 잘 생각해 봐. 내가 이 회사 들어온 뒤로 벌써 몇 번째 이랬는지! 내가 몇 번이나 도와줬는지! 그렇게 엄마 아버지에게 쏟아부은 돈이 얼만데, 한 푼도 남아 있지 않은 게 당연한 거 아냐?"

악에 받친 리원이 따지듯이 쏘아붙였다. 또다시 통화 중간에 정적이 흘렀다. 리원의 말을 조용히 경청하던 엄마의 흐느낌이 들린 것은 잠시 후의 일이었다.

엄마는 숨죽인 채 조용히, 너무나도 서럽게 울었다. 짜증이 나면서도 마음이 아팠다. 그 아픈 통증이 심장을 가르자 리원은 이 진절머리 나는 감정의 소용돌이에 도리질 쳤다. 그녀의 눈에도 서서히 젖은 물기가 스며들었다. 눈 아래가 빨개지고 촉촉해진 까만 눈동자가 갈피를 잡지 못해 이리저리 흔들렸다. 코를 훌쩍이며 애써 눈물을 참고 있을 때, 귀청을 찢을 듯한 소리가 휴대폰 너머로 들려왔다.

— 이런 싸가지 없는 계집애가!

누군지 모를 수가 없었다. 평생을 들어도 정이 가지 않는 아버지의 음성이었다.

— 어디서 자식이 부모한테 또박또박 대들어! 어디서 엄마한테 할 말 못 할 말 가리지도 못하고 함부로 내뱉어! 낳아서 이만큼 키워 줬으면 자식으로서 최소한의 도리는 해야지! 어디서 배운 버르장머리야! 나쁜 년! 더러운 년!

아랫입술을 피가 나도록 꾹 깨물었다. 여기서 눈물을 터트리면 아마 평생 후회하겠지. 다른 사람도 아닌, 아버지를 상대로는 절대 약한 모습을 보이고 싶지 않았다. 리원은 마른침을 삼키며 목이 메어 오는 것을 진정시켰다. 숨을 깊이 들이쉰 뒤 최대한 아무렇지도 않은 척, 무덤덤하게 무장한 목소리로 마지막 말을 던졌다.

"저 진짜로 들어가 봐야 해요. 이만 끊을게요."

— 야이, 이런 독한 계집애가…….

무어라고 욕지거리를 내뱉는 듯한 소리가 들렸지만 전화를 끊어 버렸다. 그러고는 결국엔 부모님의 전화번호를 빠른 손놀림으로 수신 거부 해 버렸다.

아직 회의 시작까지 남은 시간은 46분 정도. 손에 휴대폰을 꽉 쥔 채 건물 안으로 들어가 로비를 가로질렀다. 또각거리는 구둣발 소리가 점점 빨라졌다. 눈물이 차오르다 못해 그렁그렁 맺혀 가고 있었다.

반쯤 뛰다시피 걸으며 비상구를 찾았다. 오로지 흰색의 비상구 문을 향해서만 돌진하며 급히 안쪽으로 들어갔다. 문에 기댄 채 숨을 헐떡이는 순간, 입술 끝으로 울음이 새어 나왔다. 리원은 차가운 대리석 계단에 앉아 눈물을 뚝뚝 떨어트렸다.

'딱 10분만⋯⋯. 10분만 울고 털어 버리자.'

눈물 콧물로 범벅이 된 채 정말 오랜만에 자신을 놓아 버리고 울었다. 물론 큰 소리는 내지 못했다. 하지만 이렇게 눈물을 참지 않고 쏟아 낸 것으로도 충분했다. 그 어느 때보다 업무에서 최상의 성과를 내야 했으니까. 지금 이 시간만큼은 그녀에게 깊은 슬픔 따위 절대 허용되지 않는 상황이었으니까.

□ ◆ □

높고 세련된 건물들이 즐비한 번화가. 그중에서도 가장 거대하게 빛나는 영광 기업 본사 건물 앞에 누가 봐도 대단히 고급스러워 보이는 검은색 세단이 정차했다. 세단에서 내린 태건은 김 비서와 함께 나란히 걸음을 옮겼다. 운전하던 차를 발레파킹 직원에게 넘긴 김 비서는 건물 안으로 들어서며 언제나처럼 자연스레 스케줄을 읊었다.

"45분 후에 블라썸 디자인 직원들과 미팅이 있습니다. 예정된 미팅 이후에는 회사에 남아 잔무를 처리하셔야 하고, 저녁에는 협력 업체 간부들과의 만찬이 마련되어 있고요."

"오늘도 눈코 뜰 새 없이 바쁘긴 마찬가지군."

태건이 미간을 살짝 접으며 낮게 혼잣말을 중얼거렸다. 곁에서 그 소리를 들어 버린 김 비서가 반짝 고개를 들어 그를 바라보았다. 태건의 얼굴에 피곤한 기색이 역력했다. 일중독이라면 일중독인 태건은 평소 아무리 빡빡한 스케줄 속에서도 작은 불만조차 티 내지 않던 사람이었다. 그랬던 그가 처음으로 자신의 감정을 내뱉은 것이다. 잠시 그의 눈치를 살피던 김 비서가 조심스레 의중을 물었다.

"…피곤하시면 하루 연차를 내시겠습니까?"

"그럴 필요까진 없고. 주말에 쉬면 되니까."

"주말에 더 바쁘시잖아요. 쌓여 있는 연차도 많은데 이 기회에 휴식을 조금 취하시는 게……."

"됐어. 특별한 일 있지 않고서야 쉬지 않는 거 잘 알잖아."

김 비서는 그만 입을 꾹 다물어 버렸다. 그는 태건의 상황을 누구보다 정확하게 아는 사람 중 하나였다. 하루 쉬어 버리면 그다음 날엔 일이 그만큼 두 배로 쌓여 있었기에, 마음 놓고 쉴 수도 없는 상황이었다. 태건이 제대로 쉬어 본 게 언제인지 기억조차 나지 않을 정도였다. 세워 놓은 목표를 달성하기 위해서는 그저 끊임없이 일해야만 하니까, 기계적으로 해내고 있을 뿐이었다.

"내 어깨에 회사의 미래가 달려 있는데 어떻게 마음 편하게 쉬어? 우리 직원들이 밥 시간 넘겨 가며, 야근에 잠도 제대로 못 자며 일하는 거 다 아는데. 내가 더 바쁘게 살아야지."

"예, 예. 어련하시겠어요? 그러다 과로로 쓰러지셔도 저는 책임 못

집니다. 저는 분명히 부사장님께 휴식을 권했습니다. 거절한 건 부사장님이시고요."

직설적으로 내던지며 비꼬는 것은 김 비서만의 특기였다. 일반적인 비서라면 상사에게 함부로 꺼내지도 못할 말들을 줄줄이 읊어 대는 모습이라니. 김 비서의 말에 피식, 태건이 한쪽 입꼬리를 올려 웃었다.

"너 같은 비서를 옆에 두고도 이렇게 잘 참아 주는 사람은 나밖에 없을 거야. 조금만 다정히 대해 주면 어디 덧나냐?"

"지금 다정하게 생겼습니까? 부사장님이 쉬지 않으시니 덩달아 직속 비서인 저도 쉴 수가 없어서요. 개탄스러워서 하는 말입니다."

저 자신의 처지를 한탄하며 정면만 보고 걷는 김 비서의 시선을 따라 고개를 앞으로 돌리던 그때. 저 멀리 어디선가 많이 본 실루엣이 스쳐 지나갔다. 일순 두 남자의 걸음이 멈추었다. 태건의 눈동자가 익숙한 여자의 뒷모습에 꽂혔다.

분명, 리원이 맞았다. 빠른 걸음으로 로비를 가로지른 그녀가 주위를 두리번대더니, 구석에 위치하고 있는 비상구의 문을 열어젖히고 안으로 사라졌다.

"…강리원 팀장?"

김 비서의 입을 타고 그녀의 정체가 확실히 드러났다. 눈으로만 리원의 뒷모습을 좇던 태건이 멈추었던 걸음을 다시 옮겼다. 당연하게도 엘리베이터 쪽으로 가야 할 텐데, 반대편인 리원이 사라진 비상구를 향해 가고 있었다.

"어? 부사장님! 승강기는 그쪽이 아니라 이쪽인데……."

엘리베이터의 위치를 검지로 가리키며 작게 소리치던 김 비서가, 머쓱한 듯 제 뒷머리를 긁적였다. 그의 말이 귀에 전혀 들어오지 않는 것처럼 무시한 태건이 비상구를 향해 움직였기 때문이었다.

"하……. 그래. 아직 시간 남았지. 이제 44분. 44분 남았으니까 괜찮겠지."

혼잣말을 꺼낸 김 비서는 연신 손목시계로 시간을 체크했다. 그의 걸음도 태건을 따라 비상구로 향해 가고 있었다.

쓸데없는 호기심이었다. 주제넘은 관심이기도 했다. 어영부영 흘러간 시간 동안 가끔, 아니 예상보다 더 많이 그녀의 연락을 기다렸다. 과연 리원이 어떤 대답을 내놓을지 여러 가지 경우의 수를 짚어보다, 잡념을 떨치기 위해서라도 더욱 일에 매달렸다. 그렇게 며칠 동안 만나지 못했던 그녀를 우연히 로비에서 마주친 것도 잠시.

넓은 공간을 가로지르던 리원이 고개를 살짝 돌렸을 때 분명 그것을 보고야 말았다. 금방이라도 울음을 터트릴 것만 같은 얼굴 말이다. 그녀가 사라진 비상구 쪽으로 걸음을 옮긴 것은 의식적인 행동이 아니었다. 저도 모르게 자연스레 이루어진 무의식적이고 돌발적인 행동이었다. 멍하니 그녀가 멀어져 갔던 동선을 쫓아 비상구 문 앞에 도착했다. 이윽고 태건이 문을 열기 위해 차가운 문고리를 잡았을 때, 귓가를 파고드는 소리에 모든 동작을 멈추었다. 낮게 숨죽여 우는 소리였다.

"……."

그의 미간에 세로로 짧은 주름이 생겼다. 손에 쥐었던 은색 문고리를 천천히 놓아 버렸다. 자꾸만 가슴을 파고드는 여자의 울음소리. 리원은 불쌍할 정도로 서럽게 울고 있었다. 누군가에게 들킬까 봐 최대한 울음을 참아 내며 꺽꺽대는 소리가 무척이나 애처로웠다.

태건은 한참을 움직이지도 못한 채 그 자리에 얼어붙은 듯 서 있었다. 그리고 태건과 조금 떨어진 복도의 끝에는 팔짱을 낀 채 벽에 등을 기댄 김 비서가 있었다. 아무리 평소 까칠하기로 유명하고 장난기까지 많은 타입이라고는 하지만 심상치 않은 분위기를 느낀 것은 그도 마찬가지였다. 멀리서 태건이 문고리를 잡았던 손을 내리는 걸 본 순간, 그는 눈치껏 가까이 다가가지 않기로 마음먹었다. 그저 조용히 시간을 체크하며 상황이 진정되길 기다리는 수밖에 없었다. 태건의 비서가 된 뒤로 기다리는 쪽은 항상 그였으니까.

"후……. 10분 경과. 이제 남은 시간은 34분. 그래, 여유 있네. 여유 있어서 아주 좋아. 음."

연신 손목시계를 들여다보던 김 비서가 애써 침착하려 노력하며 말했다. 약간은 비꼬는 듯한 말투에 안절부절못하는 모습이, 분명 초조해하는 것 같은데 말은 반대로 했다. 아랫입술을 꽉 깨문 채 건들건들하게 주위를 둘러보는데……. 우람한 풍채가 그의 앞을 스쳐 지나갔다. 김 비서가 눈을 크게 뜨고 안경테를 밀어 올렸다. 복도 안쪽의 비상구를 향해 걷는 덩치가 큰 사람은 영광 기업의 월급 루팡으로 유명한 박 상무였다.

"어? 어어? 지금 분위기 심각한데……."

비상구로 가면 안 될 텐데? 한발 늦게 그와 상무 비서의 존재를 알아차린 김 비서가 재빨리 뒤를 쫓았다.

"…박, 박 상무님! 박 상무님!"

자신을 급히 부르는 소리에 박 상무가 뒤를 돌아보았다. 일단 급한 대로 잡긴 잡았는데…… 김 비서의 입장에서는 극진히 모시며 고개 숙여야 할 상사인 상무에게 뭐라고 말을 해야 할지 다소 난감했다. 무슨 일로 불렀냐는 듯 거만하게 눈을 내리깐 박 상무가 조용히 김 비서의 말을 기다렸다. 어색하게 웃으며 아무 말이라도 대충 둘러대려는데, 마침 구세주처럼 다가온 태건이 그들 사이에 끼어들었다.

"오랜만입니다. 박 상무님."

불쑥 나타나 인사를 건네자, 예의 가면과도 같은 미소를 활짝 지은 상무가 뒤를 돌아보았다. 태건이 엷은 미소를 지으며 손을 내밀자 그것을 덥석 잡아 악수를 한다. 욕심이 가득 들어 찬 얼굴을 한 박 상무가 밝은 음성으로 태건의 인사에 대답했다.

"오랜만이라니요. 어제도 임원 회의에 함께 참석하지 않았습니까. 제가 이렇게나 부사장님께 존재감이 없다니……. 이거 조금 섭섭해지려고 합니다."

"그랬습니까? 제가 요즘 워낙 바쁘다 보니 시간관념이 없어서요. 스케줄 챙겨 주는 비서가 아니었다면 어찌 됐을지……. 그건 그렇고 어디 가시는 길입니까?"

"아아. 저는 3층에 잠깐 볼일이 있습니다."

"3층이면……. 멀쩡한 에스컬레이터를 두고 왜 이쪽으로 오셨습니까. 길을 잘못 찾으신 것 같습니다, 박 상무님."

"예?"

박 상무가 의아한 듯 고개를 가우뚱거렸다. 에스컬레이터를 타든, 엘리베이터를 타든, 비상구 계단으로 가든, 그거야 가는 사람의 마음 아닌가. 그의 입장에서는 희한하게도 그의 목적지와 그곳으로 가는 방법에 대해 파고드는 태건이 조금 이상해 보였다. 평소의 태건답지 않은 행실이었다. 박 상무는 의문을 뒤로한 채 자신이 비상구를 이용하려던 이유를 꺼내 놓았다.

"…제가 요즘 운동량이 부족해서, 10층 이하는 운동 삼아 계단으로 걸어 다닙니다."

"아주 좋은 취지군요."

"예. 석 달을 그리했더니 벌써 살이 3키로나 빠졌지 뭡니까. 특히 뱃살이 많이 줄었습니다."

"확실히 생활 속에서 실천하는 운동이 도움이 되죠."

껄껄 웃으며 박 상무가 보란 듯이 배를 내밀었다. 뱃살이 줄어든 것이 딱히 육안으로는 확인되지 않았지만 태건은 적당히 그의 기분을 맞춰 주었다. 그리 말한 박 상무가 은근히 비상구를 향해 다시 발길을 옮기는데, 눈치 빠른 태건이 한 걸음 옮겨 가 그의 앞을 가로막아 섰다.

'뭘 잘못 먹었나? 도대체 왜 이러지?'

표정을 잘 숨기지 못하는 박 상무의 얼굴엔 딱 그렇게 써져 있는 것 같았다. 미묘한 눈초리를 보내는 그에게 태건이 더욱 화사하게 미소 지어 보이며 말했다.

"지금은 저와 함께 에스컬레이터로 가시죠. 마침 할 이야기도 있고요."

"예? 저한테 할 이야기가요? 아아……. 예. 그러시다면야."

"이리로 가시죠."

태건은 자연스럽게 박 상무를 다른 쪽으로 인도했다. 뒤를 한 번 슬쩍 돌아본 태건은, 비상구 문이 아직도 굳게 닫혀 있는 것을 확인하고 걸음을 옮겼다. 두 사람의 뒤를 두 명의 비서들이 따라나섰다. 곧 조용해진 비상구 앞의 복도에는 정적이 흘렀다.

□ ◆ □

화장실 한편에 마련된 파우더 룸에서 미영은 연신 눈치를 보는 중이었다. 심상치 않은 몰골로 거울을 보며 화장을 수정하고 있는 리원 때문이었다. 전화 통화 하러 나갔던 애가 별안간 깜짝 놀랄 정도의 상태가 되어 나타났던 것이다. 눈가는 마스카라가 번져 판다가 되어 있고, 볼에서부터 턱까지는 기다란 눈물 자국 형태로 파운데이션이 지워져 있었다.

"…너 무슨 일인데?"

결국 참지 못하고 조용히 물었다. 그런 미영의 질문을 듣지 못했는지 리원은 면봉으로 눈 주위의 검은 자국들을 지워 내는 데 여념이 없었다.

"무슨 일이냐고. 걱정되잖아. 혹시 고신혜 그 계집애가 무슨 일이라도 저질렀어?"

"아냐. 그런 거."

"그럼 뭔데? 그게 아니고서야 네가 이렇게까지 될 일이 뭐가 있어?"

팔짱을 낀 채 벽에 몸을 기대선 미영이 거울 속의 리원을 응시하며 물었다. 리원은 잠시 대답을 미루고 번진 화장을 부분적으로 말끔히 지워 낸 뒤 수정 메이크업을 하기 시작했다. 회의 시작 15분 전이라 최대한 빠르게 끝내는 게 관건이었다. 시간이 촉박한 것을 잘 아는 미영은 그녀에게 대답을 종용하지 않았다.

아이라인을 그리고, 마스카라를 칠하고, 에어쿠션으로 피부를 정리하기까지는 얼마 걸리지 않았다. 매일 밥 먹듯이 하는 화장이라 실수 없이 한 번에 끝났다. 세면대 여기저기 굴러다니는 화장품들을 바쁘게 파우치에 주워 담으며 리원이 물었다.

"미영아. 오늘 저녁에 한잔할래?"

평일인 데다 외근까지 나왔기 때문에 이런 날은 웬만하면 퇴근 즉시 귀가하곤 했다. 집에 돌아가는 시간이 늦어질수록 그다음 날 피로에 절어 곤욕을 치르기 때문이었다. 그 사실을 누구보다 잘 아는 리원이 먼저 술을 마시자고 요청하다니. 보통 일은 아니었기에 미영은 흔쾌히 그러자고 대답했다.

"그래. 오랜만에 우리 둘이서 한잔하자."

크게 상심한 일이 있는 거구나. 미치도록 답답한 나머지 누군가에게 그것을 털어놓고 싶은 거고. 대충 분위기 파악을 끝낸 미영이 씁쓸한 웃음을 지었다. 그 정도의 사정이라면 프레젠테이션을 발표할 때도 영향이 있겠는데…… 거기까지 생각이 미친 미영이 눈을 반짝 뜨고 리원에게 물었다.

"오늘 PPT 발표 내가 할까?"

"아니. 괜찮아. 내가 해야지."

"정말 괜찮겠어? 할 수 있겠어?"

"걱정하지 마. 나랑 한두 번 일해 보는 거 아니잖아. 내 철칙 알지? 공과 사는 철저히 구분해야 한다."

"그래. 맞는 말이긴 하지만……"

"내 개인적인 감정을 일에 끌어들여 오는 거……. 그거 신입 때나 하는 실수잖아. 지금의 난 우리 팀을 책임져야 하는 입장인 팀장이고. 할 수 있겠어가 아니라, 반드시 해내야 돼."

물론 리원의 성정은 잘 알았다. 지금껏 어떤 상황이 닥쳐도 일에 있어서는 타의 추종을 불허하는 능력을 발휘하던 그녀였다. 그럼에도 미영이 걱정하는 이유는……. 이렇게나 엉망이 된 그녀의 모습을 처음 봐서였다. 전 남친과 헤어졌을 때조차 적어도 미영의 앞에서는 눈물 흘린 흔적조차 보이지 않았었는데. 얼마나 심적인 고통을 주체할 수 없었으면, 아무에게도 보여 주지 않았던 눈물을 남의 회사에서 터트렸을까.

"파이팅. 강 팀장. 얼른 일 끝내고 우리 맛있는 거 먹자. 내가 비싼 거 쏠게."

"응. 파이팅."

서로에게 파이팅을 외친 두 사람은 서둘러 회의실을 향해 걸음을
옮겼다.

□ ◆ □

역시 베테랑은 다르기도 무척 달랐다. 리원은 스스로의 감정을 적
절히 제어한 채 오로지 프레젠테이션 발표에만 집중했다.

믿음직한 목소리 톤과 강단 있는 표정, 섬세한 자료 준비까지. 뭐
하나 빠지는 것 없이 완벽했다. 리조트의 장단점을 제대로 파악했고
콘셉트에 완벽하게 부합하는 상품들을 소개했다. 회의실 내 모든 이
들이 만족스럽다는 듯 고개를 끄덕이며 그녀의 발표를 경청하고 있는
가운데, 태건은 턱을 괸 채 빤히 리원을 응시했다. PPT 내용을 빠짐
없이 머릿속에 새기면서도 오로지 그녀를 관찰하는 시선만은 거두지
않았다.

'정말 헷갈리게 하는 여자군.'

불과 몇십 분 전까지만 해도 세상이 무너질 것처럼 울음을 토해 내
던 여자가, 지금은 아무 일 없었다는 듯 말끔한 얼굴로 완벽하게 일을
해내고 있지 않은가. 그의 안에 있던 그녀에 대한 호기심이 더욱 깊어
지고 있었다.

여유롭게 다리를 꼬고 의자에 앉은 자태. 턱을 괸 채 빤히, 처음부

터 끝까지 단 한 순간도 놓치지 않겠다는 듯 던지는 강렬한 시선. 신경 쓰고 싶지 않은데 그게 잘되지는 않았다. 저를 뚫어져라 쳐다보는 태건의 눈빛이 너무나도 적나라해서 뒤통수에 구멍이 날 것만 같았다.

도대체 왜 저 남자는 저런 눈빛으로 나를 보는 걸까.

그 이유를 알 수는 없었지만 단 하나 확실한 것은 지금은 최대한 발표에만 신경 써야 한다는 사실이었다. 리원은 애써 그의 시선을 무시한 채 프레젠테이션 발표를 무사히 마쳤다. 미영이 한시름 놓았다는 듯 안도하는 표정과 함께 엄지를 척 치켜들어 보였다.

'다행이다. 무사히 끝냈구나.'

미영의 반응을 눈으로 확인하고 나서야 리원은 마음을 놓았다. 솔직히 작은 실수라도 할까 봐 대단히 긴장한 상태였다. 물론 PPT 발표를 앞둔 때는 매번 떨리고 긴장됐지만 이제는 제법 익숙한 일이다 보니 그 정도가 덜했었는데……. 오늘은 기분이 최악이고 컨디션도 난조이다 보니 완벽하게 해낼 자신이 없었던 것이다. 단지 눈앞에 닥친 상황에 최선을 다하는 것 말고는 방법이 없었다.

'흔히들 짬밥이라고 하지. 괜히 있는 말이 아니구나.'

리원의 입가에 회심의 미소가 슬쩍 지어졌다. 이 일을 천직이라 여기며 업계에 몸담은 지 벌써 8년이란 시간이 흘렀다. 그사이 업무 스킬이 쌓여 더는 업계에 대해 모르는 것이 없을 정도로 빠삭했다.

즉, 그녀가 준비한 자료들은 이 회의장 안에 있는 모든 사람들을 이해시키기 위한 것들이고, 리원 본인은 평소 모든 내용을 숙지하고 있었기에 자료가 필요하지 않다는 말이었다. 어떻게 보면 오늘의 선전은 이미 예고된 것이나 다름이 없었다. 질의응답 시간을 거쳐 갔지만 오히려 리원은 타고난 센스로 난해한 질문에도 화기애애한 분위기를 만들어 냈다. 그렇게 회의 시간이 거의 끝나 가던 시점이었다.

"이제 대부분의 검토는 끝난 듯싶습니다. 처음에 블라썸에 대한 모든 임원들의 기대치가 너무 높아서, 나는 솔직히 좀 걱정이 되었었는데 역시나 대단히 만족스러운 결과군요."

얼굴에 능글맞은 웃음을 지은 영광 기업 측 임원 중 하나가 주위를 둘러보며 말했다. 그의 말에 모든 이들이 동조하는 듯한 분위기였다. 서로가 각자의 소감을 내뱉으며 크게 웃어 대기 시작했다.

"예. 맞습니다. 저 또한 우리 부사장님께서 최종으로 블라썸을 밀어붙이시기에 의아했는데…….. 이런 능력자가 숨어 있을 줄이야."

"괜히 과반수 이상이 블라썸을 밀었던 게 아니에요. 상장기업이긴 하지만, 그만큼 노하우와 실전 경험이 풍부한 곳 중 하나지요. 이렇게 능력 있는 직원들도 있고. 역시 처음부터 블라썸은 뭔가 다르긴 달랐어요."

"게다가 이번 프로젝트의 참여자들이 이렇게나 인물들이 대단하군요. 이제야 가만히 둘러보니 팀원들이 다들 상당한 미남 미녀라 놀랐어요. 블라썸은 직원을 채용할 때 인물을 보고 뽑나 봅니다."

"그러게나 말입니다. 게다가 모두 젊어서 그런지, 거참 보기만 해도 흐뭇해지는 것이 아주 제대로 눈이 즐겁습니다."

"강리원 팀장이라고 했나? 자네, 그저 깐깐하고 예쁘기만 한 줄 알았는데 의외로 일하는 능력이 무척이나 뛰어나군. 남은 일정도 잘 조율해서 이번 공사가 끝날 때까지 두루두루 잘 부탁하도록 하지."

"술은 좀 마실 줄 아는지 모르겠군! 노래를 잘 불러도 참 좋은데 말이지."

일순, 많은 이들의 눈살이 찌푸려졌다. 처음엔 리원과 블라썸의 뛰어난 능력에 대해 칭찬했는데, 어느새 묘한 분위기로 흘러가고 있었다. 단순히 외모를 칭찬하는 것으로 듣고 가볍게 넘기기에는 다소 과한 발언들이 담겨 있었다. 이 분위기에서 호탕하게 웃고 있는 이들은 나이 든 임원들뿐이었다. 그들은 자신들의 실수를 전혀 인지하지 못한 채 뭐가 그리 재미있는지 아주 크게들 웃어 대고 있었다.

'참자. 참아. 한두 번 겪는 일도 아니잖아.'

리원은 두 눈을 꾹 감은 채 아랫입술을 깨물었다. 차마 그들의 말에 곱게 대답하지는 못했다. 이런 상황에서 도대체 어떤 대답을 바란단 말인가. 그저 최대한 치고 올라오는 성질을 죽이며 일부러라도 평소보다 몇 배로 활짝 웃고 있을 뿐이었다.

가끔, 이런 일이 있었다. 리원뿐만 아니라 여성 직원들이 사회생활을 하면서 심심치 않게 겪는 일이었기에 속으로 삼켜 넘기는 경우가 다반사였다. 그녀가 속으로 참을 인 자를 반복하며 되뇌고 있던 그때였다.

"가만히 듣자 하니 선을 넘어도 한참 넘을 정도로 도가 지나치군요. 요즘 사회 분위기가 어떤 분위기인데 그런 말을 합니까? 그러다 정말 큰일 납니다."

누군가가 던진 팩트에 순식간에 회의장 전체에 싸한 공기가 흘렀다. 급작스럽게 웃음을 멈춘 임원들의 시선이 기다란 테이블 끝에 위치한 상석에 가닿았다. 팔짱을 낀 채 느른하게 몸을 뒤로 젖히고 모든 이들의 시선을 한 몸에 받는 남자. 그는 이 장소에서 가장 중요한 가운데 자리에 홀로 앉아 모든 사람들을 내려다보고 있었다.

조금 전까지만 해도 아무렇지도 않게 위험한 발언을 하던 이들의 얼굴이 새파랗게 질려 갔다. 그들은 식은땀을 삐질삐질 흘리며 엉뚱하게도 태건에게 변명을 늘어놓기 시작했다.

"아, 아니 부사장님. 제 의도는 그런 게 아니었습니다. 저는 단지 워낙 다들 미남 미녀라서……."

"그러니까요. 그저 젊은 패기가 보기 좋아서 덕담 한마디 한 겁니다."

혹시나 성희롱 등의 단어가 나오기라도 할까 봐, 저마다 몸을 사리는 말들을 한마디씩 내뱉는다. 정작 사과해야 할 대상은 리원과 그녀의 팀원들일 텐데……. 우습게도 그들은 팩트를 던진 자신들의 상사인 태건에게 변명하느라 정신이 없었다.

감정일랑 전혀 들여다보이지 않는 무표정으로, 그런 그들을 가만히 쳐다보던 태건이 리원 쪽으로 시선을 돌렸다. 그는 똑바로 리원을 마주 보았다. 그녀와 그 사이의 거리가 제법 멀었음에도 불구하고 묘하게도 두 사람은 서로를 자세히 들여다볼 수 있었다. 태건이 깍지 낀 양손을 테이블 위에 올리고는 턱을 얹었다.

"흐음……."

느른한 비음 섞인 소리를 내는 남자의 한쪽 입꼬리가 살며시 위로 올라갔다. 오른손 중지가 깍지 낀 왼쪽 손등을 느릿하게 두드렸다. 가로로 길게 찢어진 그의 기다란 눈매가 나른하게 흐려졌다. 그 나른하게 뜬 눈매가 묘한 섹시함을 뿜어내자 리원의 목구멍으로 마른침이 꿀꺽 넘어갔다. 이어, 조용히 다물렸던 남자의 입술이 열리며 그녀를 불렀다.

"…그래서 강 팀장님."

크게 뜨여진 리원의 두 눈 속 새카만 동공이 오로지 그를 응시하며 작게 흔들렸다. 오늘따라 이 남자가 너무 낯설다. 제가 알던 평소 그의 모습과 상당히 다른 느낌에 리원은 혼돈을 느꼈다. 장난기이 많지만, 가끔은 다정하기도 하고, 때론 자연스럽게 로맨틱한 모습까지 보여 주기도 했지만……. 오늘처럼 관능적이고 위협적이며 섹시한 느낌을 받은 것은 처음이었다.

'이 남자. 원래 일할 때는 이런 스타일인 건가?'

하긴 그럴 수도 있겠다는 생각이 들었다. 저와 둘만 있을 때와는 당연히 다를 수밖에.

뒤늦게 머리로만 알고 있던 현실을 깨달았다. 그는 대한민국을 이끄는 한 기업 총수의 손자이다. 평생을 그리 살아왔을 것이고, 보통 사람은 절대 알지 못하는 수준의 교육을 받았을 것이다. 그런 그가 업무적인 관계에 있는 이들에게 어떻게 행동할지는 안 봐도 뻔한 것이었다. 거기까지 짧게 자신의 생각을 정리한 리원이, 눈동자를 그에게 고정한 채 덤덤하게 대답했다.

"네. 부사장님."

"이번 일은 우리 쪽의 실수입니다. 제가 대표로 사과드리겠습니다. 방금 들으신 것처럼……. 우리 영광 기업 임원분들께서 고의적으로 하신 말씀은 아니니, 블라썸 여러분들께서 너그러이 이해해 주셨으면 합니다."

모두를 둘러보며 사과하는 태건의 모습이 사뭇 진지해 보였다. 그것을 잠시 지켜보던 리원의 입가에 씁쓸한 웃음이 지어졌다. 이 정도면 그나마 상황이 괜찮은 건가. 일을 할 때 대부분 을의 입장이다 보니, 항상 참고 넘기는 것에 익숙했다. 보통 때 같으면 이런 사과조차 듣지 못한 채 뒤에서 직원들을 달래고 있어야 했을 것이다.

"괜찮습니다. 헤아려 주셔서 감사합니다."

"우리야말로 감사하죠."

여러 가지 의미를 담은 미소를 피식, 입가에 머금은 그가 테이블 위의 자료 파일을 열어 뒤적였다. 잠시간 미간을 살짝 찌푸린 채 자료를 훑어보던 태건은 매우 만족스럽다는 듯 고개를 끄덕이며 말을 이었다.

"…오늘 프레젠테이션은 굉장히 인상적이었습니다. 모든 임원분들께서 칭찬이 자자할 만하군요. 그럼 오늘의 자료를 토대로 프로젝트를 진행하는 걸로 하죠."

블라썸 직원들은 각자 주먹을 꽉 쥐었다. 요 며칠 최대한 리조트의 분위기와 콘셉트를 떠올리려 노력하며 힘들게 일한 결과였다. 단번에 긍정적인 대답을 이끌어 냈으니 오늘만큼은 그들의 능력을 제대로 인정받은 것이다. 속으로 소리 없는 환호를 내지르는 그들의 표정은 하나같이 무척이나 밝았다.

□ ◆ □

성공적인 업무의 끝에 마시는 술은 당연히 달아야 할 것이다. 하지만 복잡하게 얽힌 개인사로 머리를 쥐어짜고 있는 리원에게는 오늘따라 술이 너무나도 쓰고 독했다. 평소의 주량을 생각한다면 아직 취기조차 올라오지 않아야 할 텐데. 미영에게 겨우 몇 잔을 받아 마셨을 뿐인데 이미 리원의 얼굴은 붉게 물들어 있었다.

조용히 리원의 이야기를 들어 주던 어느 순간이었다. 쾅! 하는 소리와 함께 자리에서 벌떡 일어난 미영이 경악하는 소리를 질렀다.

"뭐라고? 어쩜 그럴 수가 있어! 세상에!"

"…미영아. 공감해 주는 건 고마운데 좀 앉아 줄래?"

오히려 침착한 쪽은 리원이었다. 이미 남의 회사에서 원 없이 울어 버려서 그런 걸까. 리원은 차가운 물수건을 얼굴에 대며 미영을 최대한 진정시켰다. 그녀의 말대로 다시 자리에 얌전히 앉은 미영이 낮은 한숨을 내쉬며 초록색 소주병을 집어 들었다. 자연스럽게 투명한 소주잔을 든 리원의 빈 잔을 채워 주자, 두 사람은 말없이 잔을 부딪친 후 단번에 입 안에 털어 넣었다.

"그래서……. 넌 어떻게 할 작정이야?"

역시 직설적으로 묻는 미영의 질문에 리원은 입가에 묻은 축축한 술을 손등으로 닦았다. 어떻게 할 거냐는 질문에, 리원이 곧장 대답하

349

지 않자 미영은 불안해졌다.

오래 그녀를 봐 와서 잘 안다. 똑 부러지게 생긴 겉모습을 보면 단칼에 끊어 낼 것 같지만……. 누구보다 정에 약한 사람이 강리원이라는 거. 그리고 역시나, 미영의 예상은 전혀 빗나가지 않았다. 방금 비워 낸 투명한 소주잔을 조용히 바라보던 리원이 입을 열었다.

"…엄마의 말처럼 어쩔 수 없잖아. 결국은 날 낳아 주고 키워 주신 부모님인걸."

"뭐? 지금 그게 네 입에서 나올 소리니? 물론 네 말이 틀린 건 아니야. 하지만 그것도 어디 한두 번이어야지!"

"맞아……. 한두 번이 아니지. 이젠 세는 것도 지쳤어."

표정 없이 건조한 모습의 리원이 마치 남의 이야기라도 하듯 말했다. 체념하며 그리 말하는데 답답해하지 않을 친구가 어디 있을까. 어이없다는 듯한 표정으로 크게 한숨을 내쉰 미영이 팔짱을 끼었다. 이런 말까지 해야 할까? 잠시 고민하던 그녀가 더 이상 참지 못하고 버럭 내뱉었다.

"이런 말 네가 기분 나쁠 수도 있고, 어른한테 함부로 이야기해서는 안 된다는 거 잘 알지만……. 툭 까놓고 이야기해서 너희 부모님 솔직히 너 믿고 자꾸 그러시는 거잖아! 사람이란 게 최소한의 기댈 나무가 있으니까 큰 사고를 치는 거라고! 진짜 그걸 몰라?"

미영의 솔직한 이야기에 리원의 입가에 피식, 헛웃음이 지어졌다. 반쯤 체념한 표정이었다. 그 표정을 보니 미영의 속이 두 배로 뒤집어졌다. 리원은 작은 소주잔을 검지로 톡톡 두드리며 절친의 물음에 대답했다.

"…아니. 누구보다 잘 알아. 나라는 마지막 보루가 있으니까 쉽게 그러신다는 거."

"그래. 누구보다 잘 아는 애가 매번 그렇게 당해 줘? 바보같이……. 전부 다 알면서? 난 반대야. 이건 정말……. 옛말처럼 밑 빠진 독에 물 붓기 아냐? 도대체 몇 번째야! 몇 번째냐고!"

미영은 진저리치며 바로 어제 일처럼 생생한 장면을 떠올렸다. 오랜 친구였던 탓에 예전부터 수도 없이 봐 왔던 놀라운 장면들을.

"리원아. 나는 아직도 잊을 수 없어. 대학 때 너랑 나랑 힘들게 알바한 월급……. 마치 수금이라도 하는 것처럼 족족 가져가시던 네 아버지. 그렇게 악착같이 돈 벌었는데도 매번 삼각김밥 하나로 끼니 때우던 널 아직도 기억해."

장학금을 받지 못하게 된다면, 당장에 휴학을 하고 일해야 했다. 용돈을 받지 않으니 학기 중에도 돈이 없어 잠시도 일을 쉴 수 없었다. 그렇게 힘들게 졸업을 하고 난 뒤에도 학자금대출과 아버지의 사업 빚을 갚느라 야근도 마다치 않았다. 그런 리원과 아주 예전부터 함께해 왔던 그녀였기에, 지금의 상황이 안타깝다 못해 분노가 차오를 지경이었다.

이름만 있을 뿐 제 역할을 하지 않는 부모로 인해 리원이 겪는 고통은 도대체 언제쯤 끝나는 걸까. 이제는 리원이 그만 행복해졌으면 좋겠는데……. 어째서 조금 행복해질 만하면 세상은 그녀를 이렇게나 가만히 놔두질 못하는 걸까. 지끈거리는 이마를 부여잡은 채 미영이 눈을 감고 조용히 물었다.

"그래서……. 집이 압류될 수준이라면 정말 큰 사고인 것 같은데……. 돈은 어떻게 마련할 건데? 네가 그동안 모아 둔 돈이 있다고 해도 감당 안 될 수준이잖아."

"최대한 해 봐야지."

"최대한? 뭘 어떻게?"

"일단 살고 있는 집 보증금을 빼야겠지? 이사도 가야겠고……. 조금 멀어도 저렴한 곳으로. 그리고 우리 회사 사내대출 이자가 은행보다 저렴했지? 음……. 대출에다 적금 깬 돈도 남아 있고……. 적금이야 어차피 결혼자금 모으던 거였으니 이제 필요 없어졌잖아. 주경훈이랑 헤어졌으니까."

야무지게도 손가락까지 접어 가며 돈을 마련할 계획을 세운다. 그것을 가만히 보고 있자니 속에서 천불이 나는 것 같아 미영은 또다시 깊은 한숨을 내쉬었다.

"하아아아……."

"…그렇게 한숨 쉬지 마. 나 이번이 마지막이야."

마지막이라는 리원의 말에 미영이 번쩍 고개를 쳐들었다. 희미한 웃음을 입가에 띤 리원이 미영의 눈을 똑바로 마주 보았다.

"이번을 마지막으로 돈 해 드리고……. 인연 끊을 거야."

의외의 말이 들려오자 깜짝 놀란 미영의 입이 살짝 벌어졌다. 그동안 묵묵히 당하는 것처럼 보였는데……. 드디어 큰 결심을 한 것이다. 아니, 잘은 모르지만 지금껏 조금씩 지쳐 가고 있었던 게 아닐까.

이번 일을 계기로 드디어 그런 해답까지 얻은 것이고.

"하지만 리원아. 부모 자식 간의 연이 그렇게 쉽게 끊어질까? 특히 너한테 많이 의지하는 너희 부모님이라면⋯⋯."

더 어려울 텐데.

말을 끝맺지 못하고 그만 목구멍으로 삼켜 버렸다. 그럼에도 리원은 미영이 하려던 말을 대충이나마 알 것 같았다. 그 부분은 저도 동의하니까.

"단번에 끊어 내긴 어렵겠지. 어쩌면 후회할 수도 있을 거야. 하지만⋯⋯. 지금 끊어 내지 않으면 그건 그거대로 나중에 훨씬 더 많이 후회할 것 같아. 사람은 변하지 않는 존재니까. 그렇지? 미영아."

어쩐지 그리 묻는 리원의 새카만 눈동자가 조금 젖어 있는 것 같다는 착각이 든다. 촉촉해져 오는 흑요석 같은 눈동자로 마치 그렇다는 대답을 바라듯 애타게 바라본다.

어째서 이렇게도 아픈 걸까. 어떤 선택을 하든지 아파질 것이다.

이대로 관계를 유지하든, 리원의 말처럼 인연을 잘라 내든. 어느 쪽도 리원을 웃게 할 수 없다는 것을 알기에 미영은 더욱 가슴이 저려 왔다. 저도 모르게 미간을 살짝 찌푸린 채 그런 리원과 마주 보고 있던 미영이 벌떡 자리에서 일어났다. 미영은 부산스럽게 자리를 옮겨 리원의 옆에 앉았다. 그러고는 누구보다 마음이 찢어지고 있을 제 절친을 조용히 품에 안아 주었다.

"그래. 잘 생각했어. 네 말이 맞아. 난 네 선택이 분명 옳다고 믿어."

"응…… 고마워. 역시 너밖에 없다."

미영은 리원의 등을 조심스럽게 토닥여 주었다. 확실히 옳은 선택이라고 생각했다. 언제까지나 끌려다닐 수는 없는 노릇이었다. 이대로 가다간 리원의 미래조차 암울한 동굴에 갇혀 버리는 것이나 다름없을 테니까. 그저 스스로가 살기 위해서 해야 하는 어쩔 수 없는 선택이었다. 결심을 굳힌 리원의 꽉 쥔 주먹에 힘이 들어갔다.

9
연애 계약

라디오에서 10년 전에 유행했던 조용한 발라드가 흘러나왔다. 시대가 흘러도 변하지 않는 구슬픈 이별 노래 가사가 기분을 더욱 가라앉게 만들었다. 멍하니 차창 밖의 새카만 야경을 쳐다보고 있던 리원은 울적함에 사로잡혔다.

그건 그것대로 나쁘지 않았다. 술도 적당히 취했고, 성공적인 업무 결과에도 불구하고 복잡한 개인사 탓에 도저히 기분이 나아지지 않았으니까.

코를 훌쩍이며 제가 살고 있는 동네 어귀의 버스정류장에 하차했다. 무더위가 아직 가시지 않은 여름밤이었지만 조용히 걷고 싶은 마음이 간절했다. 주황색 가로등이 듬성듬성 길을 비춰 주었고, 가끔 스쳐 지나는 사람들에게서 작은 웃음소리가 들렸다.

또각또각. 사방에 울리는 자신의 구둣발 소리를 위로 삼아 집으로 가는 길. 정장 바지에 손을 찔러 넣은 채 바닥만 보며 천천히 걷고 있던 그때였다. 오늘은 분명 조용해야 할 그녀의 휴대폰이 울리기 시작한 것은. 리원은 걸음을 멈추고 가방에서 휴대폰을 꺼내어 확인했다. 하얀 화면에는 선명하게 '최태건 부사장'이라는 글씨가 떠 있었다.

"네. 부사장님. 전화받았습니다."

무뚝뚝하게도 사무적인 그녀의 말투에 잠시 상대에게선 아무런 말이 없었다. 리원은 혹시 전화가 끊어졌나 싶어 화면을 확인한 뒤 다시 전화를 받았다.

"…여보세요? 부사장님?"

— 아아. 잘못 걸었나 싶었습니다. 맞군요, 강리원 씨 목소리.

"네. 저 맞습니다. 그런데 이 시간에 무슨 일이신지…….."

— …내가 많이 늦은 시간에 전화를 했습니까?

"솔직히 말씀드리자면 네. 이른 시간은 아니죠. 지금 시간이 10시가 넘었으니까요."

막힘없이 술술 직설적으로 대답하자, 또 한 번 태건의 말이 끊어졌다. 예상외의 냉정한 대답에 그가 당황한 걸까. 뒤늦게 머릿속으로 그런 생각을 하던 찰나, 말이 없던 그가 조용히 그녀의 이름을 불렀다.

— 리원 씨.

"네."

— 우리가 통화하기엔 시간이 너무 늦었다는 말…….. 업무적인 관계로서 말입니까? 아니면 개인적인 친분을 가진 사이로서 말입니까?

"당연히 업무적인 관계로서요."

— 하. 이거 조금 섭섭해지려 그러네. 난 우리가 그래도 꽤 친해졌다고 생각했습니다만. 그건 나 혼자만의 착각이었나 보군요.

"…부사장님. 어떤 용건으로 전화 주신 건가요?"

오늘따라 유난히 기분이 저조하다 보니 건조한 대답만 튀어나왔다. 은밀히 호감을 가진 상대에게 전화한 용건을 직설적으로 묻는 무뚝뚝함을 남발하는 와중에도……. 그녀와 다르게 그는 꽤 로맨틱한 대답을 꺼내었다.

— 기다리다 지쳐서. 너무 오래 걸려서요.

"…네?"

— 당신의 대답 말입니다. 가만히 앉아 기다리기엔 너무 궁금해 미칠 것 같아서.

대답이 궁금해서 참을 수 없었다는 말에 리원의 두 눈이 커다랗게 뜨였다. 당황한 그녀는 입을 살짝 벌린 채 그의 이야기를 가만히 듣기만 했다.

— 오늘 얼굴을 보고 나니까 도저히 참을 수 없었습니다. 인내심이 바닥났어요.

이건 또 무슨 소리인 건지.

리원이 눈썹 앞머리를 미세하게 꿈틀거리는 순간, 어디선가 탁탁, 묵직한 발소리가 들려오는 듯한 착각이 들었다. 하지만 그것은 착각이 아니었다. 그녀가 눈동자를 연신 굴리던 그때.

— 뒤 좀 돌아봐 줄래요?

멀지 않은 곳에서 들리는 굵직한 남자의 음성과 수화기 너머로 들리는 음성이 동시에 일치했다. 전화 통화를 하는 상대가 아주 가까이 있다는 뜻이었다. 리원은 토끼 눈을 동그랗게 뜬 채 천천히 뒤를 돌아보았다. 오늘 낮에도 봤었던 익숙한 실루엣. 너무 높아서 올려다보아야 하는 조각 같은 남자가 몇 걸음 떨어진 곳에 서 있었다.

인적이 드문 거리의 가로등 아래 선 태건은 평소보다 몇 배로 더 빛이 났다. 그가 이토록 눈부신 것은 과연 예상치 못했던 순간에 등장했기 때문일까. 아니면 잠시라도 그의 로맨틱한 말에 흔들렸기 때문일까. 그는 혼란을 잠재우지 못하는 그녀의 얼굴을 똑바로 마주했다.

"이렇게 날 달려오게 만든 사람은 강리원 씨가 처음입니다."

"정말……. 그저 대답이 궁금한 나머지 여기까지 오셨단 말씀이세요? 이 시간에요?"

그가 묘한 표정으로 피식 웃어 버리자, 그 모습을 본 리원이 한순간 멍해졌다.

이상하다. 지금껏 그녀와 둘만 있는 상황에서는 개구쟁이 소년 같을 때가 많았는데……. 그가 이토록 도발적이며 위협적인 느낌으로 다가온 것은 처음이었다. 가볍게 흘리는 그 웃음이 희한하게도 오늘따라 전혀 가벼워 보이지가 않았다. 웃음 하나로 날이 섰던 리원의 감정이 한순간에 모두 풀어져 버렸다. 지그시 그를 올려다보며 말을 잇지 못하던 그때, 그가 낮은 음성으로 물었다.

"지금 이 시간에 당신을 찾아온 것도 실례입니까?"

리원은 잠시 머뭇거렸다. 과연 어떤 대답을 내놓아야 할까. 스스로도 그와의 관계를 정의할 수가 없는 상황에선 꽤 어려운 질문이었다. 하지만 곧 그녀는 냉정하게 저와 그의 사이가 아무것도 아니라는 결론을 내렸다.

"실례 맞지 않을까요? 업무적인 관계로서는요."

우리의 현재 관계는 업무적인 협력 관계, 그 이상도 이하도 아니니까. 빤히 그의 눈동자를 마주 본 채 감정 없이 건조한 눈동자를 굴리며 그리 대답한다. 고개를 한쪽으로 살짝 기울인 그가 단념하지 않고 꼬리에 꼬리를 무는 질문을 이어 갔다.

"업무 외적인 관계에서는 실례가 아니란 말입니까?"

"그거야……. 그렇겠죠? 그 업무 외적인 관계가 과연 어떤 관계냐에 따라 다르겠지만요."

"…그렇다면 당신의 기준에서는 어떤 관계가 되어야 합니까?"

그의 질문에 영문을 모르겠다는 듯 그녀가 눈을 크게 떴다. 눈썹 앞머리를 움직이자, 그 고운 미간에 살짝 세로로 주름이 생겼다. 노란 가로등 아래에서 말을 잇는 남자의 입술에 작은 그늘이 만들어졌다.

"늦은 밤에 당신을 만나려면. 이런 시간에 전화를 해도 실례가 되지 않으려면. 그리고……."

당신이 홀로 숨죽여 우는 이유를 허심탄회하게 털어놓는 상대가 되려면…….

또한 그런 당신에게 힘이 되어 주고 안아 줄 수 있는 상대가 되려면…….

어떤 관계가 되어야 합니까.

말끝을 흐린 그가 입 밖으로 꺼내려던 말들을 속으로 삼켜 내며 묻었다. 제가 이런 말을 꺼내는 이유는 단 하나밖에 없다. 강리원이라는 여자를 알고 싶어서, 그녀의 많은 부분들이 궁금했고 신경 쓰였다. 스스로가 던진 질문에 대한 대답은 정해져 있었다. 누구나 아는 답이었으니까.

남녀 사이에 시간 구애 없이 만나고, 원할 때 언제든 통화하고, 사연이 있을 때 함께 나눌 수 있는 관계는 연인밖에 없다. 그 대답을 의도한 거였지만 리원은 결코 대답해 주지 않았다. 그저 살짝 고개 숙인채 씁쓸한 미소만 짓고 있을 뿐이었다. 그녀가 대답하지 않을 거라고. 어느 정도 예상하긴 했었지만 태건은 그녀와의 사이에서 보이지 않는 벽을 느꼈다.

'우리 사이의 벽을 깨부수고 싶었는데…….'

그러기엔 아직 두 사람 사이의 거리가 너무나도 멀었다. 하루아침에 될 일이 아니란 것을 잘 안다. 그런 이유로 조심스레 계약 연애 핑계를 대며 접근한 것이고. 그녀의 마음을 사로잡기 위해서는 더 많은 인내심이 필요할 것 같았다. 두 사람 사이에 흐르는 어색한 공기. 참을 수 없을 만큼 난감한 분위기를 전환시키기 위해, 그는 익숙하게 화제를 돌렸다.

"그것보다……. 강리원 씨 혹시……."

바지 주머니에 양손을 찔러 넣은 태건이 상체를 아래로 천천히 숙였다. 리원의 키 높이에 맞추어 몸을 숙인 뒤, 토끼같이 새카만 눈동자를 똑바로 바라본다. 가까워지나 싶던 그의 얼굴이 일순 혹, 시야를 꽉 채우며 들어왔다.

"술 마셨습니까?"

리원의 두 눈이 튀어나올 듯 거대해져 갔다. 너무 가까웠다. 돌발적인 상황에 깜짝 놀란 리원이 반사적으로 상체를 뒤로 물렸다. 태건의 검은 눈동자가 부지런히 움직이며 그녀의 새하얀 얼굴을 빈틈없이 훑었다.

"눈가가 빨간 걸 보니 조금 울기도 했던 것 같고."

리원은 그의 시선을 피해 고개를 홱 돌려 버렸다. 세상에. 얼굴이 너무 가까워서 하마터면 키스라도 하는 줄 착각할 뻔했다. 창피함이 머리끝까지 차올랐다.

퇴근 후 어차피 귀가할 예정이었던 터라 자신의 상태를 전혀 점검하지 않았다. 화장 상태가 못 봐 줄 정도로 엉망일 텐데. 울어서 눈물을 닦아 내느라 아마도 화장은 거의 지워져 있겠지만 말이다.

리원이 의외의 부분에 온 신경을 쏟는 사이 그가 가장 궁금했던 질문을 던졌다.

"무슨 일이 있었는지 말해 주지 않겠죠?"

"네⋯⋯. 죄송합니다. 워낙 개인적인 일이라 곤란해요⋯⋯."

"그래요. 알겠습니다."

이젠 지극히 사적인 질문들을 뒤로하고, 그녀를 만나러 온 목적인 직접적인 질문을 할 차례였다. 리원을 향하여 숙였던 상체를 번쩍 든 그가 나지막한 음성으로 물었다.

"언제까지 기다려야 합니까?"

"네? 뭘요?"

"내 제안에 대한 대답."

"아아……."

"생각할 시간이 더 필요합니까?"

"…아니요. 생각은 충분히 했습니다. 단지……."

초점을 엉뚱한 곳에 두고 잠시 망설인다. 어떤 대답을 꺼내려고 이렇게나 뜸을 들이는 건지. 잠시 후 무언가를 결심한 듯 비장한 얼굴로 무장한 그녀가 그를 불렀다.

"부사장님."

"네, 말해요."

"대답하기 전에 한 가지만 여쭤봐도 괜찮을까요?"

"얼마든지."

"제가 부사장님을 이용하려는 목적으로 그 제안을 받아들인다면……. 어떻게 하시겠어요? 그래도 저에게 주신 제안, 변함없는 겁니까?"

더는 놀랄 일이 없을 거라고 여겼는데. 태건은 내심 조금 놀랐지만 그 감정을 겉으로 드러내지는 않았다. 단지 깔끔하게 면도한 매끄러운 턱선을 어루만지며 혼잣말을 중얼거린다.

"이용한다라……."

지금 딜을 하자는 건가. 그게 아니라면 그녀의 발언을 도저히 해석할 수 있는 방도가 없었다. 다른 누구도 아닌 영광 기업 총수의 손자인 저를 이용한다는 말에 그의 미간이 살짝 찌푸려졌다.

조금 우스워졌다. 알면 알수록 무슨 생각을 하는지 도통 알 수 없는 여자였다. 보통 누군가를 이용하려 마음먹었다면 그 사실을 최대한 숨긴 채 접근할 텐데……. 지금 눈앞에 있는 이 여자는 이렇게나 당당한 눈빛으로 저를 이용하겠다고 말한다. 지금껏 그 누구도 저에게 대놓고 선전 포고를 한 적이 없었다. 그 당돌함에 기가 차면서도 한번 해 보고 싶어졌다. 더욱 그녀가 궁금해졌다.

"좋습니다. 한번 해 봐요."

그 대답을 기다렸던 그녀의 표정이 더욱 진지하게 깊어졌다. 태건은 팔짱을 낀 채 재미있다는 듯, 입가에 삐뚜름한 미소를 머금었다.

"이용당해 줄 테니까. 그리고 한 가지 잊은 게 있는 것 같은데……. 강리원 씨. 당신뿐만이 아니라, 나 또한 당신을 이용할 겁니다. 주고받는 관계가 되는 거라 단단히 각오해야 할 거예요. 처음부터 이 계약 연애의 목적을 난 분명히 밝혔습니다."

"…네. 그렇게 하세요."

"그렇다면 대답은 이미 정해졌군요."

"그래요. 받아들일게요. 그 제안."

두 사람 사이를 비추는 것은 가로등 불빛에 없는데, 어쩐지 그녀의 새카만 눈동자가 반짝 빛나는 것 같은 착각이 들었다. 어째서 그녀는 어두운 불빛 아래에서 더욱 빛나 보이는 걸까. 영문을 몰라 그는 다시 한번 그녀의 모습을 자세히 살폈다.

"해요, 우리. 그 계약 연애라는 거."

한 글자씩 또박또박. 그리 야무지게 말한 그녀가 그에게 악수를 청하며 손을 내밀고 있었다.

□ ◆ □

　차르륵. 불투명한 무늬가 새겨진 유리 재질의 슬라이딩 도어가 열렸다. 욕실에서 방금 샤워를 마치고 나온 태건은 샤워 가운을 걸친 채제 휴대폰을 찾았다. 화장대 위에 놓인 휴대폰을 들어 바쁘게 키패드를 두드리며 누군가와 메시지를 주고받았다.

　[내일 정 변호사 호출해.]

　[무슨 일 있어?]

　[아니. 새로 만들어야 할 계약서가 있어서.]

　[무슨 계약서? 정확히 이야기를 해 줘야 일을 하지.]

　키패드를 툭툭 치며 글자를 입력하던 태건의 행동이 멈추었다. 그는 손에 들고 있던 휴대폰을 잠시 화장대 위에 올려놓았다. 타월로 거칠게 젖은 머리카락을 털어 내며 생각에 잠긴 듯하더니, 결국에는 낮은 한숨을 내쉬며 체념해 버린다.

　"하아……."

　어차피 들킬 거 지금 이야기하는 게 낫겠지. 물론 이야기를 꺼내자마자 피곤해지겠지만.

　결심을 굳힌 그가 다시 휴대폰을 들었다. 탁탁탁. 작은 키패드를 두드리는 소리가 조용한 거실에 울렸다. 태건은 변명을 하기 위해 쳐놓았던 글자들을 빠르게 지우고 새로 작성한 메시지를 보냈다.

[일 때문은 아니고. 저번에 말했던 리원 씨와의 계약 건 때문에.]

발송된 메시지를 가만히 노려보는데, 상대가 내용을 확인하고도 답장이 없다. 태건이 인상을 잔뜩 구긴 채 속으로 혼잣말을 내뱉었다.

'어쩐지 불안한데……. 분명 가만히 있을 녀석이 절대 아닌데 말이지.'

의아하게 고개를 갸웃거렸다. 그가 아는 절친의 스타일대로라면 분명 궁금함을 참지 못할 것이다. 특히나 그의 연애사에 관해서는 더욱 말이다. 아니나 다를까. 답장 대신 태건의 휴대폰이 요란하게 진동하며 벨 소리를 터트리기 시작했다. 절친인 김 비서……. 아니, 동호에게서 온 전화였다. 전화를 받자마자 놀라울 정도로 착 가라앉은 동호의 음성이 들려왔다.

— 뭐야? 강리원 씨와의 계약 건이라면 혹시…….

"어. 맞아. 그거."

— 그새 그렇게나 빠르게 이야기가 진행된 거야?

제가 참지 못하고 대답을 듣기 위해 찾아갔다는 것을 알게 된다면, 어떤 반응이 나올지 안 봐도 뻔했다. 그런 이야기는 동호에겐 최대한 숨기는 게 정신 건강에 편할 것이다. 굳이 구구절절 설명하기도 귀찮았던지라 대충 둘러대 버렸다.

"그래. 어차피 우리 두 사람 다 원하는 게 확실하니까. 생각할 시간도 충분히 줬고."

— 아하하, 이 자식 봐라. 언뜻 보면 숙맥인 것 같다가도 은근 고수의 향기가 난단 말이지. 이것 봐. 아닌 척하면서 뒤에서는 할 거 다 하

잖아?

뭐가 그리 재미있는 건지. 연신 웃음을 터트리던 동호는 통화를 빨리 끝낼 생각이 전혀 없어 보였다. 태건은 손을 올려 지끈거리는 이마를 짚었다.

"어쨌든 공증을 받아야 하니 내일 저녁 식사에 정 변호사가 참석해 줬으면 해. 아직 상의할 내용이 많아서 계약서의 세세한 합의 조항들은 내일 직접 수기로 작성할 거야. 양식만 만들어 오면 될 것 같아."

— 그래. 알았어. 연락해서 약속 잡을게. 저녁 식사는 그럼 3인 코스로 하고, 식당은 편하게 개별 룸이 있는 일식이나 한정식으로 하면 되겠지?

동호의 질문에 태건은 잠시 생각에 잠겼다. 그녀가 어떤 음식을 좋아하고 싫어했었지? 저야 딱히 가리는 음식이 없었지만, 이왕이면 리원이 싫어하는 메뉴는 피하고 싶었다. 문득 이전에 그녀와 킨텍스 박람회에서 재회했을 때, 급작스럽게 마련된 저녁 식사 자리가 떠올랐다.

당시 횟집에서 뒤풀이 겸 회식을 했었는데 음식이 입에 맞지 않았던 건지 리원은 젓가락으로 음식을 깨작거리며 잘 먹질 못했었다. 물론 상황이 상황이었던지라 그 자리 자체의 분위기가 불편했던 걸 수도 있었지만. 어쨌든 굳이 회가 주를 이루는 일식은 보류하고 가장 무난한 것으로 택했다.

"한정식으로."

— 알았어. 퇴근 후인 저녁 7시 전후로 예약 잡으면 되겠지? 강 팀

장에게는 내가 연락해서 전달할게.

"그래. 부탁한다."

전화를 끊고 나니 극도의 피로감이 물밀 듯이 몰려왔다. 평소에도 남들에 비해 잠이 적은 편이었지만, 한음 리조트 리모델링 건을 맡고 난 뒤부터는 말 그대로 눈코 뜰 새 없이 바빴다. 물론 언제나 바쁜 그였지만 일의 강도가 두 배쯤은 더 높은 건지 항상 늦은 밤 시간이 되면 어김없이 피로감이 쏟아졌다. 이마를 짚은 채 눈을 질끈 감았던 그가 나지막하게 혼잣말을 중얼거렸다.

"후⋯⋯. 약간의 알코올이 필요하겠군."

태건은 곧장 주방으로 걸음을 옮겼다. 깊은 숙면을 취하기 위한 그만의 작은 즐거움이랄까. 투명한 글라스에 얼음을 채운 뒤 호박색 위스키를 희석시켰다. 목구멍이 타들어 가는 것을 느꼈지만 인내심을 발휘해 충분히 얼음과 섞이기를 기다렸다. 잔을 흔들며 드레스 룸에 도착해서야 마른 목을 한 모금 축였다. 양주 특유의 독한 향이 코를 찌르며 올라온다.

만족스러운 표정을 지으며 옷을 갈아입으려던 그때. 요 며칠 잠시 잊었던 물건이 그의 시야에 들어왔다.

진열장의 작은 칸 하나를 통째로 차지한 굽이 부러진 검은색 하이힐. 조명을 받아 유난히도 반짝거리는 모습에 잠시 멍하니 바라보게 되었다. 별처럼 찬란하게 부서진 작은 보석 조각들이 어두운 색상에 부스러기처럼 박혀 있어 그런지 불빛 아래에서 유난히도 아름답게 빛났다. 문득 그녀의 발 사이즈가 궁금해져 구두를 꺼내 이리저리 뒤집어 살펴본다.

"37 사이즈라……. 여자 신발 사이즈는 잘 모르지만 어쨌든 손에 쥐기에도 아주 아담하군."

태건은 보통 남자들의 평균 그 이상으로 몸이 거대했다. 190을 넘나드는 키가 그것을 증명했다. 그래서 그런지 발도 크고 손도 무척이나 컸다. 커다란 손바닥에 쥐어진 리원의 구두는 장난감처럼 작아서 저절로 그의 입가에 웃음이 터지게 만들었다.

"이런 조그만 발을 가진 여자가 그리 당당하고 도도하게 걷는단 말이지."

구두를 다시 진열장에 넣어 놓은 그는 드레스 룸의 한편을 차지하고 있는 의자에 걸터앉았다. 잠시 편하게 앉은 채 구두를 뚫어져라 노려보며 위스키를 음미하는 시간을 가졌다.

'해요, 우리. 그 계약 연애라는 거.'

흔들리지 않는 담담한 눈빛으로 제안을 수락하던 모습이 떠올랐다.

악수를 청하며 내민 하얗고 가느다란 손과 각오를 다지듯 꾹 다물려진 붉은 입술도.

그리고 오로지 그만을 올곧게 바라보는 흑요석 같은 눈동자도.

무엇 하나 제 취향이 아닌 부분이 없었다. 그 빨려 들어갈 것만 같은 깊고 새카만 눈동자가 도저히 잊히질 않는다. 처음부터 충분히 그녀에게 호감이 있었지만 시간이 지날수록 더욱 끌리는 것을 느꼈다.

'괜찮을까……. 이대로도.'

결과는 정해져 있었기에 쓸데없는 걱정이지만, 그에게 있어서 조금은 생경한 경험이었다. 누군가에게 이 이상 반해 본 적이 단 한 번도 없었으니까. 딱히 여성이란 존재에 관심을 두지 않았기에 필요하다 느끼지 않았다.

유일하게 그의 평온한 일상을 깨부순 여자는 어느 날 갑자기 나타났다. 잠잠한 호수에 돌을 던진 것처럼 천천히 퍼져 나가던 감정의 물결이, 어느 시점부터 걷잡을 수 없는 속도로 빠르게 퍼져 나간 것은 순식간에 일어난 일이었다. 감정을 겉으로 드러내지 않도록 오랫동안 훈련하고 살아왔는데 점점 제어할 수 없게 되자 그게 무척이나 거슬렸다.

"…어떻게 될까. 우리 두 사람은."

미미하게 올라온 취기를 핑계 삼아 지금쯤 잠자리에 들었을 그녀를 향해 혼잣말을 했다. 정해 놓은 엔딩은 없었다. 완벽한 결과를 염두에 두고 무언가를 시작한 적도 없었다. 그저 할 수 있는 모든 방법을 최대한 동원하여 이루어 낼 뿐.

태건은 항상 그랬다. 이번에도 제 마음 가는 대로 천천히 그녀에게 다가가고 있었다. 그 첫걸음으로 내일 있을 계약을 무사히 마치면 되는 거였다. 몇 조각의 얼음이 남은 잔을 흔든 태건은 마지막 남은 위스키 한 모금을 삼켰다.

"잘 자요, 강리원 씨."

듣는 이가 없는데도 작별 인사를 건넸다. 이제, 모두가 내일을 위해서 잠자리에 들 시간이었다.

리원은 다소 놀라운 경험을 했다. 가리는 음식 없고, 무난한 정도라면 뭐든 맛있게 잘 먹는 스타일이었는데, 오늘 인생 최고의 맛집을 만나 버린 것이다.

솔직히 너무 긴장해서 약속 장소로 향하는 동안 걱정이 많았었는데⋯⋯. 한정식 요리를 입에 넣자마자 그런 복잡한 감정 따위 싹 날아가 버렸다. 그래 봤자 집밥에서 조금 더 정성 들인 형태가 한정식일 것이라 여겼는데 그런 그녀의 생각을 완전히 바꿔 버린 계기가 되었다. 물론 3대째 운영하는 한식 명인의 요리라 자주 사 먹지는 못할 것 같지만 말이다.

"반갑습니다. 정 변호사라고 합니다. 오늘 제가 괜히 끼어들어서, 두 분의 오붓한 식사를 방해하는 건 아닌지 모르겠네요."

서글서글한 인상의 정 변호사는 무척이나 붙임성도 좋고 입담도 좋은 사람이었다. 그 덕분에 식사 내내 분위기는 편안하고 화기애애했다. 후식이 나오길 기다리며 함께 나눈 본격적인 계약에 대한 협의는 생각보다 짧은 시간에 간단히 끝이 났다. 마지막으로 정 변호사의 도움을 받아 수기로 작성한 계약의 내용들을 살펴보던 리원이 미간을 살짝 찌푸렸다. 맞은편에 앉아 그녀의 표정을 힐끗, 살피던 태건이 물었다.

"혹시 수정하고 싶은 부분이라도 있습니까?"

"음⋯⋯. 제2조에 있는 데이트 부분 말이에요."

리원의 말에 두 남자의 시선이 절로 계약서의 제2조 항목으로 옮겨졌다.

제2조 (데이트)

갑과 을은 일주일에 최소 2회, 평일 1회와 주말 1회의 데이트를 하기로 한다.

단, 사정이 있어 지키지 못할 경우에는 다음 주에 두 배로 보충한다.

내용을 다시 한번 진지하게 읽어 본 태건이, 도통 이유를 모르겠다는 듯 자신의 매끈한 턱을 쓰다듬었다.

"내용의 어떤 부분에 문제가?"

"일주일에 2회라니 좀 많지 않나요?"

"……."

태건은 자신의 귀를 의심했다. 그래도 명색이 남들 눈에 죽고 못사는 관계로 보여야 할 "계약 연애"인데 주 2회가 많다니……. 그렇다면 다른 진짜 연인들은 도대체 한 달에 몇 번이나 만난다는 소리일까? 급작스럽게 입을 꾹 다문 태건의 분위기가 심상치 않다. 두 사람의 사이에서 각각의 표정을 살피던 정 변호사가 낮게 웃으며 말했다.

"아니, 강리원 팀장님. 주 2회가 많다니요. 오히려 여유롭게 잡은 것 같은데요."

"네? 여유롭다고요? 당분간은 정말 바쁠 텐데. 그런데 바쁜 건 저뿐만이 아니라 부사장님도 마찬가지 아닌가요? 이번에 진행 중인 한음 리조트 리모델링 공사가 스케줄이 정말 살인적이거든요. 그렇죠, 부사장님?"

동의를 구하며 태건을 물끄러미 쳐다보았지만, 그의 심각한 표정에는 변화가 없었다. 어쩐지 그는 리원과는 조금 의견이 다른 것 같았다. 무표정으로 일관하던 태건이 꾹 다물었던 입을 열어 제 의견을 꺼내 놓았다.

"난 전혀 많다고 생각하지 않습니다, 강리원 씨."

의외의 대답에 리원의 두 눈이 토끼처럼 커다래졌다. 분명 주변 사람들에게 그의 이야기를 들었을 때 일중독자라는 별명이 어울릴 정도로 일에만 빠져 산다고 했는데.

부사장씩이나 되면서 평일에 야근하는 건 기본이고, 주말조차 제대로 쉬지 않는다는 소문이 무성했다. 오죽하면 쓰지 않아서 쌓인 연차가 넘쳐 나, 매년 연차 수당이 월급에 포함되어 지급되기까지 할까. 그렇게까지 일을 좋아하고 1년 365일이 바쁜 사람이 데이트를 하기 위해 시간을 쪼개 쓰려는 생각을 하다니 선뜻 이해가 가지 않았다.

"오히려 저보다 부사장님이 훨씬 바쁘시지 않나요? 잘 생각해 보세요. 아무래도 그렇게 큰 회사를 책임지시려면 리조트 건 말고도 일이 많을 텐데⋯⋯. 평일은 항상 그랬듯 야근도 하셔야 하잖아요. 데이트를 주 1회로 줄이는 게⋯⋯."

"강리원 씨."

"네."

"이 일도 나한테는 무척 중요합니다. 설마 계약의 목적을 잊지는 않았겠죠?"

"물론 목적을 잊은 건 아니지만……."

"남들에게 '죽고 못 사는' 연인으로 보여야 하는데, 주 1회 데이트로 되겠습니까? 일주일 내내 붙어 있어도 모자랄 것 같습니다만."

일주일 내내라는 그의 발언에 리원의 관자놀이에서 식은땀이 흘렀다. 잘못해서 정말 그렇게 되어 버리면 아마 살아 있는 지옥을 경험하지 않을까. 태건이 그녀를 묘한 눈빛으로 마주 보다가 이내 씩, 작게 미소 지었다. 얼굴은 웃고 있는데, 어째서 그게 오히려 무언의 압박으로 느껴지는 건지 도통 영문을 알 수 없었다.

"그, 그럼 이거라도 고쳐 주세요. '사정이 있어 지키지 못할 경우, 다음 주에 두 배로 보충한다'라니요. 이건 정말 말도 안 돼요."

현생을 살아가야 하는데, 어떻게 꼬박꼬박 데이트 약속을 지킬 수 있을까. 분명 한두 번쯤은 피치 못할 사정이 생길 텐데, 두 배로 보충해 버린다면 과로로 쓰러질 것이다. 리원은 절박하게 의견을 조율하자는 건데, 표정이 짓궂게 일그러진 그가 팔짱을 두르며 느른하게 말했다.

"두 배로 보충이라……. 난 이 조항이 아주 마음에 드는데."

'마음에 든다고? 진심인가?'

믿기지가 않아 재차 눈을 깜빡인다. 리원은 요 며칠간의 제 스케줄을 떠올렸다.

야근, 야근, 야근, 야근.

온통 같은 일상의 반복이었다. 기억나는 것이라고는 피로에 절어 저녁밥도 제대로 챙겨 먹지 못한 채 일하던 자신의 모습뿐이었다. 평일에 1회 정도야 어떻게든 시간을 짜내어 일찍 퇴근할 수 있겠지만, 집으로 귀가해 잠들고 싶은 마음이 굴뚝같을 텐데. 당황한 신음을 내뱉은 순간, 턱을 괸 채 관찰하듯 쳐다보는 태건의 시선이 느껴졌다.

그가 나른한 눈빛을 하고는 한쪽 입꼬리를 픽 올려 심술궂게 웃었다. 그 웃음을 본 리원은 확신했다. 최태건 저 남자는 지금, 재미있는 놀이를 하는 것처럼 즐거워하고 있다는 것을.

'이 상황에서 장난기가 발동했구나.'

이제는 표정만 봐도 안다. 그는 전혀 양보할 생각이 없어 보였다. 그렇다면 방법은 딱 하나. 그와 나머지 항목들에 관해서 협상하는 것뿐이었다. 본디 계약이라는 것이 내 마음에 완전히 쏙 들게 할 수는 없는 거니까. 한두 가지 정도는 별수 없이 양보해야 했다. 그래야 가장 원하는 것을 얻어 낼 수 있으리라. 주먹을 꽉 쥔 리원이 결국 반쯤 포기한 채 낮은 한숨을 내쉬었다.

"하아……. 그럼 어쩔 수 없죠. 부사장님은 혹시 다시 협상하고 싶은 부분이 있나요? 저는 두 배로 보충해야 한다는 이 부분만큼은 양보할 수 없어요. 주 2회 만남이 저한테는 너무 버거워서 반드시 잘 지킬 거라는 보장이 없거든요. 그러니까 서로 한 가지씩 양보하기로 하죠."

리원이 새로운 제안을 하던 그때, 누군가가 미닫이문을 두드렸다. 곧 문이 스르륵 열리더니 곱게 개량한복을 차려입은 중년의 여성이 차와 주전부리를 가지고 들어왔다. 전통 다과와 떡, 진하게 우려낸 차가 테이블에 예쁘게 놓여졌다. 직원의 등장으로 대화의 흐름이 잠시 끊어졌지만, 그녀가 다시 문밖으로 사라진 뒤 태건이 먼저 입을 열었다.

"협상에 소질이 있군요, 강리원 씨는. 솔직히 나 또한 아쉬운 부분이 없는 건 아닙니다. 단지……."

마치 애태우기라도 하는 것처럼, 그의 말투와 행동이 더없을 정도로 느렸다. 태건은 예스러운 무늬의 잔을 들어 후루룩, 차의 맛과 향을 음미했다. 그러고는 침착하고 우아한 행동과 다르게 다소 도발적인 말을 내뱉는다.

"내가 어떤 걸 요구할 줄 알고요? 겁도 없이."

그의 도발에 리원의 양쪽 어깨가 흠칫 떨려 왔다. 혹시 말려들고 있는 걸까? 이 사람에게. 워낙 능구렁이 같은 구석이 있는 남자라 그의 의도를 가늠하는 것은 불가능했다. 혹여 그의 작전에 말려들고 있다고 해도 지금으로써 리원이 할 수 있는 최선의 방법은 협상뿐이었다.

"일단 들어 볼게요."

"…제3조의 연락 부분. 하루 1회 통화에서 조금 더 추가하도록 하죠."

"네? 어, 얼마나요?"

"아침저녁으로. 적어도 연인 흉내를 내려면 그 정도는 되어야 하지 않겠습니까?"

친구 가족과도 매일 연락하지 않는 리원 입장에서는 기가 막힐 노릇이었다. 눈을 동그랗게 뜬 채 크게 당황하는 그녀를 보던 그가 조용히 다음 말을 이었다.

"리원 씨가 매일 아침 6시 30분, 나에게 모닝콜을 해 주는 것으로. 내가 아침잠이 많아서."

"…저도 항상 6시 30분에 일어나긴 하지만……. 그리고 또요?"

"퇴근 시간에는 내가 전화할게요. 18시 이후."

리원은 잠시 생각에 잠겼다. 아침엔 자신이 그에게 전화를 하고, 퇴근 시간엔 그가 저에게 전화를 거는 것으로 사실상 크게 힘들지는 않았다. 단지 신경 쓰이는 것은…….

'뭐야……. 잠에서 덜 깬 목소리로 모닝콜이라니. 진짜 사귀는 것 같잖아.'

리원은 얼굴이 불에 덴 듯 뜨겁게 달아올랐지만 애써 아무렇지 않은 척하려 노력했다.

침착하자. 이건 단지 계약일 뿐이야.

그저 연인 흉내를 내는 것일 뿐이라고.

뜨거운 얼굴과는 달리 차가운 머리로 냉정하게 조건들을 비교하여 판단했다. 겨우 모닝콜 따위가 뭐라고. 아침에 그를 제 목소리로 깨워 줘야 한다는 부담감이 있었지만, 이 정도 거래 조건이라면 나쁘지 않았다. 생각을 정리한 그녀가 비장하게 고개를 끄덕이며 수긍했다.

"네. 그렇게 하도록 하죠. 조금 부담스럽긴 하지만 그 정도면……."

"그리고 하나 더."

더 고치고 싶은 항목이 있다는 그의 말에, 리원의 두 눈이 다시 확장되었다. 그의 말을 기다리는 그녀의 목구멍으로 마른침이 꿀꺽 넘어갔다.

"제4조 스킨십 부분도."

"네, 네? 스, 스킨십이요?"

가장 민감한 스킨십 부분을 언급하자 겨우 안정을 찾았던 리원의 얼굴이 더욱 눈에 띄게 붉게 달아오르기 시작했다. 태건은 마치 미리 계획이라도 세워 뒀던 것처럼 수정을 원하는 요구사항을 줄줄이 읊었다.

"음……. 현재는 '손을 잡거나, 팔짱을 끼거나, 볼 키스 이외에는 어떤 스킨십도 용납하지 않는다'라고 되어 있군요. 이건 리원 씨와 내가 오늘 만나자마자 추가한 조항이지만……. 솔직히 난 불만스럽습니다."

리원은 이 방에서 음식이 세팅되기도 전에 그와 나누었던 이야기들을 떠올렸다. 제4조 항목인 스킨십 부분은 원래는 없었지만, 리원의 강력한 요구로 급하게 추가된 내용이었다. 제가 만든 꾀에 스스로 넘어간 꼴이었다.

"애초에 스킨십에 대한 선을 정해 놓는단 사실부터가 마음에 들지 않았습니다. 리원 씨가 강력하게 제안한 내용이라 일단 포함은 시켜 놓았습니다만……. 이건 너무 디테일한 데다, 돌발 상황에 대처할 수 없을 만큼 제약이 너무 많아요. 내용을 조금 수정해야 될 것 같군요."

"어떤 식으로요……?"

"스킨십에 대한 제약은 없으나, 반드시 상대의 동의를 얻은 후 실행하여야 한다."

태건의 말이 끝나자마자 다소 우스꽝스러운 장면이 펼쳐졌다. 리원은 크게 벌어진 입을 다물지 못한 채, 얼굴을 있는 대로 일그러트렸다. 그녀가 경악을 금치 못하는 표정을 짓고 있는 데 반해, 그는 무슨 문제 있냐는 듯 의아해하며 고개를 약간 비틀었다. 리원은 잘 익은 토마토처럼 새빨개진 채 두 사람 사이에서 묵묵히 자리를 지키고 있는 정 변호사의 눈치를 살폈다.

'아니, 도대체 정 변호사란 이분도 어떤 사람이지? 어떤 사람이길래 이런 대화를 듣고도 아무렇지 않을 수 있을까?'

경우에 따라서 그 스킨십이라는 단어 자체가 남녀 간의 깊고 비밀스러운 관계를 가리킬 수도 있는 것이었다. 조금은 은밀히 대화를 나누어야 할 상황이 아닌가? 그럼에도 어떻게 된 것이 이 두 남자는 오히려 더욱 진지한 분위기를 풍기고 있었다. 잠시 리원의 대답을 기다리던 그가 물었다.

"무슨 문제 있습니까?"

"네! 문제 많아요."

"도대체 뭐가 문제인지······. 이해할 수 없군요. 반드시 상대의 동의를 얻어야 한다는 내용이 버젓이 있는데."

"하, 하지만 제약이 없다는 건······. 그게 없다는 건······."

말끝을 흐린 리원의 머릿속에 번쩍 오래된 기억이 떠올랐다. 그와 제주에서 처음 만났던 날, 그 뜨거웠던 두 사람의 첫날밤을. 태건의 앞에서만큼은 이상하리만치 표정 관리가 되지 않는 그녀였으므로, 어떤 생각을 하는지 적나라하게 보였다. 태건은 금세 짙은 장난기 어린 표정이 되었다.

"왜? 자신 없습니까?"

"네? 뭐라고요?"

"의아하지 않겠습니까? 당신이 싫다면 거절하면 그만인 건데. 동의에 대한 내용이 있는데도 그런 반응을 보인다는 것은, 혹시 내 유혹을 뿌리칠 자신이 없어서입니까?"

"그럴 리가요!"

리원이 버럭 하며 그를 날카롭게 쏘아보았다. 능글능글한 남자의 웃음에 이상하게도 묘한 승부욕이 타올랐다.

"그렇게 웃지 말아요! 저번에도 말한 적 있지만 그렇게 웃을 때마다 엄청 기분 나쁘다는 거 잘 모르시죠?"

"아니, 도대체 내가 어떻게 웃길래?"

"사람을 갖고 노는 듯한 그 이상한 웃음이요! 하긴, 모르니까 자꾸 그런 표정을 짓겠지만. 자꾸 그렇게 웃으면 조항에 넣을 거예요."

"그렇게까지 정색한다면야."

그가 서서히 능글맞은 미소를 거두었다. 사뭇 진지한 표정으로 돌변한 그에게 리원은 팔짱을 낀 채 도전적으로 말했다.

"좋아요. 협상해요. 그 두 가지 조건 받아들이는 대신 제가 협상을 제안한 항목도 고치는 걸로요. '사정이 있을 경우 쌍방의 합의하에 데이트 날짜를 미룰 수 있다.'로 수정하길 요청합니다."

"…정 변호사. 리원 씨에게 만년필을."

태건은 재킷 안주머니에서 제 검은색 만년필을 꺼냈다. 기본 양식 이외엔 직접 수기로 작성하는 계약서라, 정 변호사는 자신의 서류 가방에서 새로운 양식을 꺼내었다. 리원이 만년필을 건네받자, 두 사람은 정 변호사가 불러 주는 대로 수정할 항목을 포함하여 계약서를 처음부터 다시 쓰기 시작했다. 사각사각. 종이 위에서 만년필이 굴러가는 소리와 정 변호사의 낮고도 침착한 음성이 방 안을 가득 메웠다.

"자, 이제 다 되었습니다. 마지막으로 사인하시고, 서로의 계약서를 바꿔서 각자 보관하시면 됩니다."

글씨를 빠짐없이 빼곡하게 채운 종이 계약서를 그에게 건네기 위해 손에 들었다. 두 사람은 테이블을 사이에 두고 서로의 계약서를 주고받았다. 참 이상한 기분이었다. 묘한 시선이 허공에서 닿는다는 사실이.

'대충 휘갈겨 쓴 것 같아도 글씨가 참 깔끔해.'

마치 최태건이라는 남자 그 자체를 보는 것 같은 계약서였다. 작고 동글동글한 그녀의 글씨체에 비해 큼직하고 단정했다. 한참 계약서를 가만히 훑어보는데, 정 변호사가 폐기할 서류와 만년필을 정리하며 리원에게 말했다.

"계약금과 월 보수는 선급이니, 내일쯤 입금될 겁니다."

"…네."

돈에 대한 이야기가 나오니 씁쓸한 기분이 드는 것은 어쩔 수가 없었다. 시작은 그게 아니었지만, 결국은 돈 때문에 태건과 계약하기로 마음먹었으니 마음 한편이 무거워졌다. 리원이 어두운 표정으로 고개를 살짝 숙이던 찰나, 태건이 자신의 오른손을 그녀에게로 뻗었다.

"잘 부탁합니다. 강리원 씨."

악수를 청하는 거였다. 잠시 그의 커다란 손을 바라보던 리원이 천천히 제 손을 뻗었다.

"네. 저도 잘 부탁드릴게요. 부사장님."

두 사람이 손을 맞잡아 악수했다. 서로의 따뜻한 체온이 맞닿은 손바닥을 통해 전해졌다.

□ ◆ □

달콤한 꿈을 꾸었다. 내용은 기억나지 않지만 깨고 싶지 않을 정도로 기분 좋은 그런 꿈.

따르릉— 따르릉—

귀를 괴롭히는 시끄러운 소리에 리원은 얼굴을 잔뜩 일그러트렸다. 아직 더 자고 싶은데……. 어김없이 찾아온 아침은 오랜만에 깊이 이룬 단잠을 방해했다. 더 이상 참지 못하고 손을 더듬어 휴대폰을 집어 들었다. 떠지지 않는 눈꺼풀을 한쪽만 겨우 들어 올려 휴대폰의 숫자를 확인한다. 흐릿한 시선 안에 들어온 숫자는 AM 06:00.

"흐, 흐응……. 뭐야아……. 왜 이 시간에 내가 알람을……."

몇 년 동안 기상 시간은 한결같이 아침 6시 30분이었을 텐데. 어째서 30분이나 이른 6시에 알람이 맞춰져 있단 말인가. 웬만하면 한번 맞춰 놓은 알람은 건드리지 않는데……. 어떤 실수로 잘못 맞춰지기라도 했나 보다. 신경질적으로 알람을 끄고 다시 잠을 청하기 위해 몸을 뒤척이던 찰나.

"허……. 허억!!"

불현듯 머릿속에 떠오른 한 가지 단어 때문에 리원은 크게 놀라며 벌떡 일어나 앉았다.

"모닝콜! 맞다. 모닝콜 때문에 30분 일찍 맞춰 놓은 거였지?"

모닝콜은 6시 30분인데 어째서 30분이나 더 일찍 알람을 맞춰 놓았냐고 누군가가 묻는다면……. 아마 대답을 들어도 쉽게 이해하진 못할 것이다. 리원의 마지막 자존심이었기 때문이었다. 결코 태건에게 자다 일어난 날것 그대로의 목소리를 들려줄 수 없었다. 아무도 신경 쓰지 않을 그 사소한 사실 하나에 황금 같은 아침잠을 30분이나 줄여 버린 것이다.

"얼른. 얼른 준비하자."

나지막하게 혼잣말을 중얼거린 리원은 비틀거리며 침대를 벗어났다. 완전히 잠에서 깨어나 맑은 정신이 되는 건 적어도 씻고 난 뒤에나 가능할 것이다. 입이 찢어져라 늘어지게 하품을 하며 부스스한 머리로 욕실에 들어가고 난 뒤.

정확히 20분 후 간단히 모닝 샤워를 마친 그녀가 젖은 머리를 타월로 돌돌 감은 채 나타났다. 샤워 가운을 몸에 걸친 채 주방으로 가 토스트기에 식빵을 집어넣는 모습이 아주 몸에 밴 듯 자연스러웠다. 토스트기 버튼을 누르고, 커피를 내린 뒤 화장대로 걸음을 옮긴다. 화장대에 앉아 드라이기를 꺼내고, 메이크업을 하기 위해서 기초화장품을 바르기 시작했다. 마치 정해진 동선대로 움직이는 로봇 같았다. 벌써 8년째 매일 아침마다 다람쥐가 쳇바퀴를 돌리듯 똑같이 해 오던 일이었다.

따르릉— 따르릉—

6시 30분을 알리는 알람이 울렸다. 손으로 화장품을 골고루 덧바르던 그녀가 화장대 가장자리에 놓아두었던 휴대폰을 뒤적였다.

"알람 소리가 너무 투박한데 바꿀까?"

혼잣말로 고민해 보았지만 그만두기로 했다. 그나마 가장 시끄럽고 신경에 거슬리는 알람 소리였기에, 이보다 더 단번에 잠에서 깰 수 있는 소리가 없을 것 같아서였다. 연락처 목록을 뒤져 태건의 번호를 찾아낸 뒤 전화를 거는 손길이 무척이나 부지런하다. 하지만 발신음이 한참이나 울렸는데도 도통 전화를 받지 않았다.

'아침잠이 많다더니 정말인가 보네.'

다시 전화를 걸기 위해 손을 뻗으려던 찰나. 화면이 통화 모드로 바뀌며 통화 시간이 초 단위로 올라가기 시작했다. 리원은 스피커 통화 버튼을 누르고는 숨죽여 조용히 신경을 집중했다.

"……."

분명 상대가 전화를 받은 것 같은데. 아무런 소리도 들리지 않아 그녀가 고개를 갸웃거렸다.

"응? 왜 아무 소리도 안 들리지? 분명 전화를 받은 것 같은데? 다시 걸어야 하나?"

혼잣말을 속삭이며 천천히 휴대폰 스피커 쪽으로 귀를 갖다 댄다. 동그랗게 뜬 눈동자를 이리저리 굴리며 작은 소리라도 들어 보려 노력하던 그때였다.

— …여보세요……. 리원, 씨?

평소 같지 않게 잔뜩 잠긴 음성이 스피커를 타고 흐르자, 리원의
붉은 입술이 놀라움에 살짝 벌어졌다.

'우와……. 뭐야?'

저도 모르게 작은 신음이 뱉어졌다. 잠에서 덜 깬 태건이 쇠를 긁
는 듯한 걸걸한 목소리를 내는데……. 세상에나. 그 목소리가 깜짝
놀랄 정도로 섹시했다. 리원은 저도 모르게 목구멍으로 마른침을 꿀
꺽 삼켰다. 잠시 말을 멈추었던 그가 낮고도 듣기 좋은 한숨을 내쉬며
계속 말을 이었다.

— 하아……. 벌써 아침인가. 시간이……. 6시 31분…….

"…네. 아침이에요. 이제 일어날 시간이에요."

— 당신 목소리는……. 자다 깬 것 같지 않은데……?

방금 잠에서 깨어난 남자가 어쩜 이렇게까지 감이 정확한지. 마치
비밀을 들키기라도 한 것처럼 어깨를 움찔거리던 리원이 능청스럽게
대꾸했다.

"제가 항상 6시에 일어나거든요."

— 후……. 부지런한 타입이군.

"아침인 걸 감안해도 목소리가 되게 피곤하게 들리는데요? 혹시
제대로 못 잤어요?"

— 아……. 급히 검토해야 할 서류가 있어서……. 새벽까지 확인
하느라.

그의 말이 끝나기가 무섭게 새벽 늦게까지 일하는 모습이 절로 머릿속에 그려진다. 약간 흐트러진 헤어 스타일과 편하게 갖춰 입은 옷차림. 이전에 숲속의 별장에서 봤었던 것처럼, 그 모습 또한 자연스럽게 어울리겠지. 어쨌든 지금 중요한 것은 그게 아니었다. 일중독자라는 별명이 의아하기도 했었는데 괜히 그런 별명이 붙은 게 아니란 것이 확실해졌다.

"일을 집에까지 가져와서 했다고요? 하……. 정말. 누가 일중독 아니랄까 봐. 물론 부사장이란 직책 때문에 어깨가 무겁다는 것은 잘 알아요. 하지만 아무리 일에 치여 살아도 잠은 제때 충분히 자야죠. 그러다 건강 망친다고요."

― 벌써 잔소리를 늘어놓는 겁니까? 우리……. 이제 겨우 1일째인데.

"네에? 1일째라니……. 누가 듣기라도 한다면 정말 오해할 만한 발언이네요."

― 오해랄 것이 있나? 물론 계약서가 있다는 게 조금 특별하긴 하지만……. 연인 흉내라고 해도, 남들이 보기엔 똑같은 커플일 뿐일 텐데.

"커……플이라니. 그런 말이 참 쉽게도 나오나 봐요?"

― 하……. 강리원 씨.

"네. 말씀하세요."

― 이전부터 느낀 건데……. 그렇게까지 철벽 칠 필요는 없어요. 어차피 당신 말처럼 계약에 의한 관계니까 불안해하지 않아도 된다는

말입니다.

"불안하지 않아요. 그럴 이유가 없으니까."

— 그렇다면 더욱, 스스로를 조금은 놓을 필요가 있어요. 난 당신이…… 아니, 우리 서로가 이 계약을 즐겼으면 좋겠어요. 가짜든 진짜든 연애는 즐거운 거니까.

꼬박꼬박 맞는 말만 해 대는 통에 리원은 대꾸할 말을 찾지 못했다. 그저 1일째라며 날짜를 세는 의외의 발언에 가슴이 요상하게 울렁거린다. 정말 처음에는 잠만 깨워 주려고 했었다. 이렇게 첫 통화에 대화가 길어질 줄은 예상하지 못했었는데…… 어느새 그에게 말려들어 가고 있었다. 통화 시간이 더 길어지면 안 되는데. 시간을 체크하던 리원이 깜짝 놀라며 자연스럽게 화제를 전환했다.

"벌써 시간이 이렇게…… 부사장님. 일어났으면 이만 끊어야겠어요. 아침 시간은 일분일초가 소중하니까."

— 그래요. 통화하다 보니 덕분에 잠이 전부 달아났습니다.

"네. 그럼 안전한 출근길 되세요."

마치 무척 바쁜 일이라도 있는 사람처럼 통화 종료 버튼을 눌러 버렸다. 리원은 전화를 끊고도 출근 준비를 시작하지 못했다. 자꾸만 그가 했던 말이 머릿속에 맴돌았기 때문이었다.

'스스로를 조금은 놓을 필요가 있어요.'

그 별것 아닌 말이 어째서 이렇게까지 뇌리에 콱 박혔는지 스스로도 이유를 알 수 없었다.

□ ◆ □

얇은 커튼 사이로 밝은 아침 햇살이 눈부시게 새어 들어온다. 새하얀 호텔식 침구와 온통 고급스러운 대리석이 깔린 실내, 모델 하우스처럼 세련된 감각으로 꾸며진 침실. 혼자 쓰기엔 너무 넓은 킹사이즈 침대 위에 상의를 걸치지 않은 남자가 누워 있었다. 벌거벗은 남자의 넓은 어깨가 꿈틀거리자, 고르게 분포된 등과 팔의 잔근육들이 관능적으로 움직였다.

태건은 침대 위에 엎드려 누운 채 한 곳만을 응시했다. 나른하게 풀린 눈으로 베개 옆에 놓아둔 휴대폰을 쳐다본다.

'생각보다……. 강리원 효과가 제대로 먹히는군.'

태건은 무척이나 부지런하고, 시간을 칼같이 지키고, 약속이나 계약을 미루지 않고 재빨리 해치워 버리는 것을 좋아했다. 그렇게 완벽해 보이는 그에게도 단 한 가지 치명적인 약점이 있었으니, 바로 아침잠이 많다는 사실이었다. 그는 의외로 아침에 일어나는 것을 어려워해서, 가끔 스케줄이 없는 주말 아침에는 시체처럼 늘어져 있기도 했다. 평일 내리 일하는 동안 부족할 정도로 잠을 자제하는 것과는 상당히 다른 모습이었다.

"…묘하군. 알람 소리도 듣지 못했는데……. 어떻게 전화가 온 것은 바로 알아차렸을까."

말 그대로 알람을 여러 개 맞춰 놓아야 했었다. 잠귀가 어두워, 그렇게 해야만 원하는 시간에 일어날 수 있었으니까. 어쨌든 잘된 일 아닌가? 그녀의 전화벨 소리에는 이렇게나 귀가 예민하게 반응하다 보니 아침 시간이 한층 여유로워질 것 같은 느낌이 들었다. 태건은 잠시 그녀와 어제 나누었던 대화 중 한 부분을 곱씹었다.

'저도 항상 6시 30분에 일어나긴 하지만…….'

그녀가 했던 말을 떠올린 그가 피식, 입가에 엷은 웃음을 지었다. 어제는 분명 그렇게 말해 놓고는 조금 전엔 왜 항상 6시에 일어난다고 거짓말을 했을까. 이유는 정확하게 알 수 없지만 아침부터 그녀의 재잘거리는 잔소리를 들었더니 무척이나 기분이 좋다. 그는 부스스한 모습으로 천천히 몸을 일으켰다.

침대 시트가 스르륵, 아래로 내려가며 울퉁불퉁한 초콜릿 복근을 드러냈다. 잔뜩 헝클어진 머리카락이 눈썹까지 가렸지만, 그것조차 매력적으로 보였다. 저 자신은 그 사실을 잘 모르는 것 같지만 말이다.

"오늘……. 아침부터 회의가 있었지."

중요한 스케줄을 기억해 낸 그가, 재빠르게 시트를 걷어 높은 침대에서 내려왔다. 태건은 정해진 스케줄에 늦지 않기 위해 서둘러 욕실로 발걸음을 옮겼다.

□ ◆ □

회사 일로 눈코 뜰 새 없이 바쁜 와중에도, 리원은 개인적인 일까지 신경 쓰느라 그야말로 정신이 없었다. 살던 곳에서 이사하기 위해 급하게 방을 내놨더니 하루 종일 전화통에 불이 날 지경이었다.

당연했다. 기업 건물들이 밀집해 있는 곳과 대중교통으로 30분도 채 걸리지 않는 위치였으니까. 특히나 비교적 안전지대인 데다 리원이 사는 곳은 여성 전용 투룸이라 인기가 많았다. 30분 전에 마지막 통화를 했는데, 또다시 모르는 번호로 전화가 걸려 왔다. 리원은 자동적으로 손을 뻗어 전화를 받았다.

"네……. 죄송한데 토요일인 내일은 제가 언제 집에 있을지 알 수 없어서요. 일요일 오후는 어떠세요? 그날에는 방을 보여 드릴 수 있을 것 같아요."

토요일은 계약서에 명시된 대로 태건과의 데이트가 있을 예정이라 약속을 잡을 수가 없었다. 아직 그와의 데이트 약속이 정해지지 않았기 때문에, 언제 만나서 언제 헤어질지 가늠할 수 없었기 때문이었다. 대부분 직장인들이 주말에 겨우 시간을 내어 집을 보러 오는 통에 일요일은 대단히 바쁠 것 같았다.

'그래도 다행이지 뭐. 상황을 보니 집은 예상보다 훨씬 빨리 나가겠는걸.'

일요일 약속을 잡은 뒤 휴대폰을 책상을 내려놓는 리원의 손길이 더뎠다. 그녀의 표정이 조금 어두운 것으로 보아, 집이 나가는 게 썩 기쁘지 않아 보였다. 여러 가지 복잡한 생각들이 겹쳐 흘렀다.

아직 계약 기간인 2년을 반밖에 채우지 못했는데. 이 바쁜 시기에 이사하려면 황금 같은 주말을 통째로 반납해야겠지. 게다가 짐 정리는 어떻고. 평일엔 바쁘게 출퇴근하고 주말조차 온전히 시간이 나는 게 아니니, 틈날 때마다 조금씩 정리하다 보면 한두 달은 걸리겠지.

가장 중요한 것은 아마도 지금보다 훨씬 회사에서 먼 곳으로 이사를 가야 한다는 점이었다. 있는 돈을 영혼까지 끌어모아 부모님 일을 해결하고 나면 선택의 여지가 없을 것이다.

"하아……."

절로 나오는 깊은 한숨을 내쉬던 그때, 곁에서 조용히 지켜보던 미영이 다가와 어깨에 손을 살며시 얹었다. 그녀는 주위에 들리지 않을 정도로 목소리를 낮춰 조용히 속삭이며 물었다.

"집. 결국 내놓은 거야?"

"응. 그렇게 됐어."

"꼭 그럴 필요까지 있어?"

"말했잖아. 이번이 마지막이라고."

"하……. 그래 네 선택이긴 하지. 하긴. 막상 우리 부모님 문제라고 바꿔서 상상해 보면……. 나라도 쉽지는 않을 것 같긴 해."

미영의 말에 리원은 씁쓸한 미소를 지었다. 솔직히 부모님이 원하는 것처럼 풍족할 만큼의 돈은 구해 줄 수 없었다. 5년 전까지도 리원의 통장엔 돈이 쌓일 일이 없었으니까.

월급이 적은 편이 아니었음에도 버는 족족 본가의 빚을 갚는 데 모든 것을 쏟아부었고, 빚을 어느 정도 청산한 이후가 되어서야 결혼 자금을 모을 수 있었다. 그리고 최근에서야 겨우 현재 리원이 사는 집에 대한 전세 대출을 갚았다. 우습게도 제가 모은 전 재산과, 태건과 가짜 연인 행세를 하는 조건으로 받은 계약금까지……. 전부 탈탈 털어 또다시 부모님께 내어 드려야 할 처지에 놓였다.

이번에는 정말 끝을 낼 것이다.

여자의 나이 32세. 이 나이에 쥐고 있는 돈 한 푼 없이 새로 시작해야 한다는 게 얼마나 자괴감이 드는지 이루 말로 다 할 수 없다. 스스로의 모습이 너무 처량했다. 그래서 더욱더 이번에야말로 끊어 내야 하는 것이다. 저 자신이 살아남기 위해서. 조금이나마 미래에 대한 희망을 품고 싶어서.

"퇴근하고 술 한잔할까?"

리원의 심리 상태를 걱정한 미영이 제안했지만 고개를 내저으며 거절했다.

"아니. 오늘 일 많잖아. 이거 다 정리하고 퇴근해야 해. 야근해야겠다."

리원이 모니터를 쳐다보며 잔뜩 쌓인 일거리 폴더들을 하나씩 클릭했다. 일이 많은 것은 모든 직원들이 마찬가지였지만, 팀장인 리원에 비할 바가 되지는 못했다. 며칠째 같은 업무에 매달리고 있었지만 쉽게 끝날 기미가 보이지 않았다.

가만히 쌓인 일거리들을 확인해 보던 미영이 말했다.

"내가 도와줄까? 그럼 7시쯤엔 마칠 수 있지 않을까 싶은데. 그때 같이 정리하고 저녁 식사 겸 한잔해도 괜찮지 않겠어?"

"음……. 아니. 제안은 진심으로 고마운데, 사실 오늘은 취하면 안 될 것 같아서. 시간이 얼마나 걸리든 그냥 나 혼자 남은 일에 집중하는 게 좋을 것 같아."

더욱 우울해질 것 같으니까.

그냥 일에 흠뻑 빠져들어서 잡생각에 빠지지 않으려는 의도였다. 그것을 곧 알아챈 미영이 알겠노라 고개를 끄덕였다. 역시 오랫동안 함께 지낸 절친이라 금방 눈치를 챈 것이다.

"그래. 그럼 다음에 한잔하는 걸로 하자. 대신 너무 무리하진 마."

"응. 그럴게."

이럴 땐 오래된 친구만큼 편하고 소중한 존재는 없었다. 굳이 구구 절절 말을 꺼내고 싶지 않은 부분까지 설명하지 않아도 되니까.

"강 팀장님. 대신 오늘 점심 식사는 제대로 먹자. 어차피 야근해야 하니까."

"제대로라면⋯⋯. 엄마손 밥집? 아니면 왕돈가스?"

"한국인은 밥심이지."

"오케이. 그럼 지금 예약 좀 부탁할게. 임 대리."

술은 마실 수 없지만 점심 식사라도 제대로 하자는 말에 단골인 정 식집에 예약을 넣었다. 최근 일이 너무 바빠서 점심 식사를 먹는 둥 마는 둥 하며 30분 안에 끝내고 일에 매달리는 경우가 허다했다. 야 근까지 힘내려면 일단 배를 든든하게 채워야겠지. 분명 저녁도 제대 로 먹지 못하고 일에 매달릴 게 뻔하니까. 친구의 배려에 리원의 입가 에 잔잔한 미소가 번졌다.

□ ◆ □

사무실 전체에 짙은 어둠이 깔렸다. 불이 켜진 곳이라고는 팀장인 리원의 책상 주변뿐. 비교적 밝은 편인 책상 위의 스탠드 불빛에 의지하여 쌓인 업무들을 척척 처리해 내고 있었다. 모든 직원들이 퇴근을 하고 난 뒤에도 마지막 작업에 열중하는 모습이 무척이나 진지했다. 한참 시간도 보지 못한 채 일에 집중하던 어느 순간.

키보드와 마우스를 누르는 소리만이 끊임없이 울리던 공간 속에, 휴대폰의 진동이 요란하게 울려 댔다. 워낙 조용한 분위기였던 터라, 유난히도 진동 소리가 크게 귓가에 꽂혔다. 하얀 화면 위에는 선명하게 '부사장님'이라는 단어가 새겨져 있었다. 리원은 망설임 없이 통화 버튼을 누르고는 어깨와 귀 사이에 휴대폰을 고정시켰다.

"네. 부사장님."

— 리원 씨. 어딥니까?

귀로는 통화하면서 시선은 모니터에, 손으로는 작업 중이던 문서에 계속 타이핑을 했다. 타닥, 타닥. 키보드를 누르는 소리가 지속적으로 빠르게 들렸다. 문서에 집중하느라 그의 질문에 한 템포 늦게 대답했지만 그녀 스스로는 자각하지 못했다.

"음……. 아직……. 회사예요. 아직 밀린 일이 많아서요."

— 야근 중입니까?

"…네. 야근이요."

— 미안해요. 혹시 전화 기다렸습니까? 나도 일에 집중하느라 시간이 이만큼 흘렀는지 몰랐습니다. 약속한 시간보다 훨씬 늦게 전화를 걸었군요.

전화가 늦었다는 그의 말에 절로 리원의 눈동자가 모니터 오른쪽 가장자리로 움직였다. 참으로 희한한 것은, 한 가지 일에 너무 집중하다 보면 정말 시간 가는 줄 모른다는 것이다. 떡하니 모니터 아래쪽에 날짜와 시간이 선명하게 표시되어 있는데도 말이다. 어느새 시간은 저녁 7시 40분을 지나고 있었다.

"아아……. 괜찮습니다. 저도 사실은 시간이 이만큼 흘렀다는 걸 모르고 있었어요. 부사장님 전화를 받고 이제야 시간을 확인했네요."

리원이 홀로 멋쩍게 웃었다. 당황스러운 커플이 아닐 수가 없었다. 서로 일에 빠져서는 상대방의 존재조차 잊어버리고 있을 정도니 말이다. 하긴, 아직 사랑하는 감정이 없는 계약 커플일 뿐이니 별수 없는 건가. 그녀의 대답에 통화 중인 상대방이 피식, 작게 가벼운 웃음을 내뱉는 소리가 들렸다.

— 우린 정말 어쩔 수가 없는 커플이군요. 리원 씨는 내가 일중독이라는 소문을 들었다고 했지만……. 사실 내가 보기엔 당신도 나와 비슷한 부류예요. 알고 있습니까?

리원은 그의 말을 결코 부정하지 않았다. 제가 좋아하는 일이라서, 보람을 느끼는 일이라서, 그 누구보다 일에 욕심이 많고 승부욕도 강하다는 거. 저 자신이 더 잘 알고 있는 사실이었다.

"인정할게요. 저 일중독 맞아요. 저는 제 일이 너무 좋고 재미있어서 끊으려야 끊을 수가 없거든요."

— 그러니까 팀장이라는 명함을 달고 있겠죠. 뭐……. 딱히 나쁘진 않습니다. 난 자신의 일에 충실한 여성만큼 매력 있는 사람은 없다고 생각하니까요.

리원의 눈동자가 커다래졌다. 저에게 이런 말을 하는 남자는 처음이었다. 전 애인인 경훈은 리원이 일에 빠져 사는 것을 무척이나 싫어했다. 일에 푹 빠져 있다 보면 종일 연락하는 것을 잊거나, 가끔 그와의 데이트 약속에도 늦기 일쑤였기 때문이었다. 어차피 결혼과 임신으로 언젠가 그만둬야 할 직장이라면, 좀 더 일이 편한 곳으로 옮기는 게 좋지 않겠냐는 말을 은근슬쩍 흘린 적도 있었다.

그뿐만이 아니었다. 그녀가 팀장으로 승진할 때도 뒤에서 남자 직원들이 어찌나 흉을 보곤 했었는지. 여자 주제에 너무 냉정하고 기가 세다는 이유였다. 저러다 제대로 시집이나 가겠냐고 쓸데없는 걱정까지 했다. 지금껏 그런 소리들을 듣고 살아왔는데, 처음으로 일하는 모습이 매력 있다는 말을 들으니 괜스레 머쓱해졌다. 그녀가 할 말을 찾지 못한 채 침묵으로 일관하자 태건이 먼저 자연스레 화제를 전환했다.

— 몇 시쯤에 끝날 것 같습니까?

"음……. 아마도 8시 30분쯤요. 거의 막바지거든요."

— 좋아요. 엇비슷하니 내가 그쪽으로 갈게요. 아직 식사 전이면 저녁이나 같이합시다. 간단히 밥만 먹고 헤어지는 거니 시간이 많이 걸리진 않을 겁니다.

잠시 고민했다. 그냥 혼자 있고 싶어서, 일에 빠지고 싶어서, 미영의 제안도 거절했는데……. 이 시간에 그와 저녁 식사를 함께해도 괜찮은 걸까. 하지만 저에게 주어진 일이 끝을 보이고 있었다. 집으로 돌아가면 또다시 혼자가 될 거라는 생각에 리원은 주저 없이 대답했다.

"네. 그렇게 해요."

탁, 타닥. 키보드를 두드리던 소리가 멈췄다. 사내 메일의 본문을
간단하게 작성한 뒤 메일 보내기 버튼을 클릭하자 빠르게 전송되었
다. 그녀의 상사에게 보내는 메일이었다. 야근 시간까지 불태워 작업
한 업무 파일을 빠짐없이 전송한 뒤에야 일이 끝났다. 아마도 그녀의
상사는 월요일 아침이 되어서야 메일을 확인할 것이다.

"하아. 끝났다."

의자에 앉은 채 팔을 위로 쭉 뻗어 기지개를 켰다. 등받이에 기댄
몸을 축 늘어트리며 잠시 멍하니 천장을 올려다보았다. 그러다 문득,
저 자신의 마음이 조금 들떠 있다는 것을 깨달았다. 왠지 속이 울렁거
리고 마치 흥분한 사람처럼 팔다리가 좀처럼 가만히 있지 않았다.

이상하다. 왜 이렇게 뭔가 찜찜하고 불안하지? 스스로의 상태를
깨닫고 당황하는 것도 잠시. 머릿속에 번쩍 번개처럼 스쳐 지나가는
생각이 있었으니.

"아아……. 나 지금 화장 엉망일 텐데. 어쩌지?"

뜬금없이 떠오른 외형에 대한 걱정에 황급히 시간을 확인했다. 아
직 8시 30분까지 10분정도 여유가 있었다. 리원은 당장에 자세를 바
로 고쳐 앉고 책상 위의 거울을 제 쪽으로 당겼다. 역시나 종일 수정
메이크업을 하지 않아, 얼굴에는 유분이 번들거리고 색조 화장은 거
의 지워져 있었다. 창백한 입술 색을 보고는 심히 경악을 금치 못했
다.

'어휴. 나도 참. 뭘 믿고 이 시간에 만나자는 것을 받아들인 거야?'

오늘 중 처음으로 파우치를 꺼내어 메이크업을 수정하기 시작했다. 밤 8시가 넘은 시간에 화장을 고치다니, 평소의 그녀라면 절대 있을 수 없는 일이었다. 몇 분 동안 공을 들인 후, 보송보송하고 생기 있어 보이는 모습이 되어서야 메이크업이 끝났다. 보기에 예쁜데도 불구하고 혹시나 못난 데가 없는지 얼굴을 이리저리 돌려 거울에 비추며 꼼꼼히 점검했다. 참으로 지극정성이 아닐 수가 없었다.

"음, 음. 다행이다. 화장 제대로 잘 먹혔어. 이제 사무실을 정리해 볼까?"

제 컴퓨터를 끄고, 책상 위를 치우고, 혹시나 켜진 컴퓨터가 없는지 사무실 안을 돌아다니며 일일이 다 점검했다.

"오케이. 완벽해."

마지막으로 신고 있던 슬리퍼를 벗고 구두에 발을 구겨 넣은 뒤 숄더백을 어깨에 걸쳤다.

"참. 가장 중요한 걸 잊을 뻔했잖아."

부지런히 가방을 뒤져 작은 향수병을 꺼낸 뒤 몸 이곳저곳에 골고루 뿌렸다. 은은하고 여성스러운 향이 코끝에 감겨든다. 이제야 완벽하게 그를 만날 준비를 끝냈다는 기분이 들었다. 만족스러운 표정으로 걸음을 옮기려던 찰나, 가방에 넣어 둔 휴대폰의 진동이 찌르르 울렸다.

— 근처까지 다 왔어요. 일은 마무리됐습니까?

듣기 좋은 남자의 목소리가 귓가에 감겨든다. 리원은 전화를 받으며 사무실 입구로 천천히 걸어갔다.

"네. 일은 무사히 다 끝마쳤어요. 마침 사무실 뒷정리도 끝났고, 이제 1층으로 내려가려던 참이었어요."

— 비상등 켜고 정차해 있을게요. 은색 스포츠카가 보이면 그쪽으로 와요.

"네. 지금 내려갈게요."

리원은 전화를 끊고도 잠시 고개를 갸우뚱거렸다. 은색 스포츠카라니? 평소 그가 타고 다니던 블랙 세단이 아니란 소리다. 하긴 그는 평범한 사람이 아니니까. 차가 몇 대가 있건 이상하지 않을 위치에 있는 사람이 아니던가. 리원은 생각을 접고 사무실의 전체 전기 전원 버튼을 꾹 눌렀다. 회사에서의 하루 일과가 완전히 끝나는 순간이었다.

□ ◆ □

건물 로비의 회전문을 열고 나간 리원은 주위를 두리번거렸다. 그가 말한 은색 스포츠카를 찾는 것이다. 분명 비상등을 켜고 있을 거라고 했는데…….

"아. 저기 있다."

자동차를 발견한 그녀의 걸음이 그쪽으로 옮겨졌다. 건물 입구에서 출발해 인도를 가로지르던 리원의 두 눈이 자동차에 가까이 다가갈수록 튀어나올 듯 거대해졌다.

세상에……. 저건 진짜 대단한 것 같은데.

자동차에 딱히 관심이 없어서 자세히 알지는 못했다. 하지만 자동차에 대해서 문외한인 그녀의 눈에도 부담스러울 정도로 값나가 보이는 자동차였다. 생전 처음 보는 생소한 디자인과 색상에 살짝 벌어진 입을 다물지 못했다. 이윽고 자동차 앞에 도착했을 때 예상치 못했던 난관에 봉착했다.

'이건 어떻게 문을 여는 거지? 손잡이가…….'

타려면 문을 열어야 하는데, 도어 핸들이 자국만 있을 뿐 잡을 수가 없게 되어 있었다. 차량 문의 손잡이를 잡기 위해 뻗었던 손을 거두었다. 어떻게 타야 하는지 잠시 고민하던 사이, 반대쪽 운전석의 문이 열리며 익숙한 얼굴의 남자가 차에서 내렸다. 그는 말없이 반 바퀴를 돌아 리원에게 다가왔다. 새카만 눈동자로 그를 바라보자 능글능글하게 미소 지으며 조수석의 문을 열어 준다.

"타요. 식당은 잘 아는 곳으로 미리 예약해 뒀어요."

"……."

리원은 대꾸하지 않은 채 조용히 조수석에 앉았다. 스포츠카라 그런지 차체가 매우 낮아 몸 전체가 폭 아래로 감싸이는 느낌이 들었다. 태건이 운전석에 착석하는 동안 리원은 차량의 실내를 둘러보았다. 소가죽 냄새가 코를 찔러 들어온다. 온통 검은색으로 뒤덮인 실내를 둘러보니 잔기스조차 하나 없었다. 아마도 새로 뽑은 지 얼마 되지 않은 것 같았다.

"주말이 아니면 잘 타지 않아요. 운전하기가 조금 꺼려져서. 주말조차도 스케줄이 있을 때는 회사 차를 타고 다닙니다."

리원의 생각을 읽기라도 한 것처럼 그가 차분히 설명했다. 안전벨트 착용 경고음이 울리자 태건이 갑작스럽게 훅, 그녀에게로 몸을 기울였다. 순식간에 그가 가까이 다가오는 바람에 리원의 상체가 절로 뒤로 물러났다. 커다래진 눈망울. 당황스러움에 잠시 멈춰 버린 숨결. 쭈뼛 솟아오른 여자의 어깨가 새카맣게 선팅된 차창에 턱 부딪쳤다.

"…뭘 그리 겁을 먹습니까? 난 그저 안전벨트 매 주려는 것뿐인데."

"아아……. 그냥 좀 놀라서요."

"가만히 보면 날 오해하고 있는 것 같단 말이지. 아주 나쁜 놈으로."

싱긋 웃으며 그리 말하자 리원은 길게 찢어진 눈매를 위로 치켜올렸다. 이 남자가 정말……. 제가 하는 행동 하나하나가 은근히 도발적이라는 것을 정말로 몰라서 하는 소리일까? 말이 목구멍 끝까지 올라왔지만 이내 참으며 삼켜 낸다.

그가 벨트 줄을 죽 당겨 장착시켜 주고 나서야 차가 출발했다. 별것 아닌 일에 괜스레 긴장했더니 어깨가 뻐근했다. 목덜미 근처를 손으로 몇 차례 지그시 주물러 주고 나서야 편안해졌다. 리원의 자신의 어깨와 목을 마사지하며 그에게 물었다.

"회사 차라면 혹시 그 검은색 세단이요?"

"맞습니다. 부사장 직급에 맞춰서 나온 회사 명의의 차예요."

"그랬군요. 그런데 어째서 운전을 꺼리시는 건가요? 지금 보면 운전을 안정적으로 꽤 잘하시는 것 같은데."

"…사고가 있었습니다. 그 이후로 심리적인 부담감이랄까. 그런 게 좀 생겼어요."

"네? 사고요?"

운전대를 놓을 정도의 사고라면 꽤 심각한 게 아닌가? 리원이 살짝 놀라 작게 소리치자 그가 안심하라는 듯 차분히 설명했다.

"크게 다치거나 하진 않았어요. 제법 큰 트럭과 부딪친 거치고는 경미했죠. 입원한 지 4주 만에 퇴원할 정도였으니까."

"그래도 그 정도면……. 저라도 정말 무서웠을 것 같아요."

"나 또한 겪어 보기 전에는 몰랐습니다. 괜찮은 줄 알았는데 운전대를 잡고 나면 스트레스를 받는 날이 늘어나더군요. 그럴 때는 몸의 긴장이 풀리면서 죽은 듯이 쓰러져 깊은 잠을 자곤 했죠."

"네? 그렇다면 지금도 운전하면 안 되잖아요!"

모든 이야기를 들은 리원이 소스라치게 놀라며 소리쳤다. 그녀는 급한 마음에 저도 모르게 운전 중인 태건의 손목을 꽉 잡았다. 그녀가 먼저 그의 몸에 손을 대는 경우가 잘 없어서 태건 또한 살짝 놀랐다. 가로로 길게 찢어진 남자의 눈매가 놀란 듯 조금 커졌다.

"…리원 씨?"

"잠, 잠시만요! 그런 사연이 있는 사람이 이렇게나 생각 없이 운전해서 오면 어떡해요!"

태건의 손목을 잡은 그녀의 작은 손에 점점 힘이 들어갔다. 그녀답게 무언가를 굳게 결심하자 표정부터 달라졌다.

'이건 또 무슨 상황이지? 잠깐. 뭔가 일이 흥미롭게 돌아가는 것 같은데.'

조금은 재미있게 리원의 반응을 살피던 그가 살짝 새어 나오려던 웃음을 꾹 참고 무표정을 유지한 채 물었다.

"…내가 오랜만이라서. 별생각 없이 차를 끌고 나오긴 했는데……. 이제 어떻게 하면 좋겠습니까?"

"그러니까……. 세, 세워요! 일단 세워요!"

그는 그녀의 말대로 했다. 비상등을 켠 채 차를 천천히 갓길에 세웠다. 안전하게 정차를 시킨 그에게 리원이 아랫입술을 깨물며 낮은 음성으로 말했다.

"내려요."

"……."

"제가 운전할 테니까 얼른요."

"그건 몰랐는데. 면허증이 있었단 말입니까?"

"네. 면허증 딴 지 오래됐어요. 어서 내려요."

운전석과 조수석의 사람이 바뀌었다. 리원은 누가 봐도 잔뜩 긴장한 상태로 핸들을 잡았다. 정면만 뚫어져라 노려보는 것이, 흡사 전투에 나서는 전사 같았다. 자리를 바꿔 앉자마자 두 사람 모두 후회했지만 이미 늦었다. 리원은 자신이 타고 있는 차가 6억 원을 호가하는 페라리라는 것을 전혀 몰랐음에도 대단히 긴장했다. 반면 태건은 차가 망가지는 것은 상관없었지만 사고라도 나 그녀가 다칠까 봐 그게 걱정되었다.

"으음……. 리원 씨. 운전 제대로 할 줄 아는 거 맞습니까?"

"그럼요! 앞으로 가기만 하면 되는 거잖아요? 면허증을 딴 지 오래되었지만 잘 기억하고 있어요!"

"…노파심에 묻는 건데……. 혹시 그 오래됐다는 말은 운전대를 잡은 지도 오래됐다는 말입니까?"

"네! 사실은 5년 전에 경차 6개월 정도 몰아 본 게 마지막일 거예요! 하지만 걱정 마세요, 부사장님. 당시에 운전 잘한다는 소리 많이 들었으니까. 단지 스포츠카가 처음인 데다 부사장님이 사고 트라우마가 있다고 하니까……. 왠지 모르게 긴장이 되어서 그래요."

"……."

그녀의 대답에 그가 미간을 살짝 찌푸리던 순간. 부아앙! 액셀러레이터를 밟자마자 자동차는 미끄러지듯 빠른 속도로 나아가기 시작했다. 리원이 깜짝 놀라며 꽥 소리를 질렀다.

"이 차 왜 이렇게 민감해! 진짜 살짝 밟았는데 왜 이렇게 빠른 거죠!!"

그녀는 제가 운전하는 차가 스포츠카라는 사실을 잊은 듯 보였다. 굉음을 내며 달리는 자동차 엔진 소리가 귀를 찢을 정도로 강하게 울려 퍼졌다. 언젠가부터 평소보다 더욱 무뚝뚝한 표정으로 정면만을 응시하던 태건에게서 의외라는 듯한 말이 흘러나온다.

"…보기보다 스피드를 즐기는 타입이었군요."

"하아……. 네. 그래 보이죠? 저도 저 자신을 잘 몰랐는데 진짜 그런가 봐요. 오늘 처음 알았거든요."

말로는 그렇게 대꾸했지만 사실과는 조금 동떨어져 있었다. 스피드를 즐겨서 일부러 속도를 내는 거라기보다는……. 차가 너무 잘나가는 것이 문제였다. 이런 고급 스포츠카를 몰아 본 경험이 처음이었기 때문이었다. 감도도 낯설고 국내 브랜드와는 조작 방법도 미묘하게 달라서, 운전하는 데 필요한 각종 설정 모드를 어디서 조절해야 하는지 무엇 하나 알지 못했다. 지금 그녀가 할 수 있는 거라고는 처음에 반농담 삼아 말했던 대로 무작정 목적지를 향해 앞으로 달리는 것밖엔 없었다.

'다행이다. 목적지 도착 1분 전.'

평소라면 길지 않았을 15분이 오늘따라 어찌나 길게 느껴지는지. 리원은 목적지 근처에 다다라서야 마음의 안정을 찾았다. 핸들을 거칠게 돌려 커다란 건물의 지하 주차장 끝까지 들어가고 나서야 자동차가 급하게 정지했다. 핸들을 잡은 손에 연신 땀이 배어나 축축했다. 비상등을 켠 그녀가 꼼짝도 하지 않은 채 정면만 보고 있자 태건이 조심스럽게 물었다.

"무슨 문제라도? 목적지에 무사히 도착했습니다만."

어쩐지 그의 말이 죽지 않고 무사히 살아서 도착했다는 걸로 들리는 것은 착각일까. 얼굴이 새파랗게 질린 리원이 조심스럽게 그를 불렀다.

"…저기……. 부 사장님."

"네. 말해요."

"제가……. 앞으로 직진만 하는 건 잘하는데……. 사실 주차는 젬

병이라서요."

그가 일순 미간을 잔뜩 찌푸렸다. 짜증을 내는가 싶었는데 그게 아니었다. 웃음이 터져 나오려는 것을 억지로 참아 내는 제스처였다.

"그래요. 운전하느라 수고했습니다. 주차는 내가 잘하니까 걱정 말고."

민망할 정도로 밀려오는 부끄러움은 오로지 리원 혼자만의 몫이었다.

□ ◆ □

달칵달칵. 조용한 가운데 식기와 수저가 부딪치는 소리만이 울렸다. 새하얀 테이블보가 씌워진 고급스러운 식탁 위의 음식을 포크로 찍어 먹는 와중에도 마주 보고 앉은 남녀는 대화 한마디 없었다. 두 사람 모두 무뚝뚝한 표정으로 멍하니, 음식 맛이 어떤지 느낄 겨를도 없이 씹어 삼키고 있었다.

"리원 씨."

한참이나 서로 대화 없이 식사에만 집중했는데. 배 속에 음식을 채워 배고픔을 조금이나마 해소하고 나서야 그가 그녀를 불렀다. 먹는 것에만 집중하던 리원이 새카만 눈동자를 토끼처럼 동그랗게 뜨며 그에게로 시선을 옮겼다.

"네."

"흐음……. 내가 생각을 좀 해 봤는데."

오물오물 작고 붉은 입술을 움직이며 물끄러미, 태건의 다음 말을 기다린다. 무슨 중요한 이야기를 하려고 저리 뜸을 들이는 건지. 리원이 고개를 갸웃거리며 그를 뚫어져라 쳐다보는데, 태건은 미세하게 눈썹 앞머리를 꿈틀거렸다.

인상을 쓰는 건가? 기분이 좋지 않은 걸까? 눈썹이 찌푸려지는 것을 가만히 관찰하는데 그가 뜬금없이 작게 웃음을 터트렸다.

'뭐야? 왜 웃는 거지? 혹시 지금 내 표정이 웃긴가?'

평소에도 능글맞게 미소 짓는 그였지만, 오늘따라 사뭇 다른 모습이었다. 마치 웃음을 최대한 참아 내며 숨죽여 낮게 웃는 소리 같달까. 한참을 그리 작게 웃어 대더니 이내 목을 가다듬고 하려던 이야기를 꺼내었다.

"미안합니다. 별건 아니고. 돌아가는 길에는 내가 운전하는 게 나을 것 같아서요. 그 말을 하려던 거였습니다."

"네. 그러세요. 그건 딱히 상관없는데 뭐가 그렇게 우스우신 건지……."

"…그냥 아까의 일이 생각이 나서. 두 번 다시 경험하지 못할 아주 스펙터클한 시간이었습니다."

그의 말뜻을 알아들은 리원의 얼굴이 귀까지 빨갛게 달아올랐다. 스펙터클한 경험이라면 조금 전 도로 위에서의 상황을 이야기하는 것이 틀림없었다. 솔직히 리원은 회사에서부터 이 레스토랑 건물까지 어떻게 운전해 온 건지조차 제대로 기억나지 않았다. 분명 액셀러레이터를 정말 조심스럽게 밟았을 뿐인데 차는 미친 듯이 빨리 나갔다. 눈에 힘을 준 채 식은땀을 뻘뻘 흘리며 사고가 나지 않을 수준으로만 내달렸다. 혼란스럽다 못해 혼이 반쯤 빠진 상태로 운전해 온 것이다.

5년 동안 운전대를 놓았던 주제에 도대체 뭘 믿고 호기롭게 나선 건지. 스스로도 이해가 가지 않았다. 그저 태건의 트라우마에 관한 이야기를 듣자마자 저 자신도 모르게 나온 아주 충동적인 행동이었다.

'내가 미쳤지. 그저 부사장님이 걱정됐을 뿐인데……'

게다가 한 가지 깨달은 점이 있었다. 주차를 끝내고 난 뒤 자동차에서 내리자마자 근처를 지나는 남자들에게서 수군거림이 들린 것이다. 그들은 곧장 가던 길을 가지 않고, 눈이 휘둥그레진 채 자동차를 곁눈질로 훑어 내렸다. 마치 아주 희귀한 것을 구경하는 것처럼 말이다.

'우와. 저 차 좀 봐. 저거 페라리 아냐?'

'헐. 미친. 저 모델 6억이 넘는 걸로 알고 있는데?'

'저 차를 타는 사람을 실제로 보게 될 줄이야……. 도대체 뭐 하는 사람들이지?'

동시에 경이롭게 쳐다보는 사람들의 시선이 뒤통수를 아플 정도로 찔러 대는 것을 느꼈다. 하지만 지금 이 순간 리원에겐 그들의 시선 따위 전혀 중요치 않았다. 머릿속에 폭풍이 휘몰아친 것처럼 단 한 가지 생각만이 끝없이 맴돌았다.

'뭐? 이 차가 6억? 정말로? 6억? 진짜로 6억이라고?'

오는 길에 사고가 날 뻔했던 상황들을 떠올리자, 뒤통수에 절로 식은땀이 흘렀다. 꽤 값이 나가는 차일 거라고 생각을 하긴 했지만 그 정도일 줄은 몰랐던 것이다. 남의 차 운전 한번 잘못했다가 인생의 나락으로 떨어질 뻔했던 아찔한 경험이 아닐 수 없었다.

역시 재벌 3세가 다르긴 다르구나. 새삼스레 그의 사회적 위치를 피부로 직접 다시 한번 확인하는 계기가 되었다. 약간의 부담감을 느낀 그녀는 두 번 다시 그의 물건에 함부로 손대지 않으리라, 굳게 다짐하고 또 다짐했다.

"목숨의 위협을 느꼈을 정도라. 날 위해 나서 준 것은 고맙지만……. 하마터면 더 큰 트라우마가 생길 뻔했지 뭡니까?"

"하아……. 제가 너무 쉽게 생각했나 봐요. 그런 차를 운전해 본 건 처음이라서. 아무튼 정말 죄송합니다."

앞으로는 절대 생각 없이 나대지 않을게요. 차마 그 말은 내뱉을 수 없어서 입을 작게 오물거린다.

"사과할 필요까진 없어요. 나름대로 색다른 경험이었으니까. 놀리는 거 아니고 진심입니다."

"네……. 그나마 다행이네요……."

"그건 그거고. 우리 가장 중요한 이야기를 아직 나누지 못했군요. 내일 데이트 약속을 잡는 게 더 급하다고 봅니다만."

"그렇죠. 계약 이후에 하는 우리의 첫…… 데이트니까요."

첫 데이트라는 리원의 말에 잠시간 두 사람 사이에 정적이 흘렀다. 물론 계약으로 인해 이행하는 것이긴 했지만, 제대로 된 커플 간의 첫 행사라 어쩐지 감회가 새롭다. 사실 그동안 자연스럽게 데이트 비슷한 것을 여러 번 했던 것 같긴 한데. 리원이 그동안 그와 보냈던 시간들을 되돌아보고 있는데, 그가 테이블 위에 올린 두 손을 깍지 끼고 턱을 받쳤다.

"뭘 하면 좋겠습니까? 보통의 연인들은 뭘 하면서 시간을 보냅니까?"

"그야 보통은 영화를 보거나……. 함께 식사를 하거나. 음악을 듣기도 하고, 드라이브나 차를 마시기도 하고, 대부분이 그럴 거예요. 딱히 새로운 건 없을걸요?"

"…우리 두 사람은 그걸 다 해 본 것 같은데?"

"우습게도 그러네요."

커플은 아니었지만 남녀가 만나다 보면 할 수 있는 일에는 한계가 있음이 분명했다. 사귀는 사이가 아니었던 두 사람조차 이미 많은 것을 했지 않은가. 태건의 말에 깊이 공감하자 턱을 괸 채 빤히 그녀를 쳐다보던 그가 싱긋, 입꼬리를 올려 가볍게 미소 지었다.

"하지만 같은 것을 해도 이전과는 분명 다를 겁니다."

"그건 저도 동의해요. 지금은 입장이 다르니까요."

"어디 가고 싶은 곳은 없습니까? 뭐든 괜찮으니 생각해 봐요."

"으음. 사실 한 군데 있긴 한데……."

"말해요. 어디든 괜찮으니까."

"바닷가요. 이번 년도에는 너무 바빠서 아직 푸른 바다를 보지 못했거든요. 여름이 완전히 끝나기 전에 가 보고 싶어요."

여름 하면 새파란 바다가 절로 떠오르는데, 이번 여름에는 바다에

가 보지 못했다. 그 바다가 흔한 제주도에서조차 우울한 기분에 사로잡힌 채 호텔에만 처박혀 있었으니까. 태건은 그녀가 어렵게 말을 꺼낸 것이 민망할 정도로 흔쾌히 수락했다.

"좋습니다. 우리의 첫 데이트 장소는 바닷가로 하죠."

"정말요? 그럼 우리 내일 바닷가에 놀러 가는 거예요?"

마치 어린아이처럼 들떠서는 눈을 반짝 빛내며 흥분했다. 당장이라도 파도치는 소금물에 뛰어들 것 같은 반응이다. 리원은 무척 신이나서 그동안 바닷가에 가서 하고 싶었던 많은 것들을 쉼 없이 늘어놓기 시작했다.

"그럼 간 김에 아쿠아리움도 보고요. 해산물이랑 회도 먹어요. 잠깐 수영도 할까요? 더운 날씨에 바닷물을 보고도 뛰어들지 않으면 예의가 아니죠! 아차. 그리고 해 질 녘에 불꽃놀이! 그건 꼭 어두워진 바닷가에서 해야만 해요!"

흥분을 감추지 못한 채 수많은 계획들을 줄줄이 끄집어내는 모습이 귀여울 정도다. 태건은 턱을 괸 채 지그시, 밝은 얼굴로 이야기를 늘어놓는 그녀를 지켜보았다. 끝없이 재잘거리던 리원은 일순, 저를 가만히 쳐다보는 남자의 시선을 느끼고는 어색하게 고개를 숙였다.

"제가 너무 흥분했죠? 바닷가에 놀러 가는 게 너무 오랜만이라서요. 말한 걸 전부 다 하지는 못하겠지만……."

"못 할 게 뭐가 있습니까?"

그에게서 들려온 의외의 대답에 다시금 그녀의 눈이 크게 뜨였다.

"당신이 말한 거, 전부 다 합시다."

□ ◆ □

예전의 언젠가 유행했었던 잔잔한 팝송이 흘렀다. 적당히 안전할 정도의 속도를 내며 달리는 자동차는, 원래의 용도와는 조금 다르게 움직였다. 스포츠카라 높지 않은 시속에도 굉음이 울렸으나 의외로 실내는 무척이나 조용했다. 몰려오는 피로감을 이기지 못하고 저절로 잠에 빠져들 정도로.

"후……."

인상을 쓴 채 한참 운전에 집중하던 태건은 최종 목적지인 리원의 집 앞에 도착해서야 깊은 한숨을 내쉬며 긴장을 풀었다. 그제야 정면 만 보며 달리던 그가 편안하게 주변을 둘러볼 만한 여유가 생겼다. 잔 잔한 음악만 들리는 고요함 속에서 잠시 생각해 보니, 운전해 오는 동 안 주위가 너무 조용했었다는 것을 뒤늦게 깨달았다.

아니나 다를까. 운전을 하느라 극도로 예민해진 그를 위해 오는 내 내 입을 꾹 다물고 있더라니. 어느새 리원은 조수석 의자에 몸을 기댄 채 잠에 빠져 있었다.

'많이 피곤할 만도 하지.'

사실 조금은 미안한 마음이 들었다. 그녀의 입장을 누구보다 더 잘 알고 있는 그였기에. 평일 내내 눈코 뜰 새 없이 바빴을 것이고, 특히 나 주말을 앞둔 금요일은 일주일 중 가장 바쁜 날일 것이다. 그럼에도 식사라도 한 끼 챙겨 주고 싶은 욕심에 만남을 강행한 것이다. 그나마 다행인 것은, 내일로 약속을 잡은 첫 데이트 계획을 그녀가 무척이나 마음에 들어 한다는 사실이었다.

"…깨워야 하나?"

잠시 고민했지만 역시 답은 정해져 있었다. 조용히 고개를 돌려 깊이 잠이 든 그녀의 얼굴을 유심히 훑어본다. 잠이 든 얼굴에서조차 피로감이 느껴질 정도로 얼굴이 확연히 상해 있었다. 차마 숙면을 취하는 리원을 깨울 수 없었다. 결국 그는 등받이에 몸을 기댄 채 지그시 눈을 감았다.

ㅁ ◆ ㅁ

문득 목이 아픈 느낌이 들었다. 자세를 고치려고 해 봤지만 온몸에서 느껴지는 불편감이 뭔가 평소와 달랐다. 결국 리원은 눈을 뜨고 정면을 똑바로 응시했다. 온통 새카만 주위에서 은은한 노란 불빛이 비쳐 든다. 곧 그것이 차창 밖에서 비치는 가로등 불빛이라는 것을 깨달았다. 리원은 고개를 옆으로 돌렸다. 운전석 등받이에 몸을 기댄 태건이 팔짱을 낀 채 잠이 들어 있었다.

'내가 얼마나 잠을 잔 거지? 부사장님은 도착했는데도 깨우질 않으시고 왜……'

여러 가지 생각이 들었지만 가만히 눈만 끔뻑이며 잠든 남자의 옆모습을 응시했다. 어둠 속이었지만 가까이 있어서 그런지 그의 얼굴선이 선명하게 비쳐 들어온다. 기다란 속눈썹과 잘생긴 콧대가 유난히도 도드라졌다. 잠시 동안 눈을 떼지 못한 채 멍하니 쳐다보고 있는데.

"…뭘 그리 쳐다봅니까."

남자의 입술이 살짝 열리며 쇠를 긁는 듯한 낮은 음성이 들려왔다. 혹시나 잘못 들었나 싶어 리원의 시선이 더욱 강하게 그의 입술에 집중되었다.

"내 얼굴에 뭐가 묻었나?"

다시 움직인 것은 태건의 입술뿐만이 아니었다. 고개를 돌린 그가 감고 있던 눈을 살며시 뜨는 바람에 눈이 정면으로 마주쳤다. 좁은 공간 속에서 두 사람의 시선은 오로지 서로만을 향했다. 당황스러움을 감추지 못한 리원의 검은 눈동자가 이리저리 흔들렸다. 반면 그녀를 보는 그의 나른하게 풀린 눈매는 한 치의 흔들림 없이 한 곳만을 응시했다. 평소의 장난기 따위는 조금도 보이지 않는다.

순식간에 바뀐 묘한 공기의 흐름에 리원은 안절부절못했다. 대놓고 뚫어져라 쳐다보는 남자의 시선이 이렇게나 관능적일 줄은 상상도 못 했었는데……. 어둠 속에서 마주 본 그의 새카만 눈동자는 마치 당장에라도 잡아먹혀 버릴 것 같은 기묘한 기분이 들게 했다.

"아……. 안 주무시고 계셨어요?"

"…눈은 감았는데 막상 자려니까 잠이 안 와서요."

"깨우지 그러셨어요."

"글쎄……. 그렇게 행복한 얼굴로 자고 있으면 보통은 깨우기 힘들죠."

"제가 행복한 얼굴로 잤다고요? 정말요?"

"적어도 내가 지켜본 바로는."

매일 야근을 밥 먹듯이 했으니, 누적된 피로도가 꽤 높았을 것이다. 게다가 맛있는 저녁 식사를 했고, 스포츠카임에도 불구하고 승차감이 의외로 포근해서 쏟아지는 잠을 도저히 이겨 낼 재간이 없었다. 잠자는 모습을 그가 빤히 지켜봤다고 생각하니 크게 밀려오는 민망함을 숨길 수 없었다.

"이만 들어가 볼게요. 우리 내일도 만나야 하니까."

리원은 부산스럽게 가방을 챙기고 안전벨트를 풀었다. 민망한 마음에 황급히 차에서 내리려 했지만, 그가 낮은 목소리로 뱉어 낸 말 한마디가 일순 리원의 발목을 잡았다.

"내일 모닝콜은 9시에 부탁합니다."

"네? 9시요?"

"…아마도 집에 도착하자마자 쓰러지듯 깊게 잠들 테니까. 그 시간쯤에 깨워 주면 좋겠어요."

"아아……. 네. 그럴게요. 그럼 조심히 들어가세요. 태워 주셔서 감사해요."

"잘 자요."

잘 자라는 태건의 말이 마치 귓가에 속삭이는 것처럼 들려서 그런 걸까. 가슴이 벅차오르며 숨이 콱 막히는 듯한 긴장감이 느껴진다. 리원은 차에서 내린 뒤 뒤도 돌아보지 않고 골목길을 걸어 올라갔다. 그가 차를 바로 출발시키지 않고 지켜보고 있었지만 애써 모른 척 무시했다. 마치 그 자리에서 도망치는 듯한 모양새였다.

〈2권에서 계속〉

1판 1쇄 찍음 2021년 1월 28일
1판 1쇄 펴냄 2021년 2월 5일

지은이 | 금 설
펴낸이 | 정 필
펴낸곳 | (주)뿔미디어

기획·편집 | 심은지, 이영은, 배지은
표지 디자인 | 우 물

출판등록 | 2002년 9월 11일 (제1081-1-132호)
주소 | 경기도 부천시 소향로17, 303(두성프라자)
전화 | 032)651-6513 **팩스** | 032)651-6094
E-mail | dahyangs@naver.com
블로그 | http://blog.naver.com/dahyangs
비북스 | http://b-books.co.kr

값 9,000원

ISBN 979-11-6565-870-0 04810
ISBN 979-11-6565-869-4 04810 (세트)

www.b-books.co.kr

www.b-books.co.kr